지독하게, 절실하게

지독하게, 절실하게 2

초판 1쇄 찍은 날 | 2018년 3월 29일
초판 1쇄 펴낸 날 | 2018년 4월 05일

지은이 | 이령
펴낸이 | 서경석

편 집 책 임 | 조윤희
편   집 | 이은주
              이예진
디 자 인 | 신현아

펴 낸 곳 | 도서출판 청어람
등록번호 | 제387-1999-000006호
등록일자 | 1999. 5. 31
어람번호 | 제5-470호

주소 | 경기도 부천시 부일로 483번길 40 서경B/D 3F
        (우) 14640
전화 | 032-656-4452 팩스 | 032-656-4453
http://www.chungeoram.com
E-mail | chungeorambook@daum.net

ⓒ 이령, 2018

ISBN 979-11-04-91679-3   04810
ISBN 979-11-04-91677-9   (SET)

지독
하게,
절실
하게

2

이 령
장편소설

책
과
람

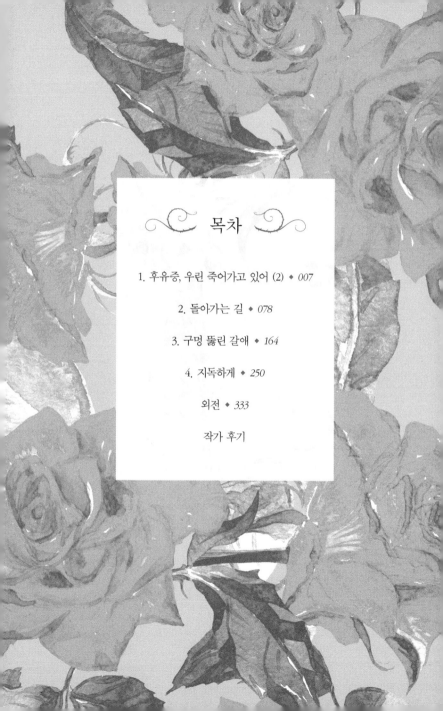

목차

1. 후유증, 우린 죽어가고 있어 (2)

오랜만에 가는 길이었다. 몇 달 전, 구 년 만에 한국 땅을 밟자마자 내려오고 벌써 두 달이 흐른 것이다. 광주로 내려가는 길은 멀었으며 작은 마을로 들어가는 버스 시간표는 여전히 띄엄띄엄이었고 굽이진 산등성이는 여전히 푸르렀다.

여름의 태양을 온전히 받고 자란 벼는 두 달 만에 어느덧 키가 한 뼘은 족히 자라 푸르스름했다. 집 앞 담벼락에 애들이 낙서해 놓은 분필 그림은 장마로 꽤나 지워진 채였다.

영숙은 이미 마중 나와 있었다. 저번엔 급히 내려와 서둘러 서울로 올라가느라 자세히 못 봤지만 단언컨대 그녀의 몸은 꽤나 건강해져 있었다. 구 년 동안 딸을 못 봤는데 오히려 건강해지면 어쩌냐고 웃는 소리를 하자 엄마는 그저 따라 웃을 뿐이었다.

오랜만의 집밥, 여름의 뜨끈한 마당에 한바탕 뿌려놓은 물줄기로 아지랑이가 피며 미지근한 바람이 불었다. 툇마루에 벌렁 누워 한가로이 세월 따먹기를 하는 와중 무언가가 시선 끝에 걸렸다. 재활용을 위해 밖에 정리해 놓은 박스였다.

슬리퍼 신은 그대로 휘적휘적 다가가 멍하니 뒤적거리던 수의 표정이 의아하게 바뀌었다.

"엄마, 누구 왔다 갔어요? 이거 건강식품 박스는 다 뭐야? 썬이랑 킹 왔었어요?"

심장질환에 좋다는 각종 값비싼 건강보조식품 박스가 수두룩했다. 순간 수의 손끝이 한 약 봉투에 멈췄다.

뉴스에서 본 적이 있었다. 해외에서도 이목을 끌고 있는 뜨거운 감자로, 아직 정상 유통되지도 않았을 뿐더러, 우선 예약제라 일반인은 삼 년 안엔 살 수도 없는 주아제약 개발 심장 관련 신약이었다.

설거지를 하다 수의 부름에 툇마루로 나온 영숙의 표정이 굳었다. 수가 손에 약봉투를 들고 희게 질린 채 영숙을 원망스레 쳐다보고 있던 탓이었다.

"그 사람…… 왔었어요?"

수는 이를 악물며 차분하게 말을 내뱉었다. 심장은 이미 용솟음 치고 있었다.

영숙은 말이 없었다. 연신 당혹감을 내비치던 영숙은 기어이 한숨을 내쉬었다.

"계속 왔었어."

"언제부터."

"네가 유학 가고 몇 년 뒤부터 줄곧. 많이 다쳤다더라. 그때 몰골이 말이 아니었어."

"엄마! 그 말을 왜 이제서……!"

"네가 이렇게 펄쩍 뛸까 봐! 오지 말라고 그리 말해도 끝끝내 찾아와서 나도 어쩔 수가 없었어."

"그 사람과 나는 끝났다고요! 도대체……!"

수는 발악을 하듯 악다구니를 내뱉다 채 말을 잇지 못했다. 이어진 영숙의 말을 듣곤 도저히 입이 열리지 않은 탓이었다. 그대로 박스를 바닥에 집어 던지곤 무작정 집을 뛰쳐나왔다. 더 이상 있다간 심장이 터져 죽어버릴 것 같았다.

논두렁을 지나 미친 듯 뛰어댔다. 뜨거운 지면의 열기와 한낮의 내리쬐는 태양을 오롯이 받는 지금, 숨 막히게 옥죄는 이 심장은 모두 저것들 때문이라 변명하며 그렇게 두 다리가 더 이상 제 기능을 못할 때까지 뛰었다. 숨이 턱까지 차올라 헛구역질이 나왔다.

결국 바닥에 넘어지듯 주저앉아 정신을 차렸을 땐 사람의 발길이 거의 닿지 않는 산길의 그늘진 나무 아래였다.

"아직도 찾아온다, 수야……."

아니야.

"그 녀석은 너 많이도 기다렸어."

사실은, 그런 게 아니야.

바닥에 검은 자국이 아로새겨졌다. 뚝뚝 떨어지는 물줄기가 남긴 아픈 자국이었다.

수는 이성적인 사람이었다. 손해를 입는 것, 남에게 피해를 주는 것 둘 다 싫다. 제 밥그릇은 알아서 챙겨먹고 이해타산을 따지는 것이 습관이다. 힘든 유년시절의 억울함이 한이 되어 더 그랬는지도 몰랐다. 그렇다면 그 사람을 진즉 버렸어야 맞다. 득보다 실이 더 많은 관계, 제 인생을 하루아침 나락으로 떨어뜨린 관계, 정상적인 삶을 영위할 수도, 잠깐 정신을 놓을라치면 고통에 온몸이 타들어가는 이 지독한 감정을 꾸역꾸역 미련 어리게 가지고 가는 자신은 지금 미친 사람이었다. 한데 왜, 구 년이 지난 지금도 여전히.

이렇게.

"도대체 왜 이러는 거야, 왜!"

억울함이었다. 분노였다. 수는 울분에 차 손으로 미친 듯 바닥을 내려쳤다. 의사에겐 손이 생명이지만 지금 손바닥이 돌멩이에 까지고 뭉개지는 것 따위 심장의 통증만 없앨 수 있다면 뭐든 상관없었다.

숨이 제대로 쉬어지지 않아 끅끅거리며 울길 한참, 기어이 진정된 가슴 언저리는 아직도 뻐근했다.

"너네…… 이럴 거면서 도대체 왜 헤어진 거니."

"아니에요, 엄마."

한숨처럼 눈에서 눈물이 떨어졌다. 절망의 숨을 따라 하나씩 떨어지는 물줄기에 수는 바닥에 시선을 맥없이 놓았다. 기어이, 참았던 말을 내뱉었다.

"난……. 아직 못 헤어졌어요."

❖

"그래, 이 정도면 됐다."

평창동. 마당의 벚나무는 봄 한철 만개한 꽃을 피운 뒤 한여름이 되어 푸른 잎이 무성하게 돋아났다. 연못의 작은 물레방아는 고요히 돌아가고 있었고, 어둡고 삭막한 집 안의 공기는 예나 지금이나 마찬가지였다. 강운은 고성과 더불어 물건을 던지는 것이 아닌, 도은의 앞에서 처음으로 만족스러운 표정을 짓고 있었다.

마호가니 책상에 앉은 강운이 서류를 덮자 도은은 무미건조하게 서류를 가져가며 고개를 까닥 숙였다. 강운은 쓰고 있던 안경을 벗어 책상 위에 올려놓고는 도은을 마주했다. 세월이 유수히 흘렀음에도 강운은 아직도 정정했다. 건장한 풍채, 곧은 자세, 서재 뒤 백호의 자태만큼 여전한 기백. 그를 보고 있자면 세월이 멈춘 것만 같았다.

"페리제약 외동딸과의 약혼은, 잘 진행되고 있겠지."

"다음 달 쯤으로 예정하고 있습니다."

"최대한 빨리 진행해. 서로에게 더할 나위 없이 좋은 기회다."

"알고 있습니다."

"이제야 제정신이 돌아온 게로구나. 마음이 놓여."

"……그러십니까."

도은은 고개를 숙이곤 서재를 나설 즈음이었다.

와장창!

책상 위에 놓인 찻잔을 집어든 강운의 손이 흔들린다 싶더니 찻잔이 바닥으로 떨어졌다. 거센 파열음과 함께 나뒹구는 도자기 조각들과 목재를 흥건히 적신 찻물로 인해 바닥은 아수라장이 되었다. 도은이 의아한 표정을 한 채 다가가자 강운은 손을 힘 겹게 테이블에 내려놓으며 다가오지 말라는 듯 고개를 저었다. 강인하던 얼굴 위로 흘러내린 식은땀과 함께 그의 얼굴이 한층 희게 보이기도 했다.

"괜찮으십니까?"

"손을 헛 디딘 것뿐이야. 됐다."

"혹시 어디 편찮으신……."

"못 들은 게냐! 나가보래도."

단호한 강운의 어투에 잠시 풀어졌던 도은의 표정이 다시금 굳었다. 이내 주저 없이 나서는 도은의 뒤로 강운의 나지막한 음성이 들렸다.

"이대로만 해라. 그럼, 너에게 다 주마."

"나약은 죄다. 안간힘을 써서 최고가 돼. 반드시 이겨내. 그렇다면 너에게 다 주마."

"필요 없습니다! 원하지도 않아요, 아버지! 누가 봐도 형이 적임자인데 왜 저에게만 이러시는 거냐고요!"

"아니. 필요하다. 네가 이겨야 할 사람이 네 형이니까. 아상이가 아닌 네가 회사를 물려받아야 해."

"……제가 왜 그래야 하죠?"

"내가 그렇게 정했으니까."

우수하지 못하다 매 맞는 소년에게 아버지가 한 말이었다. 금방이라도 타올라 하얀 재가 되어버릴 만큼 이글거리는 눈매를 번뜩이며 한 손엔 총채를 쥔 아버지의 모습은 시간이 아무리 지나도 쉽게 잊혀지지 않은 채 심장에 남았다. 불현듯 끼어든 기억의 조각에 심장이 아프다 악다구니를 질러대는 순간이었다.

발악을 하였지만 그때와 지금, 달라진 건 없었다.

"……가보겠습니다. 선약이 있어서요."

통증을 묵묵히 견뎌내며 도은은 문을 닫곤 한시라도 빨리 그 집을 벗어나기 위해 걸음을 재촉했다.

"벌써 가냐?"

아상이 마당을 가로질러 들어왔다. 그는 파리하게 질린 도은의 얼굴을 마주하곤 짓고 있던 미소를 점차 사그라뜨렸다.

"왜. 무슨 일인데."

"페리제약 강정아. 골치야."

"언젠간 알게 되실 일이잖아. 그쪽에서 적당히 해결해 주지 않겠어? 여우같은 여자던데. 똑똑해서 문제지."

"형은 어쩐 일이야. 오늘 연구팀 브리핑, 부대표인 형이 대신 참관하기로 했잖아."

"그 브리핑 아버지에게 결과 보고 드리려 왔다."

"어때. 5차까지 통과할 거 같아?"

긴장감 역력한 도은의 음성에 아상이 코웃음을 쳤다.

"연구팀 일에서 손 털더니 머리까지 굳은 거냐? 서류 올렸잖아."

"결재만 했지 두 눈으로 보진 못했으니까."

"서류 결재는 네가 했지."

"난 펜대만 굴렸고, 형이 추진한 일이지."

"제2의 v x가 될 거다."

"임원들 또 난리 나겠군."

도은이 큰 입매를 부드럽게 휘었다.

"임원들 눈엔 여전히 형이 대표감이야. 아버지가 나에게 손 터시면 당장에라도 형을 올리려 긴급 주총이라도 열 태세인데 이번 신약 발표되면 불 보듯 뻔하지."

"어쨌든 대표는, 너지."

여유롭게 미소를 띤 아상은 여전했다. 도은은 아픈 관자놀이를 손으로 문지르며 아상의 어깨를 가볍게 손으로 치는 것으로 인사를 대신했다. 아상은 대문을 나서는 도은에게 잊었다는 듯 급하게 외쳤다.

"다음 주에 병원 검진 있다! 저번처럼 안 갔다간 가만 안 둔다, 너."

"잔소리는. 알았어."

도은은 대문 앞 대기하고 있는 기사에게 약속 장소를 말하곤 그대로 눈을 감았다. 뒷좌석에 기대 깨질 듯한 머리를 잠재우기 위해 이를 악물었다.

"손이 망가진 넌 필요 없다더라. 의사가 아닌 널 더는 사랑하지 않는대. 떠났어. 뒤 한 번 돌아보지 않고. 차갑고도, 매몰찼어."

해묵은 음성이 떠올랐다. 떠올리기 싫은 기억들이었음에도 최근 들어 산발적으로, 자주, 이렇듯 머릿속을 헤집었다. 호텔에 도착해 미리 선약되어 있던 페리제약 외동딸과의 식사를 하는 내내, 하필 그 자리에 파티에서 보았던 남자와 또 다시 같이 있는 그녀를 보며, 그랬다.

　그때의 일은 아직도 눈앞에 선명했다. 전복되는 차, 수를 구하기 위해 몸부림쳤던 행동들, 그리고 눈을 떴을 땐 이미 사라지고 없던 그녀. 모든 것이 아직도 선연한 고통이었다.

　구 년 전, 그녀를 찾아 울부짖는 도은에게 아상은 그리 말했었다. 믿지 않았다. 분명 이유가 있어 그럴 거라 그녀를 믿어 의심치 않았다. 그렇기에 간신히 눈을 떠 손 하나 까딱하지 못하는 상태에서도 아버지에게 울부짖었었다.

　"회사에 들어가겠습니다. 원치 않는 왕관을 월계관인 양 기어이 씌워주시겠다니, 아버지가 원하는 대로 살아드리겠어요. 그러니, 더 이상 그녀를 괴롭히지 마세요."

　그때, 아버지라는 존재에 대한 일말의 희망마저 버렸다.

　그렇게 일 년을 시체처럼 누워 지냈다. 목 아래로는 깁스로 옴짝달싹 할 수 없는 상태에서 지독히도 고통스러운 수술들을 견뎌내며, 진통제 없이는 한 시간도 편히 누워 있을 수 없는 상태로 일 년을 보냈다. 붕대를 풀고 침대에서 겨우 일어나 앉게 되고 다시금 몇 차례의 수술을 거쳐 바닥에 발을 딛고 설 수 있기까지 이 년이 걸렸다. 진통제를 들이부으며 재활 치료를 받고 독한 약을 먹느라 이 년 새 10kg가 빠진 몰골로 도은은 그녀를 기다렸다. 때가 되면 오겠지. 이유가 있어 떠난 거니 언젠간 자신에게 다시 돌아오겠지. 그리고 비로소 사람처럼 일상적인 행동을 하게 된 삼 년째가 돼서야 도은은 수를 찾아 헤맸다. 몇 년간 지속해서 병실에 찾아오는 상혁과 선우를 볼 때마다 붙잡곤 매번 간절히 부탁했지만 그들은 묵묵부답이었다.

"미안해, 형. 우리도 몰라. 어디에 있는지. 수가 우리에게도 말해주지 않았어."

시골에 계신 수의 어머니를 찾았을 때도 그녀 또한 울기만 한 채 아무런 말을 해주지 않았다. 모든 인맥을 동원하고 돈을 흩뿌리며 이 잡듯 기록을 뒤졌지만 그녀의 그림자도 보이지 않았다. 완벽히 사라졌다. 누군가의 도움이 있었을 거란 건 명확한 사실이었다. 이성을 잃은 채로 아상의 멱살을 잡고 고성을 내질렀지만 그는 아무런 말도 하지 않았다.

"살아가고 있어. 어딘가에서."

그 말 한 마디에, 그저 안도했다. 그래. 살아 있으면 됐다. 어딘가에서 살아 있기만 하면 되었다. 그렇게 다짐하고 또 다짐하며 아버지가 원하는 인생을 살아갔다. 그렇게 하면 적어도 그녀는 안전할 거라 여겼다.

아상을 원망하진 않았다. 아버지가 벌인 일을 묵과했다 하더라도 그에겐 소중한 형이었다. 말로는 표현하지 못할 감정이었다. 수가 그에게 그런 존재이듯, 아상 또한 그러했다. 그뿐이었다.

회사에 들어갔을 땐 이사진들의 반발이 심했다. 대부분 아상을 지지하는 자들이었다. 하지만 아무런 관심도 없었다. 애초에 자진해서 들어온 회사가 아니었다. 시간이 지나며 수에 대한 믿음은 흐려져 갔고, 그녀가 저를 떠났다는 아상의 말은 칼날처럼 심장을 찢어놨다. 아무리 찾아도 꽁꽁 숨어버린 그녀에 매 해가 지날수록 슬픔은 분노로, 분노는 증오가 되어 그를 잠식했다. 다른 이도 아닌 그녀에게 겪은 상처는 절대로 감당할 수 있는 고통이 아니었다.

도은은 그저 미친 듯이 일에 몰두했다. 일주일을 안 자고 버텨도 잠이 오지 않아 약을 먹기도 하고, 그럼에도 견딜 수 없어 술을 마시고 줄담배도 피우며 자기 자신을 갉아먹으며 버텼다. 한순간이라도 그녀를 생각하지 않기 위해선, 그저 살아가기 위해선, 무언가에 미친 듯 몰두하는 것 외엔 다른 방법이 없었다. 제대로 먹지도, 자지도 않고 연구실의 직원들을 들들 볶아 미친놈 소리를 들으며 일에 매진한 끝에 신약의 첫 임상실험이 통과되었다. 이례적인 성과였고 주아제약은 주가가 몇 배로 치솟으며 연일 신문에 기사로 나오는 막대한 결과에 그렇게도 그를 반대하던 이사진들의 과반수는 아상이 아닌 도은을 대표로 선정했다. 사 년이 걸린 결실이었다.

그러던 어느 날, 상혁에게서 전화가 왔다. 오랜만의 전화에,

그때 어떤 말을 했는지도 기억나지 않았다. 패닉이었다.

　"수가, 돌아왔어, 형."

　심장이 하늘에서 땅으로 곤두박질쳤다. 차갑게 식었던 피가 용암처럼 들끓으며 손발이 떨렸다.

　그대로 한국병원에서 언젠가 비서실에 디밀고 간 서류를 급히 찾아오라 명했다. 거들떠도 보지 않은 자료였지만 미친 듯이 내용을 확인하곤 비서를 통해 대면 신청을 허가했다. 하지만 조건이 있었다. 이사진이나 원장이 아닌, 이수 전문의가 대표로 면담을 해야 한다는 조건이었다. 말도 안 되는 조건임에도 이사진은 따랐다. 따르지 않아봤자 아쉬운 건 그들이었다. 그만큼 간절했다. 수를 다시 마주하게 될 자그마한 틈이라도 생긴다면 미친 듯이 물고 늘어질 만큼.

　그렇게 구 년 만에 그녀를 눈앞에 마주했다. 커트 머리는 어느새 긴 단발이 되었고 그저 어리기만 했던 여학생은 어느새 아리따운 여인이 되어 있었다. 흰 피부, 쌍꺼풀 진 동그란 눈망울, 작은 콧날과 아담한 입매 역시 여전했다. 심장은 철렁 내려앉았다. 붉어지는 눈시울을 몇 번이나 찡그려 참았는지 알 수 없었다.

　눈앞에 있는 수를 당장에라도 품에 으스러져라 끌어안고 싶었다. 왜 이제야 나타났냐고, 얼마나 기다렸는지 아느냐고, 왜 날 버리고 갔냐고 울부짖고 싶었다. 하지만, 그녀를 마주한 순간 되레 심장은 차갑게 식었다.

꿈을 이룬 듯했다. 성형외과가 아닌 신경외과 전문의인 수는 누가 봐도 멋있는 여자가 되어 있었다. 하지만, 위태로워 보였다. 예전보다 살이 빠져 더 야윈 수는 조금도 행복해 보이지 않았다. 멀쩡하게 굴려는 모습을 보며, 당당하게 굴려는 모습을 보며, 자신만큼이나 고통스레 보냈을 그녀의 구 년 세월이 그의 눈앞에 선했다. 그게 죽도록 미웠다.

잘 살기를 바랐다. 아무리 기다려도 돌아오지 않는 그녀를 죽도록 원망하면서도, 그런 선택을 하고 갔으니 자신보단 덜 아파하며 잘 지냈기를 그는 간절히 빌었다. 한데 그건 허튼 바람이었음을 기어이 눈으로 직시하게 되었다.

"그 소문 들었어? 우리 외과 선배가 이수 선배랑 한국대 동기잖아. 선배가 그러길……."

소문은 여전히 그녀를 갉아먹고 있었다. 아무리 시간이 지나도 그녀의 발목을 잡고 늘어지고 있었다. 한데 그녀는 억울해하기는커녕 늘 있는 일인 양 담담히 뒤를 돌아 가버렸다. 그것에 천불이 일었다. 그래서 일부러 부딪쳐 더 모질게 굴었다. 애꿎은 그녀에게 화를 내버리고 만 것이다.

수를 지나쳐 아직도 모여 남의 소문을 씹어대는 그들에게 다가가 덩치 좋은 레지던트 남자의 멱살을 잡아 그대로 벽에 패대기

쳤다.

"똑똑히 봐. 너네들이 지껄이는 그 소문의 원인이 바로 나야."

"주…… 주아제약 대표…… 님?"

"그 여잘 거론하며 씹어대고 싶거든 지금 네 눈앞에 있는 나를 떠올려. 쉽게 터는 그 입만큼이나 네 인생은 쉽게도 박살 날 테니까. 자신 있으면, 어디 계속해 봐."

잡은 멱살을 풀기 무섭게 그들은 사색이 된 얼굴로 복도를 뛰어 도망쳤다. 그들의 뒷모습을 보면서도 분노는 쉽게 사그라지지 않았다.

참을 수 없던 몸의 고통과, 그보다 더 지독했던 마음의 통증을, 그녀 또한 홀로 겪어낸 듯했다. 그럼에도 더 당당히, 더 단단해져 수는 아직도 홀로 그렇게 버티며 살아가고 있었다.

마음은 좀체 진정되지 않았다. 애꿎은 벽을 몇 번이나 내려치고 나서야 타들어갈 듯한 사일은 겨우 멈췄다. 그 뒤론 매번 같은 패턴이었다. 모질게, 더욱 거세게, 그녀의 심장에 아무렇지 않게 칼을 꽂아 넣고만 있었다. 이유는 단 하나였다.

"주도은 씨. 내 얘기 듣고 있는 건가요?"

아름다운 여자였다. 한 번 보면 다시금 뒤돌아보게 만들 만한 여자였다. 웨이브 져 어깨 아래로 흘러내리는 여성스러운 헤어스타일과 단정한 얼굴, 그보다 더 바람직한 몸매가 돋보이는, 말 그대로 지성과 미모를 겸비한 아름다운 여성이었지만, 그뿐이었다. 그녀와 저 모두, 서로에게 개인적인 관심 따윈 없는 관계였다. 도은의 시선은 이미 건너 테이블에 있는 수에게 향한 상태였다. 호텔에서 보았던 그 남자와 그녀는 다정히 얘기를 하고 있었다.

정신을 차린 도은은 쓴 입가를 손으로 쓸며 정아를 응시했다. 사무적인 미소도 함께였다.

"듣고 있습니다. 우리가 계획한 대로 다음 달 중순에 약혼 발표를 할 겁니다. 그때쯤이면 그쪽도 새어머니에게 대적할 준비는 끝마칠 수 있을 거라 생각하는데."

"물론이죠. 그 정도 기한이면 충분합니다. 주가가 폭등하는 순간 분명 새어머닌 돈 욕심에 주식을 죄다 팔아버릴 테니까요."

"그때 매각을 하시겠다?"

"그렇죠."

"그쪽 새어머니가 원하는 건 돈이 아닌 권력일지도 모르는데? 자금난이 일어난 것도 페리제약 수뇌부들이 현 대표인 새어머니의 지시사항을 무리하게 강행했다 벌어진 것 아닙니까."

"멍청한 여자예요. 대표감은 더더욱 아니죠. 아버지가 돌아가시길 기다렸다는 듯 상속된 주식들을 처분하는 그 여자의 멍청함이 나에겐 기회인 거고요. 상속 주식량이 많아 그러는 것뿐, 주식만 내 손에 넣으면 이사진들은 알아서 제 선에서 구워삶을 수 있습니다."

"뭐, 그건 알아서 하시고. 약속한 대가는 확실히 지불해야 할 겁니다."

"보름간 약속한 자금만 지원해 주신다면, 기꺼이 미국 진출 통로 확보해 드리죠."

도은은 고개를 끄덕이곤 와인 한 모금을 들이켰다. 하나 시선은 여전히 수에게 향해 있었다. 내색하지 않으려 했지만, 그녀의 앞에 앉은 그의 존재에 이가 부득 갈렸다. 호텔 파티에서 안면이 있던 남자였다. 한국병원 부원장의 자제로, 그의 시선엔 수를 흠모하는 감정이 가득했다. 테이블 밑에서 저도 모르게 주먹을 움켜쥐던 때였다.

"또 제 말 안 들었죠?"

정아가 재차 묻자 도은이 그제야 그녀를 마주했다. 정아는 이상하다는 듯 고개를 돌려 도은의 시선이 머물렀던 수를 쳐다보았다. 그리곤 다시금 도은을 마주하며 매혹적인 입꼬리를 부드럽게 올렸다. 예의상의 미소가 아니었다.

"이런, 소문대로 감정이 없는 건 아닌가 봐요?"

"무슨 말입니까."

"다들 그러던데. 주아제약의 젊은 대표는 감정 따윈 없는 지독한 맹수라고. 철저히 당하기 싫으면 정신 바짝 차리고 상대해야 한다던가?"

"그러는 그쪽 소문도 못지않던데. 독하기 짝이 없는 워커홀릭이라고."

"그래서 우리 둘의 만남에 시너지가 발생하는 거죠. 거짓 약혼 발표지만, 즐겨요. 나도 그러고 있으니."

"그쪽과의 스캔들 즐길 만큼 기분 좋지 않은데 난."

"왜요. 천하의 주도은을 애태우는 여자 때문에 심기가 많이 불편하신가?"

도은은 와인 잔을 거칠게 테이블에 놓으며 긴 눈매를 날카롭게 굳혔다. 정아는 작게 웃으며 그를 빤히 보았다.

"그렇게 무섭게 굴면 여자는 도망가요. 쥐면 부서질까 피면 날아갈까 소중히 여겨야 마음을 알아주죠."

"손이 망가져서."

"큰 사고를 겪었음에도 지극히 멀쩡해 보이시는데. 지금도 여전히 러닝머신 두 시간씩 뛰는 분 아니었나요? 저번에 몸 보니 탐나던데."

볼륨 있는 입술을 매혹적이게 휘는 미소에 도은 또한 입꼬리를 비틀었다. 역시나 영악한 여자였다. 재능 있고, 그보다 더한 독기도 있다. 페리제약의 차기 대표가 되어 그와 손을 잡으면 분명, 주아제약에 실이 될 건 없었다.

도은은 다시금 무미건조하게 입가를 굳히며 문가에 서 이쪽을 응시하고 있는 그녀의 비서에게 시선을 돌렸다. 처음 만남부터 그랬듯 싫어하는 게 뻔히 보이는 눈빛으로 저를 노려본 채였다. 그것에 도은은 코웃음을 쳤다,

도은은 넌지시 말했다.

"같은 여자라 마음을 잘 아는 건 아닐 테고. 보아하니 꽤나 비

밀이 많은 거 같은데.”

“네. 맞아요.”

당당히도 인정하는 정아의 쿨한 말씨에 그는 실소를 내뱉었다.

“대표님, 시간이 많이 지체됐습니다.”

정아의 비서는 언밸런스한 짧은 커트머리가 동양적인 마스크와 잘 어울리는 장신의 여성으로, 시간을 확인시켜 주다 말곤 날카롭게 도은을 노려봤다. 정아는 그녀의 부름에 자리에서 일어서며 다 들릴 만한 목소리로 도은에게 속삭였다.

“이해하세요. 우리 애인이 좀, 질투가 많은 편이라.”

그때였다. 갑작스러운 소란에 모두의 시선이 한곳으로 향했다. 위태롭게 서 있던 수의 몸이 바닥으로 쓰러져 내리자 도은이 자리를 박차고 뛰어가 그녀에게 향했다. 정아 또한 갑작스러운 그의 행동에 놀라 그를 쫓았다.

바닥에 쓰러지는 수를 안은 남자는 당황하면서도 차분히 구급대원을 부르곤 응급조치를 하고 있었다. 도은은 급히 테이블을 살폈다. 그가 먹은 음식과 같은, 소스에 새우가 들어간 음식이었다. 알레르기 반응이었다.

“비켜!”

수를 안고 있는 남자를 거세게 밀쳐낸 도은은 그녀를 품에 안았다. 기도를 확보하고 맥을 확인하며 그는 목까지 잠긴 그녀의 셔츠 단추 두어 개를 끌러냈다. 순간 손끝에 닿는 차가운 물체에 도은의 표정이 삽시간에 굳었다. 심장이 단숨에 발치로 떨어져 내렸다. 셔츠 옷깃 너머로 느껴지는 뭉툭한 물체는 분명 익숙한 거였다.

도은은 정신을 차리지 못하는 수의 뺨을 손으로 감쌌다. 그의 손길이 애절했다.

"수야, 심호흡해. 정신 놓지 마."

핏기 하나 없이 창백하게 질린 수가 흐릿한 시선으로 도은을 응시했다. 심장이 미친 듯 뛰어대며 다급하게 뺨을 손으로 쓸어내리자 문득 그녀가 맥없이 웃는 것도 같았다.

"심한 갑각류 알레르기예요! 구급대원은 언제 온답니까!"

다급하게 소리치는 도은의 말에 직원들은 일사불란하게 수화기를 들곤 전화를 해댔다. 십 분이 안 되어 도착했다는 구급차 소식에 그녀를 안아 들곤 뛰었다.

구급대원과 함께 차를 타고 병원에 가 조치를 취한 후, 의사에게 몇 차례나 괜찮다는 확답을 들은 후에야 그녀의 병실로 돌아가는 길이었다. 도은의 손엔 약통이 들려 있었다. 수면 성분이 있는 신경 안정제로, 약효가 강해 정신과 의사들도 웬만큼 심한 정도가 아니면 잘 처방하지 않는 약이었다. 그도 한때 이것에 의존했던 때가 있어 잘 아는 약이었다. 한데 이게, 그녀의 가방 안에 들어 있었다.

이미 반쯤 빈 통과 새 것이 함께 있는 걸 보니 지속적으로, 아주 오랜 기간 섭취한 듯했다. 명치가 저릿했다. 금방이라도 피가 한 움큼 쏟아질 듯 입가가 아리게 썼다. 그때였다.

부원장의 아들이 복도에 서 있었다. 차를 타고 쫓아온 듯했다.

자신을 준성이라 소개한 그는 도은에게 걸어와 표정을 굳힌 채 마주했다.

"두 사람 관계, 소문이 정말 사실이었군요."

"그쪽이 상관할 문제 아닐 텐데."

"수를 좋아합니다, 제가."

"수는 아니지 않나?"

도은의 음성이 매서웠다. 검은 눈동자가 죽일 듯 준성을 노려 봤다. 준성은 한숨을 내쉬며 어렵사리 입을 열었다.

"약혼하신다 들었습니다. 한데, 이건 아니잖습니까."

"뭘 안다고 함부로 충고를 하는 겁니까?"

"모릅니다. 아무것도 몰라요. 수한테 갑각류 알레르기가 있는 것도 오늘 처음 알았습니다. 하나, 많이 힘들어하고 있던 건 익히 봐왔습니다. 유학 생활 내내 줄곧 혼자 외톨이로 지냈죠. 다른 누구도 아닌 주 대표님 때문이죠."

"……"

"똑똑한 여잡니다. 한데 그 긴 세월을 주 대표님 때문에 엉망이 됐으면 이제 그만하십시오. 이제 그만, 놔주세요."

도은의 검은 눈동자가 일그러졌다. 기가 찼다. 수에 대해 아무것도 모르는 저치가, 수를 힘들게 한 소문을 들먹이며 좋다는 말을 쉽게도 나불거리는 저치가, 우리들의 세월을 감히 가늠조차 하지 못할 저치가 가볍게도 내뱉는 말에 속이 뒤틀렸다.

도은은 맹수처럼 매섭게 날이 선 눈에 핏발을 세우며 순식간에 준성을 벽으로 밀어 붙였다. 장신에 덩치도 좋은 준성이 맥한 번 써보지 못한 채 거세게 밀려 벽에 등을 부닥쳤다. 신음을 흘리던 그는 이미 이성을 잃은 도은을 마주하곤 흠칫 숨을 들이켰다.

도은이 차갑게 뇌까렸다.

"그래. 모든 건 나 때문이지. 가십도, 사고도, 그녀를 힘들게 한 모든 건 다 나로 인해 만들어진 것들이지. 그런데, 그 빌어먹을 가십이 우리들의 관계의 전부인 양 쉽게도 떠들어대는 너희는 죽었다 깨어나도 몰라. 우리가 어떤 심경으로 여기까지 왔는지."

"주 대표님! 이것 좀 놓고……."

"목마르고 배가 주려. 채우려고 하면 할수록 갈라져 터진 틈으로 더 새어 나갈 뿐이야. 그래서 더 절실한 거야."

"……."

"제 목숨보다 소중해져 버린 무언가 때문에 그래. 혹여 잃을까 두려워 그로 인한 고통마저 손에서 놓기 싫어져. 그래서 그만둘 수 없어. 그렇게 그만둘 수 있는 성질의 것이 아니야. 저 여잔, 내가 아는 가장 빛나는 사람이거든. 그래서 놓을 수 없어."

"……."

"지독하게."

누구에게 하는 말인지 알 수 없었다. 비단, 준성에게 하는 말은 아닐 거라 스스로 자조했다.

그의 목을 조르던 손을 떼어내며 떨어진 도은은 격앙된 숨을 연거푸 몰아쉬었다. 시리도록 차가운 도은의 시선에 준성은 격한 기침을 내뱉으며 황급히 사라졌다.

그대로 잠시 선 그는 욱신거리는 손에 잠시 주먹을 꽉 쥐었다. 거미줄처럼 남아 있는 그날의 흉터였다. 등에도, 배에도, 다리에도, 그날의 흔적은 여전히 온몸에 남아 이렇듯 부지불식간 자신들의 존재를 통증으로 드러냈다. 의사 말로는, 정신적인 문제라했다. 몸엔 아무런 이상이 없다고. 기적과도 같이 완치되었다고. 웃긴 소리였다. 견디지 못할 고통을 이겨내 가며 죽어라 재활치료를 한 덕이었다. 손가락 하나 움직일 때마다 손가락이 부러지는 듯한 고통을 느끼며 그렇게 피를 토하는 심경으로, 자신을 버리고 간 그녀의 앞에 두 발로 멀쩡히 서 마주하겠다는 일념 하나로.

도은은 흐트러진 옷매무새를 다시금 가다듬었다. 무슨 일이 있었냐는 듯 멀쩡한 모습으로 들어가 수를 마주했다. 머리카락 한 올 흘러내리지 않은 단정한 모습이었다.

수는 핏기 하나 없이 가녀린 체구로 베드에 간신히 버티고 앉아 있었다. 가는 팔목에 푸르게 빛나는 혈관 그득 수액을 맞고 버티고 있었다. 그런 그녀를 품에 안고 싶은 마음이 간절했다. 지금 당장에라도 뛰어가 고통으로 얼룩진 그녀의 얼굴을 감싸고 싶었다. 아직도 난 여전히 널 사랑한다, 기꺼이 말해주고 싶었다.

그렇기에 다시 만났을 때부터 수를 몰아붙였던 거다. 약혼에 충격받은 수를 알기에 그것이 마치 사실인 양 더욱 그녀를 옥죄었다. 절벽 끝까지 몰아붙이면, 도망갈 새도 없이 피할 엄두도 내지 못하게 한계까지 밀어 넣으면. 그렇다면 혹시나 예전처럼 못 이긴 척 말해주지 않을까. 다시금 그녀가 자신의 품에 뛰어 들어오지 않을까 하고. 제발 그 말을 자신에게 해주길 그는 간절히 바랐다.

수가 쓰러졌을 때 셔츠 단추를 풀자 보였던 목걸이 탓이었다. 얼마나 만졌는지 빛이 바래 버린 목걸이였다. 그 가운데 반지가 있었다. 그걸 보곤 확신했다. 그녀 또한 자신과 같았다는 걸. 구년의 세월이 무색하게 여전히 그러하다는 걸. 수는 그저 자신에게 지독한 거짓말을 하고 있다는 걸. 좌절하고 원망하면서도 자신이 간절히 바라왔고 믿어 의심치 않았던 것이 결국 진실이었다는 걸.

하지만 수는 끝끝내 그 흔한 변명 한 마디 하지 않았다. 다시금 절망했다. 원망으로 가득했던 감정마저 산산조각 나 부서져 내렸다.

그대로 도은은 병원을 나왔다. 터질 듯 뛰어대는 심장이 아프게 명치를 짓눌렀다. 숨이 막혀 연거푸 숨을 몰아쉬려 했지만 그마저도 뜻대로 되지 않았다.

"좋아해. 당신 잘난 거 못난 거 모두 다, 전부 좋아해."

숨소리마저 선연히 기억하는 목소리였다. 이렇듯 문득 떠올라

죽자고 심장을 옥죄는 목소리였다.

숨 막히는 한여름의 열기가 그득 밴 병원 밖, 벽을 집고 서 있는 도은의 곁으로 대기해 있던 운전기사가 다가왔지만 그는 다가오지 말라며 손을 저었다. 문득 양복 안주머니에 느껴지는 서늘한 금속 물체에 그는 더욱 이를 악물었다. 반지. 심장 가장 가까운 곳, 단 하루도 한순간도 몸에서 떼어낸 적이 없던 물건이었다.

"옆에 있을게. 그렇게. 끝까지, 그렇게."

그녀 또한, 자신과 같았다.
그럼에도 여전히, 최악이었다.

"자네답지 않게 어떻게 이런 초보적인 실수를 해. 정신 바짝 차려! 나 참!"

아침 회진 시간, 신경외과 전임교수가 차트를 책상에 내박치며 성을 내곤 그대로 나가 버렸다. 수의 실수였다. 환자 두 명의 차트를 바꿔 기재해 잘못하면 큰 의료사고로 이어질 뻔했다. 한국대 동기 의사들은 그녀를 위로하는 척 굴었지만 실상 속마음은 다른지 웅성이며 자리를 떠났다.

수는 그대로 진료실로 돌아와 피곤한 눈을 감곤 지끈한 관자놀이를 손으로 매만졌다. 요 며칠 계속 이러했다. 현저히 떨어진 집중력, 잦은 실수들, 하마터면 큰일 날 뻔한 아침의 사고까지. 과다한 업무와 불면으로 인해 이루지 못한 잠이 만들어낸 결과물이었다. 며칠 전 대서특필된, 뉴스에 연일 보도되는 주아제약 대표와 페리제약 차기 대표의 약혼 발표 때문이었다.

심장이 뻐근했다. 더 아플 여력도 없을 거라 생각했지만 기사를 마주한 순간 아직도 아플 게 남아 있구나 싶어 짐짓 놀라기도 했다. 마음은 초조했고, 할 수 있는 일은 없었고, 그는 여전히 얼음장보다 차가웠다. 결국 퇴근 때까지 여전히 넋을 놓고 있었다.

병원 로비를 지나가던 수는 멀찍이서 준성을 마주했다. 준성은 어색하게 눈인사를 하더니 잠시 망설이다 수의 앞에 마주 섰다.

"몸은 어때. 이제 좀 괜찮아?"

"알레르긴데요, 뭐. 바로 괜찮아졌어요."

준성은 짧게 고개를 끄덕이다 이내 긴 한숨을 내쉬었다.

"미안. 내가 실수를 한 거 같아."

"그게 무슨 소린가요, 선배님?"

"헛소리 한 거. 난 너 혼자 마냥 그러고 있는 거라 생각했거든. 당연하잖아. 아마 다들 그렇게 생각했을 거야. 기사도 나고, 너무 유명한 사람이니, 뭐."

"무슨 소리냐고요."

"그 많이도 잘난 사람 말이야."

수는 헛숨을 집어삼켰다. 잔뜩 풀어졌던 긴장이 다시금 팽팽하게 조여오며 신경이 곤두섰다.

"그 사람이 왜 거론되는 거죠?"

찰나의 순간 날카로워진 수의 갈색 눈동자를 응시하던 준성은 쓰게 입꼬리를 휘었다.

"가장 빛나는 사람이라……."

"……네?"

"너희 두 사람. 참 복잡하다."

수의 큰 눈이 멍하게 굳었다. 준성은 짧게 인사를 하곤 방향을 틀어 쏜살같이 사라졌다. 호텔에서의 사건 이후로 수는 그가 왠지 자신을 피하고 있다고 느꼈었다. 이유는 알 수 없었으나 마음만은 편했었다. 드디어 제풀에 떨어져 나갔다 안심하고 있었다. 한데 오늘, 그가 이상한 소리를 해대고 사라진 것이다.

정신을 차리고 다시금 걸으려는데, 수는 이번엔 아까부터 뒤를 졸졸 쫓아오는 후배들의 인기척에 결국 멈춰 섰다. 뒤를 쫓던 이들은 쭈뼛대다 결국 그녀의 앞으로 다가왔다.

"저, 선배님……."

"왜. 뭔데 그렇게 똥마려운 강아지 꼴들인데. 너네 사고 쳤어?"

"그게 아니라…… 정말 죽을죄를 졌습니다, 선배님! 용서해 주세요!"

그들은 사색이 된 채 일제히 고개를 숙였다. 영문을 모르는 수가 눈살을 찌푸린 채 다그치자 그들은 이유를 설명하며 연신 머리를 조아렸다. 얘기를 다 들은 후 수는 안 그래도 하얀 얼굴이 더욱 창백해진 채 알았다며 그들을 돌려보내곤 병원을 빠져나왔다. 간신히 부여잡은 정신줄은 어느새 다시금 날아가 버린 후였다.

몇 주 전이라 했다. 저에 대한 안 좋은 소문을 얘기하던 중 나타난 도은이 불같이 성을 냈다 했다.

"저흰 그저 선배들이 하는 말을 듣고 그랬을 뿐인데. 정말 죄송합니다, 선배님! 저희 동기들, 저희 후배 녀석들에게도 그 얘기 안 퍼지게 단단히 입단속을 시켰습니다. 걱정 마세요. 그러니 주 대표님에게 잘 좀 말해주세요 선배님. 그분 정말…… 엄청 화나셨는데 혹여 신약 지급 관련 일이 틀어지기라도 하면 저희 진짜 잘려요! 제발 부탁드립니다. 용서해 주세요, 선배님!"

후배들의 울먹이는 목소리가 아직도 귓가에 남았다. 그들은 다시는 제 얘기를 할 엄두를 못 내는 것 같았다. 그의 입김이 스치고 지나간 여파였다.

수는 차에 올라타 한참을 멍하니 운전대를 잡고 있었다. 다시금 생각해도 믿기지 않았다. 그녀 따윈 안중에도 없다는 듯, 증오한다는 듯 그리 독설을 해대던 그였다. 약혼 발표도 난 마당이었다. 한데, 보이지 않는 곳에서 도은은 여전히 그녀를 보호하고 있었다. 자신이 없던 몇 년간 엄마를 챙겨주기도 했다.

준성이 한 말은, 비단 그런 의미일 것이다.

"너희 두 사람, 참 복잡하다."

그것에 울컥 눈시울이 붉어졌다.

차를 출발시키고 병원을 따라 익숙한 도로로 흘러들었다. 몇 년간 운전을 했지만 아직도 시속 50을 넘어본 적은 없었다. 언제나 무서웠고, 언제나 위태로웠다. 당연했다.

지독한 트라우마였다.

그리고 그건 꽤나 갑작스레 찾아오곤 했다.

신호등에 걸리자 답답한 숨에 잠시 쉬어갈 타이밍이 생겨 수는 차창을 열었다. 옆 차선에 정차한 차에 탄 사람들의 대화가 고스란히 들려왔다.

"우리 내일 가평 가서 뭐 할까."

"다 하자! 번지점프도 하고 배도 타고 남이섬에도 가고. 남이섬에 막 사슴도 뛰어다니잖아. 으아, 재밌겠다!"

"그래. 다 하자. 간만의 휴가인데 그동안 못했던 거 다 하고 오자."

젊은 부부인 듯했다. 차가 많이 낡은 것을 보아 살림은 넉넉지 않아도 금실은 좋아 보였다. 운전석에 앉은 남자의 애정이 역력한 음성을 듣고 있자니 심장이 따끔거렸다. 수는 갑작스레 찾아온 통증에 운전대를 꽉 거머쥘 수밖에 없었다.

"너랑 같이 하고 싶은 게 참 많아, 수야."

"다 하자, 수야. 유학 가서도, 갔다 와서도, 우리 여태껏 못 했던 거 꼭, 다 하자, 수야."

뺨 위로 눈물이 흘러내렸다. 울고 있단 자각은 없었다. 그저 땀처럼 소리 없이 흘러내렸다.

빠아아앙!

러시아워도 아니었다. 한산한 도로임에도 앞을 가로막고 느리게 가는 그녀의 차 뒤에 있던 한 차가 신경질적인 경적을 울리며 위협스레 추월해 가버렸다. 갑작스러운 상황에 놀라 그녀의 차가 휘청댔고 간신히 노선을 바로잡고 난 후 수는 창백해진 얼굴로 운전대를 다시금 잡았다.

머리가 멍했다. 갑자기 떠오른 기억에 이미 모든 감각은 먹먹하게 둔해져 있었다. 에어컨을 틀었음에도 식은땀이 이마 언저리로 흘러내렸다. 차가운 공기에 손끝이 저린 것도 같았다. 하지만 도로 한복판에서 멈출 수도 없이 거북이처럼 위태롭게 가고 있는 수의 차 뒤로 불빛이 깜박였다. 값비싸 보이는, 도로에 돈을 뿌리고 다닌다는 억대의 비싼 외제차였다. 잘못해서 스치기만 해도 연봉이 나갈 거라 우스갯소리를 하던 티브이의 예능 mc의 말이 떠오르기도 했다.

수가 피해주기 위해 차선을 옆으로 옮기려 했지만 그마저도 쉽지 않았다. 이미 패닉이 온 머리에 어찌할 방도를 찾지 못하는 그녀의 차가 위태롭게 흔들렸다.

빵빵!

클랙슨이 다시 울렸다. 신경질적인 행동이 아닌 신호를 보내는 듯했다. 순간 뒤차의 헤드라이트가 계속 해서 깜박이더니 차창 밖으로 손이 나와 갓길 쪽으로 까닥거렸다. 수가 무시하자 다시금 클랙슨을 울리며 계속 반복하는 행동에 그녀는 결국 지시등을 켜며 서서히 차를 움직였다. 뒤차가 그보다 먼저 차선을 옮겼다. 옆선의 차가 앞으로 치고 나가지 못하게 하려 함인 듯했다.

가까스로 갓길에 차를 멈춘 수는 그제야 운전대에 머리를 푹기댔다. 온몸에 식은땀이 흘렀다. 차 밖에서 사람이 움직이는 인기척이 들렸다. 백미러로 보았지만 어두운 새벽녘이라 사람의 얼굴이 보이지 않았다. 차창을 두드리는 소리에 수는 문득 고개를 들었다. 싸우자는 건가, 뭐 하자는 건가, 도대체 오늘 하루는 왜 이러나 싶어 결국 그녀는 차에서 내렸다.

탁!

차에서 내리자마자 억센 손이 그녀의 팔을 낚아챘다. 눈물이 얼룩져 흐릿한 시야 때문인지 가로등 불빛에도 상대방의 모습이 잘 보이지 않았다. 수는 본능적으로 팔목을 돌려 그의 가슴팍을 있는 힘껏 밀어냈다. 오랫동안 검도를 하지 않았음에도 몸에 배어 있는 습관이었다.

하지만 상대방은 나가떨어지긴커녕 여전히 그 자리에 멀쩡히 서서 실소를 흘렸다. 상대방의 가슴팍이 돌처럼 단단한 게 운동을 꽤나 한 사람 같기도 했다.

"이 정도 정신줄 잡고 있을 여력이 있었다면 운전대도 꽉 잡고 있었어야지."

바리톤의 낮고 차분한 음성이었다. 수는 고개를 번쩍 들어 그제야 상대방의 얼굴을 마주 봤다. 그는 수려한 얼굴을 있는 힘껏 굳히곤 여전히도 차가운 모습으로 서 있었다. 그에 수의 얼굴도 따라 굳어갔다.

도은은 수의 차 문을 열곤 조수석의 가방을 집어 들었다. 멋대로 지퍼를 열고 안을 뒤지더니 기어이 숨겨놨던 약병을 꺼내 손에 움켜쥐었다.

탕! 투두둑

도은은 바닥에 약병을 거세게 집어 던졌다. 뚜껑이 깨져 바닥에 떼구르르 구르는 약병에서 알약들이 우수수 흩어졌다. 도은은 검은 눈동자를 매섭게 번뜩이며 수를 노려봤다.

"중독이야? 경고했지. 먹지 말라고."

이 상황에 화를 내는 그가 서러웠다. 수 또한 똑같이 큰 눈으로 그를 노려보았다.

"내 마음이야."

"고집 부릴 걸 부려. 약을 먹질 말든가, 운전을 하지 말든가. 둘 중 하나만 해."

"설마 뒤를 밟은 건 아닐 테고, 어떻게 따라왔어."

"그리 한가한 줄 알아? 가다 우연히 봤을 뿐이야. 못 봤음 어쩔 뻔했어!"

"사고 한 번 나면 그뿐이야."

"하, 키 내놔."

"싫어."

도은의 고른 이가 사나운 맹수처럼 갈리며 드러났다. 수를 지나친 도은이 운전석에 있는 키를 뽑아 들고는 부서져라 문을 닫았다.

"차에 타. 데려다줄 테니."

"키 내놔. 도로에 이리 두고 갈 수도 없어."

"저딴 차 버려! 고물차 저리 놔둬도 탐내는 사람 없으니까!"

도은이 버럭 성을 내며 그대로 제 차에 올라탔다. 망설이며 서 있는 저 보란 듯이 시동을 걸곤 시끄럽게 클랙슨을 누르는 모습에 수는 짙은 한숨을 내쉬며 그의 차 조수석에 올라탔다.

"신대방역에 세워줘."

"알아."

"어떻게 아는데. 얼마 전 이사한 곳인데."

"그러는 넌 왜 모를 거라 생각하는데."

짧은 대답엔 성이 가득 나 있었다. 그리 세월이 지났는데도 그는 여전히 그녀에 대한 모든 걸 알고 있는 듯했다. 수는 그대로 입을 다물었다.

침묵이 흘렀다. 에어컨 바람이 흘러나오는 소리 외엔 차내에 그 어떠한 소음도 없었다. 숨이 턱 막힐 듯한 고요함에 달리는 차 밖으로 뛰어내리고 싶을 즈음 도은은 걸려온 전화를 블루투스로 받았다. 회사에 관한 일인 듯 그는 운전을 하는 내내 업무적인 일을 지시했다. 매서운 다그침에 직원의 울기 직전인 목소리가 흐릿하게 들렸다. 도은은 상대방의 무능력함이 이내 답답한지 매서운 일침을 가하곤 전화를 끊었다. 잠시 잔기침을 내뱉곤 창문을 열었다 닫기도 했다.

차창 밖으로 옆 동네의 풍경이 지나갔다. 몇 분만 더 가면 익숙한 동네가 나올 것이었다.

끼이익!

도은이 한산한 도로에서 급하게 차를 유턴하며 반대 방향으로 차를 몰았다. 놀란 수가 의아하게 그를 응시했다.

"뭐 하는 거야?"

"급한 일이 생겼어. 데려다주는 건 나중 일이야."

"그럼 여기다 세워줘. 알아서 갈 테니."

"새벽이야. 이쪽엔 택시도 없어."

"내일 아침에 약속 있어."

"왜. 그치랑 데이트 약속이라도 있나 보지."

갑작스러운 시비에 수는 이를 으득 갈았다. 약속은 거짓말이었다. 내일은 정해진 휴일로 오랜만의 쉬는 날이었다. 하지만 말끝마다 남의 속도 모르곤 비꼬는 그가 몹시도 미웠다.

"그쪽도 축하해. 기사 났더라, 이번 달에 약혼식 한다지."

"초대장이라도 받고 싶나."

비웃음 가득한 도은의 음성에 수는 이를 으득 갈았다. 애써 아무렇지 않은 척 숨을 내쉬었지만 내장이 뒤틀리는 것만 같았다.

"그날 또한 난 선약이 있어서."

"누군갈 만나려거든 제대로 만나. 그딴 한심한 녀석 말고."

"그 한심한 사람 못 가져 남들은 난리던데."

"그래서. 대충 넘어가기라도 하겠다는 거야?"

"못할 게 뭐야. 병원 부원장 아들이 날 좋다는데."

도은이 운전대를 움켜쥐는 게 보였다. 푸른 혈관이 그득 튀어나오는 모습에 수는 실소를 흘리며 창밖으로 고개를 돌렸다. 그가 저리 준성을 운운하는 게, 기분 나쁘지만은 않았다. 꽉 막혔던 숨통이 조금은 트이는 것도 같았다.

"알아서 갈 테니 차 세워."

"알아서 하는 게 약 먹고 운전하는 건가 보지."

"장담하건대 약 안 먹었어. 먹어도 수술 잘만 집도하고 일상생활에 전혀 지장 없어."

"약 때문에 운전 그딴 식으로 하는 게 아니라면 더더욱 차 몰 생각 따위 집어치워. 사고 내서 남까지 죽일 생각하지 말고."

아까의 일을 다시금 꺼내 비꼬는 도은에 수는 매섭게 그를 노려보다 이내 다시 차창 밖으로 고개를 돌렸다. 심장이 울렁울렁거렸다.

그렇게 이십여 분이 걸려 도착한 곳은 익숙한 고급 맨션 앞이었다. 이곳이 어딘진 잘 알고 있었다. 구 년 전 이미 익히 알고 있는, 그의 집이었다.

입구에서 망설이는 수를 본 도은은 긴 눈매를 찌푸렸다. 그녀의 당황스러운 얼굴을 응시하던 그의 입꼬리가 적잖이 비틀어졌다.

"기대하지 마. 일 때문에 어쩔 수 없이 널 데리고 온 거야. 바쁘니까 빨리 와."

수는 그를 따라 집으로 들어갔다. 내부 구조는 예전과 달라진 게 거의 없었다. 집 안은 구 년 전과 마찬가지로 심플한 모델 하우스처럼 있어야 할 것만 있는 채로 텅 비어 있었다. 바뀐 건, 보지 못했던 값비싼 가구가 예전 가구를 대신 채우고 있다는 것뿐이었다.

"뭘 하든 상관없어. 여기서 잠시 기다려."

도은은 바로 서재로 들어갔다. 작게 열린 문틈 사이로 그는 책상 앞에 앉아 전화통을 붙잡곤 노트북을 두드리는 게 보였다. 책상엔 서류가 산더미처럼 쌓여 있었고, 그는 그 서류들의 위치를 정확히 파악하곤 필요한 것만 꺼냈다. 한 시간이 넘도록 그는 한 치의 흐트러짐 없이 일에만 집중했다.

빈틈이 없었다. 머리 좋은 그에겐 의사가 천직이라 생각했으나, 왠지 지금의 일이 그의 천직임을 어렴풋이 느낄 수 있을 것 같았다. 기사를 통해 그의 능력은 익히 들은 바 많았고, 지금 이 순간 눈앞에 있는 그는 더 이상 예전의 풋풋했던 의대생이 아니었다. 누가 봐도 인정할 한 기업의 젊은 대표였다.

수는 무료함에 천장의 기하학적인 모양의 등을 쳐다보다 가격을 궁금해하기도 하고 벽에 걸린 영화관 스크린 같은 얇은 티브이를 보며 신기해 손으로 쓸어보기도 하고 발코니로 나가 발아래 펼쳐진 새벽녘 불 꺼진 고요한 야경을 바라보기도 했다. 그럼에도 그의 일은 끝날 기미가 보이지 않았다. 베이지색 소파에 앉아 잠깐 고개를 기대고 눈을 감았는데, 다시금 떴을 땐 집 안은 쥐 죽은 듯 고요했다.

"……몇 시……."

발치로 담요가 툭 떨어졌다. 기억에 없는 그 담요를 누가 가져다준 것인지는 뻔했다.

벽에 걸린 앤티크 시계의 시침은 5시 가까이를 가리키고 있었다. 곧 있으면 새벽 동이 떠오를 터였다. 세 시간을 내리 잤다는 사실에 기가 찼다. 집에선 눈 한 번 감는 게 그리 힘들었는데, 되레 엉뚱한 곳에서 숙면을 취해 버린 것이다.

"콜록. 콜록……."

기침 소리가 들려왔다. 아까 전부터 계속 들리던 그의 기침이었다. 수는 조심스레 서재로 향했고, 열린 문 틈 사이 간이 소파에 누워 있는 그가 보였다. 완전히 잠에 빠져 들었는지 도은은 수가 가까이 다가갔는데도 감은 눈을 뜨지 않았다. 수는 그런 그의 곁에 서 가만히 내려다보았다.

고단해 보였다. 완벽히, 지친 모습이었다. 책상 위 노트북은 아직도 켜진 채였고 서류들은 어지럽게 나뒹굴었다. 언제나 단정하던 머리카락은 헝클어져 수려한 얼굴 위로 흘러내려 있었다.

매섭게 번뜩이던 긴 눈매와 시원스러운 입매는 잠결 때문인지 편안하기만 했다. 예전보다 살이 빠졌는지 한층 더 선명한 턱선과 높은 콧날은 베일 듯 날카로웠다. 1500명이 넘는 직원들을 건사하려는 대표가 무릇 어떠한 하루를 보내는지 단편적으로 알 수 있었다.

문득 도은이 다시금 기침을 했다. 고르지 못한 들뜬 숨에 그의 너른 가슴팍이 가쁘게 오르내렸다. 이상한 촉에 수는 조심스레 그의 이마를 손으로 짚었다. 체온은 데일 듯 끓고 있었다. 식은땀이 흐르는 이마에 머리칼이 축축하게 뺨에 붙었다. 과다한 업무와 스트레스 탓에 그 또한 그녀처럼 탈이 난 모양이었다.

수는 다급히 부엌으로 가 이리저리 부산스레 뒤졌다. 얼음을 찾아 큰 그릇에 담곤 물을 받아 황급히 그에게로 향했다. 열을 내리기 위해 얼음물에 적신 수건으로 땀에 젖은 그의 얼굴과 팔다리를 수건으로 닦아 내릴 즈음이었다. 옷을 걷자 드러난 팔과 다리에 수의 얼굴이 희게 질렸다.

상처투성이었다. 한 뼘은 족히 넘는 정형외과 수술 자국이 손에서부터 팔뚝, 복숭아뼈에서부터 정강이까지 여러 군데로 이어졌다. 여덟 번의 수술이라는 그의 말은 거짓인 듯했다. 더하면 더했지 덜하진 않는 자국들이었다. 죽을힘을 다해 살아난 것은 비단 그녀뿐만이 아니었다.

눈시울이 붉어졌다. 도은의 손과 팔을 닦아내는 수의 손이 옅게 떨렸다.

"수야."

나직한 음성이었다. 부드럽기 그지없는 목소리에 수의 손이 멈췄다.

"믿지. 네가 날 좋아하는 거……."

놀라 굳어버린 수를 모른 채 도은은 여전히 꿈결 속을 헤매고 있었다.

"네가 나 좋아하는 거. 난 그걸 믿지."

그 꿈속에서 도은은 예전만큼이나 애정 그득한 음성으로 수를 부르고 있었다. 열에 취해, 잠에 취해 깨지 못하는 그의 흔들리는 손을 수가 잡아 쥐었다. 흉터가 그득 남아 거친 손이었다. 피아노에 어울릴 만큼 섬세하다 생각했던 큼지막한 손은 더 이상 존재하지 않았다. 이 또한, 자신 때문이었다.

한참을 그리 있었다. 분명 있을 거라 장담하고 그의 집을 뒤진 끝에 찾아낸 링거를 들고 와 그의 팔에 놓고는 계속해서 수건으로 몸을 닦았다. 열이 점차 내려가고 이내 고른 숨을 쉬는 그에게 담요를 덮어준 수는 조심스레 방을 나왔다. 어느새 동이 튼 창을 바라보던 수는 문득 거실에 앉아 있는 누군가에 놀라 몸을 굳혔다.

구불구불 웨이브 진 비단결 같은 긴 머리칼을 한쪽으로 말아젖힌 여자였다. 쉽게 잊혀지지 않는 아리따운 얼굴에, 그보다 더 아름다운 몸매를 뽐내며 그녀는 꽤나 편하게 다리를 꼰 채 소파에 앉아 있었다.

정아는 수를 보고 미소를 띠었다.

"또 보내요. 그것도 주도은 씨 집에서."

"어떻게 들어왔죠?"

"그건 약혼녀인 내가 물어야 할 질문 같은데?"

"예비약혼녀죠. 아직 약혼 안 했고."

"그래서. 지금 동침하다 나오는 길인가요?"

직설적인 질문에 수의 입꼬리가 비틀어졌다.

"네. 서재에서. 요상한 자세로."

"특이 취향이네. 뭐, 앞으로 내가 차차 알아가야 하겠지만."

"그쪽은 감당 못 할 텐데. 저 사람 꽤나 변태라."

수의 노골적인 표현에 정아는 풋 웃음을 터뜨렸다. 뭐가 그렇게 재미있는지 한참을 웃는 그녀를 보며 수는 눈매를 찌푸렸다.

"미안해요. 간만에 너무 웃겨서, 하하."

"감수성이 풍부하시네. 낙엽 떨어지면 소녀처럼 자지러지겠어요?"

"귀엽네요. 내가 아는 사람하고 꼭 닮았어요. 그 사람도 질투가 많거든요."

정아의 이해할 수 없는 말에 수는 코웃음을 치며 전투적인 자세로 팔짱을 꼈다.

"저 사람 잠을 제대로 못 잤어요. 쉬어야 해요. 급한 일이 아니라면 다음에 들르시죠."

"두 사람 꽤나 격정적이었나 보죠?"

"네. 원한다면 보여드릴 수도 있고."

"나도 꽤나 센 편인데, 이수 씨 성격도 만만치 않네요."

수가 의아하게 눈살을 찌푸렸다.

"제 이름을 어떻게 알죠?"

"유명한 얘기잖아요. 두 사람 가십. 저번에 호텔에서 보고 나서 그쪽이 당사자라는 건 바로 알았죠."

"알면 이만 나가주시겠어요? 난 아직 나갈 생각이 없어서."

"급한 일이라 새벽부터 쳐들어온 건데?"

"그거야 내 알 바 아니고."

"상황이 영 그렇다면야 이것만 놓고 가야겠네요."

정아는 가방에서 서류 뭉치를 꺼내 유리 테이블 위에 놓았다. 한 뼘은 족히 넘을 만한 서류였다. 정아는 주저 없이 현관으로 향하다가 수를 돌아봤다. 여배우만큼 우아한 몸짓이었다.

"주 대표 일어나면 저 내용부터 검토해 달라고 해주겠어요? 다음 주 전엔 무조건 해결해야 하는 일이라."

"약혼 전에 해결해야 하는 일인가 봅니다?"

"아님 곤란해지는 사람은 나뿐이 아니니까."

정아는 서슬 퍼런 수를 응시하며 부드럽게 미소를 띠었다. 매혹적인 인상이었다.

"그럼, 또 보죠, 우리."

자금난을 겪고 있다는 페리제약의 외동딸은 당당하기 그지없었다. 똑똑하고 얼굴도 예쁘고 몸매는 말할 것도 없고 수완과 언변술까지 최고였다. 누가 봐도 차기 대표가 될 자질이 충분한 여성, 그런 사람과 다음 주면 도은이 약혼을 한다. 머리가 아팠다. 여전히 답은 없었다.

정아가 나가고 나서 수는 잽싸게 현관 도어락을 잠갔다. 하지만 계속 헛바퀴를 돌며 삑삑 건전지 방전 신호음을 울리는 문에 수는 빙긋 웃었다. 비밀번호를 알고 있는 게 아니라 그저 도어락 건전지가 방전된 문을 열고 들어온 거라는 사실이 만족스러운 거였다.

수는 부엌으로 가 냉장고를 이 잡듯 뒤져 쓸 만한 재료를 꺼냈다. 먹을 건 거의 없었고 대부분 인스턴트와 온갖 종류의 술뿐이었다. 그나마 건진 채소 몇 가지를 곱게 다져 쌀을 넣고 끓인 죽을 식탁에 세팅해 놓고 상보를 덮어둔 수는 선반 위 놓여 있는 약들로 시선을 돌렸다. 유통기한이 지난 걸 보니 대부분 더 이상 먹지 않는 약일 터지만, 그 수가 너무도 많았다.

수도 복용하고 있는 신경안정제만 두 개, 항암에 쓰일 만큼 독한 진통제는 다섯 개, 항생제는 세 개가 넘었다. 구 년간, 그가 먹어온 약들이었다. 그중 몸살에 걸린 그가 먹을 수 있는 약 하나를 꺼내 식탁 위에 올려둔 수는 정아가 두고 간 서류까지 같이 놓아두려다 이내 다시금 있던 자리에 놔두었다. 이걸 두고 가면 도은은 일어나자마자 다시 일에 매진할 것이었다. 그 꼴은 보기 싫었다.

그대로 그의 집을 나오는 수의 발걸음은 구 년이 지난 지금에도 익숙하기만 했다.

"또 보죠, 우리? 개뿔! 너 같은 여자는 절대 안 돼!"

수가 버럭 승질을 내며 더위가 한풀 꺾인 늦은 여름의 거리를 운동화로 거세게 지르밟았다. 지나가는 이가 의아하게 쳐다봤지만 신경 쓸 여력은 없었다. 수는 흘러내린 단발 머리칼을 손목에 찬 머리끈으로 질끈 묶고는 땀에 젖은 이마를 쓸어내렸다. 새벽에도 아직 후끈한 열기가 남아 있는 계절이었다.

아상은 연락이 없었다. 계획을 짠다던 그는 깜깜무소식이었다. 다음 주면 도은이 약혼을 한다는데 마음은 초조하기만 했다.

거기서 수의 걸음은 멈췄다. 저도 모르게 나온 실소 때문이었다.

"초조하면…… 뭐 어쩔 건데."

자문하는 목소리가 썼다. 비튼 입매는 떨렸고 입안은 바짝 타들어갔다.

그에게 돌아가려 하는 게 아니다, 상관 말라, 알아서 하겠다, 아상에게 당당히도 말했던 그녀였다. 한데 강정아의 등장에 수년의 다짐이 무색할 만큼 아상의 연락을 기다리게 되었다. 채 몇 주도 버티지 못하고, 그랬다.

그래, 피눈물 섞인 다짐이었다. 제 손으로 부숴 버린 그였다. 저로 인해 그가 다시금 부서질까 두려웠었다. 내 욕심을 채우려 그를 다시 한 번 사지로 내몰까 두려웠다. 그렇기에 먼발치에서 그의 곁을 맴도는 걸로 만족해라, 그녀는 자신을 다그쳤다. 하지만, 수년의 다짐은 그의 얼굴을 마주한 순간 쉽게도 무너졌다. 볼품없게, 쉽게도 그랬다. 당연했다. 간절히 바랐던 사람이었다. 곁에 함께하지 못함에 피가 마르고 애가 탔던 사람이다. 그러니 거짓말이다. 자신은 지금 필사적으로, 거짓말을 하는 거다.

놓고 싶다고 놓아버릴 수 있는 사람이 아니다. 그 사람 때문에 아팠고, 그 사람 때문에 지옥 같은 나날을 견디며 한 걸음 앞으로 나아갈 수 있었다. 그러니 예전이 그랬든 앞으로도 당연히 내 것이라 믿어 의심치 않았고 반드시 그래야만 하는 사람인 거다. 그래서 상혁과 선우에게, 속을 빤히 꿰뚫는 아상에게, 거짓말을 했다. 마치 그 사람의 행복을 위해 더는 탐내지 않는다는 듯, 이제야 정신을 차렸다는 듯 당당히도 그랬다. 자신은, 아무것도 할 수 없었던 탓이었다.

그는 망가졌다. 이유가 무엇이던 제가 산산이 부수고 망가뜨린 사람이다. 그는 자신을, 증오한다. 마주 서는 것만으로 분노와 증오로 얼룩진 그의 시선이 칼날처럼 제 살점을 파고들어 숨조차 쉬어지지 않았다. 가끔 참다못해 그에게 돌아가고 싶단 일말의 상념마저 어림없게 만들 만큼 그는 조금의 틈도 없었다. 그런 그에게 구 년 만에 돌아온 그녀가 할 수 있는 일은, 아무것도 없었다. 지치지 않겠단 스스로의 약속도 얼마 못 가 깨진 지 오래였다. 수십 번 밀어내도 수백 번 다가오던 그의 사랑이 얼마나 대단한 것이었는지 되새길 때마다, 자신에겐 여전히 그와 같은 지치지 않는 용기가 없음에 탄식했다. 그랬기에 그녀는, 아무것도 할 수 없었다. 여전히 겁쟁이였고, 그래서 아상의 말에 또 다시 흔들린 거다. 아상이 예전처럼 곁다리 노릇을 해주길 기다렸다는 듯 볼품없게도 스스로 넘어간 거였다.

도은에게 더는 아상의 술수가 통하지 않는다 해도, 그래서 자신을 증오하는 그의 얼어붙은 마음이 녹기는커녕 더욱 서슬 퍼런 독기를 내뿜는다 해도, 자신을 떠나고 결국 그의 먼 곁에조차 있지 못하게 된다 해도.

겁쟁이처럼 아무것도 못한 채, 이런 식으로 그를 떠나보낼 순 없다, 그렇게 생각했다. 이게 빌어먹을 진실이었다. 그래서 손은 멋대로 움직였다.

다급히 통화 목록을 뒤져 아상의 번호를 찾을 무렵 배터리가 거의 떨어져 가던 휴대폰이 울렸다. 전화가 끊길까 잽싸게 화면을 확인한 수는 이내 실소를 내뱉으며 급히 받아 들었다.

"그래서, 지금 돕겠다는 거예요, 아님 도와달라는 거예요."

[다음 주 약혼이라 애가 닳았나 봐?]

"형님은 여전히 태평하시구요."

[내 전화 많이 기다렸구나?]

여전히 능구렁이 같은 온화한 말투였다.

"시끄럽고요. 내가 기대하는 말을 해줘야 할 겁니다. 나 지금 굉장히 열 받아서."

[여전히 그 상태? 여태 뭐 한 거냐?]

"내가 당연히 뭐라도 할 거라 확신했나 봅니다?"

[이때 즈음이면 네 갈피 못 잡는 마음이 한 노선을 탔을 거라 확신했을 뿐이야. 넌 겁이 많아 느린 아이잖니.]

"날 그렇게 잘 압니까?"

[왜 모른다고 생각하는데?]

수는 이를 악다물었다. 역시나 예나 지금이나 그는, 예리했다.

"말했죠. 마스터키도 못 쓸 만큼 망가졌다고. 그러니 그 좋은 주 씨 집안 머리 좀 쥐어짜 봐요. 형님 말마따나 난 빌어먹게 느려 터졌잖아."

[내가 무슨 말을 하든 분명 마음에 안 들 건데, 어쩌나?]

웃음기 역력한 말을 끝으로 전화는 끊어졌다. 그의 말마따나, 마음에 들지 않았다.

❖

신약 vx로 인해 환자 수는 개원 이래 최고였다. 플래카드와 홍보물은 고개만 돌리면 거리에 넘쳐났고 이사진과 원장은 입이 귀에 걸렸다. 복도에서 얼굴을 마주치기라도 할라 치면 전에는 누군지 관심도 없어 하던 사람들이 도리어 다가와 덕담 어린 인사를 건네기도 했다. 수는 어이가 없었다.

축하 파티 겸 이틀로 나뉘어 진행한 회식 자리가 이어졌다. 수는 파티 이튿날 참석하여 휴일인 내일 중요한 가족 모임이 있다는 핑계로 식사만 하곤 틈을 타 빠져나왔다. 붙잡는 원장에겐 화장실에 가는 척하며, 이미 테이블에 머리를 박곤 기절해 있는 선우와 그런 그의 팔에 포도당 링거를 놔주곤 구석에 처박아두는 상혁과는 간단히 눈인사만 했다.

며칠 사이 여름이 가고 있었다. 늦은 저녁 무렵 회식이 열린 갈비집 앞 거리는 꽤나 한산했으며 숨 막히고 불쾌했던 습도 높은 여름 공기는 어느새 사그라져 있었다. 가을의 발뒤꿈치 정도 보이는 듯했다.

수는 가방을 고쳐 매고는 큰 도로변으로 나왔다. 대중교통이 끊긴 시각이라 택시를 잡기 위함이었다. 친구들의 만류도 그렇고, 이전에 갓길에 세워두었던 차는 과태료를 물고 난 후 오피스텔 주차장에 방치 중이었다.

전화벨이 울렸다. 화면엔 아상이라 적혀 있었고 수는 눈살을 좁히며 전화를 받았다.

"왜요."

[타.]

"뭘 타라는……."

끼이이익.

멀리서 속도를 줄이며 달려오던 흰 스포츠카가 수의 앞에 정차했다. 짙게 선팅된 차창이 내려가며 드러나는 운전석의 남자에 수는 어이가 없는 표정으로 전화를 끊고는 조수석에 올라탔다.

안전벨트를 매던 수가 말했다.

"뭡니까. 나 여기 있는 걸 어떻게 알고요."

"언제나 손바닥 안이지. 힘들게 뺀 시간이야. 바로 본론."

"본론이 뭔데요?"

"널 내 집으로 납치할까 해. 있다 적절한 추임새 잘 해주고."

수는 멍하니 아상을 바라봤다. 이해가 가지 않는 탓이었다. 그는 시원스레 입꼬리를 휘며 누군가에게 전화를 했다. 세 번도 채 울리지 않고 받는 상대방에 아상은 운전을 하며 느긋하게 말을 이었다.

"약혼 준비는 잘돼 가냐?"

상대방의 목소리는 들리지 않았다. 아상이 볼륨을 낮춘 탓이었다. 수의 낯빛이 바뀌며 그대로 굳어버렸다.

"수 말이다. 많이 달라졌더라. 남자 여럿 달려들겠던데."

그제야 아무 소리도 들리지 않던 전화 너머에서 작은 소리들이 들렸다. 뭔가를 빠르게 말하는 듯했으니 옆에서 알아들을 수 있는 정도는 아니었다.

"아, 내가 말 안 했던가? 지금 내 집에 같이 있어. 술을 많이 마신 걸 업어왔거든."

아상의 시원한 입매가 비릿하게 휘어졌다.

"흰 피부도 그렇고, 자그마한 얼굴도 그렇고. 수 등에 화상 흉터 남은 거, 넌 아직 못 봤겠지? 나름 매력 있는 흉터인데."

아상은 장난스럽게 손을 뻗어 수의 흰 뺨을 쓸었다. 소스라치게 놀라며 그의 손을 쳐 내는 그녀에 그의 미소가 짙어졌다.

"그거야 지금 보고 있으니 하는 말 아니겠니? 난 이런 여자가 좋더라."

부드럽게 선한 미소 따윈 아니었다.

"넌 싫다 하고, 난 탐이 나고. 그러니 앨 어떻게 하면 좋을까."

아상은 핸들을 돌리곤 목적지로 유유히 차를 몰고 있었다. 이어지는 그의 부드러운 어투가 신경을 곤두세웠다.

"내가 가져야겠다. 물론 허락이 아닌 통보."

상대방의 격앙된 소리침이 어렴풋이 들렸다. 수는 아상의 핸드폰을 빼기 위해 손을 뻗었다. 하지만 아상은 그녀의 손을 쉽게도 막아낸 채 이미 일방적으로 전화를 끊은 채였다. 그 난리판에도 운전엔 흔들림이 없었다.

"지금 뭐 하는 거예요!"

"말했잖아. 내가 뭘 해도 마음에 안 들 거라고."

"이딴 게 계획이라고? 퍽이나! 이제 어쩔 겁니까! 다 글러먹었다고!"

수는 그 보란 듯 값비싼 외제차 실내를 구두 굽으로 대차게 차 버렸다. 그는 코웃음을 쳤다.

"성격은 여전하네. 네 구두가 망가졌을걸."

"그쪽도 여전하네요. 이렇게 웃는 낯으로 사람 속을 뒤집는 걸 보면! 당장 차 세워요. 돌아가야겠으니까."

"도은이를 만나러 갈 생각이라면 그만둬. 알아서 올 거야."

"형님 같으면 오겠습니까! 약혼이 코앞인데!"

"기운 빼지 마. 이게 아니면 별반 다른 수도 없잖아, 너."

날카로운 일침이었고, 그의 말은 사실이었다.

수는 발치를 내려다보다 으득 이를 갈았다. 산 지 한 달도 안 된 구두 굽은 너덜너덜해졌다.

차는 깔끔하게 정비된 부촌의 한가운데 위치한 두 동의 고급 고층 아파트 앞에 멈추었다. 차키를 건네자 게이트 앞에 있던 직원이 키를 받아 들곤 고개를 숙였다. 아상을 따라 차에서 내린 수는 어안이 벙벙해 그를 쳐다보았다. 아상은 싱긋 미소를 지은 채 따라오라는 듯 그녀에게 손을 까딱였다.

미국의 쌍둥이 빌딩을 보는 듯했다. 세련된 외관과 호텔을 연상케 하는 로비의 관리 직원들, 카드가 있어야만 타고 내릴 수 있는 엘리베이터에 올라 최고층에 위치한 그의 펜트하우스로 향했다.

집 안으로 들어서자 자연스레 켜진 등 밑으로 100평은 족히 넘을 듯한 복층이 보였다. 딱 봐도 고급 가구, 티브이에서나 본 최신식 시스템의 주거 환경, 50층에 달하는 높이답게 베란다 통유리창으로 펼쳐지는 서울의 야경.

도은의 집이 호화스러움의 맥시멈일 거라 장담했건만, 아닌 모양이다.

아상은 수의 손에 들린 가방을 뺏어 소파 위로 던져 놓고는 넥타이를 풀며 유유히 부엌의 와인 바로 향했다. 거치대 안 즐비한 갖가지 값비싼 술 중 가장 독한 양주를 들고 나타난 아상은 거실에 우두커니 서 있는 수의 앞에서 병째 술을 들이켰다. 뚜껑을 따자마자 풍기는 독한 알코올 향에 미간이 찌푸려졌다.

"술 많이 마신 걸 업어왔다 했으니, 마셔."

아상이 내민 양주병을 노려보던 수는 완강하게 병을 다시 밀었다.

"그 사람 안 올 거예요."

"천하의 이수가 많이 약해졌네."

"지금의 그 사람 마주하면 안 그러고 배길 사람 없을걸. 지금 뭐 하자는 건데요."

"대화 들었잖아. 우리가 뭘 하고 있어야 그 녀석이 미쳐 날뛸 거 같은데?"

"부디 내가 지금 생각하는 건 아니길 바라고 있는 거지."

"어쩌나. 그게 맞는데."

"만약 그러면. 뭐가 달라지기라도 합니까?"

"예전 같았음 네 주변에 다가서는 남자만 있더라도 넝마를 만들어놨을 거야. 한데 네 옆에 딱 달라붙어 얼쩡거린 놈을 보고도 콧방귀도 안 뀐 녀석이야. 무슨 자극을 해도 그 녀석 움직이지 않아. 한데, 그게 나라면 얘기가 좀 달라지거든."

"……."

"망가진 문, 고치고 싶잖아?"

수의 표정이 점차 굳어졌다. 그녀의 미묘한 변화를 알아차린 아상은 뱀처럼 눈을 휘었다. 그 예전처럼, 속을 빤히 들여다보는 것만 같은 시선이었다.

"시간 됐어. 할 거야, 말 거야."

앤티크 괘종시계를 가리키며 넌지시 물어보는 아상은 느슨하게 풀어져 있는 넥타이만큼이나 여유로운 모습이었다.

현관 인터폰에 빨간 불이 들어왔다. 이 집을 찾아온 이가 들어오고 있다는 표시였다.

수는 잽싸게 아상에게서 양주병을 뺏어 들며 그대로 벌컥 들이켰다. 한 모금을 넘기자 식도가 타들어가는 듯한 독한 알코올에 눈을 질끈 감고는 연거푸 몇 번을 들이켠 수는 비장하게 빈 병을 바닥에 떨구었다.

"내가 어떻게 하면 되는데."

아상은 실소를 지으며 고개를 저었다.

"그렇게 많이 마시면 후회할 텐데?"

"바라던 바야. 맨정신엔 못해먹겠으니까."

"나 인기 많은 사람이야. 계 탔다고 생각해."

"계 안 하는 주의라. 윽!"

털썩!

수의 어깨를 밀어 넘어뜨린 아상은 그대로 그녀의 몸 위에 앉았다. 도은만큼이나 장신에 다부진 체구인 그는 위압적인 자세로 그녀를 내려다보았다. 나른하게 넥타이를 풀어 옆으로 던지는 그의 얼굴이 정면으로 시야에 들어왔다.

긴 눈매에 감싸인 깊은 눈동자, 남자다운 수려한 이목구비, 흑단 같은 짙은 머리칼, 굵은 목선. 다부진 체구. 주 씨 집안의 피가 그대로 묻어나는 그였다. 등 불빛에 역광으로 번지는 그의 얼굴이 마치, 도은을 마주하는 것만 같았다. 빈속에 들이부은 양주가 제대로 효과를 발휘하는 듯했다.

와이셔츠 단추 두어 개를 풀어 내리던 아상의 손이 수의 흐트러진 단발머리를 쓸다 흰 뺨을 감쌌다. 수는 흠칫 굳으며 이를 악물었다. 싫은 게 완연한 표정에 아상의 눈동자가 더욱 깊어졌다.

"도은인 어떻게 하든?"

"변태 아냐? 그딴 걸 왜 물어. 하필 지금 이 시점에."

"그래야 이리 뻣뻣하게 굴진 않을 거 같아서. 걱정 마. 나 테크닉 좋으니까."

"그딴 거 안 궁금해! 누가 진짜 한대? 연기하는 거잖아!"

수가 바락 성을 내자 아상의 목울대가 울렸다. 이 상황을 즐기고 있는 게 분명한 모습이었다.

"처음 봤을 때부터 딱, 도은이가 미쳐 날뛸 거라 생각했었지. 그게 너무 지독해서 문제일 만큼."

"그래서 그 무서운 일을 모른 척 동조했었다 자백이라도 하는 겁니까?"

"굳이 말하지 않아도 아는 일 아니었나?"

"그쪽, 엄청 이상한 거 알아?"

"내가 봐도 난 정상의 범주는 아니지."

"단순히 동생의 일이라 이러는 게 아니지?"

"왜 그렇게 생각하지?"

"지나치니까. 그쪽이 한 모든 행동들 전부 다."

수의 차분한 읊조림에 그의 긴 눈매가 좁혀졌다.

"무슨 뜻이지?"

"구 년간, 찬찬히 곱씹었지. 나에게 무슨 일이 일어난 걸까. 무얼 잘못했기에 나에게 이런 일이 생겼을까. 형님이 아닌 다른 이에겐 절대 곁을 주지 않는 사람이라며. 집을 드나드는 사람도 형님뿐이라며. 근데 그때의 도촬, 그날의 끔찍한 사고, 그저 어르신의 손과 발이 되어 시키는 대로 행했다기엔 너무도 치밀했거든. 난 그런 계획적이고 빈틈없는 인간을 한 명 알지."

세상만사 무슨 일이건 평정심을 유지했던 아상의 시선이 흐트러진 순간이었다. 그 찰나를 놓칠까 수는 빠르게 말을 이었다.

"그쪽이 말했지. 난 당신과 비슷하다고. 우리같이 이성적인 사람들은 이유가 있어야 움직여. 그 이유가 간절하면 간절할수록 눈에 뵈는 게 없이 맹목적이지. 근데 당신이 이러는 게 꼭, 그 짝이거든."

"그래서?"

"내 이유는 명확하니 그렇다 쳐. 하지만 그쪽이 이러는 이유가 단순히 동생을 위하는 마음이다? 글쎄. 난 도저히 모르겠거든."

"아니. 넌 알고 있어. 똑똑한 아이니까."

"무슨 소리야."

"그래서 네가 날 싫어하는 거겠지. 아니야?"

수는 눈을 찌푸렸다. 그의 의중을 알기 위해 한 일이었지만 성과는 없었다. 오히려 그에게 제 속을 훤히 내보인 것만 같아 신경이 쪼그라들었다. 그의 속을 모르겠는 건 예전이나 지금이나 마찬가지였다.

아상의 손이 나른하게 수의 목선을 더듬었다. 도은과는 달리 차디찬 그의 손이 피부에 닿자 수는 저도 모르게 등골이 오싹했다.

"무관심에 방치된 아이가 있었어. 열 달을 뱃속에 품은 어미는 사랑은커녕 그 아일 미워했고, 아비는 아이가 상을 받든, 사고를 치든, 무얼 하든 관심조차 없었지. 남들보다 우수하고, 그보다 더 뛰어나져야 겨우 한 번 받는 시선은 그저 조건부의 사랑일 뿐이었어. 부모란 원래 그런 줄 알았다더군. 다들 그렇게 사는 줄 알았지. 한데, 다른 아이가 나타나 버린 거야."

"무슨 소리야 그게."

"그 아인, 부모의 지나친 애정이 고통스럽다 했어. 사고란 사고는 다 치고 도망치기 위해 발버둥도 쳤지. 그럼에도 그 아이는 여전히 지나치게 사랑받았어. 그렇기에 무관심에 지친 아이는 더욱 발악했지. 그 녀석과 닮으면 덩달아 자신도 봐주지 않을까, 당신이 예뻐하는 그 아이를 자신이 더 예뻐해 주면 한 번은 봐주려나, 그도 아님 그 녀석보다 더 뛰어나지면 마지못해서라도 한번쯤 돌아봐 주지 않을까 갖은 애를 다 썼어. 그러니 네가 말해봐. 그 아이는 뭘 잘못한 걸까."

"뭔 소리냐니…… 윽."

커다랗고 서늘한 손아귀가 수의 목을 움켜쥐었다. 수는 숨을
멈췄다. 흥미가 가득한 그의 눈빛은 어느새 차갑게 굳어 있었다.
그답지 않았다.

"대답해."

"장난해? 부모의 사랑 한 번 받기 위해 노력한 아이에게 잘못
이 있을 리 없잖아. 그딴 걸 지금 왜 묻냐니까."

"아니. 분명 잘못한 게 있을 거야. 그렇지 않고서야 그럴 리 없
어. 근데, 아무리 생각해도 도저히 모르겠거든."

답답함에 더욱 이를 갈던 수의 거센 눈매가 의아하게 풀어졌
다. 멍하니 응시하는 그녀의 눈을 마주한 아상의 긴 눈매가 서슬
퍼랬다.

"도대체 그 아인 무얼 잘못했기에, 부모의 사랑조차 받지 못했
냔 말이다."

가시가 박힌 시선이었다. 날카롭게 파고드는 시선에 온몸이 오
싹했다. 피부에 닿는 그의 차디찬 손도, 온화하기만 했던 긴 눈
매에 담긴 얼음장 같은 기운도, 부드러운 미소만 짓던 입매 사이
로 비치는 독기 어린 짐승의 숨소리도, 모든 것에서 평소의 그와
다른 괴리감이 느껴졌다. 아상은 비틀려 있었고, 소름끼쳤다.

목선을 타고 내려와 셔츠 단추로 향하는 그의 손길에 잠시 패
닉에 빠졌던 수는 그를 다급히 막아서며 이를 으득 갈았다.

"쇼맨십이야. 오버했다간 죽여 버릴 거야."

"그랬다간 들킬걸."

"그럼 나보고 어쩌라고!"

"날 도은이로 생각해. 지금 이대로는 우리가 바람난 게 아니라 내가 널 강간하는 걸로 보일 테니."

"그럼 그쪽이 적당히 알아서 하든가!"

수는 스스로 셔츠 단추 두세 개를 풀어 헤치곤 비장하게 심호흡을 했다. 목에 걸린 목걸이가 긴장 어린 가쁜 숨을 따라 오르내렸다.

아상은 목걸이에 매달린 반지를 매만졌다. 그 손을 매섭게 쳐내며 반지를 움켜쥐는 수에 실소를 흘리던 아상은, 그녀의 희고 가는 목을 한 손에 움켜쥐었다. 꽤나 힘이 들어가 고개를 들 수가 없어 수가 아상의 손을 잡아떼려 했지만 그의 힘을 이기는 데는 어림도 없었다. 수가 다시금 신음을 삼키자 그의 입꼬리가 더욱 휘었다. 순간, 섬뜩했다. 맹수의 드러내는 위압감이 아닌 그보다 무언가 더.

위험에 처한 기분이었다.

"글쎄. 봐서."

쾅쾅쾅!

연거푸 비밀번호 오류 소리가 난 후 현관문을 부셔져라 누군가 두드리고 있었다. 방음이 잘되는 탓에 웅웅거리는 소리만이 울렸고, 철판을 찢기라도 할 요량인지 거친 소리가 계속됐다. 그게 신호탄이었다. 아상은 수의 목을 손아귀에 쥔 채 그대로 입을 맞췄다.

"읍!"

두터운 입술이 맞닿자 수는 질끈 눈을 감으며 본능적으로 그의 가슴팍을 다가오지 못하게 밀쳤다. 하지만 그녀의 노력이 무색하게 그는 쉽게도 그녀의 팔을 제지하며 머리 위로 잡아 눌렀다. 순간 머리가 어질했다. 단순한 취기라고 보기엔 시야가 일렁이며 뜬구름 위에 누운 듯 몸이 나른했다.

수는 그를 흐릿한 시선으로 노려봤다.

"뭐야…… 약 탄 거야?"

"맨정신엔 못하겠다며?"

"그럼 적당히 탔어야지!"

"멋대로 많이 마신 건 너야."

"그쪽도 마셨잖아."

"한 모금 정도론 택도 없어. 그저 신경안정제야. 죽지 않아."

"제기랄……."

수는 으르렁거리듯 덧니를 드러내며 얼굴을 일그러뜨렸다. 잠시 잠깐 긴장을 늦춘 게 화근이었다. 자신의 앞에서 보란 듯이 양주를 한 모금 마실 때 알아봤어야 했다. 영악한 사람이란 걸 다시금 깨닫는 순간이었다.

나른한 정신에 둔한 몸. 옴짝달싹할 수 없는 상태에서 소리 죽인 악다구니를 내뱉자 아상은 아랫입술을 아프게 깨물어 억지로 입을 벌리게 했다. 그는 거칠게 그녀의 안으로 들어왔다. 독한 알코올 향, 비릿한 피 맛이 삽시간에 온 입안을 헤집었다.

수는 속으로 몇 번이고 참을 인을 새겼다. 연기 중이라 되새기면서도 정신은 이미 우주로 향한 지 오래였다. 부드러움이란 집어치운 채 맹수가 달려들 듯 거친 키스가 이어졌다.

셔츠 위로 흘러내린 아상의 손이 수의 가는 허리를 팔로 감쌌다. 조금의 틈도 주지 않던 그는 그녀의 벌어진 셔츠 단추가 거슬리는 듯 힘으로 벌렸다. 그러자 단추가 뜯어지며 맨살이 드러났다. 수는 그를 막으려 했지만 멍한 정신에 둔한 몸은 자신의 의지를 배반했다. 단단한 그의 체구가 온몸을 내리누르는 통에 움직이기는커녕 숨도 쉬어지지 않았다.

그때였다.

쾅!

도어락이 박살나며 거세게 문이 열렸다. 들고 있던 소화기를 바닥에 집어 던지곤 안으로 들어오는 이는 분명 도은이었다.

그의 모습을 확인하자마자 수는 되레 아상의 목에 팔을 둘렀다. 아상은 조금의 놀람도 없이 화답하기라도 하듯 그녀의 머리를 감싸곤 부드럽게 고개를 틀어 혀를 놀렸다. 누가 봐도 완벽한, 연인들의 밀회였다.

"당장 떨어져!"

쨍그랑!

현관 옆 화병이 섬광처럼 허공을 가르곤 그들의 옆에 떨어져 산산이 부서졌다. 파편이 얼굴을 스치자 그들은 행동을 멈췄다. 거친 숨을 몰아쉬는 수의 당황한 시선이 아상에게 머물렀다. 도은을 등지고 있던 아상이 무미건조한 입꼬리를 비릿하게 휘며 그녀의 위에 올라탄 몸을 가뿐히도 일으켜 세웠다. 그때였다.

퍽!

전광석화처럼 달려든 도은이 거칠게 아상의 멱살을 잡곤 얼굴에 주먹을 날렸다. 큰 마찰음과 함께 그대로 나가떨어지는 아상을 보며 도은이 이미 이성을 잃었다는 걸 훤히 알 수 있었다.

아상이라면 뭐든 이해하고 넘어가는 그였다. 하물며 큰 사고로 생명의 위협까지 받았던, 여전히 아상에게 의지하는 그였다. 한데 그런 그가 지금, 쓰러진 채 입가에 피를 흘리는 아상을 핏발 선 눈으로 죽일 듯 노려보고 있었다.

아상은 입가를 손등으로 쓸어내리곤 선연히 비치는 피에 실소했다.

"끝난 사이에 무슨 미련이 남아 이리 훼방을 놓는 거냐?"

"누가 끝났대."

"저 아인 그렇게 생각하던데. 네 완강한 몸부림에, 이미 끝났다고."

"안 끝났어. 안 끝났다고. 내가 안 끝났다는데 도대체 뭐가 끝난 건데!"

맹수의 섬뜩한 포효였다. 분노에 부들부들 떨리는 그는 서서히 돌아서선 일어서지도 못한 채 굳어버린 수에게 향했다. 앞섬

이 풀어 헤쳐져 맨살이 훤히 드러난 것과 공기에 흐르는 알코올 향에 더할 나위 없이 얼굴을 일그러뜨린 도은은 그녀의 팔을 잡아 강제로 일으켜 세웠다. 찢어져 옷의 기능을 하지 못하는 셔츠를 정돈해 주던 그의 손이 잠시 멈췄다. 희게 드러난 날개뼈의 흉터 때문이었다.

"넌 항상 너만 힘들다고 생각하지. 착각하지 마."

"무슨 소리야 그게."

"그 흉터가 왜 생겼는지 알면, 넌 네 목을 조르고 싶을 거다."

아상은 바닥에 누워 피를 흘리는 채로도 태평했다. 양복 재킷을 벗어 수의 상체에 덮어 여미는 도은의 손이 떨렸다. 맥없이 고개를 가누지 못하는 수의 상태를 살피던 그는 아상을 향해 더욱 거세게 이를 갈았다.

"……뭘 먹인 거야."

"주의력결핍장애 환자들이 먹는 약이랄까? 괜찮아, 반나절 자고 나면 말짱하게 깰 거다."

"형, 도대체……!"

참다 못 한 도은이 비틀거리는 그녀의 몸을 단단히 잡아 세우고는 아상을 죽일 듯 노려봤다.

"끼어들지 말랬지."

"그러게 알아서 네가 잘하면 얼마나 좋겠니."

"경고했음에도 어긴 건 형이야. 다시 손댄다면 그땐, 죽여 버릴 거야."

"네가 그럴 수 있을까."

찢어진 입가에서 여전히 피가 흘러 내렸다. 고른 이 사이 머금어진 핏물과 함께 드러난 웃음은 기괴함을 넘어 섬뜩하기까지 했다. 도은은 으득 이를 갈면서도 더 이상 아무런 말도 하지 않았다.

도은은 그대로 수를 부축해 이상의 집을 빠져나왔다. 자꾸만 비틀거리며 고꾸라지는 수를 결국 어깨에 들쳐 멘 채 아파트 입구에 버리듯 정차한 차에 태웠다.

어디론가 가고 있었다. 감은 눈꺼풀은 세상 무거웠고, 정신은 혼몽했다. 흔들리는 차체에 잠깐 정신이 들라치면 그대로 다시금 까무룩 눈앞이 깜깜해지길 몇 번이었다. 그로부터 한참 뒤, 정신을 차렸을 땐 이미 그의 집이었다.

익숙한 내부, 여전히 텅 비어 스산한 공간. 수는 제가 남자의 커다란 셔츠를 입고 있는 것을 알아챘다. 소매를 말아 올려 드러난 가는 팔엔 링거가 꽂혀 있었다. 푸른 혈관이 꿀렁 넘실댔다.

그 와중 드는 생각은 단 하나였다. 등의 흉터를, 자신의 몰골을 결국 다 봤겠구나.

정신은 차렸으니 여전히 맥을 못 추리는 수의 앞으로 다가온 그가 시선을 맞추며 한쪽 무릎을 꿇은 채 마주 앉았다.

"수야."

차분하고 나직한 음성이었다. 서릿발이 머물지 않은 그의 목소리는 오랜만의 것이었다. 손에 든 물컵을 입으로 가져다대는 그에 수는 타는 목에 물길을 텄다. 몇 모금 채 마시지 못하고 비틀 고개를 치우자 도은은 그녀의 입가로 흘러내린 물을 닦으며 고개를 소파에 기대게 했다. 예전으로 돌아간 것처럼 부드러운, 뜨거운 열기를 머금은 손길이었다.

꿈만 같았다. 이미 깨어져 버린 꿈이었다. 그랬기에 멋대로 입이 나불거렸다. 다급했고, 더 이상 물러설 곳 따윈 존재하지 않았다.

"약혼, 하지 마."

도은의 긴 눈매가 일순 얼어붙었다. 여전히 풀어진 눈으로 저를 응시하는 그녀에 도은의 긴 눈매는 어느새 차가운 얼음장이 되었다. 아까의 행동들은 잠시 잠깐의 꿈인 양 그랬다. 그는 여전했다.

"왜. 넌 형 집에까지 가서 이 사달을 만든 주제에 나한테 그딴 소린데."

"이유가 있으니 간 거야."

"형도 남자야. 겁도 없이 따라 들어가?"

"선택의 여지가 있었는 줄 알아?"

"빌어먹을! 멋대로 행동한 건 너야! 그러게 왜 그딴 짓을 해!"

"날 그렇게 몰아붙인 건 당신이야!"

수는 악에 받쳐 몸부림을 치듯 팔에 꽂힌 링거 바늘을 뽑아 던졌다. 치미는 화에 통증 따윈 느껴지지 않았다. 도은은 그녀의 막무가내인 행동을 잡아 내리눌렀다.

심장이 무섭게 뜀박질 쳤다. 마주한 그의 검은 눈동자가 흔들리고 있었다. 그렇기에 쉽게도 거짓말이 나왔다. 마치 그게 사실인 양 스스로도 속을 지경이었다.

"다음 주에 약혼한다며. 날 죽도록 증오하기만 하는데 무슨 수로 붙잡아. 그래서 따라 들어갔어. 당신이랑 비슷했으니까. 그런 사람이라도 필요했으니까."

조금의 떨림 없이 날 선 음성이 매서웠다. 찰나의 순간 피어난 기지지만 스스로 내뱉고 놀란 말이기도 했다. 이런 터무니없는 거짓말일지라도 아상의 계획에 기름을 부어 도은을 활활 타오르게 만들 만한 자극이 필요했다. 아상의 방법이 정확히 도은을 건드렸으니 제 거짓말이 그를 밑바닥까지 뒤흔들길 바랐을 뿐이었다.

그리고 그는 지금, 흔들리고 있었다.

"네 인생이 망가지는 것 외에 뭐가 달라지는데! 그렇게 또 어디까지 피할 셈인데. 어디까지 도망칠 셈이냐고!"

"그래 난 항상 도망쳤어! 예전이나 지금이나 그것 외엔 선택의 여지가 없으니까!"

"그러니까 말 하라고!"

도은이 수의 어깨를 거칠게 부여잡았다. 핏발 선 그의 눈이 선연하게 일그러졌다. 해묵은 분노, 애증, 갈망, 온갖 감정이 혼란스레 섞여 그는 기어이 마지막 한계치까지 흔들리고 있었다.

하지만, 수 또한 마찬가지였다. 그를 뒤흔들겠단 거짓말은 되레 그녀를 밑바닥까지 뒤흔들었다. 그렇게 제 꾀에 넘어가 제정신엔 절대 내뱉지 않았을 말은, 이미 이성을 잃고 입 밖으로 나가 버린 후였다.

"이미 구 년 전에 모든 게 부서졌으니까! 내 손으로 당신을 망가뜨렸으니까!"

수의 표정이 차갑게 내려앉았다. 약 기운에 흐릿해진 정신을 간신히 부여잡곤 위태로운 몸을 곧추세웠다.

약 기운 때문이었다. 제정신이 아니었다. 간신히 붙들고 있던 마지막 밧줄 하나까지 기어이 놓아버렸다. 그랬기에 이성을 잃고 벌어진 입에선 멋대로 말이 지껄여졌다. 참고 삭이는 바람에 늘 곪고 아프기만 했던 그 말들이 피처럼 상처를 헤집고 흘러나왔다. 고여서 썩다가 터져 버린 응어리는 홍수가 되어 막을 수도, 멈출 수도 없었다.

"단 한 번도 내 자신을 의심해 본 적 없었는데 당신의 집안에 대적하기엔 내가 너무 약했어. 보잘 것 없었어. 내 행복을 움켜쥐려다 그 대가로 당신은 산산조각이 났어. 그것도 내 눈앞에서, 날 지키겠다 발버둥 치다가. 그런 내가 할 수 있는 선택은 하나뿐이었어. 그러한 일까지 벌어진 이상 내가 어디까지 위험에 처할지 몰랐으니까. 그런 날 구하려고 당신은 또 다시 사지로 스스로를 내몰 테니까. 그래서, 당신을 버렸어. 언제 돌아올지도, 아님 돌아오지 못할지도 모르기에 이유가 무엇이든 난 당신을 가차 없이 버렸어. 피범벅이 되어 생사의 갈림길에 선 그쪽을 뒤도 돌아보지 않고 떠났어. 다시 그때로 돌아간다 하더라도 난 또 다시 같은 선택을 할 거야. 절대로 바뀌지 않아. 한데 빌어먹을 자그마한 변명? 그딴 건 없어. 이게 진실이야. 망가진 우리가 현실이라고. 그 모든 건 내가 만들어낸 거야. 감당 또한 내가 할 거야. 당신에게 덜 미움받고 덜 증오받으려 발버둥치기엔 이미 우리 둘 다 지나치게 엉망이 되어버렸으니까! 그러니 말해봐. 그렇게 원했던 말을 듣고 나니 어떠냐고! 이게 다 무슨 소용이냐고!"

기어이 마주해 버렸다. 피하고 도망치기 급급했던 수는 뒤늦게야 그의 앞에 섰다.

수의 몸이 사시나무처럼 떨렸다. 창백하게 질린 수의 몸은 위태롭게 흔들렸다. 그런 그녀의 어깨를 아프게 움켜쥔 도은의 얼굴은 더할 나위 없이 일그러졌다.

"사고 차량은 폭파돼 전소됐는데 난 화상 흉터 따윈 없어. 내가 모를 거 같아? 구하겠다 발버둥친 건 나뿐만이 아니었잖아!"

"그쪽 때문 아니야. 목숨 바쳐 누군가를 구할 만큼 난 용기 있는 사람 아니야. 착각하지 마."

"이 상황에서도 넌 또 그딴 말뿐이야! 이럴 거면 왜 돌아왔는데!"

핏발 선 도은의 분노는 점차 형체를 잃고 부서져 내렸다. 내뱉은 말에 본인이 상처받고 자책에 빠진 그의 모습에 심장은 갈가리 찢겨졌다. 저 모습을 마주하기 싫어, 그가 평생을 모르게 하고 싶었던 일이었다. 흉터 많은 그에게 또 다른 상처를 주고 싶지 않았다. 한데, 다 글러먹었다.

"구 년이야. 넌 너무 늦게 왔고, 많은 것은 변했고, 난 떠나. 가면 다시는 돌아오지 않아. 마지막이야. 더 이상은, 없어."

"……."

"왜 내 앞에 나타난 거야."

"……."

"내가, 뭘 어떻게 해줄까."

도은의 낮은 음성이 떨렸다. 언제나 차분하기만 했던 그는 기어이 제 입으로 듣겠다는 듯 버렸다. 형형히 불타올라 일그러진 검은 눈동자엔 피눈물이 흘러내리는 것만 같았다.

그래. 역시 거짓말이었다. 그를 바라보기만 하는 건 싫다. 다시금 손에 쥐고 싶고 그의 품에 안기고 싶었다. 그를 버린 것도, 죽을힘을 다해 살아온 것도, 고통스레 이곳으로 돌아온 것도, 모든 이유는 언제나 단 하나였기에, 그에게로 돌아가고 싶었다. 눈앞이 아득했다. 그의 말이 심장을 찌르며 거칠게 그녀를 뒤흔들었다. 손발이 떨리고 심장은 볼품없이 바닥으로 나뒹굴었다. 그가 부서진다, 이제야 제 모습을 드러냈다 여겼던 탓이었다.

증오와 원망에 얼룩져 겹겹이 쌓인 얼음이 철옹성과 같던 그는 그렇게, 무너졌다. 절대 깨지지 않을 것만 같던 그는 되레 제게 간절히도 묻고 있었다. 자신이 부순 것이 아니다. 매번 머뭇대고 그를 기다리게만 만들던 겁쟁이인 제가, 붙잡고 싶었음에도 붙잡을 용기조차 없어 아무것도 하지 못하던 자신이 그럴 수 있을 리 없었다. 그런 수의 한심함을 질책하듯 도은은 망가져 버린 지금에도 손만 뻗으면 잡을 수 있는 거리에 서 있었다. 독설을 내뱉으면서도 보이지 않는 곳에서 저를 보호했듯, 원망과 증오에 얼룩져 있으면서도 그는 느린 자신을 하염없이 기다려 주고 있는 거다. 구 년 전이나 지금이나, 그는 같았다. 우린 여전히, 같았다. 그제야 정신이 번쩍 들었다.

그를 위한다는 미명하에 한 선택이었다. 하지만 바람과는 달리 누구도 행복하지 않았고 되레 지독한 고통에 몸부림만 쳤던 세월이었다. 지금 눈앞에 망가진 그와 제 선택이 얼마나 잘못된 것이었는지를, 절대 하지 말아야 할 짓이었음을, 그를 위하는 것이 아닌 자신의 지독한 이기심일 뿐이었다는 걸 처절하게 대변하고 있었다. 서로로 인해 인생이 망가지고 부서진다 해도 절대 놓지 말았어야 했다고, 끝까지 함께해야 했었다고, 그랬다면 우린 이토록 망가지지 않았을 거라고, 적어도 행복은 했을 거라고, 한데 왜 넌 아직도 스스로를 속이며 망설이고만 있는 거냐고, 수를 향하던 도은의 원망과 증오는 그렇게 말하고 있었다. 그래. 맞다. 부정하지 않는다. 잘못된 선택이었다. 아상의 말이 맞았다. 자신은 언제나 이렇듯, 느렸다.

그렇기에 지금 이 순간, 그에게 돌아가선 안 된다, 제 스스로 채찍질하며 목을 조르던 유일한 이유는 산산이 깨져 버렸다. 마지막 기회였다.

지금 그를 놓치면, 그는 영영 떠난다. 다른 여자의 남편으로,

먼발치에서 지켜볼 수조차 없는 완전한 타인이 되어버리는 거다. 그럴 수 없었다. 죽어도 그를 놓을 수 없었다.

수는 다시금 그를 손에 쥐고 싶고 그의 품에 안기고 싶었다. 그를 버린 것도, 죽을힘을 다해 살아온 것도, 고통스레 이곳으로 돌아온 모든 이유는 언제나 단 하나였기에. 그렇게 절실하게.

그에게로, 돌아가고 싶다.

그렇기에 망가진 그에게 기어이 뱉어냈다. 그에게 언제나 해주고 싶었던 말. 하지만 그를 위해 외면했던 말이었다.

"사랑해서 그랬어. 너무 많이 사랑했고, 여전히 난 그러해. 그러니 간절히 바라건대…… 제발."

수의 눈에 그렁그렁 눈물이 맺혔다. 붉어진 눈가가 떨리며 그녀의 얼굴이 위태롭게 일그러졌다.

"돌아와."

"……."

"나에게 돌아와, 형."

도은의 검은 눈동자가 무수히도 흔들렸다. 그대로 굳어버린 듯, 시간이 멈춰 버린 것처럼 그렇게, 그의 일그러진 긴 눈매로 물기가 번졌다. 뺨으로 뜨거운 눈물이 흘러내렸다. 이내 탄식이 터졌다.

"그 말을 내가 얼마나…… 기다렸는 줄 아냐?"

더 이상의 말은 필요 없었다. 끝이 보이지 않았던, 심장을 난도질한 날카로운 칼날들은 한순간 부러져 맥없이 땅으로 곤두박질쳤다. 고통스레 심장을 짓이겼던 구 년의 회한이 한순간 부서져 내렸다.

누가 먼저랄 것도 없었다. 도은이 수를 끌어당기자 자연스레 수는 매달리듯 도은의 목을 팔로 감았다. 으스러질 듯 허리를 감싸 안은 도은의 다부진 팔과 맞닿은 너른 가슴, 입술에 어린 뜨거운 온기까지 여전했다.

격정적인 키스였다. 애타게 그립기만 했던 서로의 온기였다.

숨이 턱까지 차올라 힘겹게 몰아쉬면서도 수는 도은을 놓지 않았다. 치열을 더듬어 입안을 파고들면서도 행여 그마저 손에서 놓칠까 뜨거운 혀가 서로를 옭아맸다. 수는 하염없이 눈물만 흘렸다.

도은이 입술을 떼며 수를 응시했다. 붉게 상기된 수의 기진맥진한 얼굴을 바라보다 큰 손으로 그녀의 얼굴을 감쌌다.

뜨거운 그의 온기가 온몸에 퍼지고 나서야 멍했던 정신은 차츰 돌아왔다. 팽팽하게 당겨진 긴장이 한순간 풀어지며 울렁이는 속에 수는 문득 미간을 찌푸리며 입을 막았다. 갑작스러운 그녀의 행동에 도은의 긴 눈매가 긴박하게 굳어졌다.

"왜 그래. 몸이 안 좋아?"

"욱……. 토할 거 같아."

도은이 번쩍 수를 안아 들어 화장실로 향했다. 도은은 변기를 부여잡고 한동안 웩웩거리는 수의 머리칼을 손으로 쓸어 넘기며 그녀의 등을 계속해서 쓸어내려 주었다. 한참이 지나 수는 기진맥진하게 고개를 고꾸라뜨렸고 도은은 뒤처리를 하곤 그녀의 몸을 다시 안아 들어 방 안 침대에 눕혔다. 희게 질려 창백해진 수는 무거운 눈꺼풀을 들어 곁에 앉은 도은을 마주 보았다. 눈은 금방이라도 감길 듯했다.

"약 기운에 어물쩍 넘어간 거 아냐. 이번만큼은 아니야."

"알아."

"얼마나 그리웠는 줄 알아?"

"나만큼은 아닐 거야."

"더럽게 못되게 굴더라. 나쁜 놈."

"그래. 나 나쁜 놈이다. 자. 너 자야 해."

도은의 목소리는 한없이 부드러웠다.

식은땀에 젖은 수의 머리칼을 쓰다듬던 도은은 그녀의 위로 이불을 덮어주곤 옆에 팔을 괴고 누웠다. 자라는 듯 가슴팍을 토닥토닥하는 그의 손길엔 애정이 가득했다.

현실성 없이 꿈만 같은 이 순간의 여운을 조금 더 느끼고 싶었지만 둔한 정신은 그 이상을 허락하지 않았다. 그의 온기가 머문 손길을 따라 수는 까무룩 잠에 빠져들었다.

2. 돌아가는 길

"그래서, 약혼 하는 거야, 마는 거야. 그걸 말 안 했잖아!"

숙면을 했다. 약을 먹지 않았음에도 몇 년 만에 누린 달콤한 휴식이었다. 폭신한 이불, 창밖으로 비추는 오시의 늦여름 햇살, 상쾌한 공기 중 진한 우디 향, 자신의 몸을 끌어안은 채 깊은 잠에 빠진 그의 온기, 모든 게 지독히 그리워했던 모습이건만 수는 잊고 있던 게 생각나자 눈에 쌍심지를 켤 수밖에 없었다. 잠에서 헤어 나오지 못하는 그의 멱살을 잡은 것 같기도 했다.

침대 옆 협탁에는 노트북과 서류 뭉치가 놓여 있었다. 그 난리 통의 새벽에도 그가 밤을 새워 일한 게 역력한 흔적들이었다.

도은은 감은 눈을 채 뜨지도 못하며 손을 더듬어 협탁 위 리모

컨을 집었다. 해명 대신이라며 거실에 켜져 있는 티브이의 볼륨을 최고로 올려놓자 1시 뉴스의 남자 앵커가 속보를 전하는 중이었다. 내용은 간단했다. 전 대표의 둘째 부인이자 현 대표의 무리한 경영 방식으로 자금난에 시달리던 페리제약은 대대적인 내부 개편을 통해 주아제약과의 공동 프로젝트로 자금난을 해결하였고, 이를 주도한 전 대표의 외동딸 강정아가 차기 대표로 선임되었다. 주아제약 또한 페리제약이 토대로 삼고 있는 미국에 지사를 내달 세울 거라 말했다. 이어 한 달간 비약적인 성장을 한 두 그룹 대표간의 약혼은 급작스럽게 무산되었고 강정아 대표의 개인사가 약혼 파토의 이유라 추정된다며 그 개인사는 밝혀진 바 없다고 언론은 보도했다.

"흥, 개인사라. 영악한 여자로군."

"뭐야…… 전략적이었어?"

"뻔하잖아."

퍽!

멍하니 있던 수는 이를 으득 갈며 엎드려 있는 그를 베개로 연거푸 내려쳤다.

"또 속았어! 또! 왜 그딴 식인데 항상!"

"별다른 방법이 없잖아. 네가 좀 말을 안 들어야지."

"그건 내가 할 소리야!"

베개로 연신 맞으면서도 웃던 도은은 수의 허리를 감싸 단숨에 품으로 끌어당겼다. 매트리스가 요동쳤고, 도은은 수의 입술에 입을 맞췄다. 격정적인 키스에 수가 손을 버둥거리며 그를 밀어내자 도은은 성난 맹수처럼 으득 이를 갈았다.

"잊고 있었어. 너, 바람 폈지."

수는 헛숨을 집어삼키며 위에서 내려다보는 그의 성난 눈을 마주 보다 어색하게 미소를 지으며 시선을 피했다.

"바람은 무슨, 나 또한 전략이었을 뿐이야."

"형이 만졌던 데 어디야. 소독해야겠어."

"뭐?! 뜬금없이 갑자기! 안 만졌어. 기껏해야 입술만…… 윽! 아프다고!"

도은은 수를 밑에 깔곤 귓불이며 목덜미에 입을 맞추며 아프게 물기 시작했다. 수가 아프다고 난리를 치는 와중에도 그는 쇄골 언저리까지 붉은 자국을 남기고 나서야 그녀의 몸을 풀어주었다. 그제야 만족한다는 듯 씩 큰 입매를 휘기도 했다. 수는 버럭 성을 내려 그의 옆얼굴을 노려보다 이내 느슨하게 표정을 풀었다.

오시의 햇볕이 그의 날렵한 얼굴선을 비췄다. 눈을 감은 그의 얼굴이 수묵화처럼 그윽했다. 자신을 품에 안은 채 평온이 가득 묻어오는 모습에 수는 그의 느슨하게 풀어 헤쳐진 셔츠 사이로 머리를 파고들었다. 맨살에 묻어 나오는 우디 향을 들이마시고 내쉬기를 반복하는 그녀에, 도은의 목울대가 옅게 울렸다.

그렇게 하루를 함께 있었다. 황금 같은 연차는 미리 잡아놓은 것이었고, 적시적소의 타이밍에 쓴 제 감이 기특하다며 수는 도은에게 신나서 말하기도 했다. 구 년간 못 잤던 잠을 충전할 생각은 그도 같은지 누구 하나 먼저 일어나자 하는 사람 없이 서로를 껴안곤 낮까지 내리 잠을 잤다.

느지막이 일어나선, 얘기를 했다. 무엇을 하고 지냈는지, 지금 하고 있는 일은 무엇인지, 서러웠던 얘기, 웃겼던 사건, 아무 의미 없는 일들까지 시시콜콜 침대에 누워 수다를 떨었다. 나중엔 너무 떠들어 둘 다 목이 반쯤은 잠길 정도였다. 그러다 수가 먼저 무거운 어투로 입을 열었다. 아팠던 세월에 관한 이야기였다.

"킹하고 썬하고는 계속 연락했던 거야?"

"병원에 입원 중일 때 자주 찾아왔어. 회사로 들어가고부터는 가끔. 너에게 연락이 온 날에만. 나에게 전해주고 있었거든."

"그렇게 말하지 말라 했건만. 뒤로는 그렇게 지냈단 말이지."

"원망할 거 없어. 그저 잘 살고 있다더라, 공부 열심히 하고 있다더라 정도밖에 한 게 없으니까. 그 얘기라도 안 들었음 널 찾으러 온 나라를 다 뒤질 판이었거든. 다들 한통속으로 날 떼어내려 애를 쓴 거지."

"그런 게 아냐. 다들 형을 위해 한 일이야."

"이유는 아름답지 언제나. 아무래도 날을 잡아야겠어."

도은은 이를 으득 갈며 그때의 일을 회상하듯 분노를 표출했다. 수는 알았다며 진정하라는 듯 그의 가슴팍을 다독였다.

도은은 깊은 한숨을 내쉬곤 물었다. 그의 어투는 무거웠다.

"병원엔 네가 치료받은 기록이 전혀 없었어. 그래서 넌 다치지 않았다고 생각했어."

"형을 마주하면 죽어도 못 떠날 거 같았으니까. 그쪽에 비하면 아무것도 아닌 상처였어."

"흉터를 본 순간 심장이 멎더라. 화마에서 어떻게 날 보호했기에 네가 그런 흉터를 가지게 된 건지."

"왜 예상이 그쪽으로 튀지? 다칠 수밖에 없는 상황이었어. 형 때문이 아니라."

"난 널 잘 알지. 내 입으로 또 말할까?"

구 년 전 어투 그대로 똑같이 내뱉는 도은에 수는 포기한 듯 짧게 혀를 찼다. 결국 그때의 상황을 최대한 간결하게, 흔한 일상이었던 것처럼 담담히 말하자 도은의 낯빛이 파리하게 굳어졌다.

"무모했어. 네가 죽을 수도 있었어."

"무모한 건 형이었어."

도은의 얼굴이 수의 어깨로 파고들었다. 수에게는 품이 큰 그의 셔츠로 인해 목덜미 뒤 등골이 훤히 드러나는 날개 뼈를 매만졌다. 걱정 그득한 그의 시선에 수는 코웃음을 치며 아무렇지 않게 말을 이었다.

"피부 이식 두 번했어. 다 나았고 일상생활에도 지장 없어. 왜. 많이 꼴 보기 싫었어?"

"그런 뜻이 아니잖아. 말 돌리지 마. 두 번은 없어. 다신 그런 짓 하지 마. 용서 안 해."

"그러는 그쪽이야말로 그러지 마. 나도 용서 안 하긴 마찬가지야."

"한 마디도 안 져."

"그게 내 매력이지."

끝까지 받아치는 수에 목울대를 울리는 그르릉 소리가 맹수와 같았다. 그러다 수가 넌지시 덧니를 드러내고 웃자 도은은 다시금 한숨을 내쉬며 힘 준 눈매를 느슨하게 풀었다.

"그러는 형은 어떤데. 부작용은 없고?"

"다행히."

"거짓말. 선반에 약들 봤는데."

도은은 혀를 차며 그녀를 더욱 품에 꼭 안았다.

"정신적인 문제였어. 이상하게 어느 날 갑자기 아무렇지도 않아지더라. 그동안 엄살을 부린 것처럼."

"나도 그래."

"그것 또한 다행이네."

"담배 끊어."

"안 펴."

"그 또한 거짓말. 처음 봤을 때 분명 피웠어."

"피웠지. 술도 진탕 마시고 약에 취해 살기도 하고. 별짓을 다 했지. 누구 덕분에."

"비꼬는 거야? 내가 해야 할 말이야."

수가 툭 명치를 주먹으로 치자 도은은 통증에 살짝 인상을 찌푸리다 이내 나른한 숨을 내쉬었다.

"널 다시 본 날. 그날부로 끊었어. 더 이상 피울 이유가 없었으니까."

"피지 마. 한 번 더 걸리면 키스 절대 안 해줄 거야."

"누군 해준대?"

"그렇게 나오신다 이거지? 응?"

수가 바락거리자 도은은 그녀의 헝클어진 머리칼에 얼굴을 묻었다. 애정 가득하게 얼굴을 비비다 그는 수의 고개를 들어 올려 시선을 마주했다. 검은 눈동자가 집요하게 그녀만을 눈에 담았다.

"이것 또한, 두 번은 없어. 그땐, 나도 내가 어떻게 할지 몰라."

"알지. 미쳐 날뛰는 호랑이가 얼마나 무서운지. 피 본 게 하루 이틀이야?"

"그럼에도 넌 매번 그런 행동을 하지. 겁도 없이."

"다신 안 해. 절대 못해. 다신, 그 짓 안 할 거야."

"그 말, 꼭 책임져야 할 거야."

으스러져라 껴안는 도은에 아프다며 수는 팡팡 그의 너른 가슴팍을 두드렸다.

저녁을 향해가는 시각, 그의 집 냉장고의 인스턴트 컵밥을 꺼내 하루의 첫 끼를 나눠 먹고는 도은은 처리할 일이 산더미인 탓에 회사로, 수는 야간 근무라 병원으로 향해야 했다. 그의 와이셔츠를 입은 채로 갈 순 없기에 수가 난감해하자 도은은 구 년 전 그녀의 옷을 꺼내주었다. 난감한 점이 있다면 목덜미와 쇄골 근처 얼룩덜룩한 키스 마크가 훤히 드러났기에 부랴부랴 얇은 손

수건을 겨우겨우 목에 묶고는 스카프인 양 매무새를 만졌다. 그러다 문득 수는 자신의 사소한 흔적 하나 남기지 않고 가지고 있던 그에 시큰한 콧날을 손으로 훔치기도 했다.

"반지 어쨌어."

"어쨌을 거 같은데."

"장난치지 마. 버렸다고 하면 죽여 버릴 거야."

수는 작은 덧니를 드러내며 미간을 찌푸렸다. 도은은 너털웃음을 터뜨리며 양복 셔츠 앞주머니에 든 반지를 두 손가락으로 꺼내 들었다.

"심장 가장 가까운 곳. 항상 지니고 다녔지."

정차한 차를 틈타 도은은 반지를 손에 껴 내밀었다.

"반지 내놔."

"무슨 반지. 난 없는데?"

"이미 다 봤어. 빨리 내놔."

수가 실실 웃으며 목걸이를 풀어 반지를 건네주자 도은은 그녀의 가는 손가락에 반지를 끼우며 이리저리 둘러보았다. 구 년 전과 달리 반지는 손가락 주위로 빙글빙글 돌기만 했다.

"반지가 커. 도대체 살이 얼마나 빠진 거야."

"이제 신간 편하니 찔 거야. 기대해. 둥글둥글 굴러다녀 줄 테니까."

"그건 또 나름 매력 있겠는데."

"그때도 그 말 할 수 있는지 봅시다."

차 안엔 시시껄렁한 대화가 가득했다. 병원에 도착해 사람 많은 정문이 아닌 응급실 입구에 차를 세운 도은은 수의 안전띠를 풀어주며 그녀의 짧은 머리카락을 쓰다듬었다.

"보내주기 싫은데 어쩌지."

"난 봉급 받으려면 가야 하는데 어쩌지. 얼른 가. 직원들 줄 봉급 벌려면."

"이곳의 일이 힘들면 개인 병원은 어때. 스트레스도 덜하고."

"차려준다는 무서운 소리 하지 마. 돈 없는 의대생에서 대표가 되더니 초심을 잃었구만."

"상황이 변했으니까. 나 농담 아냐."

도은이 긴 눈매를 굳히며 진중한 표정을 지었다. 귓가에 닿는 커다란 손의 뜨거운 온기를 느끼다 수는 짐짓 그를 따라 표정을 굳혔다. 단호해 보이고 싶었던 탓이었다.

"내 일이고, 힘들지만 난 내 일을 사랑해. 그러니 일에 관해서만큼은 서로 끼어들지 말기."

"만약 내가 억지로 밀어붙이면, 나한테 화내려나?"

"역시. 날 잘 아네. 방금 말 허락 구한 거 아니었어. 통보지."

작은 입매를 싱긋 휘는 수에 도은은 이내 포기한 듯 한숨을 푹 내쉬었다.

"쉬는 날이 언제야."

"매주 일요일, 달에 네 번 평일 지정 데이 오프."

"시간 빼놔."

"뭐 하고 놀 건데?"

"좋은 거 하면서?"

"나 좋게 하기 힘들 텐데?"

"난 쉽던데? 특히 성인 버전으로."

익살스러운 미소를 짓는 도은에 수 또한 덧니를 드러내며 마주 웃었다. 그럼에도 아쉬운지 도은은 한참을 수의 손과 얼굴을 만지작거리다가 차에서도 따라 내렸다. 응급실로 들어가는 길이 천 리라도 되는 양 서로를 먼저 보내겠다고 아쉬운 걸음을 망설일 때였다. 넝마가 되어 응급실에서 나오면서 티격태격하는 상혁과 선우의 시선이 동시에 그들에게 향했다. 수와 도은을 번갈아 보던 그들이 의심스러운 표정으로 눈치를 살폈다. 그러다 이내 소스라치게 놀라며 손에 쥐고 있던 덜 마신 테이크아웃 커피를 바닥에 떨어뜨렸다.

"약혼 취소됐다더니 설마 두, 둘이 지금……!"

"헐! 대박!"

거센 탄성과 함께 선우와 상혁은 미친 듯이 수에게 돌진해 이리저리 흔들고 난리를 피웠다. 도은이 말리려고 하자 이번엔 그에게 돌진한 그들은 그의 목을 껴안고 팔에 매달리며 발광을 했다.

"내가 이럴 줄 알았어! 결국 이렇게 될 줄 알았다고!"

"형, 형! 대박! 어떻게 된 거야. 빨리 말해보라니까!"

"너네 좀 떨어져! 시끄러워 죽겠네!"

하도 난리를 치는 바람에 도은은 그들의 뒷목을 잡아 억지로 떼어놓고는 피곤이 역력한 눈을 찌푸렸다. 하지만 진심으로 기분 나쁜 건 아니었다. 강아지처럼 달라붙는 그들에 결국 도은의 입에서 실소가 나왔다.

도은은 흐트러진 옷매무새를 정리하다 수에게 눈인사를 건네곤 급히 사라졌다. 여전히 흥분을 가라앉히지 못한 상혁과 선우가 좀비처럼 다가오자 수는 허공에 단호하게 손을 내저었다.

"오지 마. 죽여 버릴 거야, 진짜!"

"에이, 왜 이러실까─. 우리에게 지난 밤 무슨 일이 있었는지 말해야 할 의무가 있잖니? 이리 오너라!"

"멍뭉이 이리 오너라!"

그들을 피해 응급실 뒤뜰을 한참이나 뜀박질 쳐야 했다. 숨을 헐떡이며 지쳐 쓰러지기 일보 직전이 되어서야 포기한 그들에 수는 거친 숨을 몰아쉬었다. 선우는 격한 운동에 이미 구석에서 헛구역질을 하고 있었다. 예나 지금이나 노는 모습 하나 변하지 않는 그들이었다.

"자네들 여기서 뭐 하는 건가! 나이도 먹은 사람들이 참나. 자중하시게."

야심한 밤, 늦은 퇴근길에 마주친 원장에게 딱 걸린 세 사람은 급히 각을 잡고 서 죄송하다며 고개를 숙였다. 그제야 달밤의 체조는 끝이 났다.

하늘엔 휘영청 보름달이 피어났다. 구름 한 조각 없는 달빛을 받은 화단의 여름 꽃들은 만개한 채였다. 그렇게 밤이 흘렀다.

티브이에 나온 여배우의 말처럼, 아름다운 밤이었다.

✤

"이 선생, 얼굴이 폈네, 폈어. 그렇게 세상 우울하게 다니더니만, 연봉도 올랐겠다 아주 행복한가 봐?"

"아주 행복해 죽지. 소문 못 들었냐? 애인이 그 사람이라는 거. 요즘 아침마다 응급실 쪽으로 데려다주고 간다잖아. 본 사람이 한둘이 아냐."

"약혼 안 한 게 페리제약 대표 때문이라더니 사실은 그 남자가 원인 아냐? 바람 난 거잖아."

"대학교 때부터 스캔들로 유명한 치들이었는데 바람은 무슨. 원래 둘이 사귀었던 거지. 글쎄다. 낸들 알겠냐. 됐어. 그만 얘기하자. 원장이 정색하고 신신당부하는 거 못 들었어? 입단속 안 하면 vx 거래 중지 시키겠다고 주 대표가 으름장을 놨다잖아. 걸리면 우리들 전부 모가지야."

"아휴, 난 선보는 남자들마다 개판인데. 걔는 전생에 나라를 구한 게지."

"내 말이."

아침부터 여의사들은 화장실에서 화장을 고치며 숙덕였다. 수와 동문이었고 지금은 같은 과 동료 의사이기도 했다. 화장실 안에 수가 있다는 걸 꿈에도 모르고 열심히도 떠들어대는 말에 예

전 같으면 모른 척 돌아섰을 터였다. 하지만 지금은 아니었다,

벌컥.

"무슨 얘기를 그렇게 재미있게 해? 나도 좀 같이 웃자."

아무렇지 않게 나와 세면대에서 손을 씻는 수의 말에 그들은 사색이 되었다. 그들은 어색하게 굳은 얼굴로 화장품을 챙기며, 보기에도 불편한 웃음을 띠곤 입을 열었다.

"호호, 어머. 이 선생도 있었구나. 아유, 별거 아냐."

"하하…… 그러게. 우리 늦어서 먼저 간다? 이 선생도 빨리 들어가 봐. 하하."

쏜살같이 사라지는 그들을 보며 수는 코웃음을 쳤다. 그들 말이 맞았다. 길거리에 핀 잡초를 봐도 웃음이 날 만큼 행복한 나날들이었다. 도대체가 행복하지 않을 이유가 조금도 없었다.

손을 닦고 화장실을 나오자 복도에 선 후배 의사들이 잔뜩 경직되어 인사를 건넸다. 이유는 뻔했다. 도은이 손을 쓴 모양이었다. 그녀가 보지 않는 곳에서 그 혼자 뛰어다니는 건 예나 지금이나 똑같았다. 그것에 슬쩍 미소가 흘렀다.

진료실에 앉아 하루 종일 진료에 매진했다. 병원은 아파서 오는 곳이었다. 3차 병원의 특성상 큰 질환으로 고통받는 환자들을 매일 마주해야 했고 신경외과 특성상 특이 케이스가 많은 탓에 머리를 쥐어짜며 매일 공부해도 부족할 만큼 직업적 스트레스는 여전했지만 그래도 가끔 완쾌되어 커피 하나, 케이크 하나를 사들고 와 건강하게 웃는 환자들을 마주하자면 한 방에 시름이

날아가기도 했다.

　그렇게 일주일이 흘렀다. 데이 오프를 하루 앞둔 오늘, 수의 마지막 일정은 응급으로 들어온 교통사고 환자 수술이었다. 응급 정형외과, 신경외과 등 각종 전문의들의 협진이 이루어진 다섯 시간의 대수술이었다. 가망성이 없다며 다른 병원으로 사고 환자를 옮기라는 교수의 오더에 수가 한 시간을 매달려 사정해 따낸 수술이기도 했다. 테이블 데스라도 생겨 명성에 오점을 남길까 다른 전문의들도 거절한 수술이었지만, 수는 수술을 무사히, 성공적으로 끝냈다. 앞으로 추가 수술을 몇 차례 더 받으면 좋은 결과를 기대할 수 있을 정도였다.

　다들 안도의 한숨을 내쉬었지만 수를 향하는 시선은 곱지 않았다. 하지만 수는 후회하지 않았다. 베드에 피범벅이 되어 누워 있던 남자가 마치 그때의 도은과 흡사해 보인 탓이었다. 그 또한 이러한 과정을 홀로 겪었겠구나 생각하니 심장 언저리가 뻐근했다. 그렇기에 더욱 수술에 매달렸다. 저 환자가 언젠가 두 발로 병원을 걸어 나가는 모습을 꼭 보고 싶었던 탓이다.

　온 신경을 쏟아부어 넝마가 된 몰골로 퇴근하기 전 수는 옷을 갈아입곤 상혁의 진료실로 향했다. 진료 마감인 6시에 오기로 한 그녀가 8시가 넘어서 오자 그는 잔뜩 뿔이 나 손목의 시계를 손으로 타다닥 쳐 대며 멋들어지게 왁스를 바른 머리칼을 짜증스레 헝클어뜨렸다.

　"이 시간 개념 없는 멍뭉이야. 지금이 몇 시야!"

"미안. 진짜 미안. 응급수술이었어. 안 그래도 선배들 레이저 받고 넝마가 된 길이야. 너무 혼내지 마."

"또 테이블 데스 건이었냐? 그러게 감정이입해서 무리하게 하지 말라니까. 아무리 원장에게 예쁨 받는 간판 의사님께서도 잘못하면 잘리신다고. 빨리 자빠져 엎드려! 나도 바빠!"

"네, 네."

수가 훌렁 셔츠를 위로 말아 올리자 상혁은 뭐라 말을 하려다 이를 으득 갈며 황급히 벽으로 시선을 돌렸다. 수가 베드에 태평히 엎드린 후에야 그는 한숨을 내쉬며 비척 걸어가 그녀의 등판을 살폈다.

"그렇게 설득해도 다시 치료 받지 않으시겠던 환자분. 무슨 바람이 불어 치료를 원하십니까?"

"날개뼈에 큰 흉터 있음 다른 여자들 하고 사는 거 못해볼 거 같아서요. 등 푹 파인 섹시한 원피스도 입어보고 싶고 비키니 입고 수영장도 가보고 싶고. 저 애인 생겼거든요."

반지 낀 손을 허공에 룰루랄라 흔들어 보이는 수에 상혁은 꼴 보기 싫은지 찰싹 등을 때리곤 드레싱을 계속했다.

"예전엔 우울증이더니 지금은 조증이네요, 환자분. 이식까진 할 필요가 없어 보이니 레이저 치료 10회 정도 받아봅시다. 간판 의사분 덕분에 돈 번 병원에서 떡하니 신형 기계 두 대를 사줬거든요. 치료 효과 직방입니다."

"잘 부탁드립니다, 잘생긴 선생님."

장난기 역력한 수의 말에 상혁은 결국 실소를 흘리곤 그녀의 말아 올린 셔츠를 내려주었다. 가운을 벗곤 여름 양복 재킷을 걸쳐 입는 그에 수는 베드에 걸터앉은 채 의아하게 고개를 갸웃했다. 원래도 멋을 부리는 스타일이지만 오늘은 연예인인 양 좋은 옷에 미용실까지 다녀온 것 같은 머리 스타일에 한껏 멋을 부린 모습이 의아했던 탓이었다.

"선봐? 오늘 장난 아닌데?"

"좀 기깔 나냐?"

"아니. 사모님 돈 뜯어내려는 제비 같아."

"야, 이⋯⋯!"

"농담, 농담. 엄청 멋있어. 뿅 가겠어. 대박."

수가 깔깔거리며 덧니를 드러내곤 웃자 상혁은 답지 않게 잔뜩 긴장한 모습으로 거울을 보며 머리칼을 매만졌다.

"일생일대의 중요한 날이야. 기도해 줘라. 고백할 거야."

"헐⋯⋯ 너 좋아하는 사람 있었어?"

"어. 장장 십오 년이다. 너보다 길어."

"진짜?! 그 정도면 고등학교 때인데, 나도 본 적 있겠네."

"봤지. 너도 잘 알아."

"정말?! 같은 의사야? 아님 다른 직종?"

"같은 의사."

"올, 예쁘기까지 한가 보네? 네가 그 긴 세월 그렇게 쫓아다닌 걸 보면."

"내 눈에 예쁘지. 그치는 멋있다는 말을 좋아하지만."

"에? 희한하네. 누군데. 이름 말하면 나도 알 거야, 분명."

수가 애가 타 동동거리며 캐묻자 상혁은 한숨을 있는 대로 내쉬었다.

"아휴, 눈치 못 채는 너도 참. 저렇게 눈치가 없으니 도은 형이 불쌍하다."

"지금 누구 편을 드는 거야. 넌 내 편 들어야지!"

"내가 미쳤냐? 난 형 편이야. 우리에겐 끈끈한 동지애가 있다고. 내 연애사 상담해 준 유일한 사람이니까. 널 좋아해서 마음고생 심할 형이 너무 불쌍해 너무."

"나보곤 하지 말라더니. 지는 아주 감정이입하고 난리 나셨네."

상혁이 한숨을 푹 내쉬곤 진지한 얼굴로 돌아서 수를 마주 봤다.

"농담하지 말고. 진짜 나 어때."

연예인처럼 곱상한 얼굴엔 더 이상 장난기란 없었다. 학생 때는 겉멋 든 양아치 같았는데 지금 눈앞에 있는 남자는 누가 봐도 잘생기고 세월의 무게를 겸비한 멋들어진 남성이었다. 그것이 못내 흐뭇했다.

수는 말없이 엄지 두 개를 들어 보였다. 상혁은 그제야 안도의 숨을 내쉬곤 슬쩍 미소 지었다. 함께 진료실을 나가던 길, 갑자기 떠오른 누군가에 수가 넌지시 물었다.

"근데 선우는 제주 세미나에서 언제 온대? 벌써 이틀 지나지 않았어?"

"오늘 올라와. 한 시간 뒤 도착일 거다. 다행히 연착됐대."

"연착된 게 왜 다행이야?"

"나 늦었다. 간다."

상혁이 저는 나몰라라 가버리자 수는 쳇 소리를 내며 입술을 삐죽였다. 때마침 온 전화에 화면을 확인한 수의 입가에 미소가 가득했다.

[도착. 내가 너무 늦었나?]

"딱 좋아. 지금 나가."

서둘러 걸음을 재촉했다. 병원 밖으로 뛰어나가 그를 찾는 수의 몸짓이 다급했다. 멀찍이 도로에 비상등을 켠 채 정차한 흰 외제차를 보고 나서야 수는 일부러 천천히 걸었다. 일주일 만에 보는 그였지만 애달파 보이는 건 싫은, 작은 자존심이었다.

수는 태연한 척 그의 차에 올라탔다. 도은은 태평하게 앉아 그녀를 맞으며 운전대를 긴 손가락으로 까닥이던 중이었다.

"설레지 않게 보이느라 수고했어. 입구에서부터 뛰어오는 거 다 봤어."

"쳇, 완전 범죄일 수 있었는데."

도은은 긴 눈매를 부드럽게 휘며 수의 흰 뺨을 손등으로 쓰다듬었다.

"배고프지? 먹고 들어가자. 어디가 좋아."

"오늘은 기름진 중식이 당기네. 머리를 너무 많이 썼어."

"오케이. 그럼 널 살찌우러 가보실까."

도은은 차를 출발시켜 이십 분가량 떨어진 중식당으로 향했다. 붉은 내벽과 홍등으로 인해 중국 분위기가 물씬 나는 3층짜리 중식당이었다. 하지만 문제는 그때부터였다. 문제라기보단, 홀에 있는 사람들의 시선을 유독 사로잡는 중식당의 주인 때문이었다.

보자마자 느꼈다. 외향은 너무도 다르지만 도은과 비슷한 느낌의 사람이구나. 한눈에 봐도 모델처럼 큰 키에 군더더기라곤 하나도 없는 다부진 체구의 남자였다. 쌍꺼풀 없이 긴 눈매와 두껍고 날이 선 콧날, 미소가 매력적인 시원한 입매, 볼 양쪽 움푹 들어가는 보조개, 수려하고 남자답기 짝이 없는 굵은 선의 이목구비가 칠흑 같은 검은 머리칼을 잔머리 하나 없이 깔끔하게 올린 헤어스타일 덕에 더욱 훤칠하게 드러났다. 하지만 시선을 사로잡은 건 그 뿐이 아니었다.

긴 눈매 안 오른쪽 눈동자가 은빛이었다. 오드 아이. 은빛이라기보단 탁한 잿빛에 가까운 그 오묘한 눈동자에 어린 강렬한 기백은 분명 사람의 시선을 단번에 사로잡기 충분했다. 도은처럼 호랑이라기보단 들판에 고고하게 서 있는 한 마리의 늑대 같은 느낌이었다.

그래, 저 사람은 은빛 늑대다.

도저히 중식당의 사장이라 볼 수 없는, 시선을 사로잡는 남자에 수가 입을 떡 벌린 채 넋을 놓자 도은이 그녀의 옆구리를 아프게 찌르며 탐탁지 않게 긴 눈매로 노려봤다.

"입 닫아. 침 흐르겠어."

"와, 안 먹어도 배부른 거 같아. 여기 장사 잘 되겠는데?"

"죽을래?"

수가 실실 쪼개자 도은은 콧방귀를 뀌곤 먼저 인사를 건네는 주인과 친근하게 껴안으며 인사를 나눴다. 사장은 중국 사람인지 수는 알아듣지 못할 언어를 썼는데 도은은 조금의 거리낌 없이 그와 얘기를 나누었다. 단순한 친분이 아닌지 룸까지 직접 와 이것저것 추천을 해주며 지나친 신경을 써주는 통에 음식이 나온 건 꽤나 시간이 지나서였다.

"여기 직원들…… 좀 무서운데?"

수가 속삭이자 도은은 픽 웃고는 묵묵부답이었다. 중국인 현지 직원이나 다른 서빙 직원들은 그야말로 일반인이었지만 간혹 검은 양복을 입고 돌아다니는 몇몇의 덩치 좋은 사내들은 말 그대로 '난 일반인이 아니야'란 분위기를 강렬하게 내뿜고 있었다. 그리고 지금 눈앞에 음식을 서빙하는 사내도 그러했다.

서빙을 하던 턱수염 그득한 코뿔소 같은 검은 양복의 사내가 수를 응시했다. 놀라 굳은 그녀에게 씩 화사하게도 웃은 그는 맛있게 드십쇼- 하며 방을 나갔다. 그 옆에서 서빙을 돕던, 검은 양복이 무척이나 안 어울리는, 키 작은 미소년은 뭐가 그리 즐거운지 테이블에 아기자기하게 각 잡아 접시를 놓고는 총총 나갔다.

회전 테이블이 움직이지 않을 만큼 그득 나온 음식들에 수는 혀를 내둘렀다.

"배 터져 죽겠어. 분명 다 못 먹어."

"주인장 성의야."

"형 중국어 잘하던데. 언제 배운 거야."

"엄밀히 말하면 홍콩이라 광둥어. 부친은 반쪽 홍콩인, 어머 닌 한국인. 나고 자란 건 홍콩이지만 그도 한국 사람이야."

"광둥어만 주야장천 하던데?"

"오픈된 공간에선 한국말 안 해. 무슨 대화를 하는지 주변인 들이 듣게 되니까. 뭐, 워낙 위험한 환경 속에 자라난 녀석인지라 본능적인 습관인 거지. 안면 트고 지낸 지는 거의 오 년쯤 되나. 꽤나 일할 때 합이 잘 맞는 유일한 사람이지."

"일? 여기 주인장이랑 무슨 일."

"우리 회사 주주거든. 무려 10%를 가진 대주주."

"뭐?!"

"홍콩 피 씨 가문 삼합회 수장 피사운의 차남이자 첩의 자식 이고 나처럼 탕아지. 수장이 죽고 본처의 자식이 조직을 이어받 으려는데 조직에선 피화랑에게 가문을 이으라고 한바탕 전쟁을 치른 모양이야. 본인은 평범하게 살고 싶다는 집념으로 그 와중 한국으로 왔고, 지금은 항쟁이 끝나고 이 중식당을 차린 거야. 꿈을 이룬 거지."

"삼합회 수장감의 꿈이라기엔 다소 안 어울리네. 중식당 사장 이라니."

"표면적으론 여기 사장이지만 하는 일은 뭐, 예나 지금이나 비숫해. 은행, 카지노, 호텔, 손 안 댄 투자처가 없어. 게다가 한국에서 기업 운영하는 사람들치고 피화랑을 모르면 간첩이지. 막대한 급전을 빌려줄 수 있는 유일한 쩐주니까."

"쩐주면, 돈 빌려주는 사람?"

"그것도 엄청난 거금. 태생이 위험하고 하는 일은 아직도 범상치 않지만 성품만큼은 괜찮은 녀석이야. 저치 덕분에 광둥어를 자연스레 익혔지."

"무서운 사람이구나. 어쩐지. 포스가 장난이 아니었어."

"뭐. 좀 그런 편이지."

"근데, 광둥어를 미친 듯 배운 것도 아니고 자연스레…… 지금 자존심이 막 상하려 그러네."

수는 눈살을 찌푸리며 양장피를 우물거리다 이내 반색했다. 맛있다는 표정 그득하게 이것저것 잘도 먹는 수를 도은은 뿌듯하기 그지없는 표정으로 바라볼 뿐이었다. 앞에 놓인 음식을 그녀의 앞접시에 어미 새처럼 날라주기 바쁘기도 했다.

식사가 끝날 무렵 잔뜩 부른 배를 두드리며 널브러진 수와는 달리 도은은 적당한 식사를 일찌감치 끝내고는 전화통을 붙잡고 있는 채였다. 업무가 많아 보이는 그는 한참 후 전화를 끝낸 뒤에야 기진맥진한 숨을 내쉬었다. 피곤이 가득한 모습이었다.

"많이 바쁘면 얼른 가봐. 억지로 시간 뺄 필요 없어."

"억지로 뺀 거 아냐. 일부러 뺀 거지."

"이거나 저거나."

"싫어. 너랑 있을 거야. 너에겐 하루 종일 휴일이야."

"방금 그 말 아주 흡족했어."

"고맙네. 배부르게 먹은 거야?"

"응. 숨도 못 쉴 만큼."

"뭐 다른 거 하고 싶은 거 있어?"

"아니. 배부르니 옴짝달싹하기 싫어."

"그건 곤란한데."

"왜."

"다음 스케줄이 내 집이라."

"그래서?"

"많이 움직이게 할 셈이거든. 밤새 내내 격정적으로."

도은의 큰 입매가 익살스레 휘었다. 이해를 못해 멍하니 있던 수의 얼굴이 삽시간에 붉어지자 그의 웃음은 더욱 짙어졌다.

룸을 나오자 다시금 주인장인 피화랑이 배웅을 해주었다. 순간 피화랑이 수에게 건넨 시선과 함께 도은에게 물었고 그는 간결하게 대답했다. 슬쩍 웃으며 거두어진 피화랑의 시선에 의아해하던 것도 잠시, 떠나기 직전까지 광둥어로 무어라 즐겁게 대화를 나누고 있는 그들은 수가 보기에 업무 파트너라기보단 친구로 보였다.

익숙하게 도은의 집으로 들어간 수는 부대끼는 속에 그대로 소파에 누워 널브러졌다. 도은이 양복 재킷을 벗어 던지며 수에게 접근하려 했지만 그녀는 발로 그를 못 오게 막았다.

"너무 배불러. 소화될 때까지 잠자코 기다려."

"움직이면 소화돼."

"기다려. 착하지."

도은의 검은 머리칼을 쓰담쓰담 하는 수의 행동은 마치 애완견을 달래는 것만 같았다. 도은은 바닥에 털썩 앉은 채 곤란함 뚝뚝 떨어지는 눈매를 큰 손으로 쓸어내렸다.

"후우…… 널 어쩌면 좋니."

"말 잘 들으면 원하는 거 하나 들어줄게. 19금 빼고."

"쳇, 그럼 없어."

실망한 도은은 수의 배를 손으로 덮었고 일 초도 지나지 않아 수는 그 손을 냅다 내쳤다. 애완견 교육 시키듯 허공에 단호하게 뻗은 수의 검지손가락이 좌우로 흔들거렸다.

"자꾸 이럼 아무것도 안 한다. 경고야."

도은은 긴 눈매를 찌푸리며 그녀의 배에 올린 손을 원 모양으로 문질렀다.

"기대하지 말랬지. 소화되라고 그러는 거야. 그리고 내가 개야? 그 단호한 손가락은 뭔데."

"호랑이지. 호랑이도 똑똑하니 교육시킬 수 있을 거야."

"됐고, 그 많은 걸 반이나 혼자 먹을 때부터 알아봤다."

"뿌듯하게 보고 있을 땐 언제고."

"살찌우려 그랬지. 많이 먹으면 찔 줄 알고. 이리 내 업보가 늘어날 줄은 몰랐던 거지."

"그 업보 좀 이따 풀어줄게."

"당연히 그래야 할 거야. 근데 이것 봐, 수야. 둥글둥글한 게 엄청 귀여워. 진짜 이만큼 살쪄도 내 취향일 거 같아."

도은은 둥글게 튀어나온 수의 윗배를 손으로 문지르며 통통 손장난을 쳤다. 수는 일부러 숨을 흡 들이마시곤 배를 홀쭉하게 하려다 너무 배가 부른 탓에 금방 포기했다. 넘치는 포만감, 따뜻한 그의 손에 사람은 지극히 단순한 동물임을 다시금 느끼는 사이에 슬슬 눈이 감겼다.

얼마가 흐른 후, 수가 깜짝 놀라 눈을 떴을 땐 여전히 창밖은 어두웠다. 소파 위에서 수의 몸을 바짝 껴안곤 떨어질락 말락 위태롭게 누워 있는 그 또한 잠이 든 채였다. 수는 도은이 깰까 조심스럽게 소파를 내려와 그를 안으로 밀어 넣고는 멍하니 시계를 바라봤다. 다행히 두 시간이 좀 안 되게 지나 있었다. 터질 것 같던 배도 나름 소화가 된 상태였다.

곤히 잠든 도은의 얼굴은 평온해 보였다. 손으로 자꾸만 옆자리를 매만지는 행동은 필시 저를 찾는 손길이었다. 수는 픽 웃으며 그의 두 손을 모아 그의 가슴팍에 올려주곤 토닥토닥했다. 그제야 도은은 뒤척임을 멈췄고, 수는 조용히 화장실로 향했다.

칫솔걸이엔 두 개의 전동 칫솔이 있었다. 구 년 전 밥 먹듯 이 집을 드나든 그때에 쓰던 모델과 똑같은 칫솔이었다. 이왕이면 신제품을 살 것이지 굳이 구 년 전 모델에, 그것도 똑같은 색상으로 또 산 것에 기가 막혔다. 지나치게 세심하다고 해야 할까, 집착이 강하다 해야 할까. 여하튼 그는 그랬다.

수가 이를 닦고 세수를 하고 있을 때였다. 거품이 잔뜩 묻은 허여멀건 얼굴로 거울을 쳐다보니 도은이 마음에 안 든다는 듯 눈을 찌푸리며 거울 속 그녀를 마주 보고 있었다.

"왜 잔뜩 화가 났는데?"

"무정한 여자 때문에 애가 타서가 아닐까? 그 상황에서 감히 자? 난 목 빠져라 기다리고 있는데?"

"기다린 김에 나가서 마저 기다리면 되겠네. 나 눈 따가워, 지금."

"버스 이미 지나갔어. 막차 놓친 거야, 넌."

이미 성이 날 대로 난 도은이 퉁명스럽게 칫솔을 집어 분노의 양치질을 시작했다. 저러다 앞니가 빠지는 게 아닐까 우려될 정도로 우악스러운 손길에 수는 고개를 설레설레 저으며 마저 세수를 끝마쳤다.

수는 수건으로 얼굴을 닦으며, 세수를 하는 도은의 뒷모습을 바라봤다. 여름용 얇은 흰 셔츠 탓에 그의 등 근육 실루엣이 타이트하게 드러났다. 운동을 얼마나 해댄 건지 예전보다 근육이 더 선명해진 것 같기도 했다.

수는 저도 모르게 움푹 들어간 등골을 훑다 거울 속 그와 눈이 마주쳤다. 도은은 비실 미소를 짓고 있었다.

"왜. 이제 와 탐나?"

"내가 언제. 그냥 본 거야."

"탐나면 가져. 너한테 다 줄게. 네 거야."

"그 말 예전에 어디서 들어본 말인데. 복숭아 대신 던질 거 없나 여기?"

수가 두리번거리며 던질 물건을 찾다 결국 손에 든 수건을 장난처럼 던졌다. 허공을 날아온 수건을 손으로 잡으며 수의 허리를 잽싸게 끌어당긴 도은의 얼굴에서 물이 떨어졌다. 젖은 검은 머리칼이 그보다 더 검은 눈가로 흘러내린 모습이 매혹적이었다.

"구 년을 방치했으면 이제 장난 그만 치지? 나 언제까지 기다려야 돼."

숨이 닿을 거리에서의 낮은 속삭임이었다. 오싹하게 어깨를 움츠린 수를 마주하는 시선엔 장난기 대신 짙은 그윽함이 어려 있었다. 도은은 그대로 맹수가 달려들 듯 그녀에게 입을 맞췄다. 놀라 벌어진 입안 치열을 부드럽게 더듬다 깊숙하게 혀를 얽었다. 짙은 키스와 함께 수의 뺨과 턱선을 쪽쪽거리던 도은은 희고 가는 그녀의 목덜미를 고른 이로 살짝 힘주어 물었다. 저릿한 감각에 수의 몸이 움찔하자 그의 목울대가 만족스레 그르릉 울렸다.

어느새 그가 빠른 손놀림으로 맨 허리를 쓸어 올리며 면 티를 들어 올리는 통에 수는 어색하게 그의 가슴팍을 손으로 디디곤 벗어나려 몸을 비틀었다.

"알았어. 알았으니까 일단 그럼 나 씻고. 오늘 휴일 받으려고 열여섯 시간 근무했단 말야."

"더 이상 못 기다려."

"안 돼. 진짜 잠깐만! 오 분만!"

목을 지분거리며 등을 쓸어내리는 도은의 손길이 뜨거웠다. 조금의 틈도 주지 않는 통에 수가 다급하게 그의 얼굴을 잡아 제지하자 열기 어린 혼탁한 긴 눈매가 나른하게 그녀를 응시했다. 이미 그는 제정신이 아니었다. 이어진 그의 말로는 분명 그랬다.

"그럼 같이 씻어."

"싫어! 절대 사양이야!"

"왜."

"너무 밝아. 아니 그딴 걸 다 떠나서 싫어!"

"물어본 거 아닌데."

"으악!"

수의 몸을 가뿐하게 안아 들고 욕조로 간 도은은 그 자세 그대로 그녀를 벽에 밀쳤다. 수는 떨어지지 않으려 그의 허리춤을 단단히 다리로 감았고, 단단한 근육들이 거친 숨으로 인해 들썩였다. 다시금 키스를 하던 도은이 나른하게 뜬 눈으로 그녀를 응시했다. 입가엔 짓궂은 미소가 지어진 채였다.

"통보지."

좌아아악!

샤워기에서 머리 위로 물이 쏟아짐과 동시에 도은이 다시금 수에게 입을 맞췄다. 옷이며 정신이며 머리에서 발끝까지 쫄딱 젖은 몰골로 수가 당황할 새도 없이 도은은 그녀의 티를 벗겨 옆으로 던져 버렸다. 등에 닿는 서늘한 타일과 맞닿은 그의 뜨거운 몸, 농밀하게 입안에서 얽히는 혀에 이미 수의 정신은 반쯤 나가 버렸다. 물기 가득 흐르는 그의 셔츠가 시스루가 되어 너른 앞판을 가감 없이 보이는 것도, 자그만 숨소리마저 공명처럼 욕실을 울리는 것도, 더욱이.

"수야."

나른하고 한참은 낮은 목소리와 지독하게 달라붙는 짙은 시선까지 모든 게 자극이었다.

내려달라며 발을 버둥거리는 수에 도은이 그녀를 지탱하고 있던 팔을 풀었다. 수는 다급히 그의 단추를 풀어내려 했지만 서툴러 손을 더듬거렸다. 도은은 입술을 떼곤 수의 쇄골을 지나 가슴 골짜기에 입술을 묻으며 제 셔츠를 거세게 잡아 뜯어 벗어 던졌다. 후두둑 뜯어진 단추가 바닥으로 튀었다.

샤워 같지 않은 샤워를 끝내고, 도은은 큰 타월로 수의 몸을 둘둘 감아 번쩍 품에 안아 들곤 욕실을 나왔다. 침실로 성큼 걸음을 옮긴 그는 침대에 수를 눕힘과 동시에 그녀의 몸 위로 타고 올랐다. 젖은 옷가지는 어느새 그의 손에 의해 다 벗겨진 채였고 전라의 피부에 닿는 그의 몸은 한없이 뜨거웠다.

창가로 들어오는 달빛은 대낮의 태양보다 밝아 서로의 모습을 보기에 충분했다. 가슴을 지나 갈비뼈로 흘러 배꼽 근처를 부드럽게 쓸어내리는 그의 손길과, 몸 곳곳을 지분거리는 입술에 수의 달뜬 숨이 거세졌다. 순간 그의 손길이 날갯죽지를 스치자 수는 몸이 삽시간에 몸을 굳히며 그를 밀쳤다. 주변을 두리번거리던 수가 창가의 환히 뜬 달빛에 커튼을 치려 손을 뻗었다. 수의 행동을 가만히 보고 있던 도은은 그녀의 뻗은 손을 잡아 누르곤 걱정스레 내려다봤다.

"왜 그래."

"밝아. 커튼 쳐 줘."

수는 불안해 보였다. 도은은 수의 머리칼을 쓸어 넘기며 그녀의 표정을 살폈다. 자꾸만 어깨를 감싸는 몸짓에 문득 그의 얼굴이 굳어졌다.

"설마 흉터 때문에 그래? 이미 봤잖아."

"그거랑은 달라."

"그게 무슨. 수야."

수는 대답 없이 다시금 커튼을 치려 애썼지만 그의 손에 다시금 붙잡혀 침대로 내리눌렸다. 도은은 고개를 돌려 시선을 피하는 그녀의 얼굴을 저를 향해 돌려놓았다.

"나 봐."

"싫어."

"봐, 수야."

다시금 고개를 돌렸지만 아이 달래는 것처럼 부드럽게 얼굴을 잡은 도은에 수는 결국 그와 눈을 맞췄다. 도은은 제 가슴팍에 그녀의 손을 가져다 댔다. 어깨에도, 복부에도, 팔에도, 다리에도. 어둠속에서 선연히 보이는 무수히 많은 흉터들을 이리 직접적으로 마주한 것은 처음이었다.

"다시금 그 상황으로 돌아간다 해도, 난 또다시 내 몸에 흉터들을 남길 거야. 널 구할 수만 있다면 뭐든 다 할 거야."

몸에 문신처럼 자리한 흉터를 따라 도은은 수의 손을 천천히 움직였다. 손끝으로 느껴지는 그날의 아픈 기억에 그녀의 손끝이 떨리며 큰 눈이 흔들렸다. 또다시 흐르는 눈물에 도은 또한 긴 눈매를 일그러뜨렸다.

"이게 징그러워? 보기 싫어?"

"아니. 그럴 리 없잖아."

"나 또한 그럴 리 없잖아."

도은은 수의 눈물을 닦으며 흰 뺨을 손으로 어루만졌다.

"날 구한 자국이야. 나에겐 세상 가장 아름다운 문신이야."

수의 붉어진 눈가가 금방이라도 다시금 울음을 터뜨릴 것만 같이 위태로웠다.

"너 예뻐. 예전이 그랬듯 지금도 여전히."

심장이 덜컥 내려앉았다. 예전이나 돌아온 지금이나, 제 가장 아픈 부분을 괜찮다 어루만지는 그를 마주하고 있노라면 언제나 그랬다. 구년이 지옥 같았고 그의 옆에 설 수 없음에 절망했던 나날이었다. 그런 도은이 그녀의 눈앞에 있었다. 만지고 싶다, 다시 안기고 싶다 수없이 되뇌었던 그가 제 앞에 있었다. 그래서 정신은 번쩍 들었다.

수는 제게 몸을 포개 뺨이며 목에 키스 비를 내리던 도은의 몸을 밀치곤 그대로 올라탔다. 순식간에 뒤바뀐 자세에 그가 의아하게 그녀를 올려다봤다.

"이거 어떻게 받아들여야 해?"

"쪽팔리니까 아무 말도 하지 마. 그냥 받으면 돼."

"오."

감추지 못한 즐거움이 그의 입매에 시원스레 퍼졌다. 기꺼이, 라는 듯 몸에 힘을 풀곤 느긋하게 바라보는 도은에 수는 마른침을 삼키며 그의 입술에 입을 맞췄다. 그리곤 굵은 목선, 다부진 가슴팍, 그녀에겐 슬픈 그림과 같다 여겼던 그날의 흉터 곳곳, 그리웠던 그의 모습을 새기듯 수는 떨리는 입술을 댔다. 수의 터질 듯 뛰는 심장에 따라 얼굴 또한 붉게 달아올랐다. 예전에 그가 했던 것을 떠올리며 가는 손끝이 도은의 피부 곳곳을 훑어 내렸다.

여유롭기 그지없던 도은의 표정이 짐짓 바뀌었다. 서툰 수의 몸짓에도 그는 낮은 신음을 흘리기도 했다. 그녀의 가는 머리칼을 손으로 쓸어내리는 도은의 흐트러진 표정을 힐끗 본 수는 심장에 치미는 감당 안 되는 열기에 떨리는 숨을 내뱉었다.

순간 그림 같은 복근 밑으로, 벌써부터 잔뜩 성이 난 도은의 분신에 시선이 멈췄다. 이리 무섭게 생겼던가. 수가 당황해 눈살을 찌푸리다 마음을 다지고 그의 뜨거운 것을 잡아 줄 때였다. 도은이 기다리기 힘들었는지 상체를 일으켜 세우기에 수가 강하게 그를 내리눌렀다. 도은은 절망적인 한숨을 내쉬며 한쪽 눈썹을 추어올렸다.

"예뻐해 주는 게 아니라, 터뜨려 죽여 버릴 셈이었군."

"내가 할 거야. 오늘은 내가 당신 가지는 거야. 느려 터졌어도 참아."

협탁 위 콘돔을 그의 터질 것만 같은 분신에 끼우는 그녀에 도은의 수려한 얼굴이 흐트러졌다. 희귀한 것을 발견한 사람처럼 수는 미소를 지었고 도은에게 입술을 맞대기 전, 귓가에 속삭였다. 열기에 탁해진 수의 음성이 단호해 도은은 결국 웃어버렸다.

"닥치고, 집중해."

은밀한 곳에 그의 뜨거운 분신이 닿았다. 본인이 주도하고 싶긴 한데 자세를 어떻게 해야 할지 몰라 고민하던 수를 눈치챈 도은이 그녀의 허리를 잡아 지탱해 주었다. 빨리 뭐라도 하라는 듯 활활 타오르는 눈빛이었다. 수는 그대로 내려앉았다.

"읏."

오래도록 침입을 허락하지 않던 곳을 비집고 들어오는 묵직한 존재감에 수가 신음을 내뱉었다. 좁은 곳을 뜨겁게 지지는 성난 분신이 내부를 비집으며 충족감을 그득 채웠다. 골반이 뻐근하게 아픈 것도 같아 수가 열에 들뜬 얼굴을 일그러뜨렸다. 그 또한 좁은 내부의 움찔거림에 한숨처럼 탁한 신음을 흘리며 그녀의 허리를 잡아 움직이려 했다. 하지만 수는 제가 하겠다는 듯 도은의 손을 감싸 침대에 누르며 그에게 입을 맞췄다. 도은은 고개를 가까이 들어 수가 하는 양에 맞춰주었다.

"수야."

입술 사이로 새어 나오는 심장을 울리는 음성. 도은은 저를 너무도 잘 알았다. 나지막이 부르는 이름에 등골이 오싹하고 온몸의 신경이 곤두섰다.

명백한 재촉이었다. 그것에 수는 식은땀에 젖은 고개를 젖혀 어렵사리 허리를 빼 다시 내려앉았다.

"하…… 읏."

심장이 금방이라도 터질 듯 뜨겁게 요동쳤다. 짙은 숨을 내쉬며 서서히 움직이는 수의 허리를 지탱해 주던 그의 검은 눈동자가 탁하게 물들었다. 제가 원하는 대로 움직여지지 않아 식은땀을 흘리면서도 한창 몰두해 있는 수의 머리칼을 쓸어 넘기는 도은의 얼굴에 더 이상 여유로움은 없었다. 무언가를 더 갈구하는 도은의 지독한 시선에 그녀는 단단한 가슴팍을 디디고 있던 손을 옮겨 그의 뺨을 감싸 쥐었다.

도은이 제 손에 닿는 곳에 있었다. 그녀는 지금 그를 만지며 오롯이 가지고 있었다. 구 년간 꿈에서도 이뤄지지 않던 순간이 도래했기에 심장은 기어이 폭발해 버렸다.

눈에 뵈는 것 없이 맹목적이었다. 이미 제 것임에도 불구하고 모자란 느낌이 들어 그를 더 가지고 싶었다. 제가 움직일 때마다 혼탁하게 낮은 숨을 토해내는 도은의 모습을 바라보자니, 그녀는 그가 저를 볼 때 이런 느낌이었겠구나 싶어 오싹하게 떨렸다.

"하아……."

아무리 움직여도 쉬이 그 순간은 오지 않았다. 땀에 젖은 수의 체력만 소진될 뿐이었다. 그럼에도 눈앞에 펼쳐지는 장면 자체가 흡족한지 수가 하는 양에 맞춰주던 도은이 슬쩍 그녀의 허리를 잡은 손에 힘을 줄 때에야 비로소 그녀의 입에서 신음이 터져 나왔다.

결국 원하던 것을 이루지 못하고 체력이 다해 힘겹게 상체를 기대는 수에 도은은 그녀의 목선에 입술을 묻었다. 도은이 참을 만큼 참았다는 듯 그녀의 허리를 잡아 깊숙이 파고들자 수는 몸을 뒤틀었다.

"아— 흑."

등골을 치고 올라오는 강한 감각에 수가 가감 없이 신음을 내뱉자 도은의 입에서 참았던 나른한 숨이 터져 나왔다. 달뜬 음성이 귓가에 직통으로 박힌 탓이었다. 도은이 그녀의 몸을 안아 단숨에 자세를 뒤집곤 낮게 으르렁거렸다.

"좋았는데, 내가 너무 급해. 더는 못 기다리겠어."

"하아……. 동감."

"그럼, 어떻게 해줄까."

지친 기색이 역력한 수에 도은이 짓궂게 웃었다. 버럭 화를 내고 싶었지만 아쉬운 건 저였기에 수가 열기에 붉어진 눈가를 한껏 찌푸리면서도 가까이 오라는 듯 손을 까닥였다. 도은이 그녀에게 고개를 숙였다.

"빨리 해. 나쁜 놈아."

"하하, 흑."

수가 도은의 귓불을 잘근 깨물다 그의 굵은 목선에 입술을 묻곤 혀를 굴렸다. 골려줄 생각이었는데 도은이 내뱉는 신음에 등골이 저릿하게 울리자 수가 몸을 움찔하기도 했다.

도은의 눈매가 뜨거운 열기를 품고 수를 보았다. 혼탁한 시선이 뇌쇄적이라 느꼈다. 그리곤 누워 있는 그녀의 다리를 세워 그대로 깊숙이 쳐 올렸다.

"아웃!"

아까와는 확연하게 다른 충족감에 수가 허리를 휘며 몸을 바들바들 떨었다. 넘치는 감각에 도망치듯 저도 모르게 위로 올라가는 그녀를 잡아 제게 더욱 끌어당긴 도은이 허리를 틀어 아까까지는 닿지 않던 더욱 깊숙한 곳까지 찔러 넣었다. 잔 경련을 하며 움찔 죄는 수의 몸을 달래듯 쓰다듬던 그는 나른한 숨을 내뱉었다.

"엄청 조여. 여전히 좋아하네."

"윽…… 좋아했고, 좋아하지. 여전히."

수의 음성이 들뜨는 열에 갈라졌다. 같은 말이지만 미묘하게 다른 어감에 도은은 긴 눈매를 좁히곤 짓궂은 기색 역력하게 미소를 띠었다.

"다른 데도 해줄까? 건드리기만 해도 자지러지던, 네가 좋아하던 거 전부 다."

음란한 말을 서슴없이 내뱉으며 그가 큼지막한 손으로 그녀의 가슴을 어루만졌다.

"말해. 어딜 만져 줄까. 어떻게 넣어줄까, 수야."

봉긋 선 돌기를 입안에 머금어 혀를 굴리다 그 주변을 이를 새워 깨물자 수는 신음을 흘리며 허리를 튕겼다. 응? 이라고 대답을 종용하던 그가 천천히 허리를 빼 깊숙이 비집고 들어오자 수는 견디지 못한 교성을 내지르며 시뻘게진 얼굴을 팔로 가렸다.

"좀 닥…… 쳐, 읏."

"가리면 내가 못 보잖아."

"읏."

짓궂다. 퍼뜩 수는 잊었던 그것을 상기시키며 이를 으득 갈았다. 평소엔 그리 다 퍼부어주면서도 이런 순간만 되면 제가 원하는 것을 얻어낼 때까지 집요하게 괴롭히는 그였다. 평소에 애정표현에 관해서도 한없이 입이 무거운 수의 입에서 기어이 속사포처럼 말이 터져 나올 때까지.

'그런 사람과의 구 년만의 잠자리, 말하면 입 아프잖아.'

끝까지 얼굴을 가리는 그녀에 도은이 팔을 잡아 침대로 내리눌렀다. 이미 제 것이 아닌 몸, 어지러운 정신, 유일하게 자유의지를 가지고 있던 손까지 억압당한 순간 완벽히 포박되어 버렸단 생각에 수의 얼굴은 난감하게 찌푸려졌다. 도은이 그런 그녀를 그림 감상하듯 찬찬히 훑었다. 그리곤 델 것 같은 뜨거운 분신으로 각도를 바꿔 내부를 천천히 헤집었다. 하지만 그녀가 참을 수 없어 하는 곳만을 일부러 피해 느릿한 움직임을 계속하기에 수가 애탄 신음을 내뱉었다.

"읏, 빨리."

"뭘."

"하아……."

"아아-, 이런 거?"

"아윽!"

피하던 곳을 단숨에 찔러 들어오자 수가 움찔 몸을 죄며 교성을 질렀다. 몇 번의 부드러운 왕복에도 흥건해진 결합부에선 음란한 마찰음이 울렸다. 느릿한 움직임이었지만 금세 천국으로 치닫는 감각에 수의 허리가 비틀어지며 본능처럼 도은을 잡으려 붙잡힌 손을 버둥거렸다. 그리곤 조금만 더, 라며 잔뜩 긴장한 몸으로 간절하게 허리를 흔들자 도은은 움직임을 멈추며 그녀의 팔을 놓아주었다.

"으윽."

나락으로 떨어지는 건 순식간이었다. 떨리는 수의 몸을 어루만지며 경련하는 아랫배에 손을 댄 그가 압을 줘 눌렀다. 가로막힌 열기가 요동치며 내부를 가득 채운 압박감에 그녀의 몸이 죽겠다고 떨렸다. 도은은 잔뜩 일그러진 수의 얼굴을 매만지더니 짓궂게 웃었다.

"안 돼. 네가 말을 안 하니 해줄 수가 없잖아."

"읏……."

지독한 사람. 수가 충혈된 눈을 들어 그를 원망스레 노려봤다. 그제야 서서히 움직이더니, 몇 번의 왕복만으로 진정된 그녀의 몸에 다시 불을 지폈다. 그의 손길 한 번, 움직임 한 번에 쉽게도 휘둘리는 제 몸이 원망스러워 수는 이를 악물었다. 도은이 허리를 살짝 틀어 더욱 깊숙이 파고들자 수는 거세게 신음을 내뱉었다. 정신을 앗아가는 지독한 열기, 다시금 나락으로 떨어질까 수는 떨리는 팔로 도은을 다급하게 잡아 쥐었다. 그는 순간을 놓치지 않고 그녀를 재촉했다.

"수야."

"아! 더 세게 해줘……. 죽을 만큼 퍼부어줘…… 윽."

그제야 도은이 씩 웃으며 거친 숨을 내쉬는 그녀의 입을 제 입으로 틀어막았다. 부드럽기만 했던 왕복이 거세지며 내부를 꿰뚫는 압박감에 수가 허리를 한껏 휘며 교성을 내질렀다.

하늘에서 땅까지 단숨에 추락하는 말도 안 되는 감각에 경련을 하듯 온몸이 떨렸다. 도은은 움찔거리며 잔뜩 조이는 내부를 견디지 못하고 뇌쇄적인 신음을 내뱉었다.

"하아……."

도은은 나른하게 내뱉은 숨을 몰아쉬며 바들거리는 수의 몸을 몇 번이고 사랑스럽게 어루만졌다. 그리곤 뜨끈한 내부에서 넘쳐흘러내린 액체를 손으로 쓸어 열기로 그득 찬 그녀의 은밀한 곳을 부드럽게 문질렀다.

"그렇게 좋았어?"

"아웃……."

잔열이 남아 민감한 곳을 건드리는 도은에 수의 몸이 움찔거렸다. 손 하나 까딱하기 힘든 나른함에 수가 저도 모르게 눈을 감으려 하자 도은이 그녀의 내부에서 부드럽게 원을 그렸다. 묵직한 분신이 아직도 성난 그대로 깊숙한 곳을 건드리자 수는 바르르 떨며 갈라진 신음을 내뱉었다. 그제야 '맞다, 아직 안 끝났지' 깨달은 그녀는 탄식을 내뱉었다.

도은은 그녀의 몸을 옆으로 뉘여 제게 끌어 당겼다. 아직 연결된 몸에 수가 놀라 허리를 튕기자 그는 더욱 제 쪽으로 잡아당기며 땀에 젖어 헝클어진 그녀의 머리칼을 쓸어 내렸다.

"많이 안 괴롭힐게. 조금만 더 놀아줘."

"으읏."

도은이 천천히 분신을 뺐다가 단숨에 내부를 비집고 들어왔다. 흥건해진 내부가 다시 움찔 조이며 경련했다. 아까와는 다른, 더 깊은 곳이 자극당하는 기분이 들자 수는 꼭 숨을 몰아쉬었다. 떨리는 복부를 어루만지며 도은은 아까처럼 각도를 달리해 느슨하게 움직였다. 이미 바닥으로 곤두박질친 그녀의 몸임에도 불은 빠르게도 다시 붙었다.

침대에 반쯤 얼굴을 파묻고 신음을 내뱉던 수는 일순 허리를 비틀며 떨었다. 아까완 다른 부분을 건드리던 도은은 꽉 죄는 내부에 기분 좋은 숨을 내뱉었다. 그리곤 연거푸 집요하게 그곳을 자극하며 강하게 쳐 올렸다.

"아읏! 잠깐."

"지금 네 표정, 장난 아냐."

"흐읏……."

"죽어버릴 거 같아."

도은이 거친 숨을 내뱉으며 수의 흐트러진 얼굴을 응시했다. 다리를 잡아 각도를 틀어 더욱 깊이 넣는 그에 수는 자지러질 듯 허리를 비틀었다. 그것에 그의 복근이 땀에 젖어 죄어들었고 더욱 거칠게 왕복하며 내부를 헤집었다.

"이것도 좋아? 수야."

"아윽! 죽을 거 같아……."

수의 손이 다급하게 그의 단단한 허벅지를 붙들었다. 위태롭게 하늘을 부유하는 감각에 떨어질까 두려운 본능이었다.

이를 악물어도 한 번 터진 신음은 소용이 없었다. 거세게 요동치는 침대의 삐걱임과 거친 숨소리가 울려 퍼지는 격정의 방에서 수는 제 소리가 아까완 달리 크게 울려 퍼지자 입술을 깨물어 신음을 참았다. 그게 마음에 안 들었는지 그는 수의 작은 입술을 벌리곤 검지손가락을 물렸다.

도은이 강하게 밀고 들어올 때마다 수의 혀가 그의 손가락을 맴돌며 다물지 못한 채 날 것의 신음을 내뱉었다.

그는 맹수였다. 맹수의 거친 하악질을 내뱉으며 그녀를 오롯이 집어삼켜야 직성이 풀리겠다는 듯 숨 막히는 거친 몸짓이 이어졌다. 이미 한계를 경험했다 확신했던 감각이 수의 전신을 짓눌렀고 내부가 경련하듯 움찔거렸다. 질끈 감은 눈에서 눈물이 흐르고 목에선 갈라진 신음이 터져 나왔다. 도은은 수를 한계치까지 몰아세울 작정인 듯했고, 그녀는 이미 제정신이 아니었다. 그건 이미 이성을 잃은 도은도 마찬가지였다.

수는 도은의 목에 팔을 감아 매달리듯 그의 입술을 찾았다. 그녀의 눈가며 뺨이며 입술에 연거푸 입을 맞추던 도은이 신음 섞인 거친 숨을 내쉬며 격정적으로 움직이기를 멈추지 않았다.

"수야."

"윽…… 그만. 더는……!"

귓가에 짙게 스며드는 색정 가득한 탁한 음성과 함께 절정을 향해 치닫는 움직임에 침대는 미친 듯 삐걱거렸다. 폭풍처럼 휘몰아치는 감각에 결국 한계에 치달은 울음과 함께 수는 그의 목에 있는 힘을 다해 매달렸다. 그대로 절정이었다. 도은의 벌어진 입술 사이로 거친 숨을 담은 신음이 터져 나왔다. 전기에 감전된 것처럼 온몸의 신경이 저릿했다. 지나친 감각을 받아들이지 못하는 몸이 사시나무 떨리듯 떨렸다. 이내 더는 무리라는 듯 수는 손가락 하나 움직이지 못한 채 축 늘어졌다. 완전한 방전이었다.

숨을 몰아쉬며 수에게 몸을 포갠 도은은 눈물과 땀으로 얼룩진 그녀의 얼굴에 입을 맞추었다. 다부진 팔로 그녀를 숨 막히게 껴안은 채였다. 땀에 젖은 머리칼엔 서로의 체취가 가득했고 맞닿은 피부는 아직 식지 못한 열기로 뜨거웠으며 뛰어대는 심장은 금방이라도 터져 버릴 것 같았다.

손 하나 까딱할 수 없는 나른함을 느끼며 수는 땀에 젖은 그의 등을 쓸어내렸다. 맹수처럼 골격 사이사이마다 촘촘히 채워진 근육들이 펄떡였다. 순간 수는 소스라치게 놀라며 감았던 눈을 떴다. 아랫배에 느껴지는 그의 존재감이 다시금 커지고 있음에 기겁하는 것이었다.

수는 힘겹게 고개를 내저었다.

"안 돼. 더는 못 해. 죽을 거 같아."

"그럼 잠깐만 쉬자. 구 년을 방치했으면 책임져야지."

"죄송하지만 전 글렀습니다. 잠깐, 윽."

"한 번만 더."

"한 번으로 어림없겠는데 무슨!"

수의 발악에도 도은은 대답 없이 그녀의 목덜미에 다시금 고개를 묻곤 지분거리기 시작했다. 수는 탄식을 내뱉으며 이미 반쯤 감긴 눈을 어렵사리 다시 떴다.

"삼십 분만 쉬자."

결국 새벽 동이 텄을 때에야 눈을 감을 수 있었다. 중간부턴 기억도 나지 않은 채 혼절하다시피 한 상태였다. 아침에 눈을 떴을 땐 온몸의 근육이 비명을 질러대 일어날 수가 없었다. 밤새 내지른 신음에 목은 갈라졌고 얼마나 울어댔는지 눈은 퉁퉁 부었으며 격정적인 밤의 여운으로 아랫배는 미치게 뻐근했다.

도은이 그득하게 가져다준 핫팩을 아랫배에 대고 엎드려 침대에서 요양을 하던 수는 결국 참지 못하고 그에게 베고 있던 베개를 집어 던졌다. 저는 이렇게 힘든데 헬스를 마치고 난 뒤처럼 개운하기 그지없는 그의 말끔한 꼴을 보니 왠지 억울했던 탓이었다. 그나마 한 가지 다행인 점이 있다면, 그의 몸이 지나치게 건강하다는 사실을 확인한 것 하나였다. 수술 후유증이니 뭐니를 걱정했던 게 우스울 만큼 그는 건강했다.

영화도 보고 번화가로 나가 구경도 하고 드라이브도 하자고 했건만 하나도 하지 못한 채 결국 그의 집에서 요양을 하며 쉬는 날을 마감했다. 출근길에도 그가 차로 데려다줬지만 수는 근육통에 시달리는 허리를 붙잡곤 어기적 걸었다. 그 모습이 못내 웃긴지 숨죽여 웃는 도은을 노려보기도 했다.

수술이 없는 터라 수는 오후 회진을 마치고 일찍 퇴근하는 길이었다. 다시 업무 복귀를 했을 선우를 만나러 수는 옆 건물로 향하다가 복도에서 벽에 붙은 바를 잡고 어기적거리면서 힘겹게도 걷는 선우를 마주쳤다.

"어? 멍뭉아!"

흰 얼굴을 활짝 핀 선우는 강아지 같은 표정으로 그녀에게 다가왔다. 저녁 회진을 돌러 가는 길인지 품 안엔 차트가 가득했지만 살이 빠져 퀭한 얼굴과 피곤에 찌들어 푸석한 머리칼까지 어째 그가 더 환자 같은 몰골이었다.

"근데 너 몰골이 왜 그러냐. 제주도 세미나가 그렇게 힘들었어? 걸음은 또 왜 그래."

"아니. 그게 아니라. 나 진심 너한테 급히 할 말이……."

"야! 썬! 얘기하다 말고 가면 어떻게 해!"

갑작스레 치고 들어오는 목소리에 선우가 급히 몸을 굳혔다. 흰 얼굴이 창백하게 질려서는 냅다 제 뒤로 숨는 통에 이를 부득 갈며 다가오는 상혁을 마주한 건 어안벙벙한 수였다.

"뭐야. 너네 왜 그러는데. 왜 썬 괴롭혀."

"내가 뭘 괴롭혀. 얘기하다가 저 녀석이 갑자기 도망가 버리니까…… 근데 너 허리 다쳤냐? 자세가 왜 그래?"

성내며 말하다 말곤 상혁이 의아하게 수를 위아래로 훑었다. 수는 아픈 허리를 부여잡은 손을 떼고는 의연하게 혀를 찼다.

"그럴 일이 있어."

"온종일 형네 집에서 있다 온 거 아니었어?"

"맞아. 근데 왜 그러는데, 너희 둘. 다 커서 언제까지 싸울래."

"쟤 좀 말려주라, 멍뭉아! 나 죽을 거 같아 진짜!"

뒤에 숨어 버럭 소리를 내지르는 선우에 수는 그를 품에 안아 토닥이며 상혁을 노려봤다.

"이래도 안 괴롭혔어? 어? 빨리 사실대로 말 못 해?"

상혁이 난처하게 머리칼을 헝클어뜨리자 선우는 수의 옆에 찰싹 붙은 채로 웅얼거렸다.

"비뇨기과 전문의로서 그런 식의 성생활은 사람의 건강을 해치는 일인데, 쟤가 잠도 못 자게 밤새 날 괴롭…… 읍!"

"알았어. 네 불만은 알았으니까 집에 가. 가서 얘기해."

상혁이 재빨리 선우의 입을 틀어막곤 그대로 어깨에 짐처럼 들쳐 멨다. 끙, 소리를 내며 고통스레 신음을 삭인 선우가 파닥거리며 상혁의 등짝을 두드렸다.

"아, 아파! 자세! 자세!"

"알았어. 좀 닥쳐! 멍뭉이 넌 나중에 얘기하자."

"멍뭉아, 살려줘!"

발악하는 선우를 들쳐 메곤 주저 없이 돌아서는 상혁을 수가 다급히 붙잡았다.

"킹, 너 고백 잘 안 풀렸냐? 왜 애먼 썬을 괴롭히고 그래."

"잘됐어. 사귀기로 했어."

상혁은 의기양양한 표정으로 선우를 멘 채 가뿐히 머리칼을 쓸어 올렸다. 수는 다행인 표정으로 웃었다.

"오, 축하한다! 그럼 여친이랑 놀고 엎은 썬은 좀 내려주지? 쟤 지금 몸 안 좋은 거 같은데 집까지 데려가 또 괴롭히게?"

"그러니까. 애인이랑 놀 거야."

"뭔 소리야, 그게."

상혁은 멍하니 되묻는 수에 고개를 절레절레 저으며 한숨을 푹 내쉬었다.

"너 정말 몰라, 아님 모른 척하는 거야."

"뭔 소리냐니까. 썬은 왜 아픈 건데. 설마 네가 때렸냐?"

"때린 건 아닌데 내가 한 건 맞지."

"뭘 어떻게 했는데."

"너 허리 아픈 거랑 같은 이유."

"에?"

"그 눈치는 노력으로 어떻게 안 되냐?"

씩 웃던 상혁은 금세 복도 너머로 사라졌다. 선우의 비명이 저 멀리에서도 들렸다. 수는 채 이해하지 못한 그의 말에 멍하니 있다 금세 버럭 얼굴을 붉혔다. 그러다 다시 의아하게 고개를 갸웃하며 다시금 왔던 복도를 거슬러 갔다.

"둘이 그 짓이라도 했다는 거야 뭐야."

수는 코웃음을 치다 문득 멈춰 섰다. 멍했던 얼굴이 차츰 놀람으로 바뀌고 희게 질리더니 다급히 그들이 사라진 텅 빈 복도를 돌아봤다.

"뻔하지. 열심히 줄다리기 하는 중이잖아."
"결국 선우가 끌려가 자빠질 거라는 거."

구 년 전 기말고사를 마치고 나서 도은이 했던 말이 불현듯 떠올랐다. 그제야 감이 왔다. 기가 막히고 당황스러운 일이었지만 왠지, 놀랍진 않았다.

십오 년을 가장 가까운 옆에서 봐온 그들이었다. 말로는 쉽게 설명할 수 없는 세월이었고, 그간 그들의 행보를 봐온 자신이라 이해할 수 있었다. 고등학교 시절 소문 때문에 사람들과 섞이질 못하고 겉돌던 자신에게 먼저 다가온 사교성 좋은 선우와 친해졌고, 그 후 자연스레 선우 옆을 맴돌던 상혁과도 친해졌다. 그 뒤론 셋 다 대학도 함께 들어올 만큼 막역한 사이가 되었다. 불현듯 화가 치밀어 올랐다. 상혁의 말이 떠오른 탓이었다.

"난 형 편이야. 우리에겐 끈끈한 동지애가 있다고. 내 연애사 상
담해 준 유일한 사람이니까."

수는 씩씩거리며 상혁에게 전화를 걸었다. 채 세 번의 신호도
가지 않고 받는 상대방에 수는 대뜸 소리쳤다.
"치사한 놈! 나한텐 감쪽같이 숨기곤 형한테는 상담을 해? 에
라이, 의리 없는 자식아."
[몇 번을 넌지시 말했는데 그놈의 눈치를 밥 말아 먹은 건 어
디에 누구시더라.]
"그렇게 말하면 어떻게 알아 듣냐! 여자친구라며! 예쁘다며!"
[착각도 자유네. 넌 애인이라고 했지. 내 눈엔 예쁘지만 멋있
다는 말을 더 좋아하는 사람이라고 했다, 난.]
"됐다! 끊어! 선우 그만 괴롭혀! 닳겠다, 닳겠어!"
대답도 듣지 않고 팩 전화를 끊은 수는 씩씩거리다가 이내 박
장대소를 했다. 기가 막히고 코가 막히는 이 소식을 바로 전한
이는 도은이었다. 핸드폰을 붙잡고 삼십 분 넘게 쏟아내는 얘기
에 도은은 놀라지도 않고 그저 코웃음을 쳤다.
[결국 끌려가 자빠졌군.]

시간은 유수와 같이 흘렀다. 약을 끊었음에도 잠은 잘 왔고,

식욕도 좋았으며, 그로 인해 높아진 집중력은 일을 하는 원동력이 되기도 했다. 사건 사고 없이 하루하루를 보내고, 서로의 일이 바빠 얼굴을 마주하지 못한 지 이 주가 흘렀을 땐 어느새 여름을 지나 가을로 향해가는 선선한 바람이 불었고 푸른 잎 가득하던 가지들은 오색 빛깔로 차츰 물들어가는 가을의 초입이었다.

장롱 한편에 묵혀뒀던 가을 코트를 꺼내 데이 오프 전날 출근을 하던 길이었다. 아침부터 원장에게 전화가 연거푸 걸려왔다. 전화를 받자 상대방은 대뜸 소리쳤다.

[이 선생! 정문으로 오지 말고 응급실 쪽으로 들어오게나. 지금 입구고 지하주차장이고 난리도 아냐!]

"예? 그게 무슨……."

그때였다. 병원 입구에 진을 치고 있던 기자들을 본 수는 그 자리에 멈춰 섰다. 외관 흡연실에서 담배를 피고 있던 카메라 기자가 그녀를 보더니 대뜸 담배를 집어 던지고 뛰어오자 다른 기자들도 빠르게 달려왔다. 갑작스레 달려드는 사람에 놀란 수가 얼이 빠져 그 자리에 굳어 있는 때였다.

"이러시면 안 됩니다! 자, 카메라 압수하기 전에 얼른 필름 내주시죠."

검은 양복을 입은 사내 대여섯 명이 수를 감싸 병원 안으로 향했다. 끝까지 따라붙는 기자들을 철통 방어해 준 남자들 덕에 무사히 병원에 들어온 수의 뒤론 그들만의 난장판이 벌어지고 있었다. 행색을 보아하니 병원 경비원들이 아닌 사설 경비 업체였다.

어안이 벙벙해진 수가 로비에 멍하니 서 있자 지나가던 환자 보호자들의 수군거림이 들렸다.

"어머, 저 여자가 그 사람인가 봐."

"여기 병원 의사라더니 진짜네. 여시같이 생길 줄 알았더만 평범하게 생겼는데?"

의아했다. 상황 자체이 이해가 되지 않았다. 서둘러 진료실로 뛰어가는 내내 매일 보던 직원들과 동기 의사들조차 수를 보고 반색하며 무언갈 묻고 싶어 하는 눈치였지만 말은 하지 않았다. 그리고 수는 그 이유를 친한 수간호사 진숙에게 들을 수 있었다. 여느 때와 다름없이 엄마 같은 푸근한 인상의 그녀는 수를 보곤 호호호 웃음을 터뜨렸다.

"어유, 이 선생님. 기사 잘 봤어요. 애인이 아주 근사하던데ㅡ."

"그게 무슨……."

"어머, 오늘 아침 기사 난 거 못 본 거예요? 그 주아제약……."

거기까지 말을 듣고 수는 곧바로 진료실로 들어가 컴퓨터를 켰다. 인터넷 기사를 찾아보려 했지만 노력은 필요 없었다. 사이트 상단 실시간 검색어에 뜬 그의 이름을 클릭하니 기사 수십 개가 떠올랐다. 기사들은 하나같이 사진은 없지만 같은 내용을 담고 있었다. 얼마 전 약혼을 취소한 주아제약 주도은 대표가 한국병원 신경외과 모 전문의와 교제 중이라는 보도였다. 이 쓸머리 없는 내용이 기사화가 될 수 있다는 사실에 수는 그의 위치를 다시금 느꼈다.

수는 도은에게 전화를 했지만 그는 받지 않았다. 이후 원장의 호출을 받은 수는, 당분간 출퇴근할 때 조심하라는 당부를 듣고 나서야 원장실을 빠져나올 수 있었다. 원장은 기자들의 발광에 화가 난 것이 아닌, 스캔들을 계기로 병원이 홍보가 된 것에 더 좋은 눈치였다.

그렇게 오전, 오후의 진료를 어떻게 마쳤는지 모르게 저녁 회진마저 끝내고 정신없는 하루는 마감됐다. 하루 온종일 전화를 받지 않던 도은에게서 전화가 온 것은 그때였다.

[지하주차장으로 와.]

할 말만 하고 끊어버리는 도은에 수는 다급히 가방을 챙겨들고 지하주차장으로 향했다. 범죄자처럼 주변을 의식하면서 걷던 수는 구석에 있는 익숙한 흰색 외제차에 황급히 올라탔다. 차창 밖으로 주변을 살핀 후에야 안도의 한숨을 내쉰 수는 옆에서 실실 웃고 있는 도은을 노려봤다.

"너무 무능한 거 아냐? 내가 본 기사만 열 개가 넘어. 아침엔 기자들이 얼마나 찾아 왔는 줄 알아?"

"열 개밖에 안 나왔어? 이런."

"그런 소리가 나와? 다 알려졌다고. 난 아무렴 상관없지만 당신 이제 어쩔 거냐고."

"바라던 바야. 내가 알린 거거든."

도은의 평소와 다름없는 차분한 말씨에 수의 큰 눈이 놀라 굼어졌다. 이내 수는 바락 성을 내며 그의 우람한 팔뚝을 찰싹 때렸고, 도은은 아픈지 어깨를 어루만지며 느슨하게 말을 이었다.

"필수불가결이야. 해야만 했어."

"우리 두 사람 이제야 겨우 안정 찾았어. 근데 다시 난장을 만들겠다는 거야? 기사로 아는 건 사람들뿐이 아냐! 당신 아버지가 혹여……."

"그러니 해야만 했어. 사람들 이목이 쏠리면, 넌 안전해."

"……뭐?"

"네 일상에 최대한 피해 가지 않는 선에서 사진도 올리지 않고 그저 기사화만 한 거야. 앞으로 주기적으로 몇 번 더 내보낼 생각이야. 세간에 잊히지 않게."

수의 표정이 일그러졌다.

"그럼 그 경호원들. 형이 보낸 거였어?"

"아무래도. 안전은 생각해야지. 기자들은 오늘만 있을 거야. 내일부턴 편하게 출퇴근해도 돼."

거기까지 생각을 해놓았다는 그의 말에 안도감과 함께 참았던 불안이 슬며시 피어올랐다. 구 년 전의 일이 다시금 떠오르며 짐짓 명치가 지끈 아렸다. 주강운, 그 이름 석 자를 떠올리는 것만으로 손발이 떨렸다. 한데 이리 독단적으로 저지른 도은에게 화가 치밀어 올랐다. 자신 때문이 아니었다. 이 일로 피해를 입을지도 모를 그 때문이었다.

"당신한테 피해 가는 거 원치 않았어! 분명 이사회에서 문제

삼을 거야."

"타격 없어. 설령 그렇다 하더라도 쉽게 무너질 만큼 약한 회사 아냐. 일반인과 기업 대표와의 사랑, 임원들은 내심 좋아하더라. 내가 서민적인 이미지를 보여주면 회사 이미지도 덩달아 좋아질 거라면서."

"서민적은 무슨. 얼마 전 약혼 파토 나고 이번엔 스캔들이라니, 사람들이 말 많을 거야."

"말하라지. 거래를 바탕으로 한 노이즈 마케팅이라는 거 이미 알 만한 자들은 다 알걸."

"왜 그렇게 쉽게 생각해! 내 말이 무슨 뜻인 줄 알잖아! 만약 혹여 다시금 그런 일이 벌어지면……!"

수는 차마 말을 잇지 못한 채 깊은 한숨을 내쉬었다. 도은은 급히 오느라 헝클어진 그녀의 머리칼을 쓰다듬었다.

"그럴 일 없어. 난 그렇게 멍청한 사람이 아냐."

"퍽이나."

"걱정 마. 내가 알아서 할게."

수는 도은의 손을 치우며 두 손으로 심란한 얼굴을 감쌌다. 도은은 쓰게 혀를 차며 그녀의 손을 치우곤 턱을 잡아 살짝 들어 마주 보게 만들었다. 검은 눈동자가 차 내의 어둠에서도 또렷이 빛났다.

"난 누구와 달리 한 번 내뱉은 약속은 죽어도 지키는 거 알지?"

"이 상황에 날 디스하는 거야?"

"그럴 일 없어. 다시는."

도은은 수의 흰 뺨을 양손으로 감싸며 마주 봤다. 아까와 같은 여유로움은 사라진 채 진중하기 그지없는 눈동자를 무겁게 번뜩였다.

"우리 둘, 절대 그런 일 겪게 안 해, 내가. 그러니 아무 걱정 하지 마."

진심이었다. 언제나 진심이 아닌 적은 없던 사람이었다. 그 마음의 무게가 얼마나 무거운지 잘 알기에. 수는 어렵사리 고개를 끄덕였다. 도은은 말을 잘 따른 강아지를 칭찬하는 것처럼 그녀의 흰 뺨을 비비고는 차에 시동을 걸었다. 그리고 집까지 가는 그 짧은 순간, 하루 종일 긴장하고 있던 수는 금세 잠이 들어버렸고, 도은은 수의 집 앞에 도착해선 잠든 그녀를 안아 내렸다.

도은은 익숙하게 수의 집 비번을 누르고 들어가 더 익숙하게 그녀의 조그만 오피스텔의 침대에 수를 눕혔다. 이불을 덮어주곤 옆에 누워 가슴팍을 토닥이기도 했다.

그렇게 밤이었다. 까마득한 어둠이었다. 꿈 저편, 가슴속에 담아뒀던 불안이 어둠을 틈타 비집고 나오며 한순간 눈앞엔 그 시절의 악몽이 펼쳐졌다. 번쩍이는 헤드라이트, 트럭의 시끄러운 클랙슨 소리, 고막을 찢던 굉음과 그의 몸을 적시던 시뻘건 선혈. 꿈은 거기까지였다. 누군가 미친 듯이 자신의 몸을 흔들었던 탓이었다.

"수야! 수야!"

도은을 다시 만나고 난 후엔 꾸지 않았던 꿈이었다. 매일 잠에 들라치면 찾아오던 지독한 불청객이 오늘의 사건 때문에 다시 찾아온 모양이었다. 입가에 풍기는 비릿한 피 맛에 혀를 쓸자 입술 한쪽에서 찌릿한 통증이 느껴졌다.

도은은 수가 눈을 뜨고 나서야 애탄 부름을 멈추곤 그녀의 창백한 뺨을 연거푸 어루만졌다. 깨물어 찢어진 아랫입술을 보곤 쓰게 혀를 차기도 했다.

"피나잖아. 지혈해야겠어."

수는 멍하니 몸을 일으키는 도은을 응시하다 이내 잔뜩 놀라선 다급하게 그를 붙잡았다.

"가지 마!"

수는 떨리는 손으로 도은의 옷자락을 부여잡곤 이내 그의 품으로 도망치듯 파고들었다. 이대로 품에서 놓치면 영영 사라질까 두려웠다.

"어디 갔었어…… 내가 얼마나 찾았는데."

"나 여기 있어."

"다신 못 보는 줄 알았어…… 영영 잃는 줄 알았어."

"수야, 나 여기 있어. 그대로 여기 있잖아."

부드럽게 읊조리는 낮은 목소리에도 수의 떨림은 쉬이 그치지 않았고 그녀는 그의 품으로 더욱 파고들었다.

"약속해. 다시는 그러지 않겠다고. 그런 모습으로 다시는……."

"말했잖아. 약속할게. 다시는 안 그럴게. 절대 안 그럴게."

수의 떨리는 몸을 꽉 껴안은 도은은 아픔으로 일그러뜨린 표정 그대로 그녀의 입술에 입을 맞췄다. 연신 그녀의 등을 쓸어내리며 다독이기도 했다. 얇은 잠옷 사이로 느껴지는 그의 뜨거운 체온은 가을로 향해가는 길목에도 여전했으며 쿵쿵 잘도 뛰는 심장 소리 또한 그가 살아 있음을 알려주었다. 그것에 지독히도 안도감이 들었다.

그렇게 다시금 잠에 빠져들었다.

⚜

잠결에 뒤척이는 그녀의 모습은 여느 때와 같았다. 악몽을 꾸는지 잠시 몸을 뒤척이다 애타게 허공에 손을 뻗는 모습에 저도 모르게 그녀의 손을 잡은 게 한두 번이 아니었다. 수를 다시금 만나게 된 후 몇 번을 보았던 모습이었다. 신음을 흘리듯 제 이름을 부를 때에서야 비로소 그 애타는 손짓이 자신을 찾는 손길이었다는 걸 그는 깨닫곤 했다. 하지만 오늘은 달랐다.

몸부림을 치듯 팔다리를 세차게 버둥거리던 수가 고통스레 입가를 깨물어 피까지 흘리고 나서야 평소와는 다르다는 걸 깨달았다. 악몽에 허우적거리는 그녀를 어렵사리 깨우고 나서, 눈물 젖은 눈을 질끈 감으며 자신의 품으로 파고드는 그녀를 다시금 재우고 난 후엔 짙은 쓰라림이 남았다. 그리곤 깨달았다.

그가 그랬듯 그녀 또한, 그 수많은 세월을 그리움으로 서서히 망가져 갔구나.

 "그 흉터가 왜 생겼는지 알면, 넌 네 목을 조르고 싶을 거다."

 아상의 말이 떠올랐다. 그의 말이 맞았다. 수를 다시금 만나고 난 후 매 순간, 그는 그랬다.

 그날, 끔찍했던 그날, 도로 위 수십 대의 cctv는 원인불명으로 먹통이었다. 그날의 사고가 얼마나 큰 것이었는지 증명할 것이라곤 병원에 누워 있는 도은과 폭발로 인해 완전히 전소되어버린 차체의 파편이 전부였다. 하물며 병원 기록이나, 병원 내외부 cctv마저 수의 안전과 행적을 확인할 만한 어떠한 자료도 남아 있지 않았다. 누군가의 계획은 그렇게 숨 막히도록 치밀했다. 그래서 그녀의 화상 흉터를 본 순간 탄식했다. 막연히 의심만 했던 모든 게 아프게 맞춰졌다.

 발치로 요란하게 떨어져선 죽겠다 펄떡이는 심장에 제 스스로가 한심해 토악질이 났다. 어떻게 그걸 몰랐을까. 그 사고에서 그녀를 무사하게 구했다며 안도했을 뿐, 왜 단 한 번도 자신이 구해졌다고 생각지 않았을까. 화마를 온몸으로 막아준 누군가가 있었기에 제 목숨을 부지할 수 있었다는 것을, 살이 타들어가는 열기를 홀로 견뎌낸 이가 있었기에 제겐 덴 상처 하나 없었다는 것을, 도대체 왜 몰랐을까.

 그저 미치도록 사랑했기에 그만한 원망과 증오를 당연스레 그녀에게 쏟아냈다. 수를 원망하는 힘으로 살아왔던 그였다. 하지만 그녀는 달랐다. 그를 구한 걸로 모자라, 그의 미래를 위해 스스로를 죄인으로 낙인찍었다. 도은을 위해 목을 옥죄고 심장을 짓누르는 극악한 무게를 오롯이 홀로 감당하며 묵묵히 견뎌내 여기까지 온 그녀였다.

수를 살리려 한 일이었다. 저를 희생해서라도 수만 온전하다면 그것으로 좋다 생각했다. 당장 죽어도 여한이 없다 다짐했었다. 하지만, 그것은 도은의 오만이었다. 수가 망가진 건 그의 어쭙잖은 희생 때문이었다. 그 사고로 온몸이 부서지고 망가진 것은 그가 아닌, 수였다.

그렇기에 품에 다시금 날아와 준 그녀가 고마웠다. 그녀를 품에 안는 게 꿈만 같았다. 그 힘든 역경을 헤치고 다시금 돌아온 것에 미칠 듯 감사했다. 자신이 사랑하는 사람이 자신을 사랑해 준다는 게 얼마나 어려운 일인지, 신이 주신 크나큰 큰 행운이라는 걸 그녀를 보며 매 순간 절절히 깨닫는다.

그렇게 열흘이 지났다. 수는 사람의 생명을 살리는 최전선에서, 도은은 사람을 살리는 약을 개발하느라 매일 늦은 퇴근을 하고 심신이 지쳐 침대에 고꾸라진 와중 새벽녘, 아상이 찾아왔다. 자신처럼 지나친 양의 업무를 수행하는 중에도 그는 여전히 여유로운 모습이었다.

"늘씬 패놓고 연락도 없냐?"

"고작 주먹 한 대였어. 멀쩡히 살아 있잖아?"

"배은망덕한 놈. 너처럼 사지가 부러졌어야 했냐?"

"부러뜨리기만 했지 부러져 본 적은 없을 거 아냐?"

시니컬한 도은의 말에 악의는 없었다. 아상은 냉장고에서 꺼내 온 캔 맥주 하나를 도은에게 던지곤 남은 캔을 따 단숨에 들이켰다. 청량감이 그대로 전해질 만큼 씩 웃는 아상의 입가엔 그날의 생채기가 아직 남아 있는 채였다.

"그렇게 막무가내로 내보이면 안전해질 거라 생각하는 거냐?"

주어가 빠진 말도 무슨 뜻인지 단박에 알아들었다. 도은은 맥주를 한 모금 마시곤 침대에 앉은 자세 그대로 아상을 응시했다. 그의 부드러운 미소가 신경 쓰였다. 가식적인 가면이 아닌, 있는 그대로의. 훨씬 보기 좋았지만 분명 평소와 다른 괴리감이었다.

"쥐도 궁지에 몰리면 물어."

"휴, 한동안 뜸하나 했더니 다시 시작이냐?"

"아버지 대신 혼내러 온 거야?"

"수천의 밥줄이 달린 회사도 무너뜨릴 기세로군."

"아니. 더욱 제대로 보여드려야지. 그래야 그녀에게 손대는 순간 무너질 회사를 보며 절망하실 게 아니겠어."

"쉽게도 보는구나."

"아니. 절박한 거지."

나지막한 도은의 어조에 칼날이 어렸다.

"이유가 무엇이었든 날 망가뜨린 건 아버지고 그런 나 때문에 망가진 건 수야. 더 물러설 곳도 못할 것도 없어. 알잖아. 난 형처럼 완벽한 계산 따위 없는 탕아라는 거.”

긴 눈매 가득 날카로움을 드러내는 도은에 아상 또한 옅은 미소를 지웠다.

“그렇게 싫으냐?”

“아닌 거 같아?”

“그럼에도 아버진 언제나 넌데.”

아상은 씩 입가를 휘었다.

“네가 지독히 싫어하는 그 아픔 또한, 누군간 받지 못해 안달이 난 사랑인데.”

도은의 긴 눈매가 굳어졌다. 미소를 띠고 있는 아상의 두터운 가면이 평소와는 다르다는 걸 인지한 탓이었다.

“예전에 나에게 물었지. 어떻게 하면 한 번이라도 나에게 체스를 이길 수 있냐고.”

“뒤늦게 답해줄 심산이야?”

“질문이 틀렸거든. 이기는 게 중요한 게 아냐. 상대방이 뭘 두든, 이쪽이나 저쪽이나 어쨌든 내가 원하는 결말로 만드는 게 중요한 거지.”

“그래서 형은 치부가 없는 거야. 매번 그렇게 계산적이니까.”

아상은 빈 캔을 멀찍이 있는 쓰레기통에 단번에 던져 넣으며 도은을 향해 미소를 지었다. 평소와 다름없는 온화하고 인자한 미소였다.

"없다고 누가 그래."

"있다고?"

"너."

도은이 놀란 듯 눈을 휘둥그레 떴다. 아상의 입꼬리가 길게 포물선을 그렸다. 지독히도 평온한 미소였다.

"넌, 내 유일의 치부지."

아상은 그대로 방을 나갔다. 그의 뒷모습을 바라보는 도은의 표정이 딱딱하게 굳었다. 아주 해묵은 기억이 불현듯 떠오른 탓이었다.

"소중한 게 생기는 순간 치부가 돼. 치부란, 아픔이지. 하지만 소중함이란 나 혼자 만들 수 있는 게 아니거든. 상대방의 동의가 필요한 거야. 그래서인가, 난 그런 게 없어. 그러니 넌 좋겠다. 그렇게 아파할 수 있어서."

어머니가 돌아가시고, 아버지의 존재를 맞이한 지 몇 달이 지나던 날이었다. 주디는 반려견 이상의 존재였다. 어머니와의 추억을 공유한 생명체였다. 아상이 그런 그의 강아지를 죽인 그날 새벽녘 한 말이었다. 낯선 환경에 적응하지 못해 겉돌던 도은을 유일하게 안아줬을 때처럼, 우수하지 못하다 하여 아버지에 매맞고 넝마가 된 도은을 다정하게 보듬었을 때처럼, 조금의 흐트러짐도 없는, 한결같이 평온하고 온화한 미소를 지은 채 아상은 말했다.

"나도 아프고 싶어. 그게 너라면 가능할 거 같아."

"……"

"우린, 형제니까."

남들이 보기엔 완벽해 보이는 제 영역 안은 균열이 일어 있고, 언제 무너져도 이상할 것이 없었다. 부러울 것 없는 삶에 왜 그까짓 엄살이냐며 남들은 이해할 수 없다고 해도 하지만, 그들은 알았다. 말하지 않아도, 굳이 끄집어내지 않아도, 언제 부서질지 모를 살얼음판 위에 남겨진, 반이나마 피가 섞인 그들만이 오롯이 느끼는 두려움이었다. 그렇기에 서로를 의지했다. 서로가 유일한 동아줄인 양 단단히 붙잡고 온기를 나누었다. 그렇게 살았다.

그때 깨달았다. 시간이 지나며, 확신했다. 언제나 이성적이고 평온하며 뛰어난 두뇌를 가져 무한한 신뢰를 얻던 철옹성의 그일지라도. 모든 이들이 첩의 자식이라 비웃던 자신과는 달리 만인의 사랑을 받던 그일지라도, 자신이 단 한 번도 이겨보지 못한 그일지라도. 그렇기에 그는 불안정하다. 남에게 인정받을수록 스스로의 존재 자체를 불신한다. 남들은 절대 모르는 그의 모습을 도은은 아는 탓이다. 우린 형제니까. 형제이기에.

어둠 속 오랜 시간 홀로 남겨졌던 그는 자신보다 훨씬 지독히.

병들어 있다는 것을.

온화함과 다정함으로 포장된 아상의 가면은 그 자신을 보호하는 유일한 수단이었다는 걸. 두려운 것은 자신뿐만이 아니라는 걸. 그렇기에 형은 극단적인 방법으로 자신을 붙잡으려 하고 있다는 걸. 그만큼 간절하다는 걸, 느꼈다. 그렇기에 도저히.

"미워할 수가 없는 거지⋯⋯."

도은의 상념을 깬 것은 전화벨 소리였다. 전화를 건 사람은 비서인 하진이었다. 좋은 학력, 그보다 더 좋은 순발력, 때에 따른 처세술까지, 어느 순간부터 자신의 최측근에서 뒤를 봐주는 능력 있는 여비서였다. 또한, 그녀는 아상의 전 비서이기도 했다.

밖에서 전화를 걸었는지 자동차 소음이 배경음으로 깔리는 중에 하진이 말했다.

[시작했습니다.]

"⋯⋯확실해?"

[확실합니다.]

도은은 한숨을 내쉬며 얼굴을 찌푸렸다. 하진은 침묵했고, 도은은 빈 맥주 캔을 단숨에 구겼다. 알루미늄의 날카로운 단면이 손바닥을 찢고 기어이 보리 냄새 섞인 비릿한 피 향을 풍겼다.

도은은 한층 날카로워진 긴 눈매로 반쯤 열린 방문을 응시했다. 아상이 나간 자취가 어린 문이었다.

"그렇다면 우리도, 움직여야지."

[리스크가 큽니다. 잘못되면 다음 주총에서⋯⋯]

"그게 상대방이 원하는 거잖아. 그럼 내어줘야지."

도은은 빈 캔을 쓰레기통에 던져 넣으며 피 묻은 손바닥을 응시했다. 손금을 따라 고인 핏물을 보니 깊게 베인 게 틀림없었다. 하나 아프진 않았다. 예상했던 탓이었다.

"팔아. 전부 다."

❧

도은과의 열애설 기사의 파급력은 컸다. 주 씨 가문이 선택한 의사라는 소문이 막연하게 퍼지며 넘치는 예약 환자에 일 년치 할당량을 3분기 만에 가뿐하게 넘겼고, 그리 따내기 힘들다는 사 년의 근로계약은 물론 연봉인상과 더불어 일주일간의 포상휴가도 챙기게 되었다. 말하자면 로또와도 같은 고속 승진이었다. 그와 함께, 한국병원의 간판의가 되었다.

지면 광고 사진 촬영을 마친 게 저번 주였고 게시물이 걸린 당일 몇 주째 만나지 못하는 도은에게 사진을 보냈더니 그는 누구보다 기뻐하며 뿌듯해했다. 이게 한 달간 있었던 일이었고, 그렇게 끝났다면 다 기분 좋았을 일이었다. 하나, 원장의 그 말 한마디가 사건의 발단이었다.

"한국병원과 주아제약이 계약을 맺기로 했다네."

"뭐라고요?"

"이사진들 모두 찬성이라 아마 큰 문제없이 내달 말쯤 정리될 걸세. 이번에 있는 갑작스러운 인사 변경은 그 때문이야. 자네 또한 마찬가지고."

"그게 무슨……."

"이사진에서 자네를 강력 추천했거든. 자네 애인이 역시 대단한 사람이긴 한가 보네."

정기 이사 회의를 마친 원장이 수를 호출한 것은 저번의 사건 이후 두 번째였다. 혹여 지면 촬영 건으로 문제나 생겼나 싶어 회진을 끝내고 허겁지겁 갔지만 그는 무엇이 그리 마음에 드는지 환한 웃음을 연신 날렸다.

수는 원장실을 나오자마자 도은에게 전화를 했다. 낮고 부드러운 음성에 화는 더욱 들끓었었다.

"내가 분명히 말했지. 일적으로는 건드리지 말라고. 내가 그렇게 모자라 보였어? 내 힘으로는 아무것도 못 하는 바보 천치처럼 보였냐고. 어떻게 마음대로 이럴 수가 있어!"

[수야, 그게 무슨…….]

"모른 척하지 마. 당신 입김이 들어간 승진이잖아. 그것도 모르고 좋아했던 내가 바보지!"

[잠깐 수야, 내 말 좀…….]

그것으로 끝이 아니었다. 수는 불같이 화를 낸 후 반나절이나 그의 전화를 일체 씹었다. 무수히 오는 메시지와 전화를 죄다 무시하고 삭제하다 못해 아예 핸드폰을 꺼버린 채 지내다 야간 근무까지 마치고 다음 날 정오가 돼서야 병원을 나가던 길이었다. 그날은, 뭐든 꼬이려는 모양이었다.

갑자기 부는 가을바람을 타고 눈에 들어온 티끌에 급히 눈을 감았지만 이물감은 쉽게 없어지지 않아 당황하던 차였다. 때마침 지나가던 준성이 다가와 큰 키를 한껏 수그려 눈가에 입김을 불어주었다. 예전의 일은 예전 일로, 지금은 아무런 어색함도 없이 무난히 지내는 사이였던 터라 수 또한 그의 도움을 받는 데 거리낌은 없었다. 문제는, 그때 나타난 도은이었다. 연락 두절인 수를 찾아온 타이밍이 하필 그때였다.

준성의 뒷목을 잡아 패대기치듯 밀치곤 호랑이와 같은 눈매를 매섭게 번뜩이는 그에 난감한 건 수뿐만이 아니었다. 준성은 그를 보곤 놀라다 오해라는 말과 함께 곧장 자리를 벗어났다. 그 자리에 남은 수를 끌고 억지로 차에 태운 도은은 연신 성이 난 상태였다.

"눈에 티끌 들어가서 빼준 거야. 도대체 뭐가 문제인데!"

수가 설명을 했음에도 도은은 되레 더 성을 내며 집 앞에 도착한 차를 급정거시키곤 으득 이를 갈며 노려봤다.

"그럼 티끌만 빼면 되지 어깨도 잡고 얼굴도 그렇게 가까이 있는데도 가만히 있던 네 잘못은 없다는 거야? 게다가 하필이면 상대가 그 새끼인데?"

"왜. 예전에도 그러더니 이번엔 그 선배를 늘씬 패버리려고? 그랬단 봐."

"그 새끼 편을 드는 거야? 내가 그랬다면 너도 똑같았을 거야."

"편들긴 누가. 억울하면 해봐. 난 누구처럼 그렇게 옹졸한 사람 아니거든."

"다음 주부터 바빠질 거라 잠시라도 얼굴 보려고 온 사람한테, 그렇게밖에 말 못 하겠어?"

도은은 날카로운 송곳니를 드러내며 단단히 성이 난 듯 으르렁거렸다. 평소 같았음 쉽게 풀릴 별거 아닌 일이었지만 수는 이미 승진 문제로 그에게 성이 난 상태였고, 유독 남자 일에 민감한 그의 버릇을 고치고 싶은 마음도 분명했었다. 그렇기에 이어지는 말은 더 곱지 않았다.

"그러는 형은, 내가 그렇게 싫다 했는데 기어이 멋대로 했잖아. 한데 난 그러면 안 돼?"

결국 수는 그의 대답을 듣지도 않고 차를 박차고 나와 버렸다.

그날 이후 서로 문자 한 통, 전화 하나 없이 연락을 뚝 끊은 지언 이 주가 넘어가고 있었다.

"핸드폰 그만 잡고 있어라. 녹겠다, 녹겠어."

"가을이거든?"

"내 말이. 그럼에도 그 플라스틱이 네 손 열기에 다 녹아버리겠다고, 인마. 대표가 바쁜 게 당연한 거지 의사 주제에 이렇게 한가한 네가 이상한 거고."

"닥쳐. 열여섯 시간 근무 끝에 겨우 쉬는 거구만."

"그럼 너도 가서 처자든가! 이틀 만에 자는 나 방해하지 말고!"

당직실 작은 침대에서 고단한 몸을 뉘이던 상혁이 결국 버럭 화를 내며 이불을 박차고 일어났다. 하나 심란하게 핸드폰을 매만지며 삐걱대는 의자를 뱅글 돌리며 소음을 내고 있는 수는 조금도 개의치 않은 채 본인 말을 이어갔다.

"애정이 식은 거야. 감히 잠수를 타?"

"그럼 가서 따지든가. 집도 알겠다, 뭐가 문제인데."

"집에 없을 거야. 요즘 못 들어가고 있다고 했었거든."

"그럼 회사로 가."

"일에 방해되잖아."

"그렇다면 참든가."

"그래도 괘씸한 건 변하지 않아."

"그래서 나보고 뭘 어쩌라고!"

얼굴을 두 손에 파묻곤 바락거리는 상혁의 행동에 반쯤 흘러내린 이불이 꿈틀거렸다. 상혁의 옆에는 선우가 몸을 웅크리고 자고 있었다. 시끄러운 소리에 뒤척이는 선우의 가슴팍을 다시금 토닥거리던 상혁은 부득 이를 갈며 수에게 문을 가리켰다.

"그게 어디든 그냥 쳐들어가. 너 가면 분명 좋아할 테니까. 제발 가."

성의 없는 답변에 수는 쳇– 소리를 내며 결국 당직실을 빠져나왔다. 그대로 진료실에서 가방을 챙겨 병원을 나와 택시를 잡아탄 수는 집으로 향하던 길에 목적지를 바꿨다. 왔던 길을 되돌아가 익숙한 다른 도로를 타고 도착한 곳은 도은의 회사였다. 정문 앞을 어슬렁거리는 그녀를 본 야간 경비원이 다가왔고, 수가 신분증을 내밀며 도은의 이름을 말하자 짐짓 놀란 그는 어딘가로 연락을 취하더니 이내 더 놀란 기색으로 그녀를 엘리베이터까지 안내했다. 그 뒤 그녀를 안내해 줄 직원이 다가왔지만 수는 길을 안다며 정중히 거절을 하곤 홀로 도은의 집무실로 향했다.

불이 켜진 임원진 층엔 아무도 없었다. 오직 그의 집무실 앞 비서실 컴퓨터만 켜져 있는 채였지만 사람은 없었다. 조심스레 도은의 방 문을 노크했지만 답이 없자 수는 조심스레 문을 열었다.

넓은 방 안 이곳저곳을 두리번거렸지만 도은은 보이지 않았다. 의미 없이 돌아가는 공기청정기, 블라인드를 걷어놓은 통유리창 너머의 야경, 마호가니 책상 위 수북이 쌓인 서류들 모두 찬찬히 둘러보던 수는 문득 책장 사이 조그맣게 벌어진 틈 사이로 흘러나오는 불빛에 다가갔다. 작게 벌려진 틈 사이로 손을 넣으니 거대한 책장이 미닫이 형식으로 밀려났고, 안락한 방이 보였다. 그 가운데 거대한 침대 위 도은을 발견한 수의 얼굴이 굳었다.

죽은 듯 자고 있는 도은 때문이 아니었다. 일면식이 있는, 한눈에 봐도 늘씬한 미녀인 그의 여비서가 누워 있는 그의 곁에 앉아 있는 모습 때문이었다. 하진이었다.

그녀는 그저 바라보고 있었다. 바라보는 시선이, 조금은 달랐을 뿐이었다.

하진은 인기척에 고개를 돌려 수를 보았다. 당황한 기색은 조금도 없이 하진은 손에 든 서류철을 덮고 자리에서 일어나 인사했다. 침대의 작은 흔들림에 죽은 듯 자고 있던 도은의 눈이 반쯤 떠졌다.

"뭐 하는……. 수야?"

도은이 의아하게 수를 응시하다 이내 스프링처럼 벌떡 자리에서 일어섰다. 단단히 굳어버린 표정의 수를 잠시 마주 보던 그가 옆에 서 있는 하진에게 시선을 돌렸다,

"이만 퇴근해."

"알겠습니다. 대표님."

하진은 다시금 정중한 인사와 함께 수를 지나쳐 밀실과도 같은 방을 나갔다. 저를 향해 짓는 미소에 수 또한 화답하듯 살짝 미소를 짓기도 했다.

집무실 문이 닫히는 소리와 함께 도은은 침대에서 일어나 앉아 그녀를 향해 여전히 놀랐다는 시선을 던지고 있었다.

"놀랐다. 이 시간에 어쩐 일이야."

"다행이네. 놀라게 해주려고 왔거든. 근데 내가 더 놀랐어."

"뭐 때문에?"

"연락 없어서 일이 바쁘겠거니 했는데, 이러려고 바빴나 봐?"

"무슨 뜻인지 모르겠네."

"집무실에 이런 침대가 왜 있어?"

"일이 바쁠 땐 눈 붙일 곳이 필요하니까."

"그럼 그 침대에 왜 저 여자가 앉아 있던 건데? 그것도 당신은 눈 감고 아주 평온하기 그지없는 자세로 말이지?"

"사흘째 잠을 못 잤어. 난 잠시라도 자야 했고, 저 비서는 나보

다 더 독한 여자라 그런 날 괴롭히러 들어온 거겠지."

코웃음이 절로 났다. 어떤 직원이 잠든 상사를 그런 시선으로 지켜보고 있겠는가.

수는 큰 눈매를 가감 없이 찌푸렸다.

"그렇다 쳐. 근데 어떤 상황에서도 곁 함부로 내주고 막 그런 사람 아닌 걸로 알고 있는데 난?"

수가 다다다 쏘아대는 말에 도은은 멍하니 잠이 덜 깬 정신으로 듣고 있다가 문득 긴 눈매를 좁혔다. 으득 이를 가는 그녀를 보며 그의 입가에 비릿하게 미소가 번졌다.

"질투?"

"하, 웃기고 있네. 단속이지. 지금 이건 현장 검거고."

"설마. 누구처럼 몸 만지게 두진 않거든, 난."

"누군 뒀어? 티끌 빼주는 거랑 침대에 같이 있는 거랑 같…… 으악!"

도은은 침대 가까이 다가온 수의 팔을 잡아채 순식간에 품으로 끌어들였다. 수가 분이 덜 풀린 듯 바둥거리자 도은은 그녀의 몸을 타고 올라 양팔을 머리 위로 누른 채 씩 웃었다.

"여기 옹졸한 사람 하나 더 있네."

"그래. 옹졸하다. 여기 오는 게 아니었어. 갈래. 놔."

"안 되지. 오는 건 네 자유지만, 가는 건 내 허락이 필요하거든."

도은은 수의 성난 눈가에 입을 맞추곤 짧게 한숨을 내쉬었다.

"내가 한 거 아냐. 맹세해."

의미는 명확했다. 수가 여전히 찌푸린 눈으로 그를 올려다보자 도은은 짧게 혀를 찼다.

"곧 미국에 지사를 만들 거야. 주아제약을 세계적 기업으로 만들 기회고, 그러려면 우리 회사 제품을 제대로 알릴 수 있는 최신 시설의 병원과 협약을 해야 했어. 우리나라에선 그게 한국병원이라 확신했고. 네가 다니는 병원이라서가 아니라. 착각하나 본데, 난 사업가야."

"그리고."

"인사 개편은, 그래. 원장에게 능력 있는 직원 몇을 추려달라 했어. 네 이름도 있었고, 난 너에게 한 표 던졌을 뿐이야."

"보통 그런 걸 입김이라고 하지."

"없는 걸 있는 척 만들어내는 게 입김이지. 있는 거에 그저 한마디 던지는 건 응원이라고 하고. 게다가 난 주아제약 대표고 넌 내 애인이야. 그들이 나에게 잘 보이려 너를 통해 아부하는 것까지 막을 순 없어."

도은은 그녀의 팔을 누르며 단호하게 말했다. 수는 조금은 누그러진 얼굴로 그를 마주하다 작은 입술을 잘근 깨물었다.

"내 힘으로 해내고 싶었어. 남들 다 인정할 만큼 오로지 내 능력만으로 올라가고 싶었다고. 누군가 의사가 됐다면 분명 그렇게 해냈을 테니까."

그라면 분명, 신경외과의 전설에 남을 만한 휘플 같은 의사가 됐을 거였다. 본인이 꿈꾼 것을 이루기에 충분했을 사람이었다. 그를 대신해, 올라갈 수 있는 정점까지 올라가 주고 싶었다. 그렇기에 더 악착같았다. 그렇기에 이 일을 받아들일 수가 없었다.

도은의 검은 눈동자가 일순 차갑게 내려앉았다.

"알아. 나도."

수의 팔을 누르던 손을 떼곤 그녀의 동그란 얼굴을 양손으로 감싸 쥔 도은은 그녀의 얼굴을 부드럽게 양쪽으로 비볐다.

"내가 멋대로 했다면 이미 진즉 개인 병원을 차려주든, 그게 아님 긴급 이사회라도 열어 네 이름을 들먹이며 그들이 뭐라 하든 인정할 수 없는 파격 인사를 강행했을 거야. 한데 안 했어. 왜냐고? 나 편하자고 해버리면 네가 싫어할 거 뻔히 아니까. 게다가, 넌 내 도움 따위 필요 없을 만큼 네가 알아서 잘 하니까."

"……."

"다들 인정해. 네 힘으로 올라가는 중인걸. 넌 항상 뛰어났고, 이번에도 그런 것뿐이니까. 왜 너만 인정을 안 하는 건데?"

질책하듯 단호한 목소리에 수는 그제야 완전히 누그러졌다. 도은은 옅게 미소를 띤 채 수의 눈가에서 뺨을 타고 쪽쪽거리다 입술로 향했다. 그러나 이곳이 그의 회사임을 퍼뜩 깨닫곤 수는 굳게 입을 닫은 채였다. 수의 팔을 잡고 있던 손을 떼 쓸듯이 목덜미를 지나 허리춤을 끌어안던 도은이 그녀의 아랫입술을 연거푸 잘근 깨물었다. 따끔한 통증에 졌다는 듯 입을 벌린 수에게 짙은 키스를 해대던 도은이 셔츠를 벗기려 하는 순간 그녀는 파다닥 몸을 비틀어 그의 몸을 떼어냈다.

"잠 덜 깼네. 여기 형 회사야."

"가자. 축하해야지."

"어딜?"

"어디겠어?"

도은은 그녀의 손을 잡아끌곤 회사를 나섰다. 항상 단정했던 옷매무새가 잠에서 깬 지 얼마 안 돼 흐트러진 모습인 채로 지나가는 그에 지나가는 당직 직원들이 어리둥절 인사를 건넸다. 수가 손을 빼려고 바둥거렸지만 그는 개의치 않고 오히려 더 꽉 마주 잡았다.

도은의 집에 도착하기까진 오랜 시간이 걸리지 않았다. 무엇이 그리 급한지 과속까지 해서 맨션에 도착한 도은은 그녀를 끌고 계단을 올라 2층 방문 앞에 섰다. 도은이 들어가 보라는 듯 수를 향해 손짓했다. 수는 의아한 표정으로 방문을 열었고, 순간 얼음처럼 그대로 굳어 버렸다.

구 년 전에도, 지금도 이제껏 한 번도 들어와 보지 않은 방이었다. 화이트톤의 깔끔한 가구의 선반마다 가방이 가득 있었고, 유리 진열대 안은 주얼리로 가득했다. 옷장에 걸린 색색깔의 옷가지들과 구두들 모두 이름만 대면 알 만한 고가의 명품이었다. 그리고 저 많은 것들은 남자가 아닌 여자의 물품들이었다.

수는 어안 벙벙한 시선 그대로 씩 미소 짓는 그를 마주 봤다.

"……무슨 상황?"

"선물."

"무슨 선물. 승진 선물?"

"아니. 그냥 선물. 승진도 겸사겸사."

"선물이라기엔 이건 너무……."

수는 연신 방 안을 두리번거렸다. 그러다 고개를 절레절레 저으며 입술을 깨물었다.

"너무 과분해. 심했어, 이건."

"마음에 안 들어? 직원들 추천받은 건데."

"마음에 안 드는 게 아니라, 숍을 통째로 털어온 거야? 저거다 명품이잖아. 하나 정도면 감사하지만 이거는 너무……."

"탕아로 살 때는 아무것도 못 해줬어. 상황은 변했고, 내가 그랬듯 이제 너도 적응해."

도은은 수의 앞으로 다가왔다. 고른 이를 드러내며 시원스레 입술을 휘었다.

"난 네 거니까. 내건 다 네 거니까."

수는 뭐라 말하지 못한 채 몸을 뱅글 돌려 다시금 방을 난감하게 두리번거렸다. 도은은 정신이 쏙 빠진 그녀를 등 뒤에서 껴안았다. 수의 허리를 끌어당겨 안고 정수리에 입을 맞춘 그 또한 방 안을 둘러보았다.

"방은 어때. 괜찮은 거 같아?"

"방? 방은 왜."

"전부터 하고 싶었는데, 승진 연락 받고 이때다 싶어 부랴부랴 준비했지. 저 문은 옆방 침실로 통하는 문인데 아직 가구도 벽지도 안 되어 있는 미완성이야. 그래도 일단 네 마음에 드는지 보여주고 싶어서."

"그게 무슨…… 그러니까 내 방이라는 거야?"

"응. 네 방이야. 네 짐 전부 이쪽으로 가져오면 좋고, 그게 싫으면 일단 일부만 가져와서 너 원할 때 쓰라는 거야."

수는 파다닥 몸을 돌려 그를 마주하곤 커다란 눈을 더욱 굴렸다. 도은은 어깨를 으쓱해 보이곤 대수롭지 않게 말을 이었다.

"당장 대답해 달라는 거 아냐. 단지 난 준비되어 있으니, 네가 원하면 언제든 들어오라는 선전포고지."

도은은 주머니 안에 있던 카드 키를 꺼내 수의 손에 쥐여주었다. 예전에 받은 적 있던 그의 집 카드 키였다.

도은은 고개를 숙인 채 카드만 보고 있는 수의 허리를 잡곤 들어 올려 방 한가운데 놓인 유리 진열장에 앉혔다. 수와 눈높이를 맞춘 도은은 그녀의 얼굴을 빤히 바라보며 짧게 입을 맞췄다.

"뭐지. 내가 원하던 반응이 아닌데."

골똘히 생각에 잠긴 수는 한참 뒤 입을 열었다. 손으론 선반에 놓인 가방 하나를 가리켰다.

"차라리 저 가방 하나만 줘. 그럼 팔아서 차 사는 데 보탤게."

도은은 긴 눈매를 가늘게 좁혔다가 결국 시니컬하게 코웃음을 쳤다.

"하, 원한 게 차였구만. 안 돼."

"왜 안 돼!"

"너 차 몰면 내가 내 명대로 못 살겠으니까. 정 갖고 싶다면 사 줄게. 단, 운전은 기사가 하는 조건이야."

"그게 뭔 개 뼉다구 뜯는 소리야. 내 거라며. 다 나한테 준다 며. 원하는 건 주지도 않으면서. 저 명품 다 팔면 멋들어진 집 한 채 값 나오겠다. 왜, 차라리 집을 사주지."

"그 또한 안 돼. 집 있으면 여기로 안 들어올 거잖아. 그냥 계 속 그 오피스텔에 살아. 아님 여기로 이사 들어오든가."

이것도 저것도 다 안 된다는 도은에게 수는 눈을 찌푸렸다.

"생활비 받던 의대생의 초심이 완전 흑으로 변했어. 자꾸 그렇 게 부 앞세워 내 재정 문제 건들이면 안 들어오는 수가 있어. 나 도 이젠 돈 잘 버는 의사거든?"

"그 돈 빚 갚는 데 거의 다 쓰잖아."

"그걸 어떻게 알아."

"왜 모른다고 생각해? 그러게 달라 하지도 않는 형한테 왜 돈 을 갚아, 바보야."

"이씨!"

"이 씨? 나 주 씨다. 네 오피스텔 집주인이 나로 바뀌어도 그런 말 나오는지 보자. 바로 방 빼라고 할 건데 어떻게, 제대로 건드 려 줘?"

이러니 저러니 해도 그를 못 당해내자 수는 허공에 발을 동동 굴렀다. 도은은 진열대를 양손으로 짚으며 수를 향해 상체를 숙였다. 숨소리가 닿을 만큼의 거리에서 도은의 검은 눈동자가 아까와 같은 장난기를 말끔히 지운 채 그녀를 응시했다.

"농담 아냐. 진지하게 생각해 줘."

"알아."

"어떻게."

"나도 이젠 당신을 잘 알거든."

수는 덧니를 드러내며 미소를 지었다. 도은도 입꼬리를 휘더니 그녀에게 입을 맞췄다. 벌어지는 입술과 함께 제 목에 양팔을 두르는 수의 몸을 가뿐히 안아 든 도은은 적극적으로 그녀의 행동에 맞춰줬다. 그대로 1층의 침실까지 그녀를 안아 든 채 키스를 하며 내려가던 그의 손이 짓궂게 그녀의 허벅지 안쪽을 매만졌다. 움찔한 수가 장난처럼 몸을 버둥거리다 위태롭게 상체가 뒤로 젖혀졌고, 놀란 도은이 그녀의 머리를 감싼 채 그대로 낙법하듯 바닥으로 넘어졌다. 아픔도 느끼지 못한 채 도은은 몸을 일으켜 바닥에 대자로 누운 수를 살피곤 으득 이를 갈았다.

"장난치면 어떡해! 다치면 어쩔 뻔했어."

"하하, 그러게 누가 먼저 장난치래?"

"진짜 장난이 뭔지 알려줘야겠군."

제 위에 올라타 이리 저리 간지럼을 태우는 도은에 수가 자지러지게 웃으며 버둥거렸다. 하도 웃어 나중엔 울먹거리며 배를 잡고 끙끙거리고 나서야 그는 간지럼을 멈췄다. 도은은 열이 받아 씩씩거리는 수의 성난 입술에 뭐가 그리 즐거운지 목을 그르렁거리며 연신 입을 맞췄다.

그렇게 여느 때와 같은 밤이었다. 달콤했고, 편안했고, 온기 넘쳤다. 매일이 그러했다.

시간은 다시금 빠르게 흘렀다. 일주일에 한 번은 얼굴을 봤었는데 그마저도 여의치 않게 된 건 그 덕분이었다. 하루에 한 번 통화, 이 주에 얼굴 한 번 보는 게 최선인 상태로, 요즘 들어 더욱 바빠진 도은에게 무엇 때문이냐 물었지만 그는 웬일인지 답을 해주지 않고 말을 돌렸다.

평소엔 묻는 대로 시시콜콜 다 답변해 주던 그였기에 수는 의아해하면서도 그의 일을 존중해 더는 묻지 않았다. 아마도 미국 지사 일로 바쁜 것이라고 수는 짐작했다.

도은이 잠들었을 때 그의 서재에서 우연히, 혹은 일부러 본 기밀 서류첩에는 vx특허권과 관련 이번 신약 프로젝트의 4차 실험 결과가 나와 있었다. 아무리 그녀가 의사라지만 개발 연구원은 아니었기에 잘 진행되고 있다는 대략적인 것만 알아볼 수 있었을 뿐 어차피 봐도 모르는 서류였다. 또한 하나 더 본 것이 있었지만, 비자금 장부라 첫 장을 보자마자 덮었다. 자신이 알면 안 되는 내용이었다.

도은의 말마따나 그는 사업가였다. 상황은 달라졌고, 그가 그렇듯 자신 또한 마찬가지였다. 그러니 그 또한, 존중했다.

그렇게 또 이 주가 흘렀고, 가을의 중턱을 지나 어느새 10월의 마지막 주였다. 그의 생일에 맞춰 둘만의 여행을 가기로 한 전

날이었다. 평소에도 바빴던 도은이 한 달여간 잠잘 시간도 없이 더욱 바빴던 것은, 그녀의 일주일 포상휴가에 맞춰 시간을 빼기 위해서였다는 걸 수는 뒤늦게 깨달을 수 있었다. 아침 수술을 마치고 회진을 돌고 진료실로 돌아와 내리 진료까지 본 후에야 수는 진료실을 나섰다. 복도 끝에 어렴풋이 보인 두 사람이 아니었다면 집으로 가 여행 짐을 챙기고 꿈나라로 향하는 완벽한 하루가 될 수 있었다.

수는 본능적으로 벽 뒤로 몸을 숨겼다.

"그래서, 고작 간 곳이 도은인가?"

"절 내치신 부대표님이 상관하실 문제는 아니죠. 그리고 비틀린 누구완 달리 현재 제 역량을 발휘하기 충분한 상사입니다만."

하진의 목소리는 차분함을 넘어 짙은 감정이 가감 없이 깔려 카랑카랑했다. 마주선 아상은 언제나와 그렇듯 속모를 유한 미소를 띤 채 한없이 여유롭기만 했다.

"어리석은 선택이야."

"누구보단 아니겠지."

"상사에게 반말이군."

"사적인 자리잖습니까. 게다가, 그쪽 불쾌하라고 이러는 거야. 난 당신을 잘 알거든."

하진은 한마디도 지지 않았다.

아상의 으득 이가는 소리가 들렸다. 언제나 흐트러짐 없는 그였기에 꽤나 인상 깊어 쉽사리 발걸음이 떼어지지 않았다.

"아니. 넌 몰라. 알면 이리 멍청한 짓은 않았겠지."

"멍청한 건 그쪽이지. 만인에게 허울뿐인 사랑 받으면 뭐 해, 정작 누구에게도 곁을 주지 않잖아. 기미만 보이면 내쳐 버리잖아. 그래서 내가 싫다며. 거슬리니 사라지라며. 그래서 꺼져 줬더니 이제와 왜 참견인데."

"이게 꺼진 거야? 이 일에서 빠져."

"싫은데."

"네 그 빌어먹을 고집은 어떻게 해야 수그러드는 거냐."

"그쪽 정신 차리게 하려면 나라고 별수 있었겠어? 세상 겁 없이 굴어도 실상은 그 두꺼운 가면에 숨어 있는 겁쟁이잖아, 그쪽."

성난 주먹을 벽으로 처박는 소리와 함께 거친 숨소리가 들렸다. 그는 완전히 이성을 잃은 상태인 것만 같았다.

"네가 나에 대해 뭘 안다고 떠들어. 고작 하룻밤 같이 보낸 거 가지고 다 아는 척 굴지 마. 그런 여자들 차고 넘쳐."

"알지. 한 트럭은 족히 넘는 거. 이중인격인 당신 때문에 울고 불고 난리인 그 여자들 명품 가방 쥐어 보낸 것도 그쪽 비서였던 나고. 까먹었나 본데, 그날 날 먼저 붙잡은 건 당신이야. 더 웃긴 건 지금조차 당신, 나 붙잡고 있잖아. 아니야?"

잠시 침묵이 이어졌다. 그들의 눈에 띌까 조심스레 고개를 내민 수의 눈에 고혹스러운 눈매를 일그러뜨린 하진이 아상의 피 묻은 손등에 손수건을 매어주는 장면이 보였다. 순간 다시 이어지는 그들의 대화에 수는 황급히 숨었다. 하진의 목소리는 차분했다.

"난 버텨내고 있었어. 먼저 버린 건 당신이야."

"그만해."

"당신은 더 비틀렸고, 난 죽기보다 힘들어. 이 상황을 바꿀 수만 있다면, 그게 뭐든 다 할 셈이거든, 난."

"그 입 다물라고."

"코끼리라도 상아 하나 가지곤 어림없을걸. 호랑이한테 대나무 숲이 생겨 버렸으니까."

"닥치라고 했지!"

아상이 이를 악물며 내뱉는 짙은 으르렁거림에도 하진은 눈 하나 깜짝하지 않은 채 제 말을 이었다.

"붙잡을 거라면 제대로 해. 그럼 못 이기는 척 찔린 상처에 약은 발라줄 테니까."

"박하진!"

"왜. 주아상."

아상의 고성에도 그녀는 시니컬하게 대답할 뿐이었다. 대화가 끝나고, 도망칠 타이밍을 잡지 못한 수는 결국 코너를 돌아 나온 하진과 눈이 마주쳤다. 하진도 놀란 듯 눈이 커다래졌지만 그것은 잠깐이었고 어색하게 미소를 짓는 수의 앞으로 와 가방 안에서 꺼낸 비행기 티켓을 건넸다.

도은의 생일이라 자신이 다 준비하고 싶었지만 원하는 날짜의 티켓을 구하는 게 여간 힘든 일이 아니었다. 때문에 이것만큼은 도은이 대신 해주겠다고 한 것이었다.

"대표님이 전달하라 하신 티켓입니다. 이것 때문에 왔는데, 개인적인 일로 잠시 늦어졌습니다. 죄송합니다."

"아닙니다. 고마워요."

수는 티켓을 받아 들고는 망설이듯 입술을 깨물었다. 하진은 잠시 그 낯을 바라보다 먼저 미소를 띠곤 평소와 같은 정중한 투로 말을 이었다.

"대표님은 알고 계십니다. 다만……."

"모른다 해도 오늘 일, 말 안 할 거예요. 사적인 얘길 제가 굳이 할 일도 없고. 근데, 형님은 왜 온 건가요?"

"부대표님이 왜 여기 온 건지는 모르겠습니다만 얼핏 듣기로는 사고 기록 말소 때문이라고 하던데요."

"사고 기록 말소요? 무슨 사고 기록이요?"

수가 눈살을 찌푸리자 하진은 어깨를 으쓱했다.

"글쎄요. 삼십오 년 전 교통사고라고 하던데, 그 이상은 모르겠습니다. 근데 그건 왜 물어보시는지."

"아. 그냥요. 알겠습니다."

"전 남은 업무가 있어서 이만."

꾸벅 고개 숙여 인사한 하진의 뒷모습을 바라보던 수는 슬쩍 고개를 돌려 어느새 텅 빈 복도를 응시했다. 아상이 있었던 자리 흰 벽에 남은 붉은 핏자국만 눈에 들어왔다.

아상의 그렇게 감정적인 모습을 본 건 두 번째였다. 한 번은 도은의 사고 때, 그리고 지금이었다. 언제나 속을 모르겠는 그가 그렇게 감정적이 될 수 있는 사람이라는 게 새삼 놀라웠다. 저둘, 그저 만남과 헤어짐을 반복한 단순한 사이가 아니다. 대화에서 깊이를 알 수 있었다. 짙고, 무겁고, 끈적하다.

"코끼리라도, 상아 하나 가지곤 어림없을걸. 호랑이한테 대나무 숲이 생겨 버렸거든."

자신들의 얘기였다. 둘의 대화에 분명 자신들이 언급되었다. 하지만 뼈가 있는 그 말들을 곱씹어보자니 도저히 이해가 가지 않았다.

혼란스러웠다. 잠시 멍하니 복도를 거닐던 수는 문득 걸음을 멈췄다. 수는 퇴근하려던 길인 것도 잊고 다시 진료실로 향했다. 자신이 신경외과 전문의라는 게 이토록 다행일 순 없었다.

수는 삼십오 년 전 교통사고 기록을 찾았다. 그 년도에만 수천 개가 넘는 파일 중에서 아무런 단서도 없이 무작정 찾는다는 건 무의미한 일이었다. 초조하게 머리를 쥐어짜던 수는 문득 떠오른 생각에 초점을 맞췄다. 아상이 기록 말소를 하려 했다면 그 파일의 최근 열람 날짜는 오늘일 터였다. 최신 열람 순서대로 살펴 삼십오 년 전 사고 관련 파일만 추려내면 된다, 그중 하나엔 분명 아상이 말소하려던 기록이 있을 거야, 란 생각에 미친 듯이 한 시간 넘게 찾던 그녀의 눈에 파일 열 개가 들어왔다. 모두 삼십오 년 전 교통사고였지만 아상 본인 혹은 그의 주변 사람들과는 조금의 연관도 없어 보였다. 게다가 모두 경미한 사고로, 말소할 필요도 이유도 없는 기록들이었다.

"13890, 13892?"

문득 수의 눈살이 좁혀졌다. 의미 없이 스크롤을 내리다가 수많은 리스트 중 빈 번호를 발견한 탓이었다. 그 번호를 무심결에 계속 되뇌던 그녀는 탄식을 삼키며 이를 으득 갈았다.

"13891……. 젠장."

모든 차트엔 고유번호가 기재되어 있다. 고유번호는 순서대로 배정되며 중간에 빈 번호가 생길 수 없으니 고로, 삭제된 거다. 말소했으니 그 번호만 기록에서 지워진 것이다.

결국 신경외과 교수를 찾아가 논문 자료에 필요하다는 명목으로 실물 차트를 보관하는 서류실 열람을 허가받고는 두 시간 가량 뒤진 끝에 자료를 찾을 수 있었다.

교통사고로 인한 전신 골절상 관련 신경이상증후군. 즉 사고 후유증으로 인한 과민성통증장애 판정이었다. 당시의 의료 기술로는 통증을 잡을 수술 방법도 없었을뿐더러 살면서도 불시에 찾아오는 통증으로 마약성 진통제를 먹었다 한들 지옥보다 더한 삶을 살았을 것이다. 한데 치료조차 제대로 받지 못했다면, 더 이상 말은 무의미했다. 게다가 사고가 난 년도에 출산을 했다는 산부인과 기록도 남겨져 있었다.

삼십오년 전 교통사고다. 과민성통증장애 판정을 받았고, 사고 년도에 그 몸으로 출산까지 했다. 아상은 어째서 이리 오래된 자료를 말소하길 원하는 걸까. 그와 연관된 누군가의 자료임에는 분명한데, 도저히 감이 오지 않았다. 삼십오 년, 교통사고, 과민성통증장애란 단어를 찬찬히 되짚어보다 순간, 정신은 번쩍 들었다. 그녀는 저 정보에 부합되는 인물에 대해 들은 바 있었다. 그저 우연이라기엔 있을 수 없는 일이었다. 교통사고로 인한 과민성통증장애로 고통스러운 삶을 살아야 했던 모친의 얘기를 하던 도은의 지금 나이는, 서른다섯이었다.

"형 어머니……."

말을 내뱉곤 지레 수의 안색이 파리하게 질렸다.

아상은 도대체 왜 이걸 없애려 했을까. 자신의 모친도 아닌 도은의 모친 것을.

수는 혼란스러워하다가 결국 저녁 10시가 넘어서야 퇴근을 했다. 택시를 잡기 위해 대로변에 선 때였다.

"어……."

수의 앞으로 외제차가 정차했다. 익숙한 외관이었지만 달갑지 않은 차였다. 짙게 선팅된 유리창이 내려가며 드러난 얼굴에 수는 일진이 사납다고 생각했다.

"도은이 얘긴데. 거절할래?"

바로 아상이었다.

3. 구멍 뚫린 갈애

"차, 아님 술."

"둘 다 거절. 한 번 호되게 덴 적이 있어서."

프라이빗한 장소가 필요하다 했고, 결국 향한 건 그의 집이었다. 여전히 깔끔했고 역시나 호화스러웠으며 그렇기에 사람의 온기란 없는 곳이었다.

시니컬한 말에 아상이 코웃음을 치곤 위스키 한 병과 잔 두 개를 들고 소파에 앉았다. 한 잔엔 스트레이트로 가득, 한 잔엔 얼음을 넣고 반 정도의 술을 따르곤 얼음 잔을 건넸다. 그 독한 술을 희석 없이 들이켠 아상은 수 보란 듯이 잔을 바닥에 내려놓곤 예의 미소를 지었다.

"봤지? 아무것도 안 들었어."

"용건이 뭡니까. 나 지금 엄청 피곤한데."

"보여줄 게 있어서. 일단 그거 보고, 얘기해 볼까?"

한쪽 벽면 가득한 티브이 화면 속 채널이 몇 번 바뀌더니 한창 생방송 중인 뉴스 채널로 고정됐다. 아상이 볼륨을 높였다.

[속보입니다. 현재 시각으로부터 삼십 분 전, 주아제약 주도은 대표 피습 사건이 벌어졌습니다. 피의자는 아직 검거하지 못한 상태로, 불법 밀반입한 사제 38구경 권총으로 지하주차장에서 세 발을 쏴 발견 당시 차 유리창은 완전히 부서진 상태였습니다. 한국병원으로 이송된 주 대표의 안위에 대해서는 관계자들의 통제에 의해 아직 밝혀진 바가 없습……]

티브이는 꺼졌다. 수의 안색이 파리하게 질리며 놀라 굳어진 채였다. 여전히 미소를 띠고 있는 아상의 낯을 마주한 그녀의 커다란 눈매가 떨렸다.

"뭡니까. 이거."

"선전포고를 하더라고. 그게 아버지를 향한 건 줄 알았는데, 실상은 나였지. 그렇기에 받아준 것뿐이야."

"설마, 직접 이랬다는 겁니까?"

"그렇다면?"

"이봐요!"

"홍콩에서 비싸게 주고 고용한 삼합회 소속 사수야. 그 외에

각 분야별로 몇 명 더 있어. 나에게 다른 연락이 없다면 주기적으로 그 녀석을 노릴 거야. 운이 좋아 매번 무사하다 해도 언젠간 크게 다치겠지. 걱정 마. 죽이진 않아. 하지만 평생을 그리 살면 꽤나 괴롭겠지?"

수는 이를 악물었다. 심장이 발끝으로 떨어져 요동쳤다. 그는 정말 무사한 건지, 왜 아상이 이러는 건지 혼란스럽기 그지없는 와중 필사적으로 든 생각은 하나였다. 그를 말려야 한다.

수는 실소를 지으며 아상을 노려봤다.

"당신 동생이야. 그럴 수 있을 리 없어."

"배다른 동생이고, 난 그 녀석을 증오해."

"설마…… 모친 때문에 그러는 거야? 그게 그 사람 탓이라 생각하는 거냐고!"

"그 일은 그 모자의 잘못이 아니지. 원망도, 이해도 필요 없이 스스로 목숨을 끊은 어머니에 대한 눈물은 삼 일이면 충분했으니까. 그보단, 더 해묵은 거지. 그 녀석이 죽지만 않으면 난 상관없어."

이해할 수 없는 말이었다. 비릿하게 휘는 아상의 입꼬리에 소름이 끼쳤다.

"그래서, 이 얘길 나에게 하는 이유가 뭡니까. 그 사람에 가 일러바치라고?"

"그래. 너 정도면 이런 얘기라도 그 녀석이 믿어주겠지. 원하는 대로 해. 일러바치거나, 그 녀석 목숨 줄 가지고 널 이용하거나, 뭐든 나에겐 나쁘지 않은 결말이야."

"사람 잘못 봤어. 아무리 사랑해도 내 목숨 대신 바칠 만큼 사랑하진 않아. 난 감정에 좌지우지될 정도로 그렇게 멍청한 년이 아니거든. 차라리 나를 공격했다면 얘기는 더 쉬워졌겠네."

"그래서 그렇게 불구덩이에 뛰어들어 그 녀석을 구했나? 피범벅이 된 채 거리를 거닐었던 거야?"

"······."

"그걸로 부족하면 광주에 있는 네 어미를 건드릴까? 비루한 이 생보단 저 생이 더 나을 수도 있을 텐데."

"지금 뭐라는······!"

"연기를 하려거든 제대로 해야지. 머리 굴리는 소리가 여기까지 들려."

수는 신음을 삼켰다. 마주 보는 그의 눈은 소름이 끼칠 만큼 이성적이었고, 차분했다. 농담이 아니었다. 그는, 지독하게도 진심이었다.

"다음 저격까지 삼십 분 남았는데, 어때. 얘기 계속할까, 아님 그만둘래."

수의 흰 얼굴이 창백하게 질리며 입술을 악 깨물었다. 그가 하는 말의 의미는 명확했고, 그렇기에 미소 띤 그의 얼굴이 그토록 이질감이 들 수가 없었다. 비릿한 피 맛이 입안에 감돌고 등줄기에 돋는 소름에 어깨가 떨렸다.

"나에게 뭘 원합니까."

"역시, 이래서 내가 널 좋아하는 거야."

손뼉을 탁 치며 수를 향해 상체를 숙인 아상은 즐겁기 그지없는 손길로 의미 없이 유리잔을 돌렸다. 유리잔 벽으로 흘러내리는 독한 양주보다 더 독한 시선으로, 그는 말했다.

"궁금하다 했지. 왜 너희들의 그리 절절한 사랑에 멋대로 끼어들어 좌지우지하는지. 도은이와 난 달라. 너무 다르지. 하지만 비슷해. 닮았지. 아이러니야."

"……."

"외톨이인 그 녀석에겐 치부가 없었고, 나만을 향한 녀석의 애정은 활용가치가 없었지. 그래서 치부를 만들어주고 싶었어. 네 말처럼 아버지 뒤에 숨어 실행했고, 네 일이라면 미쳐 날뛰던 그 녀석이 마지막까지 내 말을 안 듣고 멋대로 행동하는 바람에 예상치 못한 사고가 터진 거지. 도은이 녀석은 연구실에 집어넣고, 교통사고로 너 어디 하나 부러뜨려 겁먹게 만들어 녀석에게서 떼어놓을 생각이었는데 말이야. 너에게 보낸 운전기사가 푼돈에 나에게 중요한 일을 숨긴 거지. 그 차에 도은이 녀석이 탄 건, 예상치 못한 오류였어. 하지만 그 덕분에 너흰 더 견고해졌고, 그 녀석의 치부는 더욱 커졌으니 작은 오류쯤은 감수하기로 했어."

"……뭐?"

"난 그 녀석의 표면적 붕괴가 아닌, 존재 자체가 무너지길 원해. 그건 너만 할 수 있는 일이라 확신하거든."

"……."

"한 번은 운 좋게 견뎌냈지만 두 번은 반드시, 무너진다."

아상은 양주를 단숨에 들이켜곤 쓰게 혀를 찼다. 지금 그의 눈은 어떠한 맹수보다 더욱 날카롭고 치명적이었다.

열이 뻗쳤다. 눈에 불이 일고 몸이 부들 떨렸다. 참지 못한 화마는 기어이 터져 버렸다.

"그래서, 그가 보는 앞에서 죽기라도 할까? 지금 그걸 원하는 겁니까!"

"아니. 넌 살아야 해."

"그러니, 너도 살아."

그날, 아상의 말이 떠올랐다. 심장이 지끈거렸다. 수는 죽일 듯 그를 노려보았다. 아상은 자리에서 일어나 천천히 수의 앞에 섰다. 의자 손잡이를 잡고 몸을 숙여오는 그에 수는 본능적으로 몸을 뒤로 물렸다. 조금만 움직여도 입술이 닿을 것만 같은 거리에, 제 얼굴을 쓰는 그의 차디찬 손길에 수는 숨을 참으며 눈매를 거세게 일그러뜨렸다.

아상은 지독히도 인자한 미소를 띤 채였다.

"믿었던 형과 죽도록 사랑하던 여자의 배신이라. 스토리 깔끔하잖아?"

"빌어먹을 새끼! 이렇게 해서 당신이 얻는 게 뭔데!"

아상은 발악을 하는 수의 가는 목을 단숨에 움켜쥐었다. 숨이 턱 막힌 것은 목을 옥죄는 그의 차가운 손 때문이 아니었다. 그의, 소름끼치는 미소 때문이었다.

"분에 넘치는 줄도 모르고 그 녀석이 도망치려 그리 애썼던 것들. 간절히 원해도 가질 수 없는데 저는 싫다 발버둥 치던 것들. 그런 녀석을 사랑하는 이들의 시선을 볼 때마다 그래."

"……."

"더 미치도록 지르밟고 싶어."

아상은 고른 이를 드러내며 웃었다. 그는 누군가에게 전화를 걸어 미리 얘기해 둔 암호 하나를 전하는 아상의 입매가 부드럽게 휘었다.

"행여 사수의 실수로 그 녀석 머리에 구멍 나게 하고 싶지 않거든. 잘해주길 바라."

케케묵은 옛 기억이 떠오르며 잘못 끼워 맞춰진 퍼즐이 점차 제자리를 찾아갔다. 그래. 본능적으로 느꼈었다. 그의 미소는 가짜라고. 아상은, 위험한 사람이라고. 그렇기에 싫었다.

찰나의 인연을 억지로 이어주고.

"넌 일회용이 아니니까."

"후회 안 할 자신 있어?"

소중하게 만들어놓고는.

"넌 아닌 거 같으냐? 난 정확한 거 같은데."

뜻대로 되지 않으니.

"너희들, 언제 이렇게 멀리 가버린 거냐."

어르신이 시킨 일이 아니라, 어르신 뒤에 숨어 스스로 그런 일을 벌인 거라면.

"아니. 넌 알아. 그래서 네가 날 싫어하는 거지."

누군갈 사랑하는 게 아니라, 증오하고 있는 거라면.

"그 아인 도대체 뭘 잘못했기에, 부모의 사랑조차 받지 못했느냐 말이야."

그땐 그는…… 어쩌지. 라는 막연한 두려움.
그리고 그 두려움은 현실이 되어버렸다.
자리를 박차고 일어난 수는 성큼 현관 쪽으로 걸어가다 그를 돌아보았다. 부들부들 떨리는 몸만큼이나 그녀의 목소리 또한 가늘게 갈라졌다.
"그 사람이 당신을 얼마나 믿는데, 얼마나 사랑하는데…… 그걸 이용해? 이러고도 당신이, 사람이야?"

"감정 때문에 죽을 수도, 죽일 수도 있는 게 사람이야."

아상의 얼굴엔 더 이상 미소는 없었다. 지치고 지쳐 결국 가면을 벗어버린 이의 민낯은 생각보다 끔찍했다. 이 상황에 어울리지 않던 이질적인 미소보다 더.

"난 지극히, 사람이지."

아상은, 비틀려 있었다.

그렇게 대화는 끝이었다. 그에게서 조금이라도 벗어나기 위해 수는 달음박질을 쳤다. 다리가 후들거려 몇 번을 넘어질 뻔하면서 거리로 나가 잡은 택시를 타고 도은이 있는 병원으로 향했다. 전화를 걸려 했지만 사시나무 떨리듯 떨리는 손가락으로 번호를 누르기가 힘들었고 겨우 연결한 통화에도 핸드폰은 꺼져 있었다. 일분일초에 피가 말랐다. 시간은 더뎠고 그에게 가는 길은 너무 멀었다.

이미 병원 입구를 좀비처럼 서성이는 기자들을 밀치고 들어간 안에는 직원들이 분주했다. 수를 보자마자 그가 머무는 vip 층수를 알려주는 사람들에 그녀는 허겁지겁 13층으로 향했다.

엘리베이터에서 내려 그가 머문 병실까지 열 명이 넘는 경호원이 즐비해 있었다.

"무작정 들어가시면 안 됩니……."

"이거 놔요. 나 급하다고!"

"일단 확인을, 윽!"

무작정 들어가려는 수를 경호원들이 만류했다. 그녀의 거센 반항에 경호원들이 더욱 거세게 제지를 할 즈음이었다.

"뭐 하는 짓들이야!"

열린 문 사이로 보이는 건 그뿐이 아니었다. 상혁과 선우가 차트를 들고 있었고. 도은이 침대에서 벌떡 일어나 다가왔다. 거센 호통에 경호원들이 빠르게 뒤로 물러섰고, 수는 대뜸 그에게 달려가 품에 안겼다. 도은은 한 손으로 수를 품에 안으며 성난 목소리 로 말했다.

"도대체 어디 있었던 거야! 사람들 시켜 동네를 얼마나 뒤졌는지 알아? 무슨 일 생긴 줄 알고 내가 얼마나……!"

수는 대답이 없었다. 가슴팍에 고개를 묻고 들 생각을 하지 않는 수의 떨리는 어깨에 도은이 말을 멈추곤 한숨을 내쉬었다. 가슴팍이 눈물로 축축하게 다 젖어가는데도 그녀의 등을 끌어안아 한참을 다독이던 그때였다.

상혁이 손에 든 차트로 머리를 긁적이며 자신을 보라는 듯 기침을 했다.

"둘의 애틋한 만남이 급한 건 알겠지만 일단 형의 상태는 지극히 멀쩡하고."

"찰과상 두 군데는 뭐, 약 바르면 금세 나을 거야, 멍뭉아."

선우 역시 우는 수를 달래려다 기어이 저도 울음이 터져서는 상혁에게 머리를 기댔다. 그런 그들의 노고에도 미동조차 없던 수는 눈물로 얼룩진 눈으로 그의 몸 이곳저곳을 황급히 살폈다.

팔뚝과 얼굴에 유리조각에 벤 상처 외에 큰 부상은 없다는 걸 확인한 후에서야 수는 신음을 내뱉으며 그대로 바닥에 주저앉았다.

"수야, 나 멀쩡해. 그러니 진정해."

"내가 지금 진정하게 생겼어! 그러게 내 걱정할 시간 있으면 형 걱정이나 하라고 했잖아! 그 사람 많은 회사에서 어떻게 이런 일이……!"

"수야."

"빌어먹을 이름 좀 그만 불러! 죽을 뻔했다고 당신! 범인은 잡히지도 않았고!"

바락 성을 내는 수를 본 도은은 곁에 서 있는 상혁과 선우에게 시선을 보냈다. 그들이 서둘러 방을 나가고 난 후 도은은 문가에 서 있는 경호원들에게 고갯짓을 했다. 둘만 남고서야 도은은 수의 몸을 번쩍 들어 병실 침대에 앉히고는 시선을 마주했다.

"눈물이 많네."

"안 그러게 생겼어?"

"계속 울기만 하면 내일 퉁퉁 부어 아주 못생겨질 거야."

"그러라지. 어차피 못생긴 거."

"12시 넘었어."

"지금 그게 뭐가 중요한데."

"가야지."

"어딜."

도은은 피습으로 다 깨진 손목시계를 들어 보이며 큰 입매를

휘었다. 이 상황에서도 수려하기 그지없는 미소였고, 이어진 말
에 수는 헛숨을 내쉴 수밖에 없었다.

"내 생일 축하 여행."

❦

"네가 알아서 하려무나."

항상 같은 말이었다. 자신이 사고를 치든, 상을 받든, 학업에
뒤처지든, 우수하든, 아버지의 반응은 같았다. 무슨 일이 있든
따뜻한 말 한 마디, 차가운 말 한 마디 없었다. 손찌검을 하거나
혼을 낸 적이 없었고 시선 한 번 제대로 맞춘 적이 없었다. 그저
물 흘러가듯, 바람이 지나가듯, 다른 곳으로 흘러가 버리셨다.
세상은 그를 대단한 사람이라 평가했지만 가족에겐, 그렇지 않
은 분이었다. 그건 어머니도 마찬가지였다.

"너라면 가능할 줄 알았어. 너라면 그 사람의 사랑을 받을 수 있
을 줄 알았어. 하지만 너도 마찬가지구나. 너 같은 건 필요 없어."

대단한 집안의 외동딸이었다. 찢어지게 가난한 집안의 일개 제
약회사 말단 연구원이었던 남자가 주아제약이라는 대기업을 세
우기까지 밑거름이 된 것은 비단 그 집안의 재산 때문이라 해도

과언이 아니었다. 그러나, 아픈 사람이었다. 신경안정제, 술, 약, 항상 무언가에 찌들어 있는 어머니가 입에 달고 다니던 말이었다. 부모의 권력을 앞세워 돈에 눈먼 사람을 현혹해, 기어이 그 남자와 결혼을 강행한 여자의 비루한 사랑의 말로였다.

　어머니가 스스로 목을 매달아 세상을 등져도 아상은 슬퍼하지 않았다. 애초에 동의를 거절당한 감정이었다. 다 그렇다고 생각했다. 혈육이라도, 절대적이 아닌 조건부의 애정만 존재한다고, 누구든 그렇게 산다고. 자신만이 그런 존재는 아니라고.

　그렇기에 아상은 웃었다. 미소를 지으면 누구든 좋아했고, 그렇기에 더욱 짙은 가면을 썼다. 대부분의 사람들은 그를 좋아했다. 그와 친해지기 위해 먼저 다가오지 못해 안달이었다. 막강한 집안의 외아들, 우수한 성적, 미소와 온화한 품위, 그것 모두 거짓인 줄도 모르고 그들은 그를 좋아했다.

　그럼에도 시간이 갈수록 갈증은 심해졌다. 목이 타들어갔다. 무언가에 배가 주렸다. 지독한 허기짐이었다. 그때 깨달았다. 타인의 사랑으로 해갈할 수 없다. 될 수 없다.

　자신은, 부모에게조차 존재 자체를 부정당한 아이였으니까.

　그때 그 아이가 나타났다. 어머니의 49제가 끝난 다음 날이었다.

　그날은, 하늘에 구멍이라도 뚫린 듯 장맛비가 쏟아지던 여름날이었다. 하늘도 잊지 않았는지 마당의 연못엔 물이 넘쳐났고, 예상치 못한 빗줄기에 만개한 꽃들의 목이 대롱 꺾여 맥없이 흔들리는 몹시도 궂은 날이었다. 그런 날, 그 아이가 왔다.

도은이라 했다. 어머니가 강제로 떼어놓았던, 아버지가 사랑해 마지않는 여인의 자식이라 했다. 아상을 좋아하던 사람들은 아비가 버린 술집 여자의 자식이라 말하며 그 아일 죽일 듯 미워했다. 마치 그 대신 미워해 주기라도 하듯 당당히도 그러했다. 도은은 무엇이든 뒤처졌고 어미를 떠나보낸 슬픔과 낯선 환경에 적응치 못하고 잔뜩 주눅 들어 있었다. 그렇기에 오히려 도은을 미워하지 않았다. 미워할 이유가 없었다. 제 존재를 부정하고 증오하던 어머니를 위해 그가 흘릴 눈물은 삼 일이면 충분했다. 하지만, 어느 순간 이상했다.

그가 무엇을 하든 관심 없던 아버지가, 시선 한 번 받기 위해 갖은 애를 써야 했던 아버지가, 도은에게선 눈을 떼지 않았다. 품위, 우수한 학업, 원만한 대인관계, 그 아이에게서 아버지는 당신이 원하는 것을 얻어낼 때까지 정신없이 도은을 몰아붙였다. 학대라고 말하기 충분할 만큼 매 맞지 않는 날이 매 맞는 날보다 적은 나날이었다. 그럼에도 도은은 아상에게 다가오지 않았다. 다른 이들과는 너무도 다른 아이였다. 도은이 힘들어할 때마다 의지했던 건 아상이 아닌, 그 아이가 어렸을 적부터 키운 강아지였다.

"네가 가장 아끼는 게 뭐니."

도은에게 물었다. 아상은 강아지를 죽였다.

도은은 한 달을 내리 울었고, 아상은 안도했으며, 그날 새벽 멀리서 지켜보던 아버지의 시선은 아직도 그의 가슴에 남았다.

마치 당신의 적을 보듯 선연한 눈빛이었다.

그저, 도은에게 누군가 필요해 보였었다. 상처 입었고, 넝마처럼 너덜거려 보였다. 그렇기에 저 아이라면 가능할 것 같았다. 우린 같았다. 우린 형제니까.

아이가 저만을 의지하게 되기까진 채 몇 달이 걸리지 않았다. 그도 그러했다. 하지만 시간이 지나면서 인정할 수밖에 없었다. 아버지와 도은이 나눈 대화는 그의 생각에 확신을 주었다. 잡을 수 없이 흘러가 버리시더니, 결국 저 아이에게 가버리셨구나.

사실은, 부모의 사랑을 갈구한 건 사랑받지 못한 아이의 어리광이 아닐 수도 있다. 존재 자체를 부정당한 사람은, 그게 심지어 부모라면, 자신의 존재를 인정받기 위해 무슨 일이든 할 수 있다. 그렇지 못한다면 스스로 제 자신을 죽여 버리고 싶을 만큼 증오스러울 테니까.

우린 같지만.

"아상이를 이겨. 그럼, 너에게 내 모든 걸 다 주마."

우린, 너무도 다르니까.

갖은 애를 쓰고 발악을 해도, 예전이 그랬듯 지금도 그러했다.

"그래. 네가 알아서 하려무나."

도은이 이끄는 연구팀의 신약 개발 보고서였다. 시간 관계상 아상이 총괄 진행을 하고 도은이 확인 후 허가만을 하는, 주아제약의 향후 오 년을 가릴 중요한 프로젝트였다.

강운은 쓰고 있던 돋보기를 내려놓곤 피곤한 기색으로 의자에 몸을 기댔다. 아상은 옅게 미소를 띠었다.

"항상 같은 말씀이시네요."

"뒷방 늙은이다. 일일이 와서 보고할 필요 없어. 임원들 모두 내가 아닌 네 말 따른 지 오래인 거 안다."

"도은이에겐 아직도 그리 호되시잖아요."

"그 녀석이랑 네가 같으냐."

순간 아상의 눈썹이 잠시 찡그려졌다. 하지만 이내 부드러운 시선으로 강운을 향해 웃었다.

"vx도 성공했고, 도은이 잘하고 있으니까요."

"주아제약은 아직 한참 더 커야 해. 회사를 키우는 건 네가 적임자다. 그게 네 능력이야."

"그렇게 키우면 누가 갖나요?"

"무슨 말이냐."

"저 주실 건 아니잖아요, 아버지."

애초부터 미소란 없던 강운의 얼굴이 더욱 무겁게 내려앉았다. 저와 꼭 닮은 긴 눈매로 날카로운 시선을 보내는 강운을 보며 아상은 손에 든 찻잔을 세게 움켜쥐었다. 하지만 얼굴에 띤 미소만큼은 여전했다.

"전 언제나 계획적이죠. 계획적이면 우수해지니까, 그래야만 아버지가 절 한 번이라도 봐주셨으니까요. 그게 버릇이 돼서 그런가, 계획에서 어긋나는 건 죽기보다 싫어요 아버지."

"그래서, 대표 자리에 앉는 게 네 계획이냐."

"수랑 도은이."

갑작스러운 화두에 강운의 긴 눈매가 더할 나위 없이 굳었다. 아상은 보란 듯 여유롭게 차를 한 모금 마시며 다 식은 찻잔을 테이블에 내려놓았다. 여유로운 미소는 여전했다.

"제가 알아서 하겠습니다. 이번에도요."

"됐다. 내버려 둬."

의외의 대답에 아상의 눈매가 처음으로 찡그려졌다.

"왜죠? 뭐든 저한테 알아서 하라 하시더니."

"그런 일까지 벌이라곤 하지 않았다."

"하지만 원하는 결과는 얻으셨죠. 구 년 동안이지만."

쾅!

"그냥 둬! 다시 말하지 않으마."

탁자를 거세게 내려친 강운의 예전 같지 않은 기백에 아상은 실소를 내뱉으며 그를 빤히도 응시했다.

"그 녀석이 다시금 무너질까 겁나십니까?"

"……."

"만약 그렇다면, 그땐 어쩌시렵니까, 아버지."

강운은 대답하지 않았다. 그의 긴 눈매가 아상을 가만히 응시했다. 백호와 같던 기백은 어느새 사라진 채 껍데기만 남아버린 공허함이었다.

아상은 미소 지었다. 사재를 나서며 숨 막힐 듯 어둡고 삭막한 거택을 벗어나기까지 여전했다. 차에 올라타 자택으로 돌아가는 길, 오직 자신만이 존재하는 공간에 들어서서야 그는 얼굴에 띤 미소를 거뒀다.

"그땐, 절 봐주실 겁니까."

차마 잇지 못한 말이었다. 언제나 묻고 싶었던 말이었다. 그러나 한 번도 입 밖에 내어보지 못한 말이었다.

"누군갈 진심으로 사랑해 봤어? 지키기 위해 애닳아봤어? 계산적인 형은 절대 모를 거야. 내가 왜 이리 절박한 건지."

그 녀석이 그랬다. 그 빌어먹을 여자 때문에, 자신만을 따르던 녀석이 반발했다.

처음 봤을 때부터 아상은 알 수 있었다. 영리한 여자라는 걸 알아봤다. 처음 봤을 때부터 본능적으로 그를 싫어하던, 살아남기에 능한 사람이라는 걸 알아챘다. 도은이 소중하게 여기기 충분할 만큼 빛나는 여자였다. 그렇기에 작은 연이라 할지라도 아상은 억지로 이어 붙였다. 더 간절하게, 더 애가 타게.

네가 부르짖는 그 조건 없는 사랑이란 게 어디까지 존재할 수 있는지, 만약 그렇다면 잃었을 때 산산이 부서질 그 녀석이, 아버지와 조금이라도 더 멀어지기를, 그들의 관계가 철저히 부서지기를, 그저 그것을 바랐을 뿐이다.

그래서 아버지를 내세워 그런 일을 벌였다. 예상치 못한 사고였고, 울부짖는 그녀를 마주했을 때야 그는 다시금 확신했다.

이 녀석은 뭐기에 이토록 누군가에게 절대적인 사랑을 받는 걸까. 자신은 무엇을 잘못했기에, 부모에게조차 그런 사랑을 받지 못했을까.

"젠장!"

목을 조르는 넥타이를 풀어 거칠게 바닥에 내던진 아상의 숨이 거칠었다. 가슴 한편을 무겁게 짓누르는 통증에 제 맘처럼 숨이 쉬어지지 않았다.

"동생을 사랑하는 마음뿐이라기엔, 모든 게 너무 지나치거든. 아니야?"

아상이 놓은 덫이었다. 그들은 걸려들었고, 완벽히 그의 계획에 따라주기도, 철저히 그의 계획에 어긋나기도 했다. 십년이 지난 지금, 그들은 멈출 수 없다. 멈추지 않을 것이다. 아상 또한 그러했다.

"무슨 일입니까."

때마침 대주주에 속하는 임원 중 한 명에게 전화가 왔다. 원하는 것을 충족시켜 주자 제 충복을 자처하는 자였다.

[부대표님, 준비 마쳤습니다. 기사 먼저 터뜨릴까요? 아님 주식을 먼저 매입할까요.]

"무슨 소립니까? 난 모르는 일인데."

아상의 웃음기 어린, 그렇지만 날카로운 음성에 상대방은 알았다는 듯 간결하게 말을 이었다.

[차질 없이 진행하겠습니다.]

아상은 전화를 끊곤 느슨하게 풀린 목덜미를 어루만졌다. 심장 언저리가 차가웠다. 죽었는지 살았는지도 분간이 가지 않았다.

"세상 겁 없이 굴어도 여전히 그 두꺼운 가면에 숨어 있는 겁쟁이잖아, 그쪽."

"당신은 더 비틀렸고, 난 죽기보다 힘들었어."

하진이 떠올랐다. 예나 지금이나 여전히 당돌하고 가식이란 없는 여자였다. 처음 수를 봤을 때 진즉에 눈에 꽉 들어찬 것은 비단, 하진이 떠올라서였는지도 모르겠다.

하진과 비슷해 보여 그랬는지도, 모르겠다.

하진은 아상과 동문의 같은 반 학우였다. 노력파였고, 뛰어난 여자였다. 우연찮게 유학도 같은 학교로 다니게 되었지만 서로 교류는 일절 없었다. 부유한 유학생들끼리, 힘들게 일하며 근근이 학교를 다니는 사람들끼리, 그녀는 철저히 후자였다. 하지만 하진의 존재는 인지하고 있었다. 그를 스쳐 가는 많은 사람들 중 유일하게 아상에게 관심이 없는 이였고, 그랬기에 더욱 신경 쓰였고, 신경 쓰다 보니 그녀에 대해 인지하게 되었다. 노력파였고,

악착같았고, 뛰어난 여자였다.

그러던 중 교류라는 것을 하게 된 것은 졸업식이었다. 사람들에 둘러싸인 아상과는 달리 혼자 묵묵히 짐을 챙겨 학교를 나가려던 그녀에게 먼저 다가간 것은 그였다. 그때의 그는 지금과 같이 만인이 좋아하는 선한 미소를 띠고 있었다. 하지만, 하진의 반응은 다른 이들과는 달랐다.

그의 추악한 민낯을 훤히 들여다보는 듯했다.

"주아상. 그렇게 항상 미소 짓는 거 안 힘들어?"

"왜? 다들 좋아하던데."

"난 안 좋아. 그만둬."

"어째서?"

"네가 힘들잖아."

"……뭐?"

"지금 가서 네 얼굴이나 거울로 봐. 울기 직전, 최악이니까."

이상했다. 특이했다. 그게 특별함으로 바뀌기까진 오랜 시간이 걸리지 않았다.

한국에 돌아와 아버지의 회사에 입사했을 때 그들은 동기로 다시 만났다. 마케팅전략팀에서 하진은 다른 누구보다 뛰어났고, 아상은 본부장 자리에 올라섰을 때 그녀를 비서로 삼았다. 왜인지는 모르겠다. 그저 보이는 곳에, 옆에 두고 싶었다.

"갑자기 존대하는 거야?"

"회사니까요. 본부장님은 제가 모시는 상사이기도 하고요."

"지금 여기가 사석이고, 오늘은 내 생일이라면?"

"그래서. 생일만큼은 나가요 언니들이랑 안 놀고 나랑 놀게? 싫어. 이렇게는."

"왜? 이렇게라도 나랑 놀고 싶어 안달인 사람들 많은데."

"왜냐면 그 사람들은 당신을 좋아하지 않고, 난 당신을 진심으로 좋아하거든. 그러니 나랑 놀고 싶다면 진심으로 부탁해. 날 사랑해 달라고."

어쩌다 보니, 저도 모르는 새에, 그렇게 되어버렸다.

당연했다. 다른 이는 속이 훤히 보이는데 이상하게 그녀는 그렇지 않았다. 되레 그녀가 속을 빤히 들여다보며 매번 아상의 온 신경을 긁었다. 뜻대로 되지 않고, 그래서 화가 나게 만드는 사람이었다.

"당신은 만인에게 사랑받으면서 어느 누구에게도 사랑받지 못하는 사람이야. 그냥 사랑받고 관심받고 싶어서 못된 짓만 골라 하는 어린아이일 뿐이라고. 그걸 인정해. 그리고 무얼 하려든지 그딴 계획은 그만둬. 그럼 지금껏 그랬듯 앞으로도, 내가 죽을 힘을 다해 사랑해 줄 테니까."

하진은 예외였다. 그 예외라는 것은, 너무도 큰 불안감이었다.

"너 따위가 뭔데 사랑한다, 만다야. 뭐길래 네 멋대로 하라 마라
냐고. 내 눈앞에서 꺼져. 다신 나타나지 마."
"결국, 도망치는 거구나."
"아니. 같잖은 널 버리는 거지."

그것을 견딜 수 없어 상처를 주었고, 그는 결국 그녀를 버렸다.
그리고 지금, 다시 만난 하진은 여전했다. 그게 너무 화가 났
다. 미묘하게 틀어져 가는 계획, 다시 만난 하진, 모든 게 전부.
쾅!
아상의 오랜 계획이었다. 며칠 후면 기사가 터질 것이고 파장
은 클 터였다. 이사회의 대표 자리 해임이 아닌 검찰 수사와 함께
주총에서 모든 책임을 져야 할 것이며, 주가가 폭락할 수도 있었
다. 바로 그때가 주식을 사들이기 좋은 타이밍이고, 공석인 자리
는 채우면 그만이었다. 그게 무엇이든 그에겐 다 만족스러운 결
말이었다.
"어쩌니, 너의 그 대단한 사랑이 널 완전히 부숴 버릴 텐데."
아상은 입꼬리를 비틀며 거울에 비친 제 모습을 응시했다. 만
인에게 내보이는 가면을 벗은 자신은, 지극히 비틀려 있었다. 그
게 눈에 선연했다.

온몸이 뜨거웠다. 목줄기가 불에 타들어가는 것처럼 해갈을
원했다. 무언가를 갈구하는 주림은 기어이 심장을 짓이기며 고통
스럽게 울부짖었다.

이유 없는 분노였다. 시간이 지나며 그 의미가 퇴색되고 볼품
없이 일그러져 온몸 곳곳에 스며든 형체 잃은 감정이었다. 그게
아버지를 향한 것인지, 도은을 향한 것인지, 아니면 스스로인지.
어디가 끝인지.

자신도, 모르겠다.

지독한, 허기짐이다.

"괜찮다 전해 드려."

이동엔 꽤나 많은 시간이 소요됐다. 미리 예약해 놓은 비행기
티켓은 당연히 취소했고, 줄줄이 따라붙은 열댓 명의 경호원들
과 함께 움직이니 더 그런 탓도 있었다. 멀지도 가깝지도 않지만
타인의 접근을 잘 확인할 수 있는 목적지를 택해 비행기에 올라
타 도착하고 나니 새벽 어슴푸레한 어둠 사이로 보이는 야자수가
가장 먼저 눈에 띄었다. 늦가을의 바람은 거셌지만 포근했고, 냄
새 또한 비 냄새를 닮아 있었다. 제주도였다.

"아니, 통화할 수 없는 상황이라고 해. 다친 곳은 없다고."

도은은 바다의 푸른빛을 가득 담은 풀빌라의 테라스 난간에

기대 비서와의 통화를 마치곤 어느새 자신을 기다리고 있는 수의 곁에 다가가 그녀를 향해 쓰게 웃었다.

"아버지 비서."

"전화 한 통 정도는 해드리지 그래. 많이 걱정하셨을 텐데."

"그 일을 겪었으면서도, 아직 속없이 착하네."

한쪽 입꼬리를 비트는 그의 표정에서 비꼼을 느낄 수 있었다. 단단히 틀어져 버린 그들의 관계를 대변하는 것 같기도 했다.

그의 별장은 3층으로 된 풀빌라 형태였다. 수는 테라스 밑으로 보이는 제주의 풍광을 보며 넌지시 물었다.

"여기는 안전해?"

"우리 둘 외엔 아무도 못 들어와. 반경 1km 안에 들어오는 토끼도 잡아낼 수 있어."

"형 생일, 이번에는 제대로 챙겨주고 싶었는데."

"지금 제대로 챙겨주고 있잖아. 너만 있음 충분해."

도은이 손짓하자 수는 자연스레 그의 품에 안겼다. 도은의 커다란 손이 수의 머리칼을 헝클어뜨리며 쓸어 넘겼다. 장난감을 가지고 놀듯 계속해서 이리저리 괴롭히는 그에 시무룩했던 그녀의 얼굴이 결국 찌푸려졌다.

"하지 마. 물어버리는 수가 있어."

"와, 새로운 플레이야? 난 기꺼이 찬성. 윽."

"변태."

"진짜 아파. 나 환자라고."

도은의 명치를 주먹으로 내려친 수는 상체를 수그리고 꽤나 아파하는 그에 흥 코웃음을 쳤다.

"생채기가지고 무슨. 이따 후시딘 발라줄게. 됐지?"

"내 생일 챙겨주고 싶다며."

"나만 있으면 된다며. 여기 있잖아?"

덧니를 드러내며 웃는 수에 도은은 결국 너털웃음을 터뜨렸다.

동이 트고 이른 아침이 되어도 밖으로 나가지 않았다. 그가 손을 썼는지 피습에 관한 기사는 전부 내려간 상태였고, 도은은 도착한 후부터 계속해서 상황 처리를 위한 통화를 하기 바빴다. 거실에 있던 수는 별장 안으로 들어와 도은을 찾는 하진을 발견했다. 하진은 간결한 인사와 함께 도은이 있는 방으로 들어갔다. 수는 그녀를 붙잡으려다가 그만두었다. 물어볼 것이 한둘이 아니었지만 그의 일이 먼저인 건 분명했고, 그가 신경 쓰게 하고 싶지 않았다. 그의 신신당부로 수 또한 밖으로는 한 발도 나갈 수 없었고 경호원들이 주변을 에워싼 상태에서 할 수 있는 일이라곤 3층으로 된 별장을 구경하는 정도뿐이었다.

3층은 거실 한 면이 유리창으로 되어 있어, 제주도의 바다 풍경이 한눈에 들어왔다. 급작스러운 상황에 챙길 수 없었던 짐에 대비한 듯 필요한 물품들과 옷가지, 수영복까지 구비되어 있었다.

욕실에 있어야 할 자쿠지는 왜 천장에 거울이 달린 침대 옆에 있는지 알 수 없었다. 온갖 종류의 술이 준비된 바와 당구대는 마음에 들었다. 계속 헤엄치면 창 너머 바다로 갈 수 있을 거란 착각을 하게 만드는 실내 수영장은 호화스럽기 그지없었다. 이런 좋은 시설에도 빌라 밖이 더 아름다울 거라는 건 말하기 입 아픈 얘기였다.

별장 안을 구경하고 방으로 돌아온 수는 문득 떠오른 사실에 인상을 찌푸렸다. 가장 중요한 걸 챙겨오지 못했다. 반년치의 봉급을 탈탈 털어 디자인부터 원석까지 일일이 골라 커스텀한 물건이었다. 피습 사건이 아니었다면 그날 저녁 숍에 가서 챙겼을 그의 선물을 생각하니 입이 썼다. 정말 제대로 준비해 주고 싶었건만, 다 부질없어져 버렸다.

그때였다. 침실의 문을 두드리는 소리에 수는 자리에서 일어섰다. 문을 열고 들어온 것은 하진으로, 그녀는 주머니에 있던 물건을 꺼내 건넸다.

남색 벨벳 케이스에 담긴 건 수가 주문 제작한 그의 선물이었다. 수가 놀라 쳐다보자 하진은 싱긋 웃으며 고혹스러운 눈매를 휘었다.

"능력 있는 비서는 별걸 다 알죠. 챙길 시간이 부족하신 듯하여."

"감사합니다. 정말……."

수는 케이스를 소중히 쥔 채 돌아서는 하진을 응시했다. 결국 붙잡은 건, 묻고 싶은 말이 있는 탓이었다.

"아상 형님, 어떤 사람인가요."

갑작스러운 물음에 하진이 몸을 돌렸다. 가만히 응시하는 시선이 꼭 아상과 같이 예리했다.

하진은 그와 꼭 닮은 부드러운 미소를 지었다.

"저라고 알 것 같은가요?"

"그쪽이 모르면 누구도 알 수 없을 것 같아서."

확신에 찬 수의 말에 하진은 실소를 내뱉었다. 수를 바라보는 하진은 조금의 흔들림도 없었다.

"만인에게 사랑받지만, 누구에게도 사랑받지 못하는 사람이죠."

"위험한 사람인가요?"

"위태로운 사람이죠."

문득 하진이 자고 있는 도은의 얼굴을 바라보던 그때가 떠올랐다. 그녀의 시선은 무척이나 무거웠고, 슬퍼 보였었다. 그랬기에 그에게 더욱 날을 세웠던 것이다. 하지만 지금은, 병원에서 그들의 대화를 듣고 난 후엔, 명확해졌다. 하진은 도은을 보았던 것이 아니다. 그와 닮은, 누군가를 보고 있던 것이었다.

"아상 형님을, 사랑하는군요."

하진은 답지 않게 침묵했다. 수는 잠시 생각을 하다가 고개를 끄덕였다. 그런 수를 한참을 바라보던 하진이 문득 먼저 입을 열었다.

"당신, 다 아는군요."

"무슨 소린지 모르겠네요."

"주아상이 대표님의 적인 듯 말했잖아요. 계속."

허를 찔렸다. 수는 입을 다물었고, 하진은 담담히 말을 이었다.

"난 적이 아니에요. 그래서 대표님이 날 곁에 두는 것이고. 이해관계는 다르되 원하는 것은 같은 탓이죠. 의외로, 약하군요, 당신."

"뭐라고요?"

"정신 차려요. 절박한 사람은 당신뿐이 아니고, 난 당신이 내 발목 잡는 꼴은 죽어도 못 보겠으니까."

"……."

"그럼 전 이만."

되묻고 싶은 말이 많았지만 수는 그녀를 붙잡지 않았다. 그저 한숨만 연거푸 나왔다.

"내가, 약하다…… 라."

그렇게 한참을 멍하니 침대에 앉아 있었다. 정오의 태양이 붉게 물든 석양이 될 때까지 입맛은 없더니 술이 당겼다. 바에서 와인 한 병을 통째로 들고 수영복을 챙겼다. 가릴 데만 가릴 수 있는 비키니에 놀란 것도 잠시, 그의 수영복은 지극히 무난한 사각 팬츠인 것에 배신감을 느끼며 갈아입었다. 하지만 도저히 안 되겠어서 결국 품이 큰 그의 티셔츠를 걸쳤다.

저녁이 되자 조명에 따라 천장에 물결치는 푸른빛이 예뻤다. 그걸 바라보며 물 위에 둥둥 떠 있다가 수영하고, 또 쉬다가 수영하고, 가만히 있으면 떠오르는 잡념을 뿌리치려 애썼다. 그러다 병째 와인을 홀짝이던 때였다.

어느새 다가온 도은이 와인 병을 뺏어 연거푸 들이켰다. 수는 그 모습을 빤히 바라보다 저도 모르게 입매를 휘었다.

"다 끝났어?"

"가장 야한 걸로 사오라 했는데, 내 티셔츠가 배신할 줄은 몰랐네."

"별거 없어. 보면 뭐 하려고."

"할 거야 많지. 별거 있게."

"뭐야!"

감춰진 수영복을 찾기라도 하려는 듯 빤히 보는 그에 질색하며 수는 손으로 물을 튀겼다.

도은은 미소 띠고 있었지만 지친 기색이 완연했다. 회사에서 피습당하고, 몸과 마음을 추스를 새도 없이 이사진들과, 주주들과 몇 시간에 걸쳐 유선으로 회의를 하였으니 당연했다.

벽에 걸린 전자시계가 정확히 12시를 가리키자 수가 넌지시 물었다.

"뭐 하고 싶은데?"

"해줄 생각은 있고?"

"있다면, 어쩔 건데?"

수는 서 있는 그를 향해 손을 까딱였다. 곁에 와 쪼그려 앉은 도은이 뭐라 말을 할 새도 없이 수는 물기 가득한 손으로 그의 구겨진 셔츠를 잡아당겨 가까이 끌어당겼다. 그리곤 대뜸 입을 맞췄다.

갑작스러운 키스에 그가 자연스레 응할 무렵이었다. 도은의 목을 감싼 채 입을 벌리고 안으로 혀를 섞는 그녀에 그가 놀라 움찔했다. 입안으로 들어온 차가운 금속 물체 때문이었다.

수는 입술을 떼곤 씩 웃더니 그의 귓가에 나지막이 속삭였다.

"생일 축하해."

도은은 입안에 든 금속 물체를 유연하게 혀로 감싸 입술로 물었다. 손가락 두 마디 크기의 커프링크스였다. 대나무 숲에서 자고 있는 귀여운 호랑이 디자인이 인각으로 새겨진, 작은 브랜드 로고가 없었다면 독특하다기 보단 아이들 캐릭터핀처럼 유치할 뻔했다.

"이 브랜드에 이런 디자인이 있었어?"

"전 세계에 하나밖에 없는, 오직 형을 위한 커프링크스지."

"명품 브랜드의 커스텀 제작이라. 돈 많이 썼겠는데."

"반년은 쫄쫄 굶어야 해."

"하하. 너무 마음에 들어. 이거 나야?"

도은은 빵 터져서는 깔깔 웃더니 커프링크스가 물에 닿을까 수건에 싸 소중하게 선베드 위에 올려놓았다. 그때였다.

수가 티셔츠 안으로 팔을 넣고는 꼼지락거리자 의아한 도은의 시선이 그녀에게 향했다. 순간 수는 물에 젖은 뭔가를 던졌고, 도은은 허공에 날아든 것을 잡아챘다. 손에 쥔 자그만 비키니를 바라본 그가 헛웃음을 내뱉었다. 그의 시선은 이미 티셔츠마저 벗어 던지곤 수영장 가운데로 향하는 그녀를 좇고 있었다.

"선물이 이게 끝이 아닌가 봐?"

"메인이 남아 있지."

멀찍이서 어서 오라는 듯 익살스레 손짓하는 수에 도은이 터진 웃음을 억누르며 단숨에 셔츠를 벗어 던졌다. 촘촘히 자리한 보기 좋은 근육들이 할로겐 등 불빛에 음영 졌다.

"내가 어떻게 받을 줄 알고."

"그게 뭐든 마음대로 해."

"진심이야?"

"난 당신 거니까."

풍덩!

도은이 단숨에 풀로 뛰어들었다. 유려한 몸짓으로 수영해 다가간 도은이 수의 허리를 감싸자 그녀가 적극적으로 그의 어깨에 팔을 두르며 허리춤에 다리를 꼬았다.

수의 몸을 지탱하는 단단한 팔 근육에 힘이 들어갔다.

"다시 말해봐."

"뭘."

"그 말. 다시 해봐."

완전히 밀착된 상태였다. 그의 목소리는 최상급 벨벳보다 부드러웠고, 피부에 닿는 따뜻한 물보다 더 뜨거웠다. 그의 검은 눈동자가 목마르게 타들어가자 수는 숨을 집어 삼켰다. 그의 숨이 피부에 닿을 때마다 피부가 저릿했다.

수는 가쁜 숨을 억누르며 낮게 속삭였다.

"난, 당신 거야."

은은한 불빛이 물결에 반사되어 푸르게 일렁이는 공간이었다. 도은은 잡아먹을 듯 짙은 시선과 함께 그녀에게 키스 비를 내리며 목덜미에 입을 맞췄다. 쇄골을 지나 자그마한 가슴에 고개를 묻은 도은이 부드럽게 혀를 놀릴 때마다 수는 그의 머리를 감싸며 신음을 토했다.

수의 등줄기를 손으로 쓸어내리던 도은이 그녀를 든 채로 수영장 벽면에 밀어붙였다. 동시에 물살이 넘치며 출렁였다. 수를 보는 도은의 검은 눈동자가 뜨거운 숨을 타고 색정 어리게 번지며 수영장 염소 냄새보다 짙은 그의 우디향이 수의 정신을 아찔하게 만들었다.

"거칠지도 모르겠어."

"누굴 걱정해. 나 또한 마찬가지야."

도은은 씩 웃었다. 그리곤 누가 먼저랄 것도 없이 서로에게 달려들었다. 수의 탁한 숨소리와 함께 그가 둔부를 움켜쥐며 그대로 그녀의 안으로 밀고 들어왔다. 누구의 것인지 모를 심장의 뜀박질과 출렁이는 물에 섞여 더욱 음란한 마찰음, 조여오는 그녀의 뜨거운 내부를 묵직하게 파고드는 도은의 분신까지, 모든 걸 감당할 겨를도 없게 그는 그녀를 몰아붙였다. 둘은 서로에게 치명적이었다. 여유 따윈 서로에게 허락지 않겠다는 듯 닿는 곳곳 키스를 퍼부어대고 어떻게 해서든 더 파고들고 품어야겠다는 그들은 흡사 원초적인 본능만 남은 맹수 같았다.

"하아, 수야. 좋아?"

"웃. 보면 몰라."

"나도, 미치겠어."

확인받고 싶어 한다고 느꼈다. 저처럼 지금 미쳐 버리겠다는 듯 허리를 휘는 수에 도은은 만족이 충만한 낮은 숨을 토해냈다.

그는 수의 몸을 들어 올려 도톰한 엉덩이를 쥐어 잡았다. 고개는 타일에, 부력에 붕 뜬 다리는 제 허리에 감싸 아까와는 달리 천천히, 하지만 더 깊은 곳까지 제 것을 밀어 넣었다. 꽉 조이는 내부와 함께 수가 탄식 섞인 신음을 내뱉자 도은은 붉게 멍울진 그녀의 가슴에 혀를 굴리며 분신으론 원을 그리듯 안을 부드럽게 왕복했다. 그리곤 그녀가 참지 못하던 주위를 맴돌다 다시금 거칠게 찔러 넣었다.

"아윽!"

비명 같은 교성이 수영장을 울렸다. 도은이 허리를 비틀며 한참을 바들거리는 수의 몸을 어루만졌다. 하늘까지 치솟은 감각에 열기를 이기지 못하고 한껏 고개를 젖힌 그녀의 얼굴이 흐트러졌다. 그렇게 도저히 참을 수 없는 곳만을 공략하던 도은에 그녀 먼저 절정을 향해 가기 직전이었다. 그는 갑작스레 움직임을 멈추곤 열기를 띤 숨을 내쉬었다.

"하웃……."

수는 탄식 같은 신음을 내뱉곤 나른하게 도은을 바라봤다. 작은 가슴을 어루만지곤 아랫배를 쓰다듬으며 그녀의 절정이 가라앉기를 기다리듯 숨을 고르는 그에 수는 기어이 난감하게 이를 악물었다. 이미 그녀를 오롯이 바라보고 있던 도은이 반쯤 이성을 잃은 뇌쇄적인 눈빛을 보이며 짓궂은 미소를 지었다.

"너무 빨라. 내 선물이랬잖아."

"윽. 알았어. 알았으니까……."

수가 애타게 그의 팔을 잡았다. 재촉하듯 스스로 허리를 움직이자 도은은 짙은 미소를 흘리며 뜨거운 분신으로 천천히 그녀의 내부를 휘저었다.

"먼저 가면 안 돼. 오늘은 애원해도 안 보내줄 거야."

"윽."

다정하지만 단호한 목소리에 수는 난감하게 얼굴을 찌푸렸다. 하지만 왕복을 시작하자 다시 치미는 열기에 수는 기진맥진한 고개를 타일에 뉘며 갈라진 신음을 내뱉었다. 아까처럼 거친 몸짓도 아니었다. 그가 부드럽지만 참기 힘든 곳을 자극하고 있기에 미치겠는 거였다. 도은은 수의 은밀한 내부 주름 하나하나를 휘젓듯 느슨하게 원을 그리다 단숨에 깊은 곳까지 찔러 들어갔다. 허리를 비틀며 바르르 떠는 그녀의 몸을 잡아 각도를 튼 그는 더욱 깊숙이 뜨거운 분신을 찔러 넣으며 거칠게 왕복했다.

"하윽-!"

다시 하늘로 떠오르는 위태로운 감각이 계속됐다. 수가 다급하게 그의 팔을 쥐어 잡으며 얼굴을 일그러뜨리자 도은은 다시 움직임을 멈추곤 나른한 숨을 내뱉었다. 원하는 건 주지 않고 진정하라는 듯 짓궂은 미소를 띠며 제 몸을 어루만지는 그에 기어이 울먹이는 탄식을 내뱉던 수가 기진맥진 고개를 늘어뜨렸다.

그렇게 반복이었다. 다시 한계치까지 몰아붙이다 멈추는 행동을 반복하는 그에, 이미 지나친 신음으로 목까지 갈라진 수가 수영장 벽으로 그를 밀어버렸다. 그녀는 억울하다는 걸 감추지 않으며 해갈 못한 열기에 붉게 충혈된 눈을 찌푸렸다.

"죽을래!"

"하하, 너무 전력 질주하길래."

"두고 봐. 먼저 보내 버리겠어."

"벌써 갈 거 같아. 네가 엄청 사랑스러워서."

놀리던 걸 인정하며 즐겁게도 웃던 도은은 달래듯 수의 입술을 찾았다. 하지만 그녀가 고개를 홱 돌리곤 타일 바닥을 손으로 팡팡 단호하게 두드렸다. 그는 못이기는 척 걸터앉아 그녀의 몸을 단숨에 들어 올려 제 위에 마주 보게 앉혔다.

"알았어. 안 괴롭힐게. 네가 하라는 대로 할게."

"못 믿겠으니까 가만있어. 오늘은 내가 기분 좋게 해줄 거야."

"네가 좋으면 나도 좋아. 그게 아니고서도 매번 너무 좋아. 더 좋으면 죽어버릴지도."

"닥쳐. 기필코 할 거야."

달래는 말에 되레 오기가 생긴 듯 단호한 수였기에 도은이 그르릉거리며 목울대를 울렸다. 내심 흡족한 것을 숨기지 않았다.

"그럼, 그동안 난 뭘 하고 있을까. 수야."

"읏."

도은이 슬쩍 허리를 꾹 잡아 내리자 수의 입에서 자동으로 신음이 터져 나왔다. 어디가 좋은지, 어디가 취약한지를 정확히 알고 있는 도은이었기에 수는 치미는 열기에 이를 악물었다.

하복부를 잠식하는 통증 섞인 기분 좋은 저릿한 감각이 그들이 얼마나 격정적인지를 대변하고 있었다. 도은의 기분 좋은 게 역력한 숨소리가 그녀의 심장을 죄었다. 그는 수의 목덜미를 덥석 물어 혀를 굴렸다. 제가 하고 싶어 우위를 선점한 것인데, 되레 그녀의 가는 허리를 잡아내려 민감한 곳을 깊이 찌르길 반복하는 그에 정신이 나갔다. 쓸데없는 오기 따위 사라진 지 오래였다. 아랫배를 묵직하게 울리며 해일처럼 다시 몰려오는 감각에 온몸의 근육들이 바르르 떨리며 경련이 일 지경이었다.

"하윽-!"

도은이 다시 각도를 틀어 수의 허리를 잡아 내렸다. 내벽을 꽉 채워 더는 들어갈 수 없다 확신했건만 기어이 뿌리까지 집어넣으며 낮은 신음을 흘리는 그에, 수의 허리가 잔뜩 휘어지며 바르르 떨렸다. 경련이 이는 허벅지에 무너질 듯 몸을 기댄 수의 등을 쓸어내리던 도은은 힘으로 그녀를 들어 다시금 강하게 내리 꽂았다.

"아웃……!"

도은이 허리를 쳐 올릴 때마다 수의 신음은 커졌다. 그걸론 만족 못하겠다는 듯 더욱 몰아붙이던 그는, 귓가에 꽂히는 수의 신음과 더불어 귓불을 깨물곤 허리를 움직이는 그녀에 움찔하며 혼탁한 신음을 흘렸다. 그의 뜨거운 숨소리가 듣기 좋아 수가 바르르 떨며 한계치까지 그를 품으니 도은은 결국 웃, 하며 해갈을 원하는 고개를 뒤로 젖혔다.

"하아······."

우수에 젖은 눈, 땀에 젖은 검은 머리칼, 붉게 달아오른 그의 피부까지. 도은에게 키스를 퍼부어대던 수가 씩 웃었다. 기어이 원하는 대답을 들었다는 듯 의기양양한 수에 도은은 낮게 목울대를 울렸다.

"수야. 나만의 수야."

그의 숨이 끈적하고, 짙었다. 도은의 목소리가 사랑스러움 그득 묻어나게, 뜨거운 열기로 가득 찬 수영장을 울렸다.

"수야, 사랑해."

나지막이 부드럽게 울리는 그의 목소리가 심장에 내리꽂혔다. 미칠 듯 뛰어대던 심장이 나 죽겠다 발치로 나뒹굴었다. 그래서 겨우 잊었던 것이, 다시 아프게 치밀어 올랐다.

수는 도은에게 매달리듯, 절대 놓을 수 없다는 듯 그의 목에 팔을 감았다.

'이렇게 사랑하는데. 이제야 함께할 수 있게 됐는데. 이 사람을 잃는다면 난 어떻게 하지.'

얼굴로 흘러내리는 게 물인지, 땀인지, 눈물인지 알 수 없었다. 이성을 앗아가는 그가 주는 감각 때문인지 아님 떠오른 아픈 상념 때문인지도 알 수 없었다. 물에 젖은 그의 체취, 피부에 닿는 그의 뜨거운 체온과 미칠 듯 뛰는 심장 소리, 낮아서 더없이 뇌쇄적인 도은의 신음 소리까지. 절정의 쾌락과 함께 아픔이 되어 다가왔다. 그렇기에 평소엔 낯간지러워 하기 힘들었던 그 말이 쉽게도 터져 나왔다.

"사랑해. 내가 정말 사랑해. 당신을 지독하게, 사랑하고 있어."

"수야."

신음과 함께 쏟아지는 그녀의 음성에 도은의 긴 눈매가 기어이 일그러졌다. 그녀의 몸을 다급하게 타일에 눕힌 그는 기어이 폭발했다. 참지 못하겠다는 듯, 그녀를 오롯이 집어삼켜 버리겠다는 듯 수의 갈라진 울음소리가 메아리칠 때에 도은은 낮게 그르렁거리더니 억눌렀던 본능을 폭발시켰다.

"으읏! 윽!"

단숨에 집어삼켜진다, 수는 생각했다. 이미 이성을 잃고 날뛰는 맹수의 거친 포효였다. 터질 듯 부풀어 내부를 찢어지게 채운 도은의 분신이 거칠게 왕복하자 수는 몸을 비틀며 교성을 내질렀다. 한계치까지 몰아붙여진 감각에 움찔거리는 내부가 기어이 꽉 죄며 경련하듯 요동쳤다. 전신을 바들거리며 떠는 그녀의 허벅지를 움켜쥐곤 도은이 잔뜩 흐트러진 숨을 내뱉었다.

"큭……."

격렬한 움직임 끝에 격정을 토해내며 그녀의 몸을 단숨에 끌어안았다. 눈물로 발갛게 변한 그녀의 눈가에 입을 맞추며 으스러질 듯 품에 안았다.

그렇게 시작된 밤은 아직 한창이었다. 맥없이 늘어진 수에게 키스 비를 내리며 그녀를 수건으로 감싸 안은 그가 침실로 향하면서부터 진정한 밤의 시작이었다. 침대에 왜 거울이 있는지, 침실에 자쿠지는 뭐 때문에 있는지 의아해하던 그녀의 궁금증을 풀어주기라도 하듯 새벽 동이 틀 때까지 도은은 수를 놓아주지 않았다.

어슴푸레 물든 제주 하늘을 바라보며 수는 쉽사리 잠들지 못한 채 욱신거리는 몸을 뒤척였다. 수는 저를 품에 안은 그의 허리를 껴안았다. 손에 닿는 단단한 근육이 갈비뼈를 타고 이어졌지만, 이 근육도 쇠구슬 한 알이면 부질없을 터였다.

"믿었던 형과, 죽도록 사랑하던 여자의 배신이라. 스토리 깔끔하잖아?"

수는 눈을 질끈 감았다. 머릿속에 아상의 지독한 말과, 그날의 사고가 섬광처럼 스쳐 지나갔다. 아상은 사람을 꿰뚫어볼 수 있을 정도로 머리가 좋았다. 여태껏 그의 손 위에서 놀아나는 것도 모를 정도로 손바닥 위에 사람을 놓고 제멋대로 굴려온 그에게 이건 전초전일 뿐이었다. 이번엔 빗나간 총알이 아상의 변심에 따라 언제고 도은의 심장을 관통할지 몰랐다.

이미 그를 잃어봤다. 다시 잃을 순 없었다. 그것만은 안 된다.

수는 잠든 그를 바라보며, 작게 읊조렸다.

"모를 거야."

도은이 혹여 단잠에서 깰까 수는 조심스러운 손길로 그의 뺨을 어루만졌다.

"내가 얼마나 사랑하는지."

눈물이 차올랐다. 참으려 해도 눈가가 따끔거렸고 금세 베갯잇을 적셨다. 숨을 쉴 수가 없었다. 숨이 점차 가빠오자 수는 기어이 자리를 박차고 일어났다. 하지만 침대를 벗어나 바닥을 채 딛기도 전 그의 손에 붙잡혔다.

"웃-."

수를 침대에 눕히고 그 위로 올라탄 그의 눈매가 매서웠다.

"당장 말해."

"……무슨 소리야."

"너, 무슨 일 있지."

어둠 속 섬광을 닮은 검은 눈동자에 수는 입을 다물었다. 도은은 빤히도 그녀를 쳐다보더니 이를 으득 갈았다.

"진짜…… 무슨 일 있구나, 너. 뭔데."

"아무 일 없어."

"거짓말하지 마! 또 시작인 거야?"

도은은 맹수처럼 흰 이를 드러내며 소리쳤다. 미치기 일보 직전인 것이 눈에 훤했다.

수는 붙잡힌 팔이 아프다는 듯 인상을 찌푸렸고, 도은은 그제야 팔을 놔주었다. 붉어진 팔을 들어 제 목에 감싸는 그녀에 그는 조금 누그러진 표정으로 그녀를 응시했다.

수는 그의 뺨에 입을 맞추곤 씩 웃어 보였다.

"진짜야. 그냥 마음이 복잡해서 그래."

"거짓말 아니지."

"아니지."

도은은 옆에 털썩 눕더니 수를 등 뒤에서 끌어안아 품에 가뒀다. 등 뒤로 느껴지는 그의 체온이 뜨거웠다. 살아 있음을 느끼게 하는 심장 소리 또한 세차게 펄떡이고 있었다.

"혹여 내가 무슨 말을 하더라도, 믿어줄 거야?"

"헤어지겠다는 말 빼고."

"그런 거 말고. 도저히 감당할 수 없는 말."

"그거 외에 나에게 감당할 수 없는 말은 없어. 넌 내 삶의 이유고, 네 말은 나에겐 진리니까."

"웃기시네."

"난 누구처럼 두말 하지 않아."

"또 디스하는 거야? 억울해서 원."

수가 쳇 혀를 차자 도은은 목울대가 웃음을 담곤 그릉 울렸다.

"내가 회사 일 그만두라 하면 그땐 어쩔 건데. 연구팀 일은 애착 있어 하잖아."

"애초에 원한 적 없는 왕관이야. 내 마음이 어떻든, 너만큼 중요하진 않아. 이렇게 물어주는 건 좋은데, 내가 한 말 잊지 마."

도은의 단단한 팔이 수의 허리를 끌어 당겼다. 제 목덜미에 고개를 묻곤 낮게 읊조리는 그의 음성에 수는 심장이 덜컥 내려앉았다.

"두 번은, 절대 용서하지 않을 거야."

제 모든 걸 알고 있는 그였다. 평소와 다른 행동이 그의 불안을 자극한 듯싶었다. 불안스레 빨라지는 심장 소리에 수는 그의 손을 맞잡으며 눈을 감았다.

⚜

이틀째 날이 밝았다. 그가 막은 것인지 도은의 피습에 관한 뉴스나 기사는 없었다. 경호원들은 여전히 별장 밖을 지키고 있었고, 도은은 아침나절부터 누군가와 계속 연락을 주고받았으며, 철통 보안 속 별장으로 들어서는 이는 아무도 없었다. 통화를 마친 도은은 나갈 채비를 했고, 그가 씩 웃으며 한 말은 의외였다.

"배 멀미 해?"

"아니. 안 할걸. 왜?"

"잘됐네. 지면보단 물 위가 더 안전하니까."

짐은 쌀 필요가 없었다. 수행원 남자 둘이 모든 준비를 해놓은 상태였다. 그들은 그대로 별장을 나섰다. 차를 타고 이동하는 동안 내내 수 대의 차가 뒤따라왔고 그는 아무런 말이 없었다. 차 안에서 그는 미리 준비해 둔 구명조끼를 그녀에게 입혀주기 바빴다. 벨트가 꽉 조여졌는지 몇 번이나 확인을 하는 그에 수는 너털웃음을 터뜨렸다.

"아직 배에 탄 것도 아닌데 왜 구명조끼를 벌써 입어."

"차 안에서 뭐 해. 이런 거 미리 해두는 거지."

"근데 왜 이리 구명조끼가 무겁지? 원래 이렇게 무겁나?"

"기분 탓이겠지."

도은은 짧게 미소를 지을 뿐 웃지는 않았다. 선착장에 도착한 후 안색이 굳은 도은은 따라 내리려는 그녀를 만류했다.

"잠깐 여기 있어. 나오지 말고."

"왜."

"보트 안전 점검. 내가 나오라고 할 때까지 절대 나오지 마."

도은은 시원스레 입매를 휘곤 차 문을 닫았다. 차 주변으로 경호원들이 에워싸며 가드를 하고 있었고 그는 선착장에 정박한 꽤나 큰 보트로 걸어갔다.

수가 멍하니 그의 뒷모습을 눈으로 좇을 때였다. 때마침 걸려 온 전화는 무시할 생각이었지만 화면에 뜬 모르는 번호에 수의 안색이 단단히 굳었다. 전화를 받자 예상한 이의 목소리였다.

[삼 일째인데, 그 녀석의 발광 소식이 없네?]

"쉽게 끊어낼 사이 아니야. 그 정도 시간도 못 줘?"

[그럼 내가 멍석 깔아줘야지. 그 녀석도 인정할 타당한 이유로 말이야.]

"뭐?"

뚝. 전화는 끊겼다. 연거푸 아상을 불렀지만 답은 없었고 수는 황급히 고개를 들어 주변을 살폈다. 바람마저 잔잔히 부는 선착장은 고요하기만 했다. 움직이는 이도, 거슬리는 것도 없는 평화로운 장면이었다. 보트 근처에 서 시계를 확인하고 있는 도은의 옷자락과 머리칼이 바람에 잔잔히 흔들리는 게 보였다. 그의 모습이 마치 슬로우 모션처럼 태양의 역광에 희게 부서졌다. 본능적인 불안감이 엄습했다.

심장이 쿵쾅거리며 손발이 떨렸다. 바다 위, 작은 보트가 흰 포물선을 남기며 유유히 운행하는 게 눈에 띄었다. 선글라스를 쓴 채 구명조끼를 입고 있는 남자가 능숙한 운전으로 바다 위를 사뿐히 날아다니는 모습에 시선이 꽂혔다. 태양의 역광을 받아 번쩍이는 물체를 드는 남자에 심장이 쿵 내려앉았다.

달칵!

"어! 안 됩니다!"

차문을 열곤 무작정 도은에게로 달음박질치는 수의 행보에 놀란 경호원들이 뒤쫓아 달리기 시작했다. 선착장 너머를 응시하고 있던 도은의 시선이 이쪽으로 향했고, 그는 놀라 굳은 얼굴로 다급히 소리쳤다. 하지만 이미 수는 눈에 뵈는 것이 없었다. 희게 부서지는 포물선이 커지며 보트가 쏜살같이 그를 향해 다가오고 있었다.

"수야! 돌아가!"

"형!"

탕!

투둑. 있는 힘을 다해 도은을 밀쳐낸 수는 바닥에 나뒹굴었다. 저 멀리 나가떨어진 도은이 전광석화처럼 몸을 일으켜 쓰러진 그녀의 몸을 안은 채 소리쳤다.

"지금이야! 잡아!"

경호원들이 일사불란하게 선착장을 에워쌌고, 고요했던 바다 위로 수십 대의 보트가 나타났다. 멀리 도망치는 보트를 에워싸며 요란한 해상전을 벌이는 와중 도은은 희게 질린 얼굴로 수의 구명조끼를 찢어발기듯 벗기기에 정신없었다. 조끼의 쇄골 근처에 구멍이 뚫려 있었다. 도은은 연신 수의 몸을 이리저리 살피며 발악에 가까운 소리를 내질렀다.

"수야! 정신 차려봐, 수야!"

구명조끼가 아니었다. 위험한 행동을 하기 일쑤인 그녀이기에 그가 고심해서 계획한, 하지만 그런 일 따윈 절대 일어나지 않기를 바라며 방탄조끼 위에 구명조끼를 덧대어 제작한 것이었다. 한데 쉽게도 뚫린 총알구멍과 맥없이 쓰러져 버린 그녀에 도은의 얼굴이 시퍼렇게 질리며 올곧았던 시선 또한 벼랑 끝에 몰린 사람처럼 정처 없이 흔들렸다.

묵직한 주먹에 때려 맞은 것 같은 통증에 수는 끙 소리를 내며 몸을 일으켰다. 그러자 도은은 그대로 바닥에 주저앉았다. 머리를 감싼 채 희게 질린 얼굴, 답지 않게 손까지 떠는 그를 보고 수는 아픈 쇄골을 매만지며 그의 어깨를 잡았다.

"형, 나 괜찮……."

"뭐가 괜찮아! 넌 도대체 왜 이렇게 말을 안 듣는 거야, 빌어먹을!"

도은이 손을 밀쳐 내며 벌떡 일어나 바락 소리치자 수는 깜짝 놀라 굳었다. 도은이 화를 삭이듯 정처 없이 선착장을 배회하다 다시금 그녀의 앞으로 섰을 때도 그의 얼굴은 아직 창백한 채였다. 이보다 성날 순 없는 맹수의 살기 어린 눈빛 그대로 그는 그녀를 노려봤다.

"내가 경고했지, 두 번은 용서 못 한다고!"

"나도 알아! 그럼 가만히 보고만 있어? 형도, 나도 무사하니 됐잖아!"

"되긴 뭐가 돼! 머리라도 맞았다면 죽었을 수도 있었어!"

"홍콩 저격수야! 어차피 죽을 만한 피습 아니었어! 그저 다치는 정도라고!"

도은의 표정이 삽시간에 굳었다. 차갑게 내려앉는 그의 검은 시선에 수는 아차 싶어 입을 다물었다.

"홍콩 저격수라."

"……."

"그걸 어떻게 알까, 네가."

도은은 시니컬하게 코웃음을 쳤다. 수는 난감해져선 입술만 악 깨물었다.

도은이 수의 팔을 우악스레 잡아 일으켜 세우고는 준비된 보트로 끌고 갔다. 그녀를 안으로 밀어 넣은 그는 방금 전 사건으로 잔뜩 얼어 있는 선장에게 소리쳤다.

"출발해요. 당장!"

돛이 펴지며 거대한 보트가 움직였다. 문을 닫고 완전한 밀실이 된 순간 도은은 수의 몸을 뒤져 그녀의 핸드폰을 꺼냈다. 멋대로 목록을 뒤지는 도은에 수가 손을 뻗어 잡아채려 했지만 그의 완강한 저지에 속수무책이었다.

"이리 내놓으라고!"

"일 분 전이네. 마지막 수신 통화."

"잘못 걸린 전화야."

"번호야 조회해 보면 알겠지. 요즘은 대포폰도 어지간하면 추적되거든."

도은은 수의 핸드폰을 바닥에 떨어뜨리곤 발로 지르밟았다. 수가 아연실색하자 도은은 당연한 행동인 듯 제 핸드폰을 꺼내 들었다.

"도청되고 있을지도 몰라. 버리는 게 나아."

도은은 비서에게 전화해 번호를 불러주곤 연이어 말했다.

"피화랑에게 전해. 내가 도와줬던 거 지금 갚으라고. 홍콩에서의 일은 빠삭하니 그 새끼 사진만 보내도 쉽게 찾아낼 거다. 당장 알아내."

통화를 끝낸 도은의 단단히 화가 나 일그러진 이마 위로 푸른 힘줄이 드러났다. 맹렬하게 뛰는 분노와 질책을 담은 시선이 그녀에게 이어졌다.

"길어봤자 오 분이야. 어차피 알게 될 내용, 네 입으로 말해줬음 좋겠다."

"했던 말 반복해야 해? 그 상황에서 그냥 보고만 있어야 했냐고. 그저 그뿐이야!"

"빌어먹을 거짓말! 또 도망가는 거야? 이번엔 어디까지 갈 셈인데! 어제부터 쭉 이상했어, 너!"

"내가 뭘 어쨌다고 이래!"

"마치 이별을 준비하는 사람 같았다고 너!"

어깨를 강하게 움켜쥐는 손길에 수의 몸이 맥없이 흔들렸다. 이글이글 타오르는 검은 눈동자가 잡아먹을 듯 그녀를 향했다.

"헤어지자."

"하. 기가 막히는군."

도은은 실소를 지으며 머리를 쥐어 잡았다. 그의 긴 눈매가 더할 나위 없이 일그러진 채였다.

"구 년 전 네가 왜 내 얼굴 보고 그 얘길 안 했는지 이제 알겠다. 너, 연기력 형편없어."

"협박당했어. 당신과 헤어지라고, 아님 당신을 죽이진 않되 평생을 죽음의 공포에 시달리게 만들겠다고 했어. 내 치부가 무엇인지, 이젠 아는 거지."

도은의 안색이 삽시간에 굳었다. 분노는 어느새 그녀가 아닌 다른 이에게 향한 채였다.

"누가."

"어르신이."

"……뭐?"

"힘들어. 버티려고 죽을힘을 다했어. 근데."

"……."

"더는 못 하겠다."

도은은 창백하게 질려선 비틀거렸다. 충격에 그대로 굳어버린 그의 낯을 마주하지 못한 채 수는 눈을 감곤 신음을 삼켰다.

"그 녀석에게 말해. 아버지가 네 치부를 건드리며 헤어짐을 강요했다고. 그런 상황에 질렸고, 너에게 질렸다고. 그때보다 더 지독하게, 더 뼈저리게. 그럼 어찌됐던 그 녀석은 살아. 너도 그 걸 원하잖아."

혼란스러웠다. 이게 그를 위하는 일이 맞는지, 아님 저만을 위한 일인지, 어떤 것이 옳은 건지, 제 선택은 옳은 것인지, 어떠한 것도 명확하지 않았고 모든 것이 불안했다. 그저 지금 떠오른 것은 그의 안위에 대한 절박함뿐이었다.

그때였다.

서랍을 미친 듯이 뒤져 도은이 꺼낸 것은 다름 아닌 권총이었다. 그걸 어떻게 그가 가지고 있는 것인지는 중요하지 않았다. 그러기엔 너무도 말이 안 되는 상황들을 겪은 후였다. 그 총을 머리에 대는 그의 행동에 수가 기겁하며 달려들었다.

"미친 거야! 뭐 하는 짓이야, 이게!"

수는 그의 총을 뺏어 저 멀리 던져 버렸다. 그는 제정신이 아
니었다. 흔들리는 시선, 혼란스러운 몸짓, 무너져 가는 그의 모
습이 눈앞에 선연했다. 아상이 바란 것은 이런 모습이었다. 제
동생에게, 이런 것을 바란 것이다. 그걸 깨닫자 심장에 화마가
들끓었다.

"내가 죽을까 두려워? 그래서 날 떠나려는 거야?"

"그래! 당신 하나 얻겠다고 매번이 고비니까! 하나 넘을 때마다
더 큰 고비가 있으니까! 지긋지긋해서 못 견디겠어서!"

"난 그런 나 때문에 네가 떠날까 두려워!"

심장이 바닥으로 곤두박질쳤다. 볼품없이 구르다 밟힌 듯 거
센 통증에 수는 입을 악다물었다.

탁.

"뭐 하는……!"

"알아. 나 때문에 네 인생이 힘들어진 거."

도은은 수의 앞에서 무릎을 꿇었다. 놀라 굳은 수의 몸이 파
도에 흔들리는 보트 따라 휘청거렸다.

"나 하나 바라보기엔 감당할 수 없는 게 너무 많다는 거. 이기
적인 거 아는데, 그래도. 그럼에도."

목석처럼 굳어 비장하게 그녀를 바라보는 도은의 긴 눈매가 정
처 없이 흔들리다 이내 핏발 선 눈가로 피를 닮은 눈물이 떨어져

내렸다.

"나 포기하지 마."

"일어나. 어서!"

"날 버리지 마."

수는 결국 참지 못한 신음을 흘리며 두 눈을 질끈 감았다. 눈가로 흘러내리는 것이 눈물인지 피인지도 알 수 없이 타들어가듯 쓰리고 아팠다.

방금 전 사고를 도운 또한 예상하고 있었음에 틀림없었다. 구명조끼 안에 방탄조끼를 넣은 것을 보면 분명 그러했다. 계속 시간을 확인하던 것도, 잔잔한 바닷가에 숨어 있던 보트들이 일사불란하게 수면을 가르던 것 또한 그가 대비한 일일 것이다. 본인이 타깃이 되어 사수를 잡으려던 것이고, 제가 위험할까 몇 번이고 방탄조끼를 여며주던 것이었다. 그는 그렇게 매번 무모했고 그랬기에 예상치 못한 순간 매번 지켜주었다. 그게 싫었다.

그를 다시 만나고, 곱씹었던 것이 있었다. 이번엔 정말로 짐이 되지 말아야지. 그의 뒤에 숨지 않고 그와 나란히 걸어야지. 기회만 된다면 이번엔 자신이 지켜줘야지.

그 절실함이 이 순간 독이 되어 그녀의 발목을 잡고, 나약하게 만들고, 겁쟁이로 만들었다.

"의외로, 약하군요. 당신."

"정신 차려요. 절박한 건 그쪽뿐만이 아닙니다. 당신이 내 발목까지 잡는 꼴은 죽어도 못 보겠으니까."

하진의 말은, 그런 의미일 것이다.

사람을 손바닥 위에 올려놓고 농락하는 것에 능한 사람에게 치부를 내보인 순간 승산은 없는 부질없는 발악이었다. 애초부터 잘못됐다. 그랬기에, 그의 앞에 똑같이 무릎을 꿇고 그의 고개를 들어 시선을 마주한 채 기어이 그 말을 내뱉었다.

"헤어져, 우리."

❦

그로부터 이 주일이 지났다. 제주에서 있었던 일은 꿈만 같았다. 아픈 꿈이었다.

날씨는 어느새 동장군의 발뒤꿈치 정도 보이는 듯 아침저녁으로 서늘한 바람이 불어댔다. 가볍게 멋을 부리던 사람들도 어느새 얇은 파카를 꺼내 입기 시작한 그런 날이었다.

하지만, 찬바람 한 번 횡 불면 가슴이 얼어붙는 듯했다. 그건 비단 떨어진 기온 때문이 아니었다.

"내가 언제 그 녀석을 가만히 놔둔다 했나? 그저 그냥 살게 하겠다 했지."

뉴스 속보나 신문 기사는 연일 주아제약을 입에 올렸다. 신약 개발 당시 생동성실험 참가자들 중 하나가 평생 약을 먹고 살아야 할 만큼 치명적인 간 손상을 입었지만 손해배상을 전혀 하지 않은 주아제약의 태도에 세간에는 마루타식 실험을 강행한 몰지각한 기업이 아니냐는 논란이 일며 연일 폭풍과 같은 시위가 이어지는 것이었다. 거짓 기사였다. 하지만 알 리 없는 사람들은 대표의 자질에 대해 떠들어댔고, 이사회는 물론 주주들까지 도은을 곱지 않은 시선으로 바라보고 있다는 건 불 보듯 뻔했다. 아상의 짓이었다. 이상한 건, 수에겐 아무런 일도 일어나지 않았다는 거다. 기자들의 괴롭힘이나 병원 내 이사진들의 호출도 없었다. 도은이 손을 쓴 것이라는 건, 주 대표가 그녀는 관련 없는 일이니 이번 일로 어떠한 불이익도 당하지 않게 해달라 부탁 아닌 경고를 했다는 원장의 말로 알 수 있었다. 그녀와 또다시 헤어졌음에도, 본인이 힘든 와중에도, 그녀를 보호하려는 듯이 그랬다. 그는 언제나, 그랬다.

"그런 표정 지을 거 없어. 그 녀석도 원하지 않던 자리 내려오는 것뿐."

병원 당직이 끝난 날이었다. 일주일 휴가 끝 밀린 업무와 밀어닥친 환자와 수술로 인해 사흘 밤을 자지 못하다가 늦은 저녁이 되어서야 퇴근하는 길이었다. 아상의 기사가 기다리고 있었고, 수는 그 차에 올라타 그의 펜트하우스로 향했다.

야경이 내려다보이는 옥상에 자리한 수영장엔 수온으로 인한

뜨끈한 김이 피어올랐다. 물속에서 유영하고 있던 아상은 한참
후에야 물에 젖은 머리칼을 쓸어 넘기며 예의 그 가면 같은 사람
좋은 미소를 지어 보였다.

"이 주 뒤면 주총이 열릴 거야. 안건은 대표의 해임이지."

"이사회는 벌써 해결한 모양이군."

"간에 붙었다 쓸개에 붙었다, 그 노인네들이 원래 그래. 이번
만큼은 아버지의 입김도 소용없을 만큼 사건이 커서 말이야."

"그래서, 나와 미리 축배라도 들자고 불렀나?"

독기가 가득 찬 수의 신랄한 말투에 아상은 더욱 미소를 짙게
띠었다. 풀에서 나와 선베드에 놓인 가운을 입은 그는 허리춤의
끈을 느슨하게 묶으며 그녀의 앞으로 다가왔다.

발치로 떨어지는 물기가 타일을 검게 물들였다. 수는 본능적
으로 걸음을 뒤로 물렀다. 수에게 바짝 다가선 아상은 그녀를 코
앞에서 내려다보았다. 수의 낯빛이 파리하게 질리자 그의 입가에
띤 미소가 점차 짙어졌다.

도은과 같은 검은 머리칼에서 흘러내리는 물기가 날렵한 눈매
와 콧날을 지나 베일 듯한 턱 선으로 떨어져 내렸다. 칠흑 같은
검은 눈동자를 마주하고 있자니 도은과 꼭 닮아 있어 심장이 덜
컥 내려앉았다.

"축배 들어야지. 근데, 둘이서만 하면 심심하잖아."

쾅!

갑작스러운 굉음에 수는 흠칫 몸을 굳혔다. 그녀와 달리 아상

은 차분히 헝클어진 머리칼을 쓸어 넘기며 요란한 소리가 들리는 옥상의 입구로 시선을 넘겼다.

"안 된다니까요, 대표님! 잠깐!"

"저리 꺼져!"

쾅!

경호원 네댓 명이 필사적으로 누군가를 막아서고 있었다. 손에 들린 몽둥이가 스치는 곳마다 사람이 널브러지고 유리가 깨지며 장식품이 형체도 없이 바닥에 나뒹굴었다. 이성을 잃은 이의 거침없는 행동에 결국 쓰러진 경호원들이 다시 일어서지 못할 무렵이었다. 손에 든 목검으로 옥상의 유리문을 부수며 들어오는 이는 멀리서도 섬광이 번뜩이는 눈으로 바닥에 깔린 잔해들을 구둣발로 지르밟으며 그들에게 다가왔다.

아상은 예상이라도 한 것처럼 여유 있는 모습으로 그를 반겼다.

"이런, 소식이 벌써 귀에 들어갔나 보구나. 그렇다고 이리 난장을 피우면 쓰나, 동생아."

"닥쳐! 도대체 무슨 짓을 벌이고 있는 거야."

"보고 들었는데 무슨 설명이 필요하니? 보는 대로, 들은 대로겠지."

이 주 만이었다. 단 이 주 사이에 그간의 모든 일을 설명하듯 도은은, 엉망이었다. 제 화마에 타들어가 검은 재만 남아버린 듯했다. 건장했고 당당했던 모습은 온데간데없이 다급하고 초췌한 모습으로, 본인이 저지른 난리 통에 이리저리 베이고 찢긴 상처

들로 흰 셔츠엔 핏물이 그득했다. 넝마가 되어버린 손등 위로 시 뻘건 선혈이 흘러내렸고, 핏발 선 긴 눈매 가득 서린 분노는 지독 히 타오르고 있었다. 그건 비단 아상을 향한 것만은 아니었다. 도은의 시선이 그녀에게 머물렀다.

"아니지? 내가 오해하는 거지?"

"그게 무슨……."

"한 마디만 해주면 믿을게. 네가 형과 눈앞에서 뒹구는 모습을 봐도 믿을게."

도은의 긴 눈매가 형형하게 불타올랐다.

"사람들이 그래. 네가 형과 짜고 날 밀어버리려 수 썼다고. 철 저히 계획된 거라고. 처음부터 난 꽃뱀한테 이용당한 거라고. 아 니지? 사람들이 가볍게 내뱉는 말들인 거지?"

지독히 타들어가 경련이 이는 듯 그의 일그러진 얼굴이 떨렸 다. 창백하게 얼음이 박힌 그의 낮은 음성엔 소리 죽인 절규가 그 득했다. 말이 나오지 않았다. 아니라고 당장에라도 악다구니치 고 싶었지만 언뜻 본 아상의 얼굴엔 방관자의 즐거운 미소가 서 려 있었다. 허튼 소리 했다간 네 소중한 걸 잃을 테니 어디 하고 싶은 대로 해봐, 하는 오만하고 여유로운 모습에 눈에 불이 일면 서, 눈앞에 처참히 부서져 버린 그의 모습만으로도 심장이 갈기 갈기 찢기는 듯했다.

아무런 대답이 없이 입술을 깨물며 표정을 굳히는 수에, 한참 을 기다리던 도은의 시선이 결국 바닥에 맥없이 떨어졌다.

"결국, 이게 이유였던 거야? 언제부터야. 도대체 언제부터 형과 이런 거야."

"……."

"어떻게 네가 나한테 이럴 수가 있는 거냐고! 대답을 좀 하란 말이야!"

와장창!

도은이 이성을 잃고 휘두른 목검에 테이블 위 유리가 산산조각 나 무너져 내렸다. 수는 헛숨을 삼키며 저도 모르게 뒤로 물러섰다. 도은이 맹수의 포효보다 더 처참한 시선으로 자신을 응시하자, 수는 온몸이 마비된 채 굳어버렸고, 아상이 그녀의 어깨를 한 팔로 감싸며 짙은 미소를 띠었다.

"수를 너무 몰아붙이지 마. 똑똑한 여자인 걸 어쩌겠니. 더 이상 줄 게 없는 너보단 줄 게 많은 내가 그녀를 위해서도 더 낫잖아."

"내가 경고했었지. 수만큼은 안 된다고."

"그래서 나에겐 더 가치 있었던 거야."

"죽여 버리겠어!"

도은이 목검을 내팽개치며 아상에게 달려들었다. 피 묻은 손으로 주먹을 휘갈기는 도은에 아상은 손 한 번 쓰지 못한 채 그대로 바닥에 나뒹굴었다. 도은은 아상의 멱살을 쥐어 잡고 끝까지 물고 늘어지며 주먹을 날렸다. 타일 위로 수영장 물에 섞인 핏물이 흘렀다.

"그만해! 그러다 진짜 죽겠어!"

"이거 놔!"

"윽!"

수가 말리려 달려들다 도은의 팔에 맞아 그대로 뒤로 넘겨졌고 뒤늦게 경호원들이 연거푸 달려들어 그의 팔다리를 억압할 무렵에야 난장은 끝이 났다. 경호원들에게 포박되어 묶인 상태에서도 도은의 저주 섞인 절규가 울려 퍼졌다.

"형이 어떻게 나한테 이럴 수 있어, 어떻게 나한테! 너희들이 어떻게 나한테!"

일그러진 눈에 가득 찬 눈물이 도은의 뺨을 타고 피처럼 흘러내렸다. 그의 포효가 고요한 옥상을 찢어발기며 고막을 지나 심장에 가감 없이 스며들었다.

예상한 일이었다. 믿었던 형과, 사랑하는 이의 배신이었다. 그에게 이별을 고했을 때, 이미 수십 번, 수백 번도 더 상상하고 괴로워했던 장면이었다. 하지만 상상보다 더 지독한 그의 모습에, 회생할 수 없을 만큼 완벽히 무너져 버린 그의 모습을 눈앞에 마주하고 있자니 아무런 생각도 들지 않았다. 멍했다. 온 시야가 암흑이었다. 납처럼 무거운 몸을 움직일 수 없었고, 심장은 찢어질 듯 아파 숨이 쉬어지지 않았다. 예고도 없이 눈에서 흘러내리는 물기에 그것이 눈물이라는 걸 뒤늦게 알아차릴 수 있을 만큼 그랬다.

결국 경호원들이 뒷덜미를 내려쳐 기절시킨 후에야 도은은 몸부림을 멈추었다. 축 늘어진 몸을 들쳐 메고 황급히 옥상을 빠져나가는 이들의 뒷모습에 수가 일그러진 얼굴 그대로 아상을 노려봤다.

"저럴 필요까지 없었잖아!"

"날뛰는 호랑이 달랠 재주 있었어? 그럼 진즉 보여주지 그랬냐."

찢어진 입가와 뺨을 매만지는 아상에 수는 턱 막혔던 숨을 가삐 몰아쉬었다. 심장의 떨림이 손발로 전해져 사시나무 떨듯 떠는 그녀와 달리 아상은 바닥에서 몸을 일으킨 채 피가 줄줄 흐르고 피멍이 든 얼굴을 매만지고 있었다. 그리고 그가 갑작스럽게 웃음을 터뜨리자 수는 흐르는 눈물을 채 닦지도 못한 채 그를 멍하니 응시했다.

아상은, 웃고 있었다.

수의 파리한 안색이 붉게 물들었고, 눈매는 처참하게 일그러졌다.

"지금…… 웃어?"

"하하! 그럼 울어? 저 모습을 얼마나 보고 싶었는데."

수는 전광석화처럼 그에게 달려들어 주먹을 날렸다. 재차 날리려는 주먹을 아상이 잡아채며 그대로 그녀의 몸을 밀어 바닥에 깔아뭉개고 그 위에 걸터앉았다. 분에 못 이겨 온몸을 비틀어대는 수의 양팔을 단단히 잡아 바닥에 짓이긴 아상은 입안에 맺힌 피를 타일에 뱉어내며 시니컬하게 입꼬리를 비틀었다.

"도은이니까 맞아준 거야. 넌 그럴 주제 아니지."

심장이 철렁 내려앉았다. 그래, 아상은 언제나 그랬다.

태어났을 때부터 존재 자체를 부정당한 남자다. 갈구했으나 부모는 이미 그를 외면했다. 아상에게 도은은, 어쩌면 마지막 동아줄이었을지 모른다. 이렇게까지 되어버린 건, 그 주린 허기를 견디지 못하고 극한의 고통까지 내몰린 사람의 무모한 행동이었다. 지독한 애증이다.

그래. 착각했다.

그의 행동에서, 말투에서, 심지어 저 빌어먹을 두꺼운 가면 너머로도 감출 수 없는 도은에 대한 짙은 애정이 드러난 걸 간과했다. 그의 무모한 행동은 아마도 최후의 발악이리라. 그들에게 자신이라는 존재의 필요를 증명하기 위한 마지막 몸부림이다.

비틀린 사랑이다.

안도했다. 이 상황에 그걸 느낀 자신이 아이러니지만 수는 지독히도 안도했다. 그랬기에 울분이 그대로 쏟아져 나왔다.

"그래! 당신 동생이니까. 반이나 피가 섞인 동생이니까. 이렇게 소름끼치게 계획적인 당신 같은 인간이 맞아준 거였겠지. 계획의 일부분인 양 굴어도 언제나 그쪽은 그 사람이 우선이었으니까."

"…… 무슨 의미지?"

"그렇게 사랑하면서 왜 이런 짓을 하는 거야."

"……."

"정작 지켜야 하는 게 무엇인지도 모른 채 사는 그쪽이."

“······.”

“참, 불쌍하다.”

눈물을 흘리며 악다구니를 내뱉는 수를 내려다보던 아상의 낯빛이 굳었다. 조금의 웃음기도 없이 수의 창백하게 질린 얼굴을 응시하던 그가 그녀의 가는 목덜미를 움켜잡았다.

점차 손에 힘을 주며 쥐어오는 통에 그에게서 빠져나오려 발버둥 쳤지만 소용없었다. 숨이 넘어가는 고통스러운 모습을 빤히도 내려다보며 입꼬리를 휘는 그의 모습은 악귀가 따로 없었다.

숨이 끅− 넘어가기 직전에야 아귀의 힘을 푼 그에 수는 연거푸 기침을 내뱉으며 가쁜 숨을 힘겹게 몰아쉬었다. 아상은 땀인지 물인지 모를 것에 젖은 수의 머리칼을 부드럽게 쓸어 넘기며 그녀의 뺨을 한손에 쥐어 잡아 강하게 붙들어 저를 마주 보게 했다.

“주는 데 지쳐 그래.”

“······뭐?”

“받고 싶은데, 받는 법조차 몰라서. 그래서. 이제 아무것도 남아 있지 않거든.”

위압적으로 내려다보는 그의 시선엔 암흑보다 더 검은 감정이 짙게 배어 있었다. 날이 선 칼날보다 더 날카롭고, 위협적인 아상의 시선이 그녀를 파고들었다.

“네가 도은이와 몸만 안 섞었어도 넌 오늘 여기서 못 나갔어. 너 같은 애들 어떻게 다뤄야 하는지 잘 알거든.”

“······.”

"다행인 줄 알아."

뺨을 내려치듯 거칠게 수의 고개를 놓아준 아상은 그녀의 위에서 일어나며 나른하게 숨을 내쉬었다. 힘겹게 몸을 일으키는 그녀를 응시하는 아상의 얼굴엔 더 이상 냉기란 없었다.

"축배는 충분히 들었다. 기사 대기해 있을 거야. 조심히 가렴."

평소와 다름없는 부드럽고 인자한 미소를 띤 아상의 모습에 온몸에 소름이 끼치며 이가 으득 갈렸다. 수는 대답 없이 자리를 박차고 일어나 후들거리는 몸을 곧추세우곤 옥상을 내려갔다. 맨션 입구에 대기하고 있는 기사를 지나쳐 거리를 달음박질쳤다. 온몸의 떨림과 폐를 찢을 듯 불안정한 숨이 가라앉은 건 그로부터 수 시간이 지나서였다.

정처 없이 거리를 헤매다 새벽 느지막이 도착한 불 꺼진 집에서 수는 벽의 달력을 응시했다. 평소엔 정신없이 흐르던 시간들이 왜 이리도 느리기만 한지 통탄스러울 따름이었다. 이제 겨우 이 주밖에 되지 않았고, 앞으로 적어도 이 주 혹은 그보다 더한 시간의 족쇄가 남아 있었다.

수는 무의식적으로 핸드폰을 꺼내 도은의 번호를 누르려다 황급히 손을 멈췄다. 손안에서 핸드폰을 굴리다 짜증 그득하게 바닥에 집어 던진 수는 찬 기운이 스민 초겨울의 바닥에 드러누워 얼굴을 팔로 가렸다. 눈물은 멎은 지 오래였지만 아직도 심장 언저리가 묵직하게 쓰렸다.

수는 자리에서 일어나 다시금 핸드폰을 집어 들었다. 아직 병원에서 야간 근무를 하고 있을 상혁에게 전화를 걸자 그는 몇 번의 통화음이 채 들리지 않고 바로 받았다.

[네가 새벽에 전화하면 왠지 너무 불안해.]

"잘 아네. 일 언제 끝나."

[7시에. 한참 남았어. 너 목소리가 왜 그래.]

피곤에 절어 갈라진 목소리를 내던 상혁이 다급하게 물었다. 수는 숨길 생각 없이 짙은 한숨을 내쉬었다.

"아무것도 묻지 말고 도은 형네 집에 가주라. 많이 다쳤어. 타박상인데 꿰매야 하니까. 알다시피…… 난 못 가니까."

상혁은 잠시 침묵하다 이내 알았다고 답하곤 혀를 찼다.

[목소리 꼴이 그게 뭐냐. 일단 자. 눈 좀 붙이라고, 새끼야. 너 요즘 다시 못 자잖아. 그렇다고 약 먹는 거 아니지?]

"안 먹어."

[알았어. 얼굴 보고 얘기해.]

상혁은 제 할 말만 하고 전화를 끊었다. 그녀를 옆에서 지켜보고, 그도 기사를 봤으니 알 것이었다. 도은과 그녀는 헤어졌고, 그가 지금 어떤 상황에 처해 있는지, 그와 자신이 얼마만큼 최악의 상태인지를.

결국 한 잠도 자지 못했다. 이 주간 그런 날의 연속이었다. 아침 해가 뜨고 동이 환하게 밝아올 때 즈음 집으로 상혁과 선우가 들이닥쳤다. 그녀의 그간 상태를 말없이 지켜봐온 그들이었기에 수의 휴일에 일부러 연차를 맞춘 것인 듯했다.

그들은 손에 술을 한 아름 안아들곤 바닥에 널브러진 수를 발로 툭툭 차 옆으로 밀었다.

"일어나, 자식아. 이거 마셔."

"아침부터 뭔 술이야. 중독이야?"

"그럼 여기서 너랑 뭐 하냐. 손잡고 셋이 쎄쎄쎄라도 할까?"

부스스하게 자리에서 일어나는 수는 외출복 그대로였다. 선우가 그녀의 헝클어진 머리칼을 정리해 주곤 외투를 벗겨주면서도 금방이라도 울 듯 강아지 같은 눈매를 움찔거렸다. 수가 어색하게 웃자 상혁이 냅다 선우의 뒤통수를 때리며 혀를 찼다.

"넌 뭘 울려고 그래. 수도꼭지 안 잠가? 아침부터 신파 찍어?"

"그게 아니라 수가!"

"닥쳐! 멍충이 너 이 새끼, 구 년간 그러더니 또 이 지랄이냐! 죽고 싶냐? 어?"

맥주 캔을 따 연거푸 들이켜던 상혁이 거칠게 캔을 바닥에 놓자 흘러넘친 맥주 방울이 바닥에 흩어졌다. 상혁의 날카로운 시선에 수는 창백하게 질린 얼굴로 그를 쳐다봤다.

상혁은 한숨을 내쉬며 이를 갈았다.

"너 우리한테 숨기는 거 있지. 헤어졌다는 거, 순전히 네 결정 아니지?"

"무슨 소리야. 내가 질려 떨어져 나간 거야."

"그럼 너 왜 이러고 있는데."

"후유증."

"지랄! 내가 널 모르냐? 너 분명 우리한테 숨기는 거 있어."

"네 눈엔 그래? 갈아 끼워. 제 기능 못하는 거 같으니까."

수는 파르르 떨며 캔 맥주를 따 벌컥 들이켰다. 상혁이 그녀에게 실소를 날렸다.

"형, 그 야밤에 직원들까지 집에 데려와 멀쩡히 일하고 있더라? 피 칠갑을 하고. 구 년간 피 말리게 우리를 달달 볶으며 네 안부를 묻던 형인데, 내가 팔뚝을 꿰맬 때도 직원들 피를 말려가며 성난 호랑이처럼 일만 하고 너에 대해 일절 얘기조차 꺼내지 않으면서 말이지."

심장이 뜨끔해 수는 괜히 맥주를 더 들이켰다. 상혁이 눈가를 좁히며 그런 그녀를 빤히 응시했다.

"도대체 뭔데. 뭐가 이렇게 이상한 건데."

"아, 꺼져! 넌 집에 가! 썬이랑만 놀 거야."

"이 자식이! 얘 내 거거든?"

수가 선우의 머리통을 끌어안고 쓰다듬자 상혁이 떼어놓으며 이를 으득 갈았다. 선우는 되레 상혁을 밀어내며 수의 어깨를 끌어안고는 강아지 같은 눈을 좁히며 그를 노려봤다.

"너 왜 그래, 진짜! 멍뭉이가 얼마나 힘들겠어 지금. 닥치고 술이나 마셔."

"닥치고? 너 지금 나한테 닥치라고 그랬냐!"

"그래 닥치라 그랬다! 어쩔래!"

"이게 멍뭉이 옆에 있으니 뵈는 게 없지. 넌 집에 가면 일어나지도 못할 줄 알아. 너 내일도 연차 낸 거 다 알고 있어."

"헉, 그걸 어떻게."

으르렁거리며 노려보는 상혁에 선우가 움찔해서 몸을 움츠렸다. 난장판이 따로 없는 모습에 수가 아픈 골을 쥐어 잡으며 연거푸 맥주를 들이켰다. 빈속에 싸르르 넘어가는 알코올을 한 캔 두 캔 반복해서 연거푸 비우는 수를, 둘이 어서 말하라는 듯 달달 볶아댔다. 결국 두 손 두 발 다 든 채 수는 무덤처럼 쌓여 있는 맥주 캔을 멍하니 응시했다.

"잊지 않으려는 거야."

"그게 뭔 소리야."

"말하지 않을 거야. 그러니 묻지 마."

수는 빈 캔을 바닥에 내려놓으며 바닥에 드러누워 그들에게 등을 돌렸다. 한순간 가라앉는 분위기와 함께 수는 한숨 섞인 나른한 말을 내뱉었다.

"귀중한 연차 날이니 나 신경 쓰지 말고 어서 가서 깨들 볶아. 나 잘래."

선우가 수에게 다가가려 하자 상혁이 팔을 잡으며 고개를 저었다. 같이 사왔던 찬거리들을 냉장고에 넣어두고 바닥에 웅크려 누운 그녀에게 이불을 덮어주던 상혁은 선우의 팔을 잡아끌며 나가기 전 수를 돌아봤다.

"반찬 넣어놨으니까 저녁에 꼭 먹어. 살 좀 붙나 했더니만. 좀비처럼 구는 꼴 다시 보기 딱 질색이니까."

"나이 먹을수록 잔소리만 늘어 아주. 썬이 힘들어하지 않냐?"

"흥, 뭐. 밤에만?"

"지랄하네."

상혁은 픽 웃다가 이내 심란한 표정으로 등 돌린 그녀를 응시하다 집을 나섰다. 수는 이내 적막해진 집 안의 무소음에 귀를 기울이다 몸을 뒤척였다.

잠이 오지 않았다. 약을 찾을 생각은 하지 않았다. 저녁 무렵이 될 때까지 등에 본드를 발라놓은 것처럼 방바닥에 뭉개고 있다 튼 티브이에선 하필 뉴스가 한창이었다. 요즘 가장 큰 이슈는 단연 주아제약이었고, 도은의 해임이 기정사실화 되어가고 있었다.

답답했다. 속이 쓰렸다. 자리에서 일어서 무작정 외투를 집어 들곤 집을 나왔다. 저녁 바람은 어느새 완연한 겨울로 향하고 있었다. 입김만 나오지 않았을 뿐 싸늘한 공기에 수는 두꺼운 꽈배기 니트 카디건의 옷깃을 여미곤 골목길을 천천히 걸어 나갔다.

아무런 생각도 하지 않으려고 했는데 머리는 포화 상태였다. 자욱한 안개에 둘러싸인 듯 혼탁했다. 삼십분, 한 시간. 정처 없이 걸음을 옮기다 든 시선엔 생경한 거리만 가득했다.

먼 동네까지 나와 버렸다는 걸 직시한 후 다시금 왔던 길을 어렵사리 되돌아가 집 근처 익숙한 거리를 마주했을 땐 또 한 시간이 흐른 뒤였다. 핸드폰 시계를 보니 시각은 새벽 1시를 가리키고 있었고, 새벽 거리엔 사람을 찾을 수 없었다. 마치 수가 이 동네를 전세 낸 것처럼 보이는 곳에 사람이라곤 없었다.

수의 그림자를 비추던 가로등이 깜박였다. 번개처럼 암흑과 빛이 교차되는 시야 끝 검은 물체가 오피스텔 옆 사각지대의 벽에 몸을 기대고 있었다. 사람 한 명 없는 거리인지라 수는 몸을 사리며 서둘러 오피스텔 공동 현관을 향해 갔다.

툭.

둔탁한 물체가 바닥에 떨어졌다. 벽에 기대 섰던 남자의 것이었다. 검은 트레이닝복에 검은 모자를 쓴 그는 그대로 그녀를 지나쳐 가버렸다. 바닥에 떨어진 핸드폰을 본 수가 황급히 그것을 주워 들고 그를 불러 세우려 했지만 그의 모습은 이미 사라진 후였다.

"이거…… 뭐야. 어쩌라는 거야."

수는 핸드폰을 손에 들고 오피스텔로 들어섰다. 집 안에 들어와 핸드폰을 이리저리 굴려보던 수는 전원을 켰다. 아까 그 주인이 찾으려고 전화를 걸 수도 있겠단 생각이 든 탓이었다.

스마트폰은, 국내 모델은 아닌 중국 것이었다. 비밀번호도 걸려 있지 않았고, 주소록도 봤지만 저장된 번호는 전무했다. 그야말로 새 폰이었다.

"뭐야 진짜."

수가 핸드폰을 짜증스레 바닥에 내려둘 즈음이었다. 갑작스레 요란하게 울리는 벨소리에 놀라 수는 핸드폰 화면을 확인했다. 주인일까 싶어 얼른 받았다.

"여보세요. 저 핸드폰 주운 사람인데요. 여기가 어디냐면……."

[그랬어? 착하네.]

고막을 파고드는 낮고 차분한, 부드러운 음성이었다. 흔한 목소리가 아니었다. 스쳐 지나가도 절대 잊을 수없는 음성이었다.

수는 그제야 탄식을 내뱉으며 찬 벽에 몸을 기댔다.

"들키면 어쩌려고."

[참다 참다 수 쓴 건데 혼내는 거야?]

"혼낸다고 들을 사람도 아니면서. 그 사람은 누구야."

[직원. 믿을 만한 사람이야.]

"상사 잘못 만나 고생하네. 새벽 1시에 추가 근무라."

[그만큼 챙겨줘. 나 그렇게 박한 사람 아냐.]

수는 너털웃음을 터뜨리다 이내 표정을 굳혔다.

"열두 바늘 꿰맸다며. 아파?"

[아파. 널 못 봐서.]

"어리광 피우지마. 그럼 난 중환자실에 누워 있어야 해. 그러게 누가 그렇게 원맨쇼를 하래."

[많이 속상했어?]

"말이라고 해?"

[그 정도로 하지 않음 절대 속지 않을 사람이니까.]

그래. 이 모든 것은 아상을 속이기 위한 거였다. 모든 건 연기였다. 하지만 무수히 상상했고 상상만으로도 살점이 찢겨지듯 아팠던 장면이 거짓으로라도 눈앞에 펼쳐지니 견딜 수 없었다.

도은은 연기였겠지만 그날의 그녀는, 아니었다.

수는 날카로워진 눈매로 이를 으득 갈았다.

"흉내만 내면 되지 뭐 하러 제 몸을 찢고 다녀? 그 몸 내 거야. 아껴 쓰란 말이야."

수가 책망하자 도은은 즐겁게 목울대를 울렸다. 그릉거리며 낮게 울리는 그의 웃음소리에 수는 표정을 슬쩍 누그러뜨렸다. 도은의 목소리에 명치에 얹힌 체기가 단숨에 내려갔다. 길을 잃고 헤맸던 심장도 점차 제자리를 찾아가는 듯했다.

"비자금, 신약 관련 인권 유린, 공공연한 출생의 비밀, 당신을 공격할 방법은 많고, 하나 같이 치명적이라 했어. 그러니 대비해. 난 할 일을 할 테니까."

[절대 안 돼. 형이 어떤 사람인지 몰라 그래?]

"시간 부족하다며. 형 위한 일이 아니라 날 위한 일이야. 매번 보호받으며 뒤따라가기 싫어. 나란히 갈 거야. 그리고 이거 부탁 아냐. 통보지."

합의는 없었다. 일방적인 통보였고, 아무런 대답이 없는 그는 아마 마뜩치 않은 표정을 짓고 있을 터였다. 그리고 지금, 그 시간을 벌기 위해 팔자에 없는 연극을 하고 있는 거였다.

"주총까지…… 가능하겠어?"

[불안해?]

"아니. 불안보단 걱정."

[보고 싶어, 수야.]

도은의 짙은 음성이 귓가를 맴돌다 심장에 내려앉았다. 그윽

한 그의 시선이 눈앞에 선연했다.

수는 벽에 나른하게 고개를 기댔다.

"다시 말해봐."

[보고 싶어 미치겠어, 수야.]

"……나도."

전화는 끊어졌다. 그가 대답을 들었는지는 의문이었다. 일회용 핸드폰은 자동으로 꺼지며 초기화되었다. 잠시의 통화였지만 심장을 짓누르던 돌덩이는 조금쯤 가벼워졌다. 그렇게 날은 지나갔다.

이 주 전.

"헤어지자, 우리."

그의 긴 눈매 안 검은 눈동자는 공허했다. 눈물과 함께 절망이 얼룩져 일그러진 시선이었다.

눈물 그렁한 눈으로 수가 입을 열었다.

"이렇게 말하라고 했어, 아상 형님이."

"……뭐?"

도은의 안색이 파리하게 굳었다.

"형과, 너무 친하게 지내진 마."

그때 그의 말을 쉽사리 넘기지 말아야 했다. 아상의 앞에 서면 언제나 자신을 뒤로 숨기던 그의 행동을 주의 깊게 인지했어야 했다.

"형도 알고 있었어. 감당할 수 없어, 모른 척했을 뿐이지."

"……."

"믿어야 해. 내 말."

도은의 흔들리던 시선이 이내 낮게 가라앉았다. 어둠보다 더 깊은 수렁 같은 검은 눈동자가 그녀보다 더 일렁였다.

"……믿지. 언제나."

언젠가 들었던 말이었다. 그는 이 순간에도 그 말을 연거푸 내뱉었다.

유일하게 믿었던 이에게 모든 것을 외면당한 공허함 그 자체였다. 텅 비어버렸고, 그는 그것을 그녀 앞에 스스럼없이 내보였다.

수는 그의 얼굴을 손에 쥔 채 말을 이었다. 참았던 눈물이 기어이 그를 따라 흘러내렸다.

"정말 미안해. 이런 말 하게 돼서."

도은은 뺨에 닿은 수의 손을 감싸며 질끈 눈을 감았다. 분노와 절망이 얼룩져 일그러진 그의 얼굴을 감싸며 그를 있는 힘껏 껴안은 수는 연신 등을 토닥였다. 어깨를 적시는 그의 눈물은 도화선이 되어 심장에 아프게 물들었다.

보트 안은 넓었다. 웬만한 집보다 더 넓은 거실에, 침실에, 욕실에, 부엌에, 심지어 미니바까지. 복층으로 된 실내에 조금의 낭비 없이 각종 시설이 들어찬 구조였다.

2층에 위치한 외부로 나갈 수 있는 문을 열고 갑판으로 나가니 피처럼 붉은 석양빛이 온 세상을 물들인 채였다. 아까까지만 해도 연신 통화를 하기 바빴던 도은은 돛 바로 밑 난간에 앉아 해풍을 맞으며 석양을 바라보고 있었다. 수는 조용히 그의 옆으로 가 앉았다. 도은은 당연스레 그녀의 어깨를 감싸 끌어 당겼다.

"핸드폰은?"

"추적 불가였어."

"치밀한 사람이니까."

도은이 실소를 지으며 고개를 저었다.

"널 탐낼 때부터 알아봤어야 했는데."

"형이 가진 건 다 탐내는 거 같던데."

"그럴 만했어."

"뭐가 어째? 화도 안 나? 예전 그 일도, 지금조차 형을…… 이렇게 했어!"

차마 입에 담지 못한 말과 함께 수는 버럭 성을 냈다. 생각만 해도 심장이 널뛰고 피가 들끓어 눈앞에 불이 이는 듯한 자신과 달리 그는 평소보다 더 차분하고 무거웠다.

수의 두 눈이 기가 막힌 듯 느슨해졌다.

"그럼에도 이해한다는 거야?"

"네가 아는 형을 나도 알고, 네가 모르는 형 또한 내가 알아."

"뭐?"

"내 형이야."

수는 벌어진 입을 다물었다.

아상의 벗겨진 가면을 보았을 때, 그의 해묵어 단단히 응어리진 증오와 더불어 본 게 있었다. 그건 구 년 전에도 마찬가지였다.

"정신 차려, 이수! 저 녀석이 어떤 상태인 줄 알아야 살릴 거 아냐!"

"도은이 살릴 거야. 너 따위가 부탁하지 않아도 네가 아닌 내가 살릴 거야. 그러니, 너도 살아."

사지가 부러져 생사를 알 수 없는 그를 놔두고 도망친 병원에서 아상을 믿었던 이유는 그 때문이었다. 그녀와 마찬가지로 부서졌고, 감당할 수 없는 고통에 찬 시선으로 그는 그리 말했었다.

그건 분명, 애정이었다.

수는 헛숨을 집어삼켰다.

아상은 잔뜩 비틀렸다. 저를 그토록 사랑하는 여자도 버리고, 그토록 사랑을 갈구하던 아비에게조차 끝끝내 보답받지 못했던, 그렇기에 소중한 걸 내어주겠다는 사람들마저 저버릴 수밖에 없었던 머저리라 생각했다. 하지만 유일한 예외가 있었다. 도은이었다.

아상에게 도은이란, 애증 그 자체인 거다.

그가, 아상의 치부다.

형. 흔하디흔한 호칭, 그저 그뿐이었지만 그걸 내뱉는 그의 검은 눈동자엔 무거운 진심이 어려 있었다. 그 깊이 모를 수렁에 빠져들어 한참을 보고 있던 수가 한숨처럼 말했다.

"둘 다…… 이상해."

"우린 복잡한 형제지."

"동생은 속없이 착하고."

"누구한테 옮았나 봐."

수가 결국 웃어버리자 도은 또한 작게 목울대를 울렸다. 수가 금세 무겁게 표정을 내려앉힐 즈음이었다. 그가 먼저 입을 열었다.

"사수 잡았어. 두 녀석 모두."

"뭐? 어떻게?"

"중식당에서 봤던 피화랑, 그 사람의 정보를 빌렸지."

"그게 무슨……."

"삼합회 소속이었던 녀석답게 어두운 구석 일은 빠삭하니까. 형이 돈을 많이 썼겠어. 그 정도 사수를 네 명이나 고용할 정도면."

시원스레 입매를 휘는 도은에 수는 기가 찬 실소를 내뱉었다.

"지금 웃음이 나와?"

"형이 날 잘 알듯, 나도 형을 잘 알아."

"……."

"누구를 고용하건, 사수가 몇이나 오든 상관없어. 내 나름의 대처를 해놓은 상태거든. 그러니."

도은은 수를 내려다보며 해풍에 헝클어진 그녀의 머리칼을 쓸어 넘겼다.

"넌 제발 방탄조끼 대신할 생각 말고 내 말 좀 들어."

"그때 나만 입고 있었잖아."

"나도 입고 있었어."

"거짓말 마. 방탄조끼 입었는지 안 입었는지도 내가 못 알아볼 거라고 생각하는 거야?"

"안에 최신형으로. 그건 얇아서 눈에 안 띄거든."

"하, 그래놓고 난 구형을 줬다는 거야? 그것도 구명조끼 안에 숨겨서?"

"구형이 성능이 더 좋아. 내 건 위장용."

"웃기시네."

"매번 웃기대. 나 개그맨 시험이나 봐야겠다."

도은은 수의 어깨를 끌어안으며 이마에 짧게 입을 맞췄다.

"위험한 짓 안 해. 더는 같은 상처 안 주겠다고 누구랑 약속했거든. 그치는 매번 그 약속을 어기지만."

"와. 또 디스하네. 언제까지 우려먹을 건데?"

"네가 더는 무모한 짓을 안 할 때까지. 내가 하는 말을 믿고 기다려 줄 때까지. 왜냐면 널 내 목숨보다 사랑하거든."

나지막한 읊조림에 수는 놀라 그를 바라보다 이내 씩 웃었다.

"항상 믿지. 언제나 믿지. 당신이 나 좋아한다는 거."

"어디서 들어본 말인데."

너털웃음을 터뜨리는 도은의 너른 어깨에 수는 고개를 기댔다. 석양이 완전히 지며 바다는 삽시간에 검은빛으로 물들었다. 보트의 조명등이 아니었음 한 치 앞도 보이지 않을 어둠이었다.

안으로 들어와 간단한 저녁을 먹고 소파에 누워 티브이를 보며 쉬던 중 문득 수는 침대에 누워 서류를 몽땅 때려 넣은 노트북과 싸움을 하고 있는 그를 응시했다.

"대비라는 게 뭐야?"

"어떠한 사건사고에도 방어할 수 있는 기재?"

"사전풀이 안 물어봤거든? 비자금 있어?"

"볼 땐 언제고 물어봐?"

도은의 반격에 수는 잠시 생각을 하다 탄성을 내뱉었다. 그가 잠들었을 때 책상에서 고의로 꺼내 보았다가 다시금 덮었던 서류였다. 그걸 알고 있었나 보다.

"와, 이쪽도 치밀하네. 소름끼치는 형제들이야."

"비약하지 마. 비자금 없는 회사는 없어. 단지 그게 손도 못 대게 더러운 똥통이냐, 아니면 수용 가능한 수세식 화장실이냐의 문제일 뿐."

"하, 초심을 아예 혹에 가져다 바쳤네. 의사보단 사업가가 적성에 맞아. 계속하고, 응원할게. 그래서, 그 외에 다른 것들도 많겠네?"

"없다고 볼 순 없지. 지금 나 혼내는 거야?"

"너희 중 죄 짓지 않은 자만 돌을 던져라. 난 못 던져."

수가 어깨를 으쓱이며 코웃음을 치자 도은은 옅게 미소를 띠었다.

"시간이 조금 부족해."

"얼마나."

"걱정 마. 어떻게든 끌어볼 테니."

도은은 대수롭지 않게 대꾸하며 다시금 노트북 타자를 두드리는 데 몰두했다. 근 한 달 넘게 미친 듯 바빴던 건 여행 스케줄이 아닌 저 대비 때문이구나. 그제야 알 수 있었다.

곰곰이 생각에 잠긴 수가 문득 자리를 박차고 일어나 그의 앞에 앉았다. 출렁이는 침대에 화면에서 시선을 떼곤 그녀를 마주한 도은이 눈살을 찌푸렸다.

"뭐지, 그 표정은. 위태로운 생각을 할 때인데."

"현명한 생각이지. 당신은 형님을 용서한다 해도 난 못해. 감히 내 걸 건드렸어. 복수는 아니더라도 혼은 내야겠거든 난. 내 별명 어원이 미친개인 건 알지."

도은이 코웃음을 쳤다.

"그래서."

"형이 천재면 난 노력형 수재거든. 형이 탕아면, 난 그보다 더한 망나니라는 거지."

"그래서."

"그래서, 분명 형은 마음에 안 들어 할 텐데."

의아하게 보는 도은을 향해 수는 덧니를 드러내곤 웃었다.

"어쩌나."

❧

발치에 돌덩이를 매단 듯 느리게도 일주일이 흘렀다. 수와 도은의 비루한 몰골을 보길 즐기는지 뻔질나게 부르던 아상은 일주일이 지나서야 잠잠했다. 모든 이가 기다리던, 주총 날이었다.

업무는 손에 잡히지 않았다. 오전 근무를 어떻게 끝냈는지 알수 없었다. 반차를 내고 서둘러 택시를 잡아타 강남으로 향하는 동안 틀어놓은 핸드폰의 DMB에선 주아제약의 주총 결과에 대한 관심과 우려를 표하는 뉴스가 보도되고 있었다. 결과가 나기까지 앞으로 오 분이었다.

[속보입니다. 주아제약의 여러 가지 불미스러운 스캔들을 벌인 주도은 대표의 해임 안에 관한 주주총회와 함께 검찰 조사도 끝났습니다. 검찰은 논란이 된 이번 사건에 대해, 이 모 씨가 보상금을 받기 위해 희귀병 투병 사실을 숨기고 임상에 참여한 정황을 포착했다고 전했습니다. 현재 코마 상태인 이 모 씨의 구속 여부는 불확실해 보입니다. 이런 검찰의 발표에 안건이 가결되었으나, 주도은 대표는 진실 여부를 떠나 스캔

들 자체의 책임을 통감하며 모든 주식을 처분하고 스스로 자리에서 물러났다고 합니다. 이로써 창립주인 주강운의 장남 주아상이 가장 많은 주식을 보유하고 있는 상황에서 자연스레 대표 자리를 승계받았다고……]

수는 한숨을 내쉬며 두 손에 얼굴을 묻었다. 계획을 실행하기 전, 도은은 그녀에게 무엇을 어떻게 할지 말해주지 않았다. 단지.

"지키려면, 원하는 걸 내어줘야지."

그 말이 이 뜻이었다는 걸 이제야 알 수 있었던 것뿐이었다.

마음이 복잡했다. 이렇게 물러나려 근 몇 달 동안을 고생했던 건가 억울하기도 했고, 아상에 대해 잠잠했던 분노가 해일처럼 다시금 몰려오기도 했다. 택시 차창으로 점차 목적지와 가까워지는 풍경을 보던 중이었다. DMB의 통신장애로 인해 멈춰 있던 화면이 움직였다.

[약혼 파문이 일었던 페리제약은 미국 진출을 선언한 주아제약과의 계약을 파기하고 주 전 대표와 함께 국내의 새로운 제약회사 도수제약을 다음 주 창립합니다. 주아제약의 트레이드마크인 신약 vx의 판권이 주아제약이 아닌 주 전 대표의 단독 특허였다는 사실이 주총에서 밝혀져 논란이 되고 있으나 개발자가 본인이기에 법적으로 문제없이 도수제약에서 vx가 정상 출고될 예정입니다. 이와 더불어 이번에 개발 중인 신약 관

련 연구도 보유 중인 주 전 대표가 꾸린 연구실의 핵심 팀이 도수제약으로 이직한다는 점, 또한 대주주였던 주 전 대표와 다른 몇 인사들이 모든 주식을 처분하고 도수제약으로 이동한다는 점이 전해지며 주아제약의 주가가 하락하고 있습니다. 현 상황으로 보아 내달 vx의 제조가 중단되면 주아제약의 주가는 더욱 하락할 것으로 전망……]

택시는 목적지에 도착했다. 요금을 내고 잔돈을 받을 새도 없이 서둘러 택시에서 내린 수의 눈앞에는 수십 명의 기자들이 벌 떼처럼 모여 플래시와 카메라를 들이대며 주아제약 본사에서 나오는 도은을 에워싸고 있었다. 목청을 높이는 기자들의 마이크와 카메라를 가드들이 맹렬히 제지했다. 방금 들은 방송의 내용에 어안이 벙벙했다. 순간 도은의 시선이 수에게 향했다. 그는, 웃고 있었다.

경호원들의 철벽 가드 속 유유히 기자들을 빠져나온 도은의 발걸음이 빨라졌다.

도은은 긴 다리로 단숨에 뛰어와 멍하니 선 수를 품에 안았다. 휘청이는 몸을 단단한 두 팔로 껴안는 도은의 모습에 기자들은 연신 플래시를 터뜨렸고, 그들의 열띤 취재를 감당할 수 없는지 경호원들의 표정은 그야말로 울기 직전이었다. 그때였다.

카메라가 일제히 본사 입구로 향하더니 누군가를 찍기 시작했다. 주주들과 함께 나오는 주아제약의 신임 대표였다. 그는 연신 터지는 플래시와 기자들 사이에서 도은과 수를 응시하고 있었다.

대표 자리도, 세간의 관심도, 그리 원하던 것을 결국 다 가진 그였지만 그들을 바라보는 그의 눈에는 온화한 미소로도 감추지 못한 차가운 분노가 어려 있었다. 원하던 걸 다 얻었지만, 결국 아무것도 갖지 못한 자의 얼굴이었다.

아상에 대한 들끓는 화가 단숨에 씻겨져 내려갔다. 통쾌했고, 도은을 생각하면 씁쓸했고, 더불어 안도했다.

수는 아상을 향해 숨길 수 없는 환한 웃음을 띠며 보란 듯이 가운뎃손가락을 펴 보였다. 순간 아상의 짙은 눈썹이 미세하게 찡그려졌지만 인터뷰를 요청하는 기자들에 다시금 온화한 미소를 띠었다. 도은은 끝내 너털웃음을 터뜨리곤 수의 손을 잡아끌었다. 그대로 대기하고 있던 차에 끌려가다시피 올라탔다. 아수라장을 벗어나 한참을 달린 차는 도은의 집으로 향했다.

익숙한 실내에 들어서 수는 소파에 멍하니 앉았다. 도은은 수의 옆에 기대앉더니 그녀의 흰 뺨을 손으로 부드럽게 매만졌다.

"아직도 멍해?"

"vx가 형 거란 말이야? 지금 임상 4차인 그 약도 형 거라고? 연구팀은 다 무슨 말이야, 도대체. 페리제약 그 여자는."

숨도 쉬지 않고 나오는 말에 도은이 웃었다. 긴 손가락으로 그녀의 뺨을 매만지던 그가 나른한 숨을 내쉬었다. 그리곤 그간의 일을 차분히 설명했다.

아상이 회사의 대표 자리를 원한다는 걸 예전부터 그는 알고 있었다 했다. 연구소를 따로 설립하고 그 비용 전액을 개인의 돈으로 충당하며 신약 개발을 한 이유도 특허권을 자신이 얻기 위함이었다고 도은은 말했다. 이번 신약 개발 또한 그러하다는 걸 모르는 아상은 신약 개발의 공을 저만의 것으로 만들기 위해 결재하는 도은은 모르게 은밀히 특허 준비를 하던 중이라 했다. 도은을 해임하고 대표가 되기 위해 임원들의 전폭적인 지지가 필요했기에 신약 개발로 성과를 내보이려던 것일 터였다.

하지만 세간에 논란이 된 신약 임상실험 중 한 참가자에게서 문제가 생긴 것은 오류였고, 아상은 그마저도 도은을 공격할 무기로 사용했다. 결국 그 사건은 아상이 수 년 간 준비한 계획 시작의 신호탄이 됐다. 기사를 터뜨려 주가를 떨어뜨리고 기다렸다는 듯이 그 주식을 사들이는 아상의 움직임에 도은이 서둘러 자신의 주식을 모조리 처분한 것이다. 친분이 깊던 대주주 피화랑도 주식을 전부 처분함과 동시에 도수제약 설립의 자금을 마련했고, 이익이 우선인 영악한 페리제약의 강정아 대표를 설득해 주아제약과의 계약을 파기했다. 그 모든 건 도수제약 설립을 위한 일이었다. 수달 간 고생한 그의 노력의 산물인 것이다.

수는 어이없다는 듯 헛웃음을 지었다.

"스스로 주식을 내놓고 아상 형님이 사게 한 거란 말이지. 대표 자리도 스스로 내려오면서 회사를 차려 나오고. 지키려면 원하는 걸 다 주겠다는 말이 이런 거였단 말이지?"

"형은 대주주와 동시에 대표가 되고 싶어 하고, 난 도수제약 설립 문제로 자금이 필요했으니 모두가 행복한 계획이잖아?"

"이렇게 치밀한 걸 보니 형제가 맞긴 맞나 봐들?"

"난 그렇게 못돼 처먹진 않잖아?"

"더하거든!"

수가 어깨를 있는 힘껏 내려치자 도은이 아프다는 듯 웃으며 그녀의 머리칼을 매만졌다. 간질거리는 손길에 수는 팩 고개를 치우다 문득 그를 응시했다.

"근데, 도수제약? 도수. 도수."

"호랑이 도. 대나무 수. 평안을 뜻하고, 더불어 우리 이름이지."

"와. 한 기업의 이름에 내 이름이 박힌 거야? 대박인데."

뿌듯해하는 도은의 얼굴에 수도 익살스레 말하기는 했지만 그녀의 얼굴은 아직도 창백했다. 긴장한 기색이 역력한 모습에 도은은 쓰게 웃으며 그녀의 어깨를 끌어안았다. 등 뒤를 쓸어내리는 그의 손 마디마디에 힘이 넘쳤다.

"다 끝났어, 수야. 고생 많았어."

코끝에 감도는 우디 향과 그의 뜨거운 체온이 가감 없이 스며들었다. 수달 간 목을 조르던 긴장이 그제야 옅어졌다.

도은은 수의 뺨을 한 손으로 쥐어 잡았다. 한 손에 들어오는 그녀의 흰 얼굴을 이리저리 빤히도 보던 그의 시원스러운 입매가 휘어졌다.

"보고 싶었다고?"

"나도, 라고 했거든?"

수가 시니컬하게 코웃음을 치자 그가 더욱 짙게 미소 지었다.

"그게 그거지."

"다 끝난 거 맞아?"

"불안해?"

"글쎄."

수는 말끝을 흐렸다. 도은은 유려하게 흐르는 물길처럼 삽시간에 수의 몸을 들어 올려 제 위에 마주 보게 앉혔다.

"뭐가 됐든, 난 너만 있으면 돼."

도은은 단숨에 그녀에게 입을 맞추며 그간의 애틋함을 표하듯 더욱 진하게 키스했다. 농밀하고 부드러운 입맞춤에 그간의 긴장이 눈 녹듯 사라지며 온몸에 힘이 빠져 금방이라도 눈이 감길 것만 같았다. 다시 찾은, 위태로운 행복이었다.

4. 지독하게

병원 측은 주아제약과의 계약을 파기하고 도수제약과 계약을 했다. vx 우선권을 얻는 게 파기 위약금을 내는 것보다 중요하다고 생각한 병원 이사진들의 판단이었다. 또한 명분을 중요시하는 고매한 인사들답게 굳이 바꿀 필요가 없는 병원 명도 새로운 도약의 시발점으로 삼겠다는 거창한 이유를 대며, 실상은 새롭게 계약한 도수제약과의 좋은 관계를 유지하려 함이 뻔하게, 한국병원이 아닌 도수병원으로 바꾸었다.

수의 일 또한 여전했다. 기사에 얼굴이 실린 터라 특진 환자는 매일 빈틈없이 빽빽했으니 평안 그 자체였다. 그렇게 몇 주가 아무 일 없이 흘렀다. 그런 나날들이었다.

"그게 무슨……. 실수가 아니라 일부러 들이받은 거란 말입니까?"

"여기 정강이를 봐. 그 정도 거리에서 급제동을 한다면 이리 부서지진 않을 거 아냐. 사고로 처리된 사건이라 경찰 조사도 없었으니 현장 사진이 있을 리 만무하겠지만 분명 스키드마크가 없었을 거야. 속도를 줄이지 않고 그대로 쳤으니 일반 교통사고일 리 만무하잖아."

일전에 아상이 파기하려 한 자료에 대해 자문을 구했던 신경외과 교수의 동기인 정형외과 교수의 말이었다. 그 말이 사실이라면, 이건 분명 단순한 일이 아니었다. 누군가 도은의 어머니를 고의로 죽게 만들려 했고, 그 자료를 아상이 파기시키려 했고 실제로 파기된 자료였다. 그날 하진과 아상의 대화를 듣지 못했다면, 그가 왜 병원에 온 건지 궁금해하지 않았더라면 누구도 모른 채 소리 소문 없이 사라진 일이 되어버리는 거였다.

"……설마."

교수의 진료실을 나온 수는 결국 걸음을 멈췄다. 온몸에 끼치는 소름을 애써 무시하며 다시금 걸었지만 쉽사리 떨쳐 버릴 수 없는 생각에 머리가 지끈거렸고 목이 타들어갔다. 문득 케케묵은 어떤 얘기가 떠오른 탓이었다.

"너 가지고 만삭이었을 때, 옆집 미혼모가 두 살쯤 된 사내애를 키우고 있었는데 여러 가지로 날 많이 도와줬지. 지금 생각하면

참 고마워."

"미혼모? 아휴, 둘 다 박복하다 진짜."

"그러게나 말이다. 글쎄, 유부남의 아이라 그러더라고. 그 유부남이 돈도 보내주고 살펴줘서 예전엔 사는 데 지장 없었던 모양이지만, 본처가 사실을 알고는 아이까지 가졌을 때 죽으라고 차로 치는 바람에 성치 않은 몸으로 목숨 걸고 아이를 낳았대. 글쎄 그게 끝이 아니더라고. 그 유부남이 사실은 예전에 결혼하기로 약속한 남자라는 거야. 가난이 지긋지긋하다고 저 버리고 부잣집 여자랑 결혼해 버린 거 같더라고. 그 후에도 정이 뭔지, 몇 번 더 만났다가 애가 덜컥 들어서 버린 거지. 남자 잘못만나 고생한 건 제가 선택한 길이니 그렇다 쳐도, 사고 후유증으로 신경장애 약을 달고 사는 여자였는데. 불쌍하기가 짝이 없었지."

"그래서, 지금도 연락하고 지내?"

"무슨. 난 도망치듯 이리 저리 다녔고, 그 여자도 진작 다른 곳으로 갔어. 쫓기고 있는 것 같기도 했고, 아무도 모르는 곳으로 가고 싶어 하는 것 같기도 했고."

"범죄자였던 거 아냐? 그 여자 이름이 뭔데."

"김선주였더랬지, 아마? 범죄자 아냐. 얼마나 심성이 착했다고. 게다가 그 남자애는 어찌나 똘망똘망 예쁘게도 생겼던지 제 엄마를 쏙 빼닮았더라."

대학생 때 엄마와 이런저런 수다를 떨다 우연치 않게 발견한 사진 한 장으로 시작된 이야기였다. 제가 엄마의 뱃속에 있을 때

옆집에 살았던 여자와 엄마가 함께 찍은 사진이었다. 꽤나 아름다운 여성이라 아직도 기억에 선명했다.

"김…… 선주……."

수는 입을 틀어막았다. 그 얼굴을, 도은의 집에서 본 일이 있었다. 주디의 사진 옆 액자가 하나 더 있었다. 어째서 그 사진을 보고 바로 생각해 내지 못했을까. 이게 왜 이제야 떠오른 것인지 알 수 없었다. 한심하기 짝이 없는 자신과 그보다 더 믿기지 않는 짜깁기된 퍼즐에 저도 모르게 눈앞이 핑글 돌았다.

도은에게 말할 엄두는 나지 않았다. 확실치 않은 일이었고, 설령 그렇다 하더라도 겨우 아물어가는 상처를 진실이라는 미명으로 다시금 헤집는 게 과연 옳은 일인가 하는 불안감 때문이었다.

"저렇게 대단한 사람인데, 왜 어머니에겐 그런 짓을 했는지 도저히 용서할 수가 없더라."

케케묵은 원망. 형체를 잃어버린 분노. 어르신도, 형님도, 그도. 겉으론 완벽해 보이는 그들에게 빗금처럼 그어진 위태로운 균열을 어떻게 해야 할지 감도 잡히지 않았다.

"이 선생! 아휴, 한참 찾았네."

신경외과 동기였다. 그는 다급한 목소리로, 탈모로 이마가 훤히 벗겨진, 연세 지긋한 교수의 호출을 알렸다. 급히 회의실을 찾으니 여러 학과의 내로라하는 전문의들뿐 아닌 원장과 부원장,

이사진 몇 명까지 모여 회의가 한창이었다. 이런 경우 굉장히 특이 케이스 환자이거나 정재계의 vvip 환자일 경우였고, 지금은 한눈에 봐도 후자였다. 심장과 신경의 이상으로 인한 통증장애를 가지고 있는, 심각한 케이스였다. 브리핑을 하던 심장외과 교수가 수를 응시했다.

"자네는 어떻게 생각하나. 이대로 수술이 가능할 것 같나."

수는 CT와 MRI 자료를 확인하곤 고민스레 눈살을 찌푸렸다.

"심장 쪽만 제대로 된다면야 신경재건술은 동시에 진행할 수 있을 것 같습니다. 나이가 있는 환자라 신경 쪽을 두 시간이나 잡는 건 무리가 아닌가 생각합니다."

"그럼 어느 정도?"

"한 시간 내로 끝내야 테이블 데스는 면할 수 있을 거라 사료됩니다."

"그럼 자네가 하게."

"예?!"

수는 저도 모르게 자리를 박차고 일어났고, 덕분에 의자가 넘어지며 우당탕 소리가 났다. 회의실 안 사람들의 시선이 일제히 그녀에게 향했다. 그중 수술을 성공시켜 공을 취하려는 사람들은 일개 전문의에게 vip 수술을 맡기는 것이 못마땅한 표정이었지만 신경외과 교수의 표정은 담담했다.

"이수 선생, 자네가 해."

"교수님이 계신데 제가……."

"이중에 저 케이스 한 시간 내로 끝낼 만큼 손 빠른 사람이 너밖에 더 있어? 왜. 유명인사 죽여서 의사 인생 종칠까 불안해서 그런 거야?"

그가 미간을 찌푸리며 묻는 말에 수 또한 미간을 찌푸리며 단호하게 고개를 저었다.

"아닙니다."

"그럼 네가 집도해."

신경외과 교수는 확고했다. 평소 말수가 적고 대쪽 같은 스타일의 그가 단호하게 하는 말에 다른 교수진들도 별다른 이의를 달지 않았다. 그대로 환자 차트를 들고 회의실을 나오던 수의 걸음이 멈췄다. 환자의 신상 정보를 확인하다 문득 이름을 본 탓이었다.

"주…… 강운?"

몇 번이나 되새김질해 이름을 읽은 그녀가 황급히 나이와 신체 사이즈를 찾아보았다. 분명 자신이 아는 그분과 매우 흡사한 모습이었다.

타닥. 차트가 맥없이 바닥에 떨어졌다. 멍하니 있는 그녀의 옆을 지나던 다른 의사가 차트를 주워주었다. 그는 신경외과 교수였다.

그는 혀를 차며 수의 어깨를 툭 쳤다.

"가족에게도 비밀로 하신 듯한데 자네도 몰랐겠지. 정신 단단히 차려."

유유히 지나가는 그에게 인사할 여력은 없었다. 시선은 이미 초점을 잃은 지 오래였다. 넋 나간 듯 서 있다가 급히 진료실로 들어간 수는 턱턱 막히는 숨을 몰아쉬며 머리를 쥐어 잡았다.

단순한 수술이 아니다. 노령이기에 수술이 잘된다 하더라도 회복을 장담할 수 없었다.

도은은 알고 있는 걸까. 그게 아니라면.

수는 황급히 핸드폰을 꺼냈다가 손을 멈추었다. 아무리 그렇다 해도 본인의 동의 없이 가족에게 사실을 말하는 건 불법이었다. 하지만 불법을 떠나 사랑하는 이의 아버지가 이런 상황인데 말하지 않는 것이 더 이상한 것 아닌가.

수는 한참을 망설이던 끝에 자리를 박차고 일어섰다. 차트에 적힌 호수를 찾아가 1인실 문 앞에 선 수는 한참을 서성이다 노크를 한 후 조심스레 문을 열었다.

침대에 누워 있는 강운은 창밖에 시선을 고정한 채였다. 십년 전의 풍채와 백호와 같던 근엄한 분위기는 사라졌지만 여전히 잔재한 존재감은 무거웠다. 그는 수를 마주 보려 하지도 않은 채 단호하게 입을 열었다.

"자네에게 내 몸을 맡기진 않아."

잔잔하지만 서릿발 같은 목소리에도 수는 개의치 않았다.

"한국에서 저희 병원 기계가 가장 좋고, 의사들 실력도 저희가 가장 우수합니다. 게다가 여기서 저만큼 손 빠른 사람 없습니다."

"외국으로 가면 돼."

"가는 도중 비행기에서 사고가 생길 수도 있습니다. 기압 못 버티실 거예요."

"그래서 기어이 하겠다는 겐가."

"환자가 의사를 선택하는 거지, 의사가 환자를 선택하는 일은 없습니다."

"그렇다면 내가 거절하겠네."

"오른팔과 다리 경련 심하시잖아요. 아마 자주 물건을 떨어뜨리고 산발적인 통증도 심하셨을 겁니다."

"……."

"아들의 인생을 망친 나쁜 년으로 이 자리에 온 것 아닙니다. 의사로서 수술하겠다는 거죠."

수의 정중한 어투에 날이 서 있었다. 그제야 수를 응시하는 그의 눈빛엔 더한 칼날이 서 있었다.

"그래. 가만히만 있으면 다 가질 수 있는 자식이었어. 자네는 그런 내 아들의 인생을 망쳤고, 지금도 여전히 그러하지. 난 그런 자네를 용서할 수 없고, 그때도 그랬듯 지금이라도 자네 그 흰 가운을 영원히 못 입게 철창 안으로 처넣을 수도 있네. 그새 잊진 않았겠지."

"어르신이 한 일 아니라는 거 압니다. 그때 그 일들. 단지 방관하셨을 뿐이었죠."

수의 차분한 음성에 강운은 미간을 거세게 찌푸렸다.

"그래서, 이번이라고 내가 못할 것 같은가?"

"아뇨. 아상 형님과는 다른 방법으로 얼마든지 하실 수 있으시겠죠. 그만큼 아들을 사랑하시니까요."

"그래. 그런 내 아들이 머저리로 살다 이제야 정신 차리나 했더니, 회사도, 두 아들도, 나도 결국 이 꼴이야. 그런데 네가 감히 내 몸에 손을 대겠다? 기가 차는군."

"왜 망쳤다 생각하십니까. 그 사람은 지금 누구보다 행복합니다."

"혼자만의 힘으로 어디까지 버틸까. 지금은 그렇겠지만 기업이 무너지는 건 순식간이야. 뒷받침해 줄 집안이 있다면 덜 힘들 수 있겠지. 한데 고작 너 같은 거에 빠져선 회사를 두 동강내다니!"

"하나의 기업을 두 배로 불린 거죠. 어르신이 원한 방법이 아니었나요? 그래서 그때는 김선주 씨를 버리신 겁니까? 결혼 후에도 만나 아이까지 생긴 여자라면 적어도 사랑은 했던 사람인데, 사고 후유증으로 평생을 고통스레 살아도 끝끝내 모른 척했던 게, 그게 어르신이 원한 방법이었나요?"

"⋯⋯네가 그걸 어떻게⋯⋯."

"교통사고 아닌 거, 알고 계셨습니까?"

강운의 낯빛이 희게 질리더니 그는 입을 다물었다. 그는 놀라지 않았다. 조금의 혼란도 없는 그의 모습에 수는 탄식을 내뱉었다.

"알고 계셨군요."

"그래서."

"한데 그런 범죄를 저지른 여자와 결혼을 유지하곤 도은 씨 어머님은 매몰차게 또다시 버리신 거군요. 그들이 그렇게 된 이유는 어르신의 잘못 때문이었는데도요. 도은 씨에겐 평생의 금기인 양 함구하셨고요."

"그래."

"기업을 위해서였습니까?"

"자네가 알 바 아니야. 나가게."

"한번으로도 모자라 만신창이 된 어미를 또다시 버렸다며 도은 씨는 힘들어하고 어르신을 원망하고 있습니다. 아상 형님 또한 망가질 대로 망가져 이런 일을 벌이게 된 겁니다. 어르신의 잘못된 방법에 소중한 아들들이 넝마가 되어버렸단 말입니다."

"내 말 못 들은 겐가. 당장 나가라니까!"

"원하신 대로 했는데, 아상 형님도, 도은 씨도, 심지어 어르신도. 그 누구도 행복하지 않잖습니까!"

수의 절규와 같은 음성에 강운은 기어이 눈을 감곤 거친 숨을 몰아쉬었다. 수는 안타까움이 짙게 묻어나는 시선으로 그를 응시했다.

"십년 전 제가 드린 말씀은 빈말이 아니었습니다. 제가 마음에 안 드신다면 예전에도 그랬듯 언제든지 절 떼어내려 애쓰세요. 전 그때나 지금이나 감내할 준비가 되어 있습니다. 단, 어르신의 수술은 제가 맡을 겁니다. 어르신이 싫다 하셔도 위급 상황에 의사 투입은 병원 권한이니 법적으로 막으셔도 소용없을 겁니다."

"지금 누구 앞이라고 감히……!"

"제가 사랑하는 사람이 사랑하는 아버지니까요!"

수는 고성과 함께 결국 눈물을 흘렸다.

"전 그 사람을 한 번 잃었습니다."

수는 붉어진 눈가를 일그러뜨리며 그를 노려보다시피 응시했다.

"전 고통스레 경험했고, 뼈저리게 깨달았고, 그렇기에 다신 그런 짓을 반복하지 않을 겁니다. 제가 사랑하는 방식에 누군가는 큰 상처를 받는다는 걸 깨달았거든요. 그러니 어르신은 어르신이 원하는 대로 하세요. 전 제가 원하는 대로 할 테니."

"……."

"반드시…… 이 병원 걸어 나가게 만들어 드릴 테니, 저에 대한 원망은 그때 하셔도 충분합니다."

수는 정중히 고개를 숙이곤 몸을 돌려 병실 문을 열어 젖혔다. 순간 뒤에서 여전히 무겁지만, 모든 기운을 소진한 이의 탁한 목소리가 들려왔다.

"내 상태…… 말하지 말게."

"……회진 때 다시 찾아뵙겠습니다."

병실을 나와 도망치듯 그 층을 벗어난 수는 비상구 벽에 몸을 숨기듯 기대곤 섰다. 두 다리에 힘이 풀려 금방이라도 주저앉을 것만 같았다. 한참을 숨을 돌리며 혼란스러운 머리를 정리한 후에야 제자리로 돌아와 진료를 봤다. 하나 여전히 손은 떨렸고, 정신은 멍했다.

그렇게 시간은 흘렀다. 수는 수술 방법에 대해 교수들과 밤을 새가며 연구를 했다. 시간은 없었고, 그렇기에 마음은 초조했다. 도은 또한 도수제약 창립으로 인해 눈코 뜰 새 없이 바쁜 나날이었다. 차라리 다행이라 생각했다. 얼굴을 마주하면 제 마음을 들킬 거 같아 피하고 싶었던 그녀였다. 그렇게 전화 통화만 겨우 한 게 벌써 삼 주였다.

"점심에 나온 전복죽 거의 남기셨던데요. 그거 맛없는 병원 밥 아니라 유명 일식당 거였는데 아까워라."

"누가 시키지도 않은 짓을."

"그러게요. 학습 능력이 없는 건지, 해놓고 어르신에게 욕먹네요, 또."

수는 콧방귀를 끼며 손에 든 차트를 내려놓곤 1인 병실 테이블 의자를 당겨 침대맡에 앉았다. 수가 편히 행동하는데도 강운은 이제는 기운을 다 소진한 듯 아무런 말도 하지 않았다. 이렇게 되기까지 정확히 삼 주가 걸렸다.

첫 일주일은 하루에 두 번 있는 회진 때마다 강운의 옆에 있는 모든 물건이 문가로 날아왔었고, 그 다음 주에는 병실 안에 들어서긴 했지만 말은 섞지 않았고, 그 다음 주가 되어서야 수가 조잘거리는 소리 열 마디 중 한 번 정도는 대답을 해주었다. 삼 주란 누군가에겐 긴 시간이었고, 누군가에겐 터무니없이 짧은 시간이었으며, 다른 누군가에겐 얼마 남지 않은 시간 중 일부였다. 얼마

남지 않은 시간임에도 쉽사리 마음을 열지 않는 저 사람이 누군가와 꼭 비슷했기에, 그렇기에 포기하고 싶지 않은 마음이 큰 만큼 점차 조급해졌다.

어떻게 해야 할까. 그 생각을 반복하다 깨달았다. 답은 없었다. 그들은 상처받았고, 큰 상처일수록 아물기까진 오랜 시간이 걸린다. 아무리 애달프게 초조해 해봤자 시간이 흐르지 않는 이상 상처는 흉터조차 될 수 없다.

수는 얼굴에 미소를 띠곤 등받이를 반쯤 세운 침대에 기대고 앉아 회사 서류를 보고 있는 그의 투박한 손을 응시했다. 재벌이라는 말이 무색하게 그의 손은 어느 시골 농부의 손처럼 크고 거칠었다.

"와. 손때 묻은 손. 멋있다. 전 이런 손이 좋더라고요."

"의사도 바쁜 줄 알았더니, 할 일 없는 직업이었군."

"저 사 일째 잠 못 잤어요. 그러니 주저리주저리 떠들어도 얘가 정신이 없어 그러는구나 이해하시구요."

강운은 기가 찬지 코웃음을 치다 다시금 서류 한 장을 넘겼다. 결국 졸음을 못 이기고 침대 옆에 팔을 괸 채 고개를 기대는 수를 힐끗 보던 강운은 한숨을 내쉬며 서류를 협탁에 던지듯 놓고는 쓰고 있던 안경을 벗었다. 수가 잠에 취한 눈으로 물끄러미 강운의 얼굴을 응시했다.

"다음 주에 수술 잡힌 건 들으셨죠? 걱정 마세요. 저희 병원 교수님들하고 해외 저명한 심장외과 교수님하고도 다 연구하고 조사해서 진행하는 거니까. 저 이래봬도 알아주는 의사거든요. 제 사전에 테이블 데스란 없습니다."

"……."

"도은 씨가 참 어르신 많이 닮은 거 아세요? 처음에 뵈었을 때 깜짝 놀랐잖아요. 아상 형님도 그렇고. 셋이 참 데칼코마니처럼 성난 호랑이 같아서는. 아, 뭐 아상 형님은 호랑이라기보단 코끼리죠."

열심히도 떠들었지만 강운은 여전히 대답이 없었다. 병마와 싸우느라 예전보단 기가 쇠한 느낌이지만, 그의 얼굴과 몸짓에 담긴 기백은 여전히 존재감 넘치는 백호였다. 그 모습이 도은과 꼭 빼닮아 있어, 강운과 자신의 사이를 떠나서 그를 보고 있자면 입꼬리에 미소가 지어졌다. 아이러니였다.

차분하고 고요한 병실의 적막을 깬 건 강운이었다. 수의 정신을 단숨에 현실로 불러들이기 충분한 낮은 음성이었다.

"찢어지게 가난했어. 팍팍한 살림에 부모에게 제대로 된 어리광을 부린 적도, 사랑 받아본 적도 없이 신문 배달, 어물 장사, 막노동, 심지어 똥지게까지. 어렸을 적부터 안 해본 일이 없었지. 그래서 손이 이래. 가난을 벗어나기 위해선 무슨 일이든 할 수 있었다."

수는 고개를 들고 그를 응시했다. 방의 조명이라곤 창문으로 흘러들어 오는 달빛과, 머리맡의 옅은 스탠드 조명이 다였다. 그 은은한 불빛 아래에도 선명히 빛나는 백호의 눈초리에 수는 등줄기가 저릿함을 느꼈다.

순간 협탁 위 서류뭉치와 함께 놓여 있는 작은 녹음기가 눈에 띄어 그녀는 그가 침묵 속 무겁게 회상을 하고 있던 중 손을 뻗어 녹음기를 손에 쥐었다. 순간 발휘한, 본능적인 기지였다.

강운이 느리게 말을 잇자 그녀는 손으로 감춘 녹음기 버튼을 눌렀다.

"그러다 도은 엄마를 만났다. 사랑받을 줄도 할 줄도 모르던 내가 유일하게 그렇게 생각한 사람이었지만, 가난은 여전했지. 그때 아상 엄마가 나타났고, 결국 난 부귀를 선택했다. 사랑하던 여인을 버리기로. 하지만 그녀를 쉽게 끊어낼 수 없었어. 한 번 정하면 굽힌 적 없던 나인데도 그녀에게만큼은 그랬다. 결국 도은이가 생겼고, 그걸 안 아상 엄마가 그녀를 죽이려고 했지. 하지만 내가 할 수 있는 일은 아무것도 없었다. 그때의 난 부잣집에 머슴으로 들인 데릴사위일 뿐이었으니까. 그녀의 생사를 알고자 움직이기도 전 장인어른이 찾아와 내게 그러더군. 다시 그 여자를 만나려 어떠한 노력이라도 했다간 같은 하늘에서조차 있게 되지 못할 거라고. 그래서, 그녀를 또다시 버릴 수밖에 없었다. 그때의 나로선 어차피 거두지도 못할 그들을 나 하나 좋자고 더 위험에 빠뜨릴 순 없었으니까. 이미 내가 아픔을 준 여자니까. 그래. 이유가 무엇이던 난 또 다시 그녀와, 심지어 내 아이까지 버렸던 거야. 그녀 또한 아상 엄마를 피해 꽁꽁 숨어버렸지."

흐르는 침묵에도 수는 아무런 말도 할 수 없었다. 강운은 희게 일그러진 얼굴을 애써 담담히 고치고는 평소와 같은 어투로 말을 이었다.

"그렇게 찾지도 알리고 하지도 않았어. 연락을 한 건 병마로 죽기 전 도은을 맡아달라는 그녀의 전화 한 통뿐이었다. 그녀는 수년의 세월이 지나 저를 버린 나에게 원망 한 번 하지 않더군. 다 알고 있으니 되었다, 당신의 자식을 부탁한다, 그 말뿐이었어. 그녀의 사고 이후 난 아상 엄마를 지독히 냉대했고, 회사도 설립해 내 힘을 길렀으니 걸림돌 없이 도은이를 데려올 수 있었지. 그녀가 평생 고통스러운 삶을 살았다는 건 그녀의 장례를 치르고서야 알았다. 하늘이 무너지는 것 같더군. 한 번도 내 선택이 틀렸다 의심한 적 없던 나였지만, 그땐 내 자신이 지독히도 원망스러웠다. 아이는 날 지독하게 증오하고, 내겐 전부였던 여자는 나 때문에 비참하게 생을 마감했으니까."

"……."

"시간이 갈수록, 그런 선택을 한 날 용서할 수 없었다. 그래서 아상이를 제대로 사랑해 주지 못했어. 그 아이의 유년시절엔 보고 있자면, 얼굴조차 모르는 도은이와 사랑했던 그녀가 떠올라 견딜 수 없었고, 도은이를 데려온 후엔 도은이를 신경 쓰느라, 그렇게 아상이에겐 한 번도 아비다운 말 한마디 해준 적이 없었어. 아니. 이 모든 건 핑계지. 맹세코 아상 엄마의 행동 때문에 아상일 사랑해 주지 않은 게 아니었어. 아상 엄마에게 뭐라 할 자격도 없던 나니까. 내가 선택해 한 결혼이었음에도 따뜻한 가장이 되지 못했고, 가정에 충실하지 못했고, 외도를 했고, 아이까지 데려왔고, 난 아상 엄마에게나 도은 엄마에게나 자식들에게나, 그저 몹쓸 사람이야. 자식을 사랑해 주는 법도 몰랐다. 그렇게 도은이에게도, 심지어 아상이에게도. 두 자식 모두에게 아비가 될 수 없었어. 그러니 그 대신 다른 거라도 주면 분명 녀석들이 나보단 나은 인생을 살 것이라 믿어 의심치 않았다."

고해였다. 그만큼 절절한 강운의 음성에 심장은 아프게 오그라들었다.

"아상인 날 닮았어. 도은이를 데려온 지 얼마 되지 않았을 때 녀석이 아끼던 강아지를 아상이가 죽인 걸 보며 난 되레 안심했어. 저 녀석은 날 쏙 빼닮았구나. 진창에 집어 던져도 스스로 살아남겠구나. 난 아상이에게 제대로 된 사랑을 주지도 못했건만 그 아인 단 한 번도 날 실망시킨 적이 없었지. 굳이 밀어붙이지 않아도 스스로 잘할 녀석이고, 그렇기에 더욱 믿었다. 하지만 도은인 달라. 그 녀석은 제 어미를 빼다 박았어."

"그래서…… 그렇게 몰아붙이셨나요?"

"아상이에겐 회사 따위 주지 않아도 제가 알아서 회사를 세울 녀석이야. 아비로서 아무것도 못해줬으니 훗날 비슷하게라도 해주는 게 그 녀석에게 내가 줄 수 있는 전부라 생각했고, 도은이에겐 그게 회사였어. 내가 외면해야만 했던 제 어미와 고통스러운 시간을 보냈을 그 녀석에게 속죄할 수 있는 방법은 그것밖에 없다고 생각했다. 그래서 시간이 없었어. 녀석을 잡아먹을 살쾡

이들은 차고 넘치는데 애는 너무 유약해. 도망갈 곳을 주지 말아야 더욱 단단해진다 생각했다. 이게 내 방식이고, 난 이것만큼은 지금도 후회하지 않아. 왜냐면 지금의 그 녀석들이 있는 건 내가 만들어놓은 거니까. 내가 잘못했다고 말하지만, 이것 또한 부모의 애정이고 이것 역시 내 표현 방식일 뿐이야. 난 자격 없는 부모로서, 그 아이들을 지독히도 사랑했다."

"……어르신."

"어떤가. 기어이 얘기를 들은 기분이."

"……."

"이제 와, 무엇이 달라질 수 있겠는가."

대화가 아니었다. 그의 자조적 읊조림이었다. 그가 내뱉는 말은 공기를 타고 무겁게 가슴에 내려앉았다. 한 마디 한 마디, 그 어느 것 하나 감정이 담기지 않은 말이 없었다.

"자네가 도은일 진심으로 위한다는 거 알아. 십년 전 그 녀석이 사고당했던 날 깨달았지. 너흰 나와 도은 엄마가 힘겹게 가던 길을 걷고 있었으니까. 그렇게 너희 둘은 지독한 진창에 스스로 뛰어들었구나, 널 떼어내면 내 아들을 잃겠구나. 그럼에도 난 아직도 자네를 받아들이기 힘들어. 부모의 욕심이란 건 한도 끝도 없어서 바닥이 없는 우물 같거든. 날 살리면, 난 다시금 자넬 도은이에게서 떼어내기 위해 애쓸 거야. 그러니 잘 선택하게."

"말씀드렸잖아요. 기꺼이 대가 치르겠다고."

"그래서. 겨우 빠져나온 진창에 또다시 뛰어들겠다고."

"까먹으셨나 본데, 그 사람이 아직 진창이에요. 그래서 이번엔 데리고 나가려고 이러는 겁니다. 다 같이."

퇴근길의 거리에는 뼈가 시리게 차가운 바람이 불었다. 두터운 모직 코트 속으로 스미는 한기는 칼바람을 닮아 있었고 코끝이 아릿한 차가운 공기는 겨울이 역력했다. 도은을 다시 만나게 됐던 여름은 순식간에 지나 버렸다. 많은 것이 달라졌지만, 여전한 것은 쉽사리 바뀌지 않는 시간들이었다.

문득, 그가 보고 싶었다.

수는 택시를 잡아타 도은의 집으로 향했다. 그가 회사에 있을 수도, 혹은 다른 곳에 있을지도 모르지만 그래도, 집에서 죽치고 기다리더라도 얼굴 한 번은 볼 심산이었다. 오늘은 그렇게라도 그를 보고픈 날이었다.

그의 맨션에 도착해 경비원과 익숙히 인사를 하고 카드키로 엘리베이터에 오를 때였다. 걸려온 그의 전화를 수는 아무렇지 않은 척 받았다.

[퇴근했어?]

"했지. 형은?"

[퇴근했지만, 자택 근무를 하고 있지.]

"다행이네."

[다행? 왜. 나 일할 동안 무슨 짓을 하려고.]

시니컬한 대꾸에 수는 웃었다. 엘리베이터에서 내려 그의 집문에 등을 기대고 선 수는 짧게 혀를 찼다.

"사련하는 이와 밀회해 보려 했지."

[사련이라⋯⋯ 뭐가 어째? 다시 말해봐, 이수.]

진심으로 화난 듯 그의 목소리에 힘이 들어갔다. 요란한 소리가 들리는 걸 보니 박차고 일어날 때 의자가 고꾸라진 것도 같았다. 수는 발끈하는 그에 더욱 웃음을 띠곤 문을 두드렸다.

"나 추워. 빨리 문 열어."

통화는 끊겼고, 도은이 문을 열기까지는 채 몇 초도 걸리지 않았다. 씻은 지 얼마 안 됐는지 축축하게 젖은 검은 머리칼이 늘어진 그의 얼굴엔 숨기지 않은 놀라움이 가득했다.

"언제부터 있었어. 키 줬잖아."

"이 얼굴 보고 싶어서 그랬지."

"하. 들었다 났다 하는구만."

짧게 헛웃음을 짓던 도은의 입꼬리가 결국 헤벌쭉 휘어졌다. 수는 대뜸 그의 품에 뛰어들어 허리를 꼭 끌어안았다. 도은은 수를 받아내느라 휘청거리면서도 그녀를 꼭 품에 안았다.

"뭐야. 무슨 일 있어, 수야?"

"없는데."

"왜. 무슨 일인데."

"내 말 듣기는 한 거야? 없다니까?"

"수야, 왜."

부드럽게 채근하는 목소리와 커다란 손이 수의 뒤통수를 쓸어

내렸다. 수는 도은의 온기를 더 느끼기 위해 그의 가슴팍에 차게 식은 얼굴을 묻었다. 코끝에 풍기는 우디 향, 뺨으로 심장 소리가 울렸다.

"그냥. 너무 보고 싶어서."

"나 오늘 무슨 날인가? 왜 이렇게 잘해주지?"

"무슨 날이지."

"뭔 날."

"당신 보고픈 날."

그렇게 한참을 도은의 품에 파고들어 있다 수는 주머니에서 만 년필 같은 펜슬을 꺼내 그에게 건넸다. 잠시 빤히 보던 그가 의아 하게 펜을 손에 쥐고 흔들었다.

"이거 녹음기잖아?"

"맞아. 거기 아주 중요한 게 담겨 있어."

"그래? 지금 들⋯⋯."

"아니. 혼자 있을 때. 그때 들어봐."

"뭐가 들었길래 그래."

"발에 묶인 족쇄."

"⋯⋯뭐?"

"그 열쇠가 거기 들어 있어."

수는 거실 벽에 걸린 시계가 새벽을 달리는 것을 보며 그의 뺨 을 희고 가는 손으로 감싸 쥐었다. 입술에 뽀뽀를 하고 씩 웃는 수의 무거운 미소에 도은의 표정이 의아하게 굳었다. 그런 그를 뒤로한 채 수는 집을 나섰다.

　문 밖에서 한참을 서 있었다. 한 시간, 두 시간이 지나도 그의 집에선 아무런 소리가 들리지 않았다. 혹여 물건을 때려 부수거나 위험한 상황이 발생할까 걱정했던 건 기우일 뿐이었다.

　이제 어렴풋이나마 도은이란 사람이 어떤 사람인지 알게 되었다. 그리고 강운 또한, 도은과 같은 사람이었다. 그에겐 그의 방식이 있었고, 그는 자신이 져야 할 책임은 기필코 지는 남자였다. 죄의식으로 아비가 되길 포기했고, 그럼에도 자식들을 당신의 방법으로 사랑한 남자였다. 그는 예나 지금이나 호랑이었고, 죽음을 목전에 앞둔 지금에서도 그러했다.

　그렇기에 녹음을 했다. 어쩌면 마지막 기회가 될지 모르는 그날의 진실을, 도은이 그렇게 고통에 사무쳤던 화마의 원인을. 그럼에도 그는 새벽의 고요함만큼이나 차분하게 강운과 자신의 대화를 듣고 있으리라.

　집으로 돌아와 옷만 갈아입고 다시금 출근길을 재촉했다. 도은에겐 아직 연락이 없었다. 혹여나 싶어 강운의 병실에 들른 수는 안도의 한숨을 내쉬었다. 살짝 열린 문 사이로 보이는 건, 잠에 빠진 강운과 그런 그의 손을 쥐고 앉아 있는 도은이었다.

　창가의 블라인드 사이로 비치는, 맑은 겨울의 볕이 두 사람 사이를 가득 비추었다. 절대로 사라지지 않을 것 같던 것들, 발버둥치고 애썼지만 지울 수 없던 것들, 해묵은 갈등, 형체를 잃은 비틀린 감정, 어둠 속에서 서로를 좀먹어가던 것들. 지독한 애증. 그것은 작은 태양빛 하나에 맥없이 녹아들었다. 켜켜이 쌓인 얼음이 서서히 녹아내리고 있었다. 그게 물줄기가 되어 그들의 눈에서 흘러내린 채였다.

수는 조용히 문을 닫곤 붉어진 눈가를 손등으로 훔쳤다.

강운의 수술 일주일 전의 일이었다.

도은은 울지 않았다. 적어도 그녀의 앞에서는 울지 않았다. 그는 담담했고 초연했으며, 오히려 지옥과 같았던 지난날보다 자유로워 보였다. 마음의 족쇄에서 벗어나 오롯이 사랑이란 감정 하나로 그는 그 상황을 잘도 견뎌내 주었다. 그게 고마웠다. 그러다 일이 터졌다.

강운의 병실에 새벽녘, 아상이 왔다 갔다 했다. 직후 강운은 심장마비 증상을 일으켰고 수술을 진행할 거물급 교수들이 급히 수술실로 집결했다. 수 또한 마찬가지였다.

"넌 나의 빛이야. 내 빛이 꺼지는 걸 원치 않아."

15%의 확률. 너를 믿는다, 그는 말했다. 그럼에도 행여 들이 닥칠 어둠에 빛이 사라지는 걸 그는 원치 않는다 말했다. 그렇기에 그는 만류했다.

"그래서 이래. 내가 사랑하는 사람이 사랑하는 사람을, 잃고 싶지 않아."

그를 온 힘을 다해 껴안으며 속삭였다. 수의 마음을 눈치챈 듯 그는 말없이 마주 안아주었다. 그의 뜨거운 체온은 여느 때와 같았고, 목덜미에 느껴지는 그의 숨은 더할 나위 없이 따뜻했다. 하지만 불안과 초조를 감춘 그에, 눈시울이 붉어졌다.

병원에 도착해, 도은은 수술실 입구로 들어가는, 온갖 장치로 간신히 숨을 부지하고 베드에 죽은 듯 누워 있는 강운의 손을 마주 잡았다. 강운의 베드가 수술실 안으로 들어가고 수도 수술 준비를 하러 들어가려던 와중이었다. 그때 그에게 전화가 왔다. 그의 비서였다.

"……확실해? 그럼 뭐 하고 있어! 당장 인력 소집해!"

전화를 받고 불같이 화를 내는 그는 격앙되어 있었다. 수는 무턱대고 뛰쳐나가려는 그를 붙잡았다. 본능적인 불안이었다. 지금 뛰쳐나가는 그를 잡지 않으면 평생 후회할 것만 같은, 십년 전 그 일이 다시 반복될 것만 같은 극도의 불안이었다.

"가지 마! 안 돼!"

다급한 손길과 함께 불안하게 흔들리는 눈빛이 수의 심경을 대변하고 있었다. 불현듯 그가 몇 주 전 했던 말이 떠올랐다. 아상이 고용했던 이들이 이젠 아상을 노린다는.

수는 탄식을 집어삼키며 흔들리는 눈으로 그를 응시했다.

"……기어이 형님에게 일이 터진 거야?"

떨리는 수의 목소리에 그제야 호랑이같이 차갑게 굳은 그의 눈매가 조금은 누그러졌다. 도은은 제 팔을 잡은 수의 가는 손을 꽉 잡았다.

"가야 해."

"……내가 가지 말라고 하면?"

도은은 대답이 없었다. 난감하게 찌푸려진 그의 검은 눈동자가 불안하게 흔들렸다.

수의 눈가가 붉게 달아오르며 금세 눈물을 흘릴 듯 일렁였다. 도은은 탄식을 내뱉으며 수의 가는 몸을 품에 껴안곤 한참 동안 등을 다독였다.

"약속했잖아. 약속 지킬게."

칼날과 같은 음성이었다. 기백이 느껴지는, 그다운 확답이었다.

절실히 붙잡으면 분명 도은은 가지 않을 거라는 걸 알았다. 그는 그런 사람이었고, 그렇기에 수는 제 마음 편하자고 그를 붙잡을 수 없었다. 숨통을 옥죄던 족쇄 하나 겨우 풀었다고 그의 발목에 채워진 남은 짐에서까지 자유로워진 것은 아니었다.

그를 진창에서 꺼내오고 싶었다. 강운에게 한 그녀의 말은 그런 의미였다.

반드시, 다 같이 나오리라. 이번만큼은 반드시 그렇게 하리라.

그리고 이 절실함은 비단 자신이 아닌 그가 더 할 것이리라.

수는 채 참지 못한 눈물을 그의 셔츠 가슴팍에 적시곤 눈을 질끈 감았다.

"지켜. 안 지키면, 내가 죽여 버릴 거야."

"그래."

"농담 아냐."

"알아."

도은은 커다란 손으로 연거푸 수의 떨리는 등을 쓰다듬고는 그녀를 몸에서 떼어냈다. 가만히 그녀를 내려다보는 그의 눈은 웃고 있었다. 옅은 미소를 띤 긴 눈매가 그윽하게 그녀를 두 눈 가득 담고는 입술에 입을 맞췄다. 부드럽고 따뜻한 입맞춤이었다.

눈을 감고 그의 온기를 그득 입안에 머금던 수의 귓가로 그의 목소리가 내려앉았다.

"다녀올게."

도은은 마지막까지 수의 손을 꽉 부여잡고는 돌아섰다. 도은은 뒤돌아보지 않았고, 순식간에 시야에서 사라졌다. 그의 뒷모습을 보며 수는 눈물을 손등으로 다부지게 닦았다.

수술실 안으로 들어가니 교수고 전문의들이고 모두 그녀를 기다리고 있었다. 조금 전, 복도에서 그들이 나눈 대화를 들었는지 왜 늦었냐 묻는 이는 하나도 없었다. 수는 죄송하다는 말과 함께 꼼꼼히 소독을 하고 수술복으로 갈아입고 난 후에 이번 수술을 총괄 지휘하는 교수 앞에 섰다. 언제나 단호하고 타협이 없는 대쪽 같은 사람으로 그는 수술실이 아닌 수술실 밖에서 수술을 지켜볼 이였다.

"교수님, 제 뺨 한 대만 때려주십시오."

수의 두서없는 말에도 교수는 놀라지도 않은 채 그녀의 뺨을 두터운 손으로 내려쳤다. 지켜보던 이들이 놀라 숨을 멈출 정도였는데 당사자인 수는 맥없이 돌아간 얼굴을 다시금 바로 하며 고개를 꾸벅 숙였다.

정신이 번쩍 들었다. 혼란스러운 마음이 차분하게 가라앉으며 꽉 막힌 생각의 회로가 뻥 뚫린 기분이었다.

교수는 한숨을 내쉬곤 그녀를 응시했다.

"이제, 준비됐나."

수는 마스크를 쓰며 말없이 고개를 끄덕였다.

장작 아홉 시간의 대 수술의 시작이었다. 참관하는 교수진들은 단 일 분도 자리를 뜨지 않은 채 조언을 해주었고 모두들 촉각을 곤두세우며 온 신경을 수술에 집중했다. 조금의 실수도 없었고, 의료적으로 할 수 있는 모든 처치를 다 끝내고 수술실을 나왔을 때 그저 기도하는 것 외에 더는 할 수 있는 게 없었다. 이제 모든 게 끝난 줄 알았다. 도은을 둘러싼 모든 지독한 것들은 이제 다 끝난 것이라, 그것에 잠시나마 안도했을 때였다.

수술실 입구로 의료진들과 함께 황급히 실려오는 두 명의 환자를 보며 수는 손에 든 마스크를 떨어뜨렸다. 그중 한 명은 처참한 몰골로 숨이 넘어가는 하진이었다. 그 뒤 피투성이가 된 남자의 맥없는 손을 간절하게 잡은 채 베드를 밀며 뛰어 들어오는 도은과 눈이 마주쳤다. 그는 울고 있었고, 이미 정신이 나간 상태였다. 혼이 빠져 버린 그의 망연자실한 모습과 함께 그제야 누워 있는 환자의 얼굴이 눈에 들어왔다.

아상이었다.

✤

"형 말이 맞아. 어떻게든 원하는 결말로만 만들어내면 되는 거였어."

"네가 이겼다고 생각하지 마라. 지금은 그런 것 같겠지만, 계열사를 다 포기하고 혈혈단신으로 나간다 한들 네 뜻대로 회사 운영이 되진 않을 테니까. 넌 네 무덤을 판 거야."

"아직도 모르는구나. 형이 바라는 게 내가 바라는 거였어. 그래서 날 조금이라도 덜 미워하길 바랐거든. 지금도, 언제나 그래."

"내 어미 때문이냐?"

"아니. 나 때문에."

"뭐?"

"형은 내 구원이었고, 지금은 사랑하는 형이니까. 그런 형을 증오하면, 내가 못 견딜까 봐."

주총에서 모든 걸 버리고 나가는 도은과 아상이 나눈 마지막

대화였다. 제가 원한 대로 모든 걸 도은에게서 빼앗았지만 아무 것도 얻지 못한 싸움의 결말이었다. 대주주들과 이사들, 수많은 취재진의 물밀 듯 밀려드는 질문 공세 속에서 도은의 얼굴을 마주한 순간 아상은 적잖은 충격에 얼굴을 굳힐 수밖에 없었다. 도은은, 미소 짓고 있다.

아상처럼 속내를 숨기기 위한 가면이 아니었다. 사람에게 상처 받고 의지할 것이라곤 아상이 전부였기에 짐승의 날 것 그대로였던 차디찬 도은은 이미 사라지고 없었다. 깊고 차가운 수면과 같은 짙은 어둠이었던 도은의 눈동자는 건물을 당당히 걸어 나가 기다리고 있던 그녀를 품에 안은 뒤에 비로소 온기로 가득 찼다. 그들 때문인지, 아니면 겨울의 역광 때문인지, 그들에게서 빛이 나는 것 같다고 아상은 생각했다. 도은은 바뀌었다. 달라졌고, 진정으로 살고 있었다.

그들을 보던 아상은, 회사 로비 창에 비친 제 모습에 탄식을 금할 수 없었다. 더럽고 습한 우물을 비추듯 눈에 담긴 건 공허였다. 아무것도 담겨 있지 않고, 아무것도 남아 있지 않았다. 오직 수년 동안 쌓인 더러운 감정만이 찌꺼기처럼 남아 그의 안에서 부유하고 있었다.

언제나 부러워했다. 그 녀석의 모든 것을. 그 지독한 애증을 알면서도 도은은 한결같이 아상을 따랐고, 그걸 이용해 지금까지의 일을 계획했다. 하지만 도은은 제게 원망 한 자락을 하지 않는다. 얻고자 하는 것이 무엇인지도 모른 채 형체를 잃은 감정을 붙잡고 여태껏 스스로를 갉아먹었다. 하지만, 모든 것을 얻었음에도 모든 것을 잃은 심경이었다.

그렇게 이 주가 지났다. 주아제약은 기반이 탄탄한 회사였고, 도은이 주도하던 신약 외에도 안정적인 스테디 상품이 있고, 다른 신약개발팀의 성과 때문인지 주주들과 이사들도 그다지 불안해하는 기색은 없었다. 떨어진 주가는 삼 개월 안에 회복될 것이고, 사람들의 입에 오르내리는 가십 또한 시간이 해결해 줄 문제였다.

아무런 문제도 없는 날들이었지만 체기처럼 그의 가슴을 짓누르는 통증은 쉽사리 나아지질 않았다. 오히려 예전보다 더 힘이 들 때였다. 그러던 와중, 누군가 아상에게 말했다. 하진이었다.

"회장님이, 아프셔."

회사 고문 변호사와 심장외과, 신경외과에서 난다 긴다하는 저명한 사람들에게 전화를 했다. 정상적인 통화가 아닌 죽음이 목전에 다가온 사람처럼 절실하게 몇 시간을 그랬다. 그리곤 그는 병원으로 달려갔다. 시각은 새벽 3시를 넘어섰고, 미친 듯 광란의 질주를 통해 도착한 병원 병실엔 강운이 있었다. 잠들어 있는 강운의 얼굴을 아상은 한 시간이 넘게 그저 바라봤다. 평생을 함께하면서도 강운의 얼굴을 그리 오래 마주한 적은 없었다. 저 얼굴을 마주하기 위해, 아상은 그렇게도 발버둥을 쳤다.

아버지는 부귀를 위해 사랑하지 않는 여자와 결혼했다. 그러니 결혼 생활이 정상적일 리 없었다. 남편의 사랑만이 원하는 모든 것이었기에 미쳐가던 여자가 누군가를 죽일 각오를 하기까진 오랜 시간이 걸리지 않았다. 아버지는 제가 사랑하는 여자를 죽이려 했던 어머니를 더욱 미워했고, 그녀의 자식인 저 또한 사랑하지 않았다고, 그게 이유라고 아상은 여겼다. 어머니는 남편의 사랑을 받기 위해 낳았던 자식의 효용가치가 없어지자 그 자식을 증오한 거라고 확신하기도 했다. 누구도 저를 원하지 않는 가족을, 그는 가족이라 생각할 수 없었다. 완벽한 타인, 언제 버림받아도 의아하지 않을 위치라고 여겼다. 그렇기에, 모든 신경이 도은에게 쏠린 것이다.

부모에게 사랑받지 못한 아상에게 도은은 구원이었고, 그 녀석만큼은 저를 사랑해 주길 바랐다. 다급했기에, 잘못된 방법이라도 상관없었다. 그렇게 사랑하는 마음이 너무 커져, 도은을 너무도 증오하게 됐다. 자신은 그리 발버둥 쳐도 얻지 못했던 것을 아무런 노력이 없이 가지고도 어리광을 부리는 녀석을, 내 어미가 제 어미의 목줄을 쥐고 흔든 것도 모른 채 내 어미의 죽음이 저 때문인 양 죄책감을 가진 녀석을, 자신이 속으론 어떤 생각을 하는지도 모른 채 자신만을 의지하며 쫓아다니는 녀석을, 그런 녀석을 보고 있자면 언젠간 제 추악하고 더러운 모습을 들켜 버릴 것만 같아 두려웠다. 사고 기록을 없애려 한 것도 그 때문이었다. 그래. 도은을 죽도록 증오하면서도 두려워했다. 그 녀석이 이렇듯 저를 증오하게 될까 봐.

인간은 나약하다. 감정 때문에 사람을 죽일 수도, 죽을 수도 있을 만큼. 누구에게도 사랑받지 못하고, 사랑받았더라도 그 사랑이 위태로워 떠날 것 같으면 먼저 버리는 게 덜 상처받는 길이라, 그것만이 살 수 있는 유일한 길이라 아상은 믿어 의심치 않았다. 그래. 그들을 죽도록 사랑했고, 그렇기에 더 죽도록 미워했다. 그렇게 비틀어졌고, 그렇지 않으면 살아갈 수 없었다. 이게, 진실이었다.

"오다가 깨달은 건데, 아버지 얼굴이 기억이 안 나더라고요. 머릿속에 그려지질 않아요. 평생을 함께했는데, 얼굴 한 자락 마주하는 게 그리도 힘들었던 탓이겠죠. 아버진 이상하게 저와 마주할 때면 늘 굉장히 힘들어 보였거든요. 꼴 보기 싫다는 듯이. 그래서 미친 듯 노력하고, 더욱 애처럼 조른 거예요. 그래도 상을 받으면 아버지가 그런 표정은 안 지으셨으니까요."

진통제를 맞은 강운은 죽은 듯 잠에 취해 있었다. 심박측정기의 고요하고 규칙적인 소리만이 적막한 병실 안을 채울 뿐이었다.

"사랑하는 여인을 죽음으로 내몬 어머니가 증오스러우셨겠죠. 근데…… 그게 제 잘못은 아니잖아요, 아버지. 근데 절 왜 그렇게 미워하셨어요."

대답은 없었다. 있을 턱이 만무했다. 단호한 손짓 하나, 매서운 시선 하나, 사람을 긴장케 하는 묵직한 음성 하나, 모두 백호와 같았던 남자는 사라지고 옅은 존재감만 남은 한 남자가 눈앞에 있었다. 이렇듯 모든 게 변했는데, 저만은 변한 것이 없었다. 여전히 그대로였고, 더 비틀리고 더한 나락으로 떨어져 버렸다. 이젠, 다 끝이다.

"항상 묻고 싶은 게 있었어요. 도은이가 없었다면, 절 사랑해 주셨을 거냐고. 근데, 질문이 잘못되었더라고요. 그러니 이번에 처음이자 마지막으로 한 번만 물을게요, 아버지."

"······."

"단 한 번이라도, 절 미워하지 않은 적 있나요?"

툭. 손등 위로 눈물이 떨어졌다. 울고 있다는 자각도 하지 못한 눈물이었다.

그대로 조용히 돌아서던 때였다. 작은 인기척, 바스락대는 이불 소리와 다소 거칠어진 심박측정기 소리가 걸음을 멈추게 하기 충분했다.

"날 용서할 수가 없었다."

"······."

"협박 때문이 아니었어. 지긋지긋한 가난이 싫어서 돈과 명예를 위해 누군가의 인생을 쓰레기처럼 버린 건 나였어. 내가 선택한 결혼임에도 따듯한 남편이 되어주지 못했기에 네 엄마가 그런 사고를 내게 만든 것도, 한 여자가 죽을 때까지 고통에 몸부림친 것도, 모든 건 전부 내 잘못이었다. 그래서 널 마주하는 게 힘들었다. 널 볼 때마다 내가 얼마나 추악한지 깨닫게 되었으니까. 하지만 널······!"

"변호사에게 전화했어요. 혹시나 임종을 준비하실 만큼 안 좋은 상태라는 걸 아버지 본인은 이미 알고 계셨나 해서요. 그럼에도 여태껏 저에게 조금의 언질도 없으셨나 해서요. 제 추측이 맞더라고요. 변호사가 얘기하길, 며칠 전 새로이 작성하셨다고요. 수술받기 전 아버지 스스로 마음의 준비를 하신 거겠죠."

"……."

"살 가망성 15%. 그중 5%는 식물인간. 외국에 있는 심장외과 명의란 명의는 이 잡듯 찾아 물었지만 다들 한결같더군요. 이곳에 와 당장 수술한다 해도 가망성은 그뿐이라고. 자칫 자그만 실수라도 한다면, 수술 중 죽는다네요. 근데, 이수가 아버질 살릴수 있을까요."

강운의 말을 모질게 잘라낸 아상은 여전히 병실 문을 향한 채였다. 아상의 말엔 시퍼런 가시가 달려 싸늘하기 그지없었다.

"마지막 유언장이 될지도 모르는 서류에조차 도은이에 대한 연민이 가득할 뿐이더군요. 하나 상관없어요. 제가 원하는 건 회사나 재산이 아니니까. 그건 제 스스로도 만들어낼 수 있어요, 근데 이상하죠. 남들은 당연스레 갖는 아버지가 저에겐."

아상은 고개를 돌려 어둠에 잠식된 강운을 응시했다. 눈가에 흐르는 눈물 그대로 아상의 눈엔 핏물과 같은 텅 빈 공허가 어려 있었다.

"마지막까지 지독하게…… 아프네요."

"아상아!"

그대로 병실을 나와 병원을 벗어났다. 미친 듯 차를 몰아 새벽 거리를 내달리며 도착한 곳은 도은의 맨션이었고, 그를 보자마자 아상은 그의 멱살을 거머쥔 채 거칠게 주먹을 날렸다. 아무런 반항 없이 얼굴을 얻어맞고 휘청거린 도은이 입가에 흘러내리는 피를 덤덤하게 손으로 닦았다.

"더 때려. 화가 풀릴 때까지. 형도 나한테 언제나 맞아줬잖아."

"연민이냐?"

"비약하지 마. 누구도 잃은 게 없고, 연민하기엔 형이 나보다 가진 게 더 많아. 이 정도 결말로 만족할 순 없겠어?"

"아니. 난 네가 부러웠거든. 부럽다 못해 증오했다."

"형."

"형이라 부르지 마! 내가 한 짓이 부족한 거냐? 네 그 소중해 마지않는 여자를 눈앞에서 죽여주기라도 할까!"

발광하듯 폭발해 버린 아상이 손에 잡히는 화병을 깨버리곤 큼지막한 조각을 쥐어 들어 도은의 멱살을 잡아 끌어당겼다. 목에 닿은 사기 조각이 금방이라도 살을 찌를 듯 위태롭게 파고들었고 붉은 선혈이 금세 도은의 흰 셔츠에 흘러 스며들었다. 도은의 긴 눈매가 일그러졌다. 분노가 아니었다. 저항도 하지 않은 채였다. 도은의 검은 눈동자는 지독히도 안쓰럽다는 빛을 담은 채 아상을 바라보았다. 아상은 그게 싫었다. 그게 더욱 싫었다.

"형이 고용한 녀석들, 조심해. 삼합회랑 연관된 녀석들이니만큼 일이 틀어졌으니 형을 노릴 거야. 위험한 녀석들을 건드렸어."

"이 상황에서 그게 네가 할 소리냐?"

"정신 차려! 그쪽 움직임이 심상치 않다고. 일단 그쪽부터 정리해. 그 다음에 얘기하자."

도은은 진심으로 아상을 걱정했다. 거기서 아상은 이성을 잃었다. 죽을 때까지 꺼내지 않으려던 말이 토기처럼 목젖을 치밀고 올라왔다. 분노와 증오는 자신의 원동력이었다. 그런 짓을 했음에도 아무것도 얻지 못한 채 자신은 빈껍데기였다. 나락으로 떨어졌으며, 그렇게 두려웠던 일조차 아무런 의미가 없었다. 그래서, 기어이 입 밖으로 내뱉고 말았다.

"네 어머니를 그리 만든 건 내 어머니야. 애를 지우고 아버지 앞에 나타나지 말라고. 그걸 어기니 죽일 각오로 차로 들이받은 거야. 난 네가 본가에 오기 전부터 그 일을 알고 있었고, 어머니 일로 고통에 몸부림치는 널 옆에서 지켜보면서도 일부러 말하지 않았다. 그래야 네가 내 말을 따를 테니까. 날 의지할 테니까."

"……."

"어때. 이제 날 증오하기 충분하니? 그러니 같잖은 조언은 그만두려무나."

도은의 차분했던 긴 눈매가 놀란 듯 벌어졌다. 동요하고 있는 그의 시선이 서서히 흐트러지며 차갑게 굳어가자 아상의 입꼬리가 비틀렸다. 자신은 구제할 수 없이 망가져 버렸다.

"애초에 말해야 했어. 그래야 너도 나와 같은 지옥 불에서 뒹굴었을 텐데."

아상은 그의 목에 댔던 조각을 떼어내며 망연자실 힘없이 팔을 떨구었다. 도은이 다급히 아상의 팔을 잡아챘다.

"형 잘못이 아니야."

도은의 눈빛은 살기를 띠듯 날카롭게 찌푸려졌지만 그것은 아상을 향한 게 아니었다.

"누구의 잘못도 아닌, 우리가 어쩔 수 없는 일이었던 거야."

도은은 담담했다. 수차례 예상한 듯 너무도 평온한 도은은 아상의 팔을 더욱 세게 잡아 쥐며 그가 놓아버린 사기 조각을 들어 스스로의 목에 들이댔다. 갑작스러운 도은의 행동에 아상의 긴 눈매가 당황하며 굳어졌다. 손을 빼내려 했지만 검은 눈동자에 담긴 짙은 집념만큼이나 도은은 더욱 자신의 목으로 조각을 눌렀다. 이미 베인 자리에서 다시금 붉은 선혈이 흘러나오자 아상이 참지 못하고 욕지거리를 내뱉었다.

"미친 새끼! 무슨 짓이야!"

"형이 원한다면 몇 번이라도 더 내 목을 찌를 거야. 형이 원하는 만큼 고통스러워할 거고, 원하는 만큼의 피를 흘려줄 수 있어. 그게 내가 형에게 해줄 수 있는 전부야."

칼날과 같은 단호한 그의 말을 대변이라도 하듯 도은은 더욱 손에 힘을 쥐어 목에 칼을 짓이겼다. 툭- 하고 살갗을 뚫는 소리에 아상의 얼굴이 사색이 되었다.

"그만둬! 이 빌어먹을 자식!"

발악하듯 팔을 빼내며 있는 힘껏 도은의 뺨을 주먹으로 내려친 아상은 거친 숨을 몰아쉬었다. 조각은 이미 방바닥에 던져 버린 지 오래였고, 희게 질린 아상이 도은의 목에 흐르는 피를 보곤 이를 으득 갈았다.

도은은 비틀거리는 몸을 바로 세우곤 아상을 쳐다봤다.

"형을 증오하라는 말은 하지 마. 난 형을 미워할 수조차 없었으니까."

"……."

"그러니까, 나 너무 미워하지 말아주라, 형."

마치 힐난하듯 그는 그랬다. 숨이 턱 막혔다. 너무 숨이 막혀 고통에 몸부림치듯 웃어버렸다.

아상은 시동도 끄지 않은 채 길가에 버리듯 정차해 놓은 차에 올라타 미친 듯 텅 빈 도로를 달려 나갔다.

자신은, 구제할 수 없이 비틀렸다. 망가졌다. 텅 비어버려 더는, 회생할 수 없다.

"시간이 갈수록…… 널 마주하는 게 힘들었다."

시간이 지나면 언젠간 봐주겠지, 라고 아상은 생각했다. 무언간 달라지겠지, 자신의 노력을 언젠간 알아봐 주시겠지. 하지만, 더 떨어질 것도 없는 바닥에서 피 흐르는 손톱으로 벽을 긁어봤자 구원받을 수 없다. 그는 그렇게 말했다.

미움받고 싶지 않았다. 사랑받고 싶어 증오했다. 그저, 사랑받고 싶었다. 가족들에게, 아버지에게, 그리고 도은이에게. 그저 사랑받길 바랐을 뿐이었다. 그저, 그거 하날 원했을 뿐이다. 자신만의 방식으로 아상은 지독하게도, 그들을 사랑했다.

집에 도착해 무엇을 했는지 아상은 기억할 수 없었다. 거친 숨을 몰아쉬던 그가 정신을 차리고 봤을 때 집 안은 폭풍우가 쓸고 나간 듯 엉망진창이었다. 가구들이 부서지고 깨져 바닥을 나뒹굴었고 팔과 발은 잔해들에 찢기고 베여 피투성이였다. 그리고 현관엔, 그가 지금만큼은 절대로 보고 싶지 않은 사람이 서 있었다.

거친 숨이 단번에 사그라졌다. 현관에 가만히 서 있는 그녀를 응시하자 심장이 불길처럼 타올랐다. 아상의 눈앞에 서 있는 이가 다른 이였다면 아무 일 없었다는 듯 행동했겠지만 그녀에겐 그럴 수 없었다. 어차피 그의 민낯 따위, 그녀에게 훤히 까발려진 지 오래였다.

"너에겐 매번 들키지. 그게 싫었어. 남들은 부러워하는데, 넌 불쌍하게 쳐다봤으니까."

"가진 자도 없는 자처럼 세상 사는 게 힘들다는 걸 깨달았을 뿐이야. 다 깼으면 그만둬. 피투성이야. 이럴 거 같아서 온 건데, 오길 잘했네."

하진은 담담해 보였다. 희게 질린 얼굴만이 이 상황에 다소 놀랐다는 것을 보여줄 뿐, 목소리엔 조금의 내색도 없이 평소의 카랑하고 단정한 말투 그대로였다.

아상은 비웃듯 하진을 긴 눈매로 날카로이 응시했다.

"그래서, 이 꼴을 즐기러 왔어?"

"아니. 피해야 해. 당신이 고용한 그 킬러들, 지금 당신을 노리고 있거든."

"집어치워. 내가 알아서 해."

"알아서 한다는 사람이 이러고 있어? 당장 피해야 한다니까!"

"꺼지라고! 너랑 실랑이할 기분 아니야."

"언제까지 당신을 사랑하는 사람들에게 상처 주며 살 건데!"

아상의 눈동자가 흔들렸다. 감정을 숨기는 데에 익숙한 얼굴이 말을 듣지 않았다. 심장은 발치에 볼품없이 떨어지고 눈동자는 경련이 일듯 흔들렸다.

아상의 침묵에 하진이 한 걸음 다가오자 그는 반사적으로 옆에 있던 화병을 바닥에 집어 던졌다. 매서운 경고였다. 날카로운 잔해들이 사방에 퍼지고, 하진은 우뚝 멈춰 섰다.

하진의 눈매가 차분하게 내려앉았다. 그녀는 바닥의 잔해들을 하나하나 눈에 담았다.

"당신의 가장 큰 문제가 뭔지 알아?"

"……뭐?"

"사랑을 갈구하면서도, 받은 사랑은 쉽게 저울질하려 하는 거."

하진은 맨발로 바닥을 지르밟고 한 걸음 다가왔다. 난잡하게 널려진 유리조각들이 그녀의 발을 파고들며 으적이는 소리를 냈다.

"당신에게 가는 길은 항상 이랬어. 매 걸음걸음 내 눈에서 눈물을 뽑아내야 직성이 풀린다는 듯이. 내 마음은 갖잖다는 듯이, 날 시험하겠다는 듯이. 모두가 당신이 한 짓이었지."

"그만둬. 뭐 하는 짓이야!"

"그만두고 싶어. 하나, 이젠 나도 그만둘 수 없어."

"박하진!"

아상의 불호령에도 하진의 목소리에는 여전히 독기가 어려 있었다. 그녀는 살짝 눈가를 찌푸릴 뿐 천천히 아상의 앞으로 걸어 갔다.

"그만둘 수 없게 만든 것도 당신이야."

하진의 걸음마다 붉은 자국이 남았다.

"날 이렇게 만든 건 당신이야."

유리를 밟으면서 나는 소리가 고막을 찢을 듯 선명했고 바닥에 혈흔이 번져갔지만 하진의 걸음은 멈추지 않았다. 결국 아상이 욕지거리를 내뱉으며 다급하게 그녀의 어깨를 부여잡고 걸음을 막아서서야 하진은 멈춰 섰다.

아상의 발끝으로도 피가 번졌다. 그가 거친 숨을 몰아쉴 때마다 발을 파고드는 유리조각에 울컥 피가 쏟아져 나왔다. 피투성이의 발로 그를 빤히 올려다보는 하진의 눈에는 아까와 같은 담담함은 없었다. 감정의 폭풍우에 휩쓸리고 통증과 혈투를 벌이느라 가늘게 떨리는 몸으로 그녀는 그를 응시하고 있었다.

아상은 이미 평정심을 잃은 지 오래였다. 동요하며 흔들리는 시야 끝에 그녀의 붉게 물든 발과, 그녀의 눈에서 소리 없이 흘러 내리는 눈물이 걸렸다.

"잡아."

"……뭐?"

"잡으면, 난 절대로 당신을 떠나지 않아."

"……."

"내가 당신을, 지독하게 사랑해."

아상의 눈이 커다래졌다. 발치로 떨어진 심장이 나 죽겠다 요동쳤다. 하진의 눈물에 이가 악물리며 피가 거꾸로 솟았다.

"그러니까, 이제 나 좀 붙잡아주라."

"겁쟁이처럼 숨지 말고. 붙잡으려면 제대로 붙잡아. 그럼 내가 죽을힘을 다해 당신 사랑해 줄 테니까."

그래. 그녀는 언제나 그랬다.

도은과 함께 나갈 거라 생각했던 하진은 오히려 남아 다시 아상의 비서팀으로 들어왔다. 이사진들 또한 그녀의 역량을 알기에 추천한 일이었고 그 또한 별다른 말을 하지 않았다.

아니, 그녀가 올 거라는 걸 알고 있었다. 그랬기에 기다렸다. 또한 그런 자신이 싫어 견딜 수 없던 그였다. 매번 그랬다. 제게 가감 없이 감정을 표현하는 하진이, 어느새 그런 그녀를 눈으로 좇는 제가, 잠시만 긴장을 놓치면 무심결에 그녀를 찾고 있는 제가. 그래서 그날 밤, 참고 억누른 감정을 기어이 들켜 버린 날, 하진을 품에 안은 날, 그는 깨달았다.

감정은 치부다. 한번 커지기 시작하면 걷잡을 수 없다. 그래서 두려웠다. 하진이 제 치부가 되어버릴까 봐. 아니, 이미 되어버렸기에. 여기서 더 나아간다면 비틀린 제게 질려 그녀가 떠났을 때 정말로 무너져 내릴 거라, 그는 생각했다. 그렇기에 하진을 필사적으로 밀쳐 냈다. 그래, 진실은 이거였다. 하지만, 아직도 그 자리다.

하진은 예나 지금이나.

"도은이와 손잡은 대가로 원한 걸 얻었을 텐데 왜 다시 나타났지?"

"아니. 난 아직 못 얻었어. 그거 찾으러 왔어. 그러니 이젠 당신이 결정해."

"뭐?"

"내가 원하는 건 당신이거든."

그를 거침없이 헤집었다.

그래. 미소 지으면 누구나 좋아했다. 가면을 쓰고 있으면 제 추악한 모습이 가려지는 것 같아 그는 좋았다. 하지만 아상이 미소 뒤에 숨어 몸을 웅크리는 것조차 그녀 앞에선 용납되지 않았다. 비틀리고 추악한 것을 이미 들켜 버렸다. 그래서 두려웠다. 겁이 났다. 도망쳤다. 아버지가 그랬던 것처럼, 어머니가 그랬던 것처럼.

이런 비틀어진 날 봐주지 않을까 봐.

결국 날, 쉽게도 버릴까 봐.

지독한 감정에 아상의 손끝이 떨렸다. 하진의 어깨를 부서져라 움켜쥐던 그의 손이 허공으로 올라 그녀의 뺨을 감쌌다. 그녀는 떨고 있었고, 눈엔 그 만큼이나 불안이 가득했다. 그 모습에 그의 붉게 핏발이 선 긴 눈매 안엔 산산이 부서진 감정들이 혼탁하게 뒤엉켰고, 떨리는 눈꺼풀에 속절없이 눈물로 흘러내렸다.

더 이상 말은 필요 없었다. 딱 한 걸음이었다. 그가 쳐 놓은 최소한의 바운더리. 그 영역을 존중하기라도 하듯 하진은 언제나 딱 그만큼의 거리에서 있었다. 지금도 그러했다. 그때였다.

탕! 와장창!

통유리창이 와르르 무너졌다. 거실 바닥에 비수보다 날카로운 총알이 꽂히는 순간 두 사람이 숨을 들이켰다. 하진의 몸이 굳고 시선이 흔들리며 사태 파악을 함과 동시에 아상은 그녀를 창가에서 먼 안쪽으로 밀치려 했다.

"하진아! 피해!"

하지만 그녀는 이미 그의 품에 날아든 채였다.

탕! 탕!

두 발의 총성이 울려 퍼졌다. 저를 감싸듯 껴안고 창가를 등에 진 하진을 아상이 인지한 것은, 숨이 멎을 듯한 통증과 함께 시야가 붉게 번지며 반동으로 몸이 휘청인 후였다.

흰 셔츠로 붉은 자국이 번졌다. 하진의 몸을 관통하고 나온 총알로 인한 상흔이었다. 그녀가 방탄조끼 역할을 해준 탓일까, 통증에 비틀거리면서도 정신을 놓지 않은 아상이었다. 제 고통은 안중에도 없다는 듯 하진을 꽉 붙잡은 그의 시선은 품에 안고 있는 그녀를 향해 흔들렸다.

"박하진!"

품 안에 무너져 내리는 하진의 몸을 껴안으며 그는 소리쳤다. 숨을 들이쉬고 내쉴 때마다 가슴팍에 울컥 쏟아지는 피가 흰 셔츠를 무섭게 적셨다. 그녀에게서 뿜어져 나오는 피가 바닥을 흥건히 적셨다. 아상은 무너지는 그녀의 몸을 끌어안고 연거푸 그녀의 이름을 불러보아도 그녀의 눈은 이미 초점을 잃은 채였다.

"주아상……."

하진의 카랑한 목소리에는 힘이 없었다. 금방이라도 숨이 끊어질 듯 거친 숨소리가 적막한 방 안을 맴돌았다. 붉게 충혈된 아상의 눈에서 소리 없는 눈물이 떨어졌다.

"그래. 나 여깄어. 정신 차려……. 정신 놓으면 안 돼."

"이래도……. 쿨럭!"

"말하지 마! 출혈이 심해. 지금 당장 구급차를……!"

"붙잡으면, 난 안 떠나. 평생 곁에 있을게. 죽도록 사랑해 줄게."

피를 토하며 숨이 넘어가기 일보직전인 하진의 불안한 숨소리가 꺼져 갈 것만 같던 중, 아상의 가슴팍에서 흐르는 핏줄기를 따라 울컥 쏟아진 추억이었다. 돌이켜 보면 너무도 많은 기억이었다. 그래. 그때, 그녀의 말들을 그리 쉽게 넘겨 버리는 게 아니었다.

"그래! 떠나지 마! 떠나지 말란 말이야!"

심장이 발치로 볼품없이 떨어졌다. 나뒹굴어 갈가리 찢겨지고 짓이겨져 흩어졌다. 가슴팍 언저리에 박힌 총알보다 사라져가는 그녀를 쉽게도 놓칠까 제 통증을 채 느낄 새도 없이 제 품 안에서 무너진 그녀를, 그는 망연자실 내려다보았다. 금방이라도 피를 토할 듯 참을 수 없는 통증이 온몸을 잠식했다. 총상 때문이 아니었다. 자신을 떠나가려는, 그녀 때문이었다.

하진을 끌어안은 손에 뜨끈한 액체가 묻어나왔다. 그녀가 숨을 들이쉴 때마다 폭포처럼 쏟아지는 피와, 끊어질 듯 약하기만 한 숨이 머문 마지막 음성에 그가 신음을 내뱉었다.

"주…… 아상."

"그만! 알았으니까 더 이상 말하지 마! 입 다물어! 피가……! 가지 마!"

하진은 기어이 눈을 감고 말았다. 창백하게 질린 그녀의 뺨을 쥐어 잡으며 아상이 연거푸 뺨을 두드렸지만 그녀의 눈은 뜨이지 않았다. 그의 신음이 울분이 되고 울분이 절규가 되며 거실에 울려 퍼졌다.

"하진아!"

왜 몰랐을까.

"잡아. 잡으면, 난 절대로 당신을 떠나지 않아."

도대체 난 왜 그랬을까. 그렇게 무수히 많은 기회가 있었건만.

바닥을 흥건히 적시는 피와 차갑게 식은 하진을 품에 끌어안은 채, 아상은 무수히 흔들리는 시선의 갈피를 잡지 못한 채 떨리는 손으로 그녀의 벌어진 상처를 막으려고 애썼다.

난 왜 다 놓쳐 버렸을까.

"내가 당신을, 지독하게 사랑해."

"하진아! 하진아! 아아으윽!"

아상의 울부짖음과 사이렌 소리가 새벽 거리에 울려 퍼졌다. 현관문이 벌컥 열리고 안으로 뛰어 들어오는 사람들 중엔 도은이 있었다. 분주히 움직이는 사람들 사이에서 도은은, 이미 희게 질려 죽은 듯 피를 쏟아내고 있는 하진을 부둥켜안고 오열하는 아상을 말리려 했지만 그는 이미 제정신이 아니었다.

"형! 형! 출혈이 심해 이렇게 움직이면 안 돼!"

"이거 놔! 하진이가······!"

"당장 병원에 연락하고 이 둘 옮겨! 빨리!"

깨진 유리창으로 겨울의 매서운 바람이 얼굴을 할퀴었다. 너무 차가워 숨조차 쉬어지지 않는 칼날이 매섭게 심장을 찢어 내렸다. 뒤늦게 해일처럼 몰려오는 총상의 고통과 흐릿해지는 시야, 그보다 더 흐릿해지는 정신, 그 끝에서 그녀의 모습이 보였다. 구급대원이 다급하게 심폐소생술을 하는 와중 그녀의 힘없는 손이 닿을 듯 그의 손을 스쳤다. 조금만 더 내밀면 닿을 만한 거리, 딱 그만큼이었다.

"뭐가 소중한 줄도 모르고. 지켜야 하는 게 무엇인지도 모르고, 그쪽. 참 불쌍하다."
"그게 내가 형을 위해 해줄 수 있는 전부니까. 난, 형을 미워할 수조차 없었으니까."

찌꺼기처럼 부유하는 감정에 온몸을 싣고 헤매던 그는 단숨에 나락으로 떨어져 내렸다. 모든 건 부서졌고, 그 공허에 혼자 남은 그에겐 아무것도 없었다. 다 제가 벌인 일이었다. 다 자신이, 자초한 일이었다.

"하진……."

산소마스크에 숨이 가득했다. 시야는 점차 뿌예졌고 온몸을 잠식하는 고통도 점차 흐려졌다.

항상 이렇게 옆에 있었는데 몰랐다. 못 본 척 외면하고 다가오려 하면 내쳤다. 언제나 이렇게 있었는데, 왜 그녀를 잡을 생각을 단 한 번도 하지 못했을까. 이리도 날 사랑하는 사람들에게 왜 상처만 주고 내치기만 했을까.

손 내밀면 닿을 거리에, 딱 그만큼의 거리인데.

겨우 이만큼의 거리인데.

"하진이는……!"

천운이었다. 심장을 피해 아슬아슬하게 지나간 총알의 위치가 5mm라도 틀어졌다면 그는 그 자리에서 즉사했을 것이었다. 그렇게 이틀 만에 눈을 뜬 아상이 한 첫 마디였다.

마취도 채 풀리지 않은 몸으로 그는 만류하는 의료진들을 뿌리치고 하진이 있는 중환자실로 달음박질쳤다. 그녀를 보기 위해 그는 지옥 끝까지 갈 심산인 것처럼 간절했고, 절실해 보였다.

하진의 상태는 심각했다. 하나는 심장 언저리, 하나는 복부. 어려운 수술을 견뎌냈지만 언제든 쇼크사가 와도 이상할 게 없는 상태였다. 하진의 온몸에 주렁주렁 달린 생명유지 장치의 삭막한 기계음이 듣기 싫은 듯 아상은 제 눈과 귀를 가리곤 그녀의 손을 잡은 채 아무런 말도 하지 않았다. 떨리는 등, 억눌린 숨소리를 통해 그가 울고 있구나, 서럽게도 우는구나, 철옹성 같던 그도 이리 무너질 수 있다는 걸 깨달을 뿐이었다.

"내 잘못이야."

"사과할 기회가 있을 거야, 형."

하진의 옆을 떠나지 못하는 아상의 곁은 도은이 지켰다. 눈물을 흘리고 있다는 자각도 하지 못하는 것처럼 그는 말했다.

"어떻게 견뎠냐."

아상의 목소리는 공허했다. 지옥의 한복판에 선 이의 소리 없는 울부짖음이었다.

"견디지 못했어. 그냥 그 상태로 시간이 흘렀던 것뿐이야. 하지만 형이 말했잖아. 수가 하진 씨를 닮았다고."

도은은 아상을 껴안았다.

"분명 돌아올 거야. 형을 떠날 여자가 아냐."

좀처럼 진정되지 않을 거라 생각했던 고통이 조금은 옅어진 순간이었다. 언제나 아상에게 보살핌을 받았던 도은이 처음으로, 그를 보듬은 날이었다.

그 뒤로 일주일이 지났다. 하루에 세 번 있는 면회 시간이 되면 아상은 누구보다 제일 먼저 중환자실에 들어가 가장 늦게 나왔다. 제대로 걷지도 못하는 몸으로 그녀의 옆을 매일같이 지켰다. 하지만, 한편, 아상은 강운에게는 가보지 못했다. 그는 늘 강운의 병실 앞을 방황하듯 서성이다 이내 돌아서곤 했다.

사랑하는 여자, 그리고 사랑하는 아버지. 중환자실에서 기약 없는 싸움을 하는 그들을 바라보는 그의 심경은 어떠했을까. 기아감을 채우려 발버둥 치다 이내 지독한 상실감을 가지게 된 남자. 수는 감히 상상도 할 수 없었다.

"내가 한 짓이, 이런 거구나."

중환자실 앞 벤치에 멍하니 앉은 아상은 수에게 그리 말했다. 그 후로 그는 더 이상 아무런 말도 하지 않았지만 그의 얼굴엔 이미 미소는 지워진 지 오래였다. 민낯의 그는 철옹성만큼 강하지도, 감정이 결여된 사람처럼 무미건조하지도 않았다.

그저 사랑하는 이를 잃을지 모른다는 두려움에 사로잡힌, 나약한 인간이었다.

"수술 잘 됐어요. 하진 씨도, 어르신도."

아상의 어깨가 굳었다. 그는 한 번도 아버지에 대해 묻지 않았었다. 그건 두려움이었다. 자신이 감당하지 못할 소리를 들을까봐 겁내는 거였다.

언뜻 아상의 얼굴에 스치고 가는 지독한 안도를 마주한 수는 그의 어깨를 토닥였다.

"살 거예요. 강한 사람들이니까."

"강한 척하는 사람들이지. 실상은 누구보다 약해. 그녀도, 아버지도. 나도."

아상은 이를 악물렸다.

"그래도 이번까지만……. 꼭 그래줬음 좋겠다."

수는 자리에서 일어났다. 돌아서는 그녀의 뒤로 아상의 중얼거림이 이어졌다.

"벌 받는 걸까. 내 행동의 대가."

"그럴지도 모르죠. 당신은 많이도 지나쳤으니까. 당신을 사랑하는 사람들에게."

아상의 안색이 다시금 굳어졌다. 그가 체념한 듯 짙은 한숨을 내쉬자 수는 쓰게 미소 지었다.

"하지만 이게 그 벌은 아니에요. 벌을 받고프거든 상대에게 직접 받으세요. 반드시 깨어납니다, 두 사람."

"의사로서, 아님 그저 한 사람으로서?"

"둘 다요."

수가 씩 웃었다. 그제야 그의 파리한 인상이 조금은 여유로워졌다.

하진은 삼 주 만에 눈을 떴고, 수는 열린 문 사이로 그들의 재회를 몰래 지켜보았다. 그들은 아무 말도 하지 않았다. 아상은 누워 있는 하진의 손을 잡고 그저 울기만 했고, 하진은 아상의 머리를 힘없는 손으로 쓰다듬을 뿐이었다.

"너무 늦게 잡아서, 미안해."

의미를 알 수 없었다. 하지만 그들 사이에만 통하는 뭔가가 있는 것 같아 이것으로 되었다 싶었다.

강운 또한 무사했다. 젊은 사람도 견디기 힘든 대수술을 강운은 잘 버텨주었다. 의식이 돌아오기까지 한 달이 걸렸다. 그가 깨어날 때까지 마음을 졸이던 의료진들은 잔뜩 목줄을 죄었던 긴장을 풀곤 쾌재를 불렀다.

강운이 호흡기를 뗄 때까지 일주일이 걸렸다. 거동은 편히 못하지만 재활만 잘 받으면 일 년 안에 제 발로 걸을 수 있는 가능성이 40% 이상 올라간 건 모두 그의 의지였고, 가족들의 의지였다. 그 의지는 강운이 호흡기를 떼고 난 후 아상의 일을 전해 들었을 때 가장 컸다.

하진이 눈을 뜬 후부터 줄곧 강운의 병실 앞에만 왔다 가기 일쑤였던 아상을 붙잡은 건 휠체어에 탄 강운이었다. 호흡기를 떼자마자 막무가내로 휠체어에 올라타던 강운의 부들부들 떨리는 사지와 거친 숨이 너무도 절실했기에 수는 그를 막을 수가 없었다.

어김없이 강운의 병실 앞 복도를 서성이다 그냥 돌아가려던 아상과 강운이 서로 마주했다. 복도 끝에는 도은과 수가 숨죽인 채 그들을 지켜보고 있었다. 둘을 중재하기 위해 도은이 끼어들려 했지만 수가 그를 붙잡았다.

휠체어에 탄 강운은 떨리는 손으로 아상의 뺨을 쳤다. 한 번도 아니고 두 번, 세 번, 연달아 뺨을 맞은 아상은 그대로 놀라 굳었다. 아파서 그런 것이 아니었다. 평생을 제게 무관심했던 이였다. 사랑받지 못할지언정 그의 미움이라도 받고 싶었던 때가 있었다. 호통 한 번, 매질 한 번 한 적이 없던 이에게 처음으로 맞은 뺨에 아상은 혼이 나갈 정도였다.

"내가 널 얼마나 믿었는데! 내가 널……. 얼마나……."

아무런 반항 없이 그저 맞기만 하는 아상의 팔을 부여잡고 굵은 눈물을 떨어뜨리는 강운이 내뱉은 한 마디였다. 아상은 기어이 휠체어를 부여잡곤 바닥에 무너져 내렸다.

끝내 마무리 짓지 못한 말이었다. 하지만 더 이상의 말은 필요 없었다. 적어도 아상에겐 그러했다. 존재 자체를 부정당했던 남자. 하지만, 그렇기에 누군가에겐 더욱 아픈 존재였던 남자. 그렇기에 사랑을 갈구했고, 그래서 더 지독하게 그들을 사랑하고 증오했던 남자.

"죄송해요, 아버지."

아상은 바닥에 주저앉아 울었다. 휠체어를 부여잡고 강운의 힘없는 다리에 고개를 푹 기댄 채 아이처럼 엉엉 울었다. 숨어서 보고 있는 도은 또한 슬쩍 눈물을 흘렸고, 수는 못 본 척 그의 허리를 끌어안곤 그의 등을 쓸어내려 주었다.

그리고 지금. 바깥의 날씨는 겨울의 한복판이었고 도수병원의 몇 병실은 그보다 더한 한파가 몰아치는 중이었다.

"그러니까 왜 신경외과 의사인 네가 멋대로 와서 환부를 살피냐고. 제대로 드레싱 한 거 맞아? 여자 몸에 흉 지면 어떻게 할 거냐고."

"아, 참 나, 잘 아물어가나 걱정 되서 담당의에게 아쉬운 소리 하고 오는 거구만! 어련히 알아서 할까! 본인 병실로 돌아가라고요! 여기 여자 병동인데 왜 자꾸 와서 감 놔라 배 놔라야!"

"흥, 네가 의사로서 직무 유기했단 생각은 안 드나 보지?"

"뭐가 어쩌고 어째요! 어르신 수술 마치고 형님 수술방이랑 하진 씨 수술방을 부리나케 왔다 갔다 하며 전문의들한테 알아서 잘할 테니 제발 그만 나가라고 욕먹으면서까지 개고생을 한 나한테 지금 그게 할 소립니까!"

"누가 그러래? 네가 그리 방해만 안 했다면 하진이도 벌써 일어섰을지 모르지. 무능한 의사 같으니."

"이 양반이 진짜! 한번 해보자는 거지, 지금!"

동기인 담당의에게 부탁을 해 수술에 관련이 없는 수임에도 직접 회진을 돌고 드레싱을 하는 거였다. 제 수술에 의심하는 거냐 토라져 묻던 담당의에게 갖은 칭찬을 아끼지 않은 후에야 그는 수에게 허락을 했다. 하진은 젊은 나이 덕에 꽤나 빠른 회복을 하고 있었다. 실밥을 뽑고 수술 부위 드레싱을 할 때마다 아상이 매번 수술에 관해 쌍심지를 켜고 사사건건 태클을 걸자 기어이 수가 폭발해 버렸다.

"아니, 사람 성격이 어떻게 저렇게 180도로 변해? 차라리 예전처럼 가면을 쓰고 웃으라고. 그게 훨씬 낫네요."

아상이 시원스레 입매를 휘었다. 예의 그 가면 같은 온화한 미소였다.

"싫어. 이젠 그럴 필요가 없는데 왜?"

"내가 필요 있어서 그럽니다, 내가!"

그 미소가 가면이 아니라는 게 더 열 받아 피를 토하듯 발악하는 수에 하진이 결국 박장대소했다. 아이처럼 싸우는 그들 때문이었다. 수술 부위가 아파서 끙끙거리면서도 웃는 하진에 아상은 싸움을 멈추곤 그녀를 사랑스럽다는 듯 바라보았다. 온몸에 돋는 닭살에 수가 고개를 설레설레 저으며 드레싱 도구를 챙겨 방을 나가려던 참이었다. 아상이 넌지시 그녀를 불러 세웠다.

"아버지는."

"주 씨 집안사람들 내력 있잖아요. 치유 속도가 맹수 호랑이

급인 거. 오늘 아침에도 어르신한테 문안인사 가지 않았어요? 다 알면서 뭘 물어."

"이수."

"아, 왜요. 또 뭐요."

"고맙다."

수는 멍하니 아상의 뒷모습을 응시했다. 그는 그녀를 쳐다보지도 않은 채였다. 대신에 눈이 마주친 하진이 수에게 씩 웃으며 고개를 설레설레 저었다. 원래 이런 남자니 이해해라, 그 정도 뜻인 듯했다.

"형님한테 사과받았어?"

"받았지. 형만의 방식으로. 우리들의 방식으로."

도은이 했던 말이 그제야 이해가 갔다. 예전과는 많이도 달라진, 좋은 쪽으로 달라진 그였지만 감정 표현이 서툰 건 여전하다 생각했다. 사랑받지 못했고, 사랑해 줘도 받을 줄을 모르던, 이제야 사랑하는 법을 배워나가고 있는 중인 그였다. 또한.

"자네."

"네, 어르신. 어디 불편하세요?"

"고맙단 인사를 바라는 건 아니겠지."

"설마요. 해주시면 감동하고요?"

"손주에겐, 그럴지도 모르지."

"손주요?"

"내 나이에 고물고물한 애들 둘은 봐야 정상인데 이것들은 뭘 하고 있는 건지 참. 그러니, 자네가 데려와 보든가."

"……네?"

"그럼, 내 그땐 그 말 정돈 해줄 테니."

강운은 여전히 시니컬했다. 툴툴거리는 말투 속에 담긴 진득한 여운에 수는 말을 잇지 못했었다. 강운의 말마따나 아상은, 그를 참 많이 닮은 사람이었다.

수는 헛웃음을 지으며 병실을 나섰다. 복도엔 아직 경호원이 상주하고 있었다. 혹시 모를 상황에 대한 대비였다.

아상과 하진을 피습한 범인은 그날 바로 잡혔다. 도은의 말처럼 아상이 접근한 이들은 삼합회에서 분파되어 나온 흑사회란 조직이었고, 범인을 잡고 그 윗선까지 정리하는 데엔 꽤나 시간이 걸렸다. 어떻게 정리했냐고 묻자 아상과 도은은 대답하지 않았다. 그저 피화랑이 자신에게 진 빚을 갚았다, 그 말뿐이었다. 수도 깊이 알고 싶지는 않았기에 질문은 그것으로 끝이었다.

한 달 내내 병원에서 살다시피 했기에 오랜만에 집으로 향하는 퇴근길이었다. 몸은 근 한 달 사이 넝마가 되었지만 마음만은 이보다 더 풍족했던 적이 없을 정도였다.

수는 제집이 아닌 도은의 집으로 향했다. 한 달간 부재로 인해 집은 먼지투성이일 것이고, 냉장고의 음식은 전부 썩었을 텐데 지금 들어가서 그런 것들을 치우기엔 너무 피곤했다. 그리고 가장 중요한 건, 도은이 너무 보고 싶었다.

수는 그가 준 카드키를 항상 목에 걸고 있었다. 그가 준 반지 옆에 대롱 매달려 있는 상태였다.

익숙하게 들어간 집에 그는 없었다. 가정사가 얼추 해결되고 난 뒤 미뤄두었던 도수제약의 업무를 워커홀릭답게 처리해 내고 있을 게 뻔했다. 이상 또한 하진이 코마상태에서 깨어나고 난 뒤부터 붕대 감은 어깨를 하고 병원에서 연신 노트북을 두드려 대고, 전화 통화를 해대며 밀린 회사 일을 소화했다. 그런 걸 보면 그 둘은 참으로 많이 닮았다. 또는 많이도 달랐다.

"세상에, 이 집도 냉장고는 굶주려 있네."

수는 냉장고를 뒤지다, 뒤지다 끝내 먹을 만한 걸 찾지 못하곤 결국 찬장에 있던 라면을 꺼내 끓여 먹었다. 그래도 허기가 가시지 않아 맥주 두 캔을 마시고 난 후에야 소파에 드러누워 잠에 빠져 들었다. 위층으로 가면 제 방도 있지만 왠지 그곳은 그의 냄새가 배어 있지 않아 낯설기만 했다.

"음……."

이마에 닿는 다른 이의 촉감이었다. 익숙한 우디 향이었고, 뜨거운 체온이었다. 수는 눈을 감은 채로 씩 웃었다. 도은은 소파에 걸터앉아 수의 이마와 뺨에 연신 입술을 쪽쪽거렸다.

"네 방 침대가 서운해하겠다. 한 번도 안 눕는다고."

"내가 거기 누우면 서운해할 다른 사람이 있어서."

"그건 그렇네."

"이제 온 거야? 늦었네."

"신약 팀 성과 치하하느라. 회식."

"발표는 언제?"

"다음 달쯤."

"우선권은 도수병원부터지? 급한 환자들 많아."

"글쎄."

시원찮은 대답에 수는 눈을 퍼뜩 뜨며 전광석화처럼 몸을 일으켰다. 머리가 부딪칠 뻔한 걸 재빠르게 피한 도은이 의아해하며 그녀를 긴 눈매로 응시했다. 그 차분함에 수는 눈을 가늘게 뜨며 으르렁거리듯 이를 갈았다.

"요즘 느슨하게 풀어줬지, 내가? 뭐가 어째? 글쎄? 이런 이해타산적이고 차분한 대답 보게?"

"난 사업가니까. 먹여 살려야 할 직원이 이제 팔백 명이나 돼."

"어렵하시겠어. 아주 빨리 성장하니 대견스러워 눈물이 나네."

"vx 줬잖아. 이건 안 돼. 미국 병원 측에서 괜찮은 조건을 제시했어. 그거랑 차액이 너무 커. 다음 달에 형도 신약 발표 한단 말이야."

"형님 좋다며. 간, 쓸개 다 빼주더니 왜. 판매율로 지는 건 싫은가 보지?"

"공은 공. 사는 사."

단호하게 고개를 젓는 도은의 태도는 이미 이성적이었다. 긴 눈매 안 검은 눈동자는 냉철한 사업가의 안광을 띠고 있어 수는 한숨을 내쉬며 입을 다물었다. 지금에서야 안 사실이지만, 그는 사업가가 천직이다.

수는 재빠르게 태도를 바꿔 입매를 부드럽게 휘었다. 도은의 허벅지 위에 마주 앉은 그녀는 그의 목을 양팔로 껴안으며 시선을 맞췄다.

"해주면, 나 승진할 수도?"

"저번에 했잖아. 그땐 내 후광이 싫다고 길길이 날뛰었던 거 같은데?"

"사업가 애인 만나서 나도 때가 탔나 봐. 이제 전혀 안 싫네?"

"영악하긴."

"똑똑한 거라고 해줘. 그럼 내가 거래를 제안하지. 만약 해주면……."

그녀의 갑작스러운 서두에 그가 의아하게 긴 눈매를 좁혔다. 수가 그의 귓가에 고개를 숙였다. 속삭이던 목소리에, 그의 맹수와 같던 냉철한 시선이 느슨하게 풀렸다. 대답을 기다리는 수의 초조한 얼굴에 도은의 입매가 짓궂게 휘어졌다.

"여기로 이사하는 건 이미 정해진 거라고 알고 있는데."

"그래서, 들어오지 말까?"

"아니. 거래 자체가 안 되는 안건이라는 거지."

"뭘 원하는데."

"그거 말고."

도은은 수의 머리칼을 귀 뒤로 쓸어 넘기며 그녀의 귓가에 속삭였다. 그의 목덜미에서 풍기는 은은한 우디 향과 함께 낮은 속삭임에 수의 눈이 더할 나위 없이 커졌다. 수가 어버버거리자 그는 짓궂게 그녀의 귓불을 살짝 깨물었다.

"악! 이 변태 같으니!"

"누가 보면 야한 말이라도 한 줄 알겠네."

"놀랄 말이긴 하지."

"왜 놀라. 당연한 말인데."

도은의 시선이 집요하게 수를 향했다. 좀 전의 반응은 연기였는지 수는 당황스러운 기색을 단숨에 지우곤 짓궂게 입매를 휘었다. 그녀는 보란 듯이 목걸이를 잡아 빼 흔들었다. 끝에 걸린 반지가 대롱거렸다.

"이 반지가 그런 뜻 아니었어? 그 당연한 말을 이제와 새삼스레 해서 그런 거지."

도은은 의아하게 그녀를 바라보고 있었다. 그러다 이번엔 그의 긴 눈매가 놀란 듯 커졌다.

"……허락하는 거야?"

"왜 허락 안 할 거라 생각해?"

"수야!"

도은이 와락 그녀를 끌어안으며 일어섰다. 도은의 무릎 위에 앉아 있다 놀란 수가 황급히 그의 목과 허리에 다리를 걸고 매달리자 그는 미친 사람처럼 껄껄거리며 웃더니 그녀를 안고 몇 바퀴나 뱅글 돌았다. 내려달라 소리치던 수 또한 이내 결국 낄낄거리며 웃어버렸다.

도은은 조심스레 안고 있던 수를 소파에 앉혔다. 바닥에 한쪽 무릎을 꿇고 앉아 그녀를 마주 보는 그는 아직도 웃고 있었다. 좀체 저리 웃는 사람이 아니건만, 입이 귀까지 찢어져 싱글벙글 바보 같은 얼굴을 하고 있었다.

그는 설렘을 감추지 않고 들뜬 음성으로 말했다.

"그러면 언제쯤 할까."

그 모습에 왠지 그를 골려주고 싶어 수는 심각하게 표정을 찡그리며 고개를 갸웃했다.

"한…… 이 년 뒤?"

"뭐? 왜!"

도은이 그답지 않게 버럭 성을 내자 수는 대수롭지 않게 어깨를 으쓱했다.

"아니 뭐…… 연애 생활도 좀 즐기다 해야지."

긴 눈매를 마음에 안 든다는 듯 좁히곤 특유의 짙은 한숨을 내쉰 그는 어쩔 수 없다는 듯 눈을 번뜩였다.

"그럼 서류 정리만 먼저 해."

"왜. 도망칠 거 같아서?"

"넌 절대 도망 못 가."

"확신하네?"

"내가 너에게서 도망 못 가는 이유와 같을 테니까."

검은 안광이 번뜩였다. 단숨에 먹어치우겠다는 듯 시선을 독점하는 그의 눈동자에 수는 심장이 저릿함을 느꼈다. 이 숨 막히는 시선이 좋았다. 뼛속까지 스미는 그의 짙은 감정이 좋은 것이다.

수의 미묘한 표정 변화를 눈치챈 도은은 단숨에 눈빛을 느슨하게 풀었다. 시선만큼이나 부드러운 커다란 손이 그녀의 가는 머리칼을 쓸어 넘겼다. 마치 아이를 쓰다듬는 것처럼 조심스러운 손길이었다.

"너를 향한 내 욕심이 한도 끝도 없어서."

수는 의아하게 눈을 깜박였다. 도은의 검은 눈동자는 평소만큼이나 검었고, 확고했고, 짙은 무게감을 담고 있었다. 더 이상 장난치거나 골려주면 안 되겠구나, 속으로 생각하던 때였다.

"이젠 연인 말고 가족이고 싶어서."

수의 눈이 커졌다. 놀람을 지나 서서히 차분하게 가라앉은 그녀의 눈은 오롯이 그를 담고 있었다. 정확히는 자신을 오롯이 담고 있는 그를 바라보았다.

사랑스러운 사람. 그 말이 이토록 어울리는 남자가 있을까.

수는 본능적인 이끌림으로 그에게 입술을 맞댔다. 기다렸다는 듯 그녀의 허리를 감싸 당긴 도은이 적극적으로 키스에 응했다. 고요한 실내에 농밀한 소리가 울려 퍼졌다. 입술을 지나 흰 목덜미를 잘근 깨무는 그에게서 풍기는 짙은 우디 향과 뜨거운 숨에 수는 머리가 아찔했다. 수가 도은의 허리를 다리로 감싸고 매달리듯 그를 끌어안을 때였다.

"그래서, 대답은?"

목덜미를 지분거리던 그의 입술이 올라와 그녀의 입술을 가볍게 스쳤다. 수의 셔츠 속으로 파고든 큼지막한 손이 맨 허리를 뜨겁게 쓸어내렸다. 어린아이를 달래듯 그녀를 끌어안은 채 머리칼이고 입술이고 뺨이고 쪽쪽거리는 그의 행동은 분명한 채근이었다. 느슨하지만 틈이 없었고 그렇기에 더욱 상대방을 초조하게 만들었다.

"수야."

귓가에 스며드는 나지막한 속삭임에 등골이 오싹하게 저렸다. 자신의 약점을 잘 알고 있는 남자. 이토록 짓궂게 채근할 때도 있지만 그래서 더 사랑스러운 사람.

그러니 조금만 더.

"많이 급한가 봐? 난 안 급한데."

놀려줘도 되겠지.

수가 씩 웃으며 내뱉는 말에 그는 결국 어쩔 수 없다는 듯 웃어버렸다.

"그럼, 급하게 만들어줘야지."

낮게 목울대를 울리며 그녀의 몸을 번쩍 들어 어깨에 대롱 업고 침실로 들어가는 그의 뒷모습이 유난히 즐거운 듯했다.

✤

"아유, 빡세다! 오늘 술 한잔 어때. 이 선생도 내일 데이 오프지?"

갑작스러운 응급 수술로 다들 정신없었던 신경외과였다. 뒤늦은 함박눈으로 인한 고속도로 연쇄 추돌 사고 때문이었다. 이틀을 내리 바쁘고 뒤늦은 퇴근 날, 신년을 맞이하고 한 주가 더 흐른 그날에도 도은은 여전히 바빴다.

〈미안. 일 때문에 중요한 선약이 있는데 어쩌지.〉

이해한다. 일 때문이니 어쩔 수 없다는 것도 안다. 하지만 배알이 꼴리는 것까지 어찌하진 못했다. 그 선약의 상대가 다름 아닌 페리제약의 강정아라면.

도수제약을 설립하기까지 강정아와 피화랑의 도움이 컸다는 것도 알고, 오늘 아침부터 뉴스에 보도된 신약 공정과정 협의로 인한 미팅이라는 것도 다 알지만 그래도 싫은 건 싫은 거다.

그래서 평소라면 하지 않았을 행동을 한 건지도 모른다. 크리스마스도, 새해 첫날도, 그와 함께 있지 못한 설움을 풀기 위해 수가 선배의 말에 고개를 끄덕이자 다들 의외라는 듯 놀라 쳐다봤다.

"오, 이 선생이 웬일이야? 잘 안 가잖아?"

"그래서 가지 말까요? 나 씹는 자리인데 내가 눈치 없이 가나?"

수는 쓱 동기들 쪽으로 시선을 향했다. 그들이 흠칫 놀라며 어색하게 웃는 꼴이 우습기도 했다.

"아이 야, 넌 뭘 예전 일을 자꾸 말하냐. 지금 다 잘됐으면 잘된 거지. 그러지 말고 같이 가자. 응?"

동기들이 너스레를 떠는 말에 수는 예의상의 인위적인 미소를 지었다. 이것도 그를 만나 바뀐 것 중 하나였다. 적어도 그들은 이제 자신들의 얘기를 함부로 하지 않았고 자신 또한 그들의 얘기에 주눅 들지 않았다.

"좋다. 기분이다. 오늘은 선배님이 쏜다!"

한 선배의 호기 어린 발언에 모두들 박수를 치며 즐거워했다. 다른 과 동기와 선배 몇에 상혁과 선우까지, 내일 데이 오프인 사람들 대부분이 합세해 근처 고깃집에서 거나하게 술판을 벌였다. 그 전장의 한복판에 수가 있었다.

"대박! 그래서요, 선배님?!"

"구 년 만에 만났는데 어떻게 됐는데요, 네?"

3년 후배 녀석들이 수를 동그랗고 초롱한 눈으로 응시했다. 술자리에 있는 모두 얼굴이 벌게지고 혀가 꼬일 정도로 거나하게 취했고 그건 수도 마찬가지였다. 자신의 얘기를 좀처럼 하지 않던 신데렐라가 제 입으로 말해주는 러브 스토리에 그들은 재밌어 죽겠는 듯 그녀의 다음 말을 재촉했다.

순간 핸드폰 진동이 울렸다. 화면을 확인하자마자 정신이 퍼뜩 든 수는 씩 웃으며 그들을 응시했다.

"그래서, 어떻게 됐을 거 같아?"

"악! 그게 뭐예요, 선배님! 빨리 얘기해 주세요, 네?"

수는 낄낄 웃고는 목소리를 가다듬은 채 전화를 받았다. 최대한 술에 취하지 않은 척 굴려고 했다.

"바쁘다더니?"

[삐졌어?]

퉁명스러운 대꾸에 그의 목소리에 옅은 웃음기가 어렸다. 수는 입술을 비죽이며 술자리의 거나한 소음을 피해 수화기를 제 귀로 바짝 붙이곤 목소리를 죽였다.

"그닥."

[술 많이 마셨네.]

쳇, 수는 혀를 차며 입을 다물었다. 제가 생각해도 그를 속이기엔 이미 혀가 많이 꼬부라졌다. 그가 웃었다. 낮게 울리는 목울대가 눈에 선했다.

술기운인지 더욱 그가 보고 싶었다. 시무룩하게 한숨을 내쉬고 있자니 그가 넌지시 말했다.

[재미있게 놀았어?]

"뭐?"

[다 놀았으면, 집에 가자.]

갑작스러운 말에 수는 퍼뜩 고개를 들어 주위를 바삐 두리번거렸다. 유리창 밖, 인파가 드문 한산한 거리, 늦은 겨울의 칼바람에 잔뜩 몸을 웅크린 사람들 사이로 까만 세단이 정차해 있었다. 익숙한 차를 못 알아볼 리 없었다.

수는 전화를 끊었다. 그때 앞에 앉은 후배들이 놀랍다는 듯 그녀를 빤히 응시했다.

"와…… 선배님도 그런 표정 짓긴 하는구나."

수는 더 의아한 표정으로 눈살을 찡긋했다.

"왜. 내 표정이 어떤데."

"뭐랄까. 엄청 설레고 기분 좋은 표정?"

"……내가 그랬나?"

"누구한테 전화 온 건데요? 네?"

눈치 없는 남자 후배가 묻자 옆에 있던 다른 남자 후배가 그의 뒤통수를 후려갈겼다. 아프다 악다구니를 내뱉는 그에 후배는 눈짓을 하더니 그녀를 향해 씩 웃었다.

"그분이시죠?"

장담을 하며 묻는 그에, 그렇게 티가 많이 났나 싶었다. 수는 가감 없는 미소를 지었다. 분명 술기운에 감정이 자유로워진 것이리라.

"그분이 누군진 모르겠지만 지금 그 사람이 기다려."

수의 목소리는 활기찼다. 이보다 더 즐거울 순 없었다. 심장 깊은 곳에서 나온 진중한 말 한 마디에 후배들은 기껏해야 몇 시간일 텐데요, 뭐– 하며 놀리듯 그녀를 바라보고 있었다.

"매번 날 오래 기다리게 했어. 이제 더 이상 그 사람 기다리게 안 하려고."

자신인지, 아님 눈앞의 후배들인지, 아님 다른 누군가에게 하는 말인지 몰랐다. 수는 환하게 웃었다. 수의 웃는 낯을 처음 본 후배들의 멍하니 그녀를 보았다.

수는 상혁과 선우의 등을 두드렸다. 손엔 이미 외투와 가방을 챙겨든 채였다.

"간다. 어디 가냐 누가 묻거든 화장실 갔다고 대충 둘러대 줘."

"뭐야. 벌써 가게? 형 일 있다며. 더 놀다 가지."

상혁의 말에도 수는 고깃집을 나왔다.

겨울의 절정을 맞은 찬 공기가 온몸을 에워쌌다. 이가 딱딱 떨리는 추위에 코트 깃을 여미곤 횡단보도를 건너자 이미 차 밖엔 검은 코트를 입은 장신의 사내가 팔짱을 끼고 서 있었다. 차에 기댄 채 땅을 내려다보는 몸짓조차 지나가는 이의 시선을 한 번쯤 돌아보게 만드는 남자였다.

빛나는 사람. 그는 자신에 그런 존재다.

도은이 수를 발견하곤 씩 웃었다.

"재미있었나 봐. 표정이 좋은데?"

희고 고른 치아가 시원스레 드러났다. 수는 저도 모르게 따라 웃었다.

"저들은 다른 사람 때문이라던데."

"그게 누군데."

"누굴 거 같은데?"

"이리 와."

도은이 코트 앞섶을 양손으로 잡아 벌리자 수는 당연스레 그 안으로 파고들었다. 도은은 수의 몸을 코트로 꼼꼼히 덮고는 으스러질 듯 꼭 껴안았다. 우디 향과 뜨거운 그의 체온이 고스란히 피부로 전해졌다.

도은은 수의 코트자락을 손으로 만지더니 혀를 찼다.

"옷 좀 따뜻하게 입으라니까. 내가 사준 건 다음 생에 쓸 생각이야?"

"그래도 될 것 같긴 하더라. 내 몸값보다 비싼 거 같아서."

"하, 뭐라고?"

"그래서, 바람은 잘 폈고?"

"바람?"

도은이 눈살을 찌푸리며 되물었다. 이내 아— 하더니 시니컬하게 입매를 비틀었다.

"지나치게 잘 폈지. 그 여자, 정말 최악이야."

"왜. 피화랑과 강정아는 도수제약 대주주들이라고 하더니만?"

"그래서 삐졌구나? 그 여자는 널 좋아하던데. 제 연인과 비슷하다나."

"어쩌라고. 그래서 내가 꼬셔주기라도 할까?"

도은은 헛웃음을 지으며 이를 으득 갈았다.

"어딜 감히. 그 여잔 절대 못해. 넌, 나 아님 감당 못하는 여자니까."

"형도 나 감당 못해."

"과연 그럴까."

수는 탄성을 내뱉으며 그의 품에 안긴 채 고갤 들었다.

"아참, 예전에 말야. 피화랑 씨 가게에서 식사했을 때. 그가 나를 보면서 무슨 말 했더니 형이 광둥어로 대답했잖아. 그거 무슨 말이야?"

"아, 내가 그거 말 안 했었나? 근데 갑자기 왜."

"그냥. 궁금해서."

도은은 옅게 웃었다.

"저 여자 누구냐고 물었어."

"그래서 뭐라 대답했는데?"

"샹워 신퉁더 웨이 위 더 뉘엔.(让我心痛的唯一的女人)"

"뭐?"

"내 가슴을 아프게 하는 유일한 여자라고."

심장이 저릿했다. 이토록 그는 예상치 못한 순간 사람의 심장을 뒤흔들곤 했다. 지금이 그러했다.

추위로 인한 몸 떨림이 잦아들자 도은은 그녀의 고개를 들어 이리저리 돌렸다.

"나 장난감 아니거든? 애정행각 그만하고 가자. 사람들 다 쳐다봐."

"보여주려고 그러는 거야. 내가 얼마나 행복한지."

낯간지러운 말을 술술 내뱉으면서도 여전히 인형을 어루만지는 듯한 손놀림을 멈추지 않는 그에 수는 가재미눈을 뜨곤 노려봤다. 껄껄 웃는 도은을 뿌리치고 수는 차 문을 열었다.

기사가 냉큼 인사를 건네는데 도은이 시야를 몸으로 막더니 기사에게 말했다.

"고생했어요. 퇴근해요."

냉큼 문을 다시 닫아버리는 도은에 수가 의아하게 그를 응시했다. 차는 이미 도로를 타고 물 흐르듯 사라진 뒤였다.

"얼어 죽겠는데 뭐 하는 짓?"

"날씨도 춥고 곧 있음 눈도 다시 내릴 거 같은데."

"그렇지. 날씨 안 좋지. 그러니 빨리 뭐라도 타야 하지 않을까?"

"날씨도 안 좋은데, 데이트나 할까?"

술도 깰 겸−. 이라 덧붙이며 도은이 커다란 손을 내밀었다. 큼지막한 손을 잡지 않을 이유는 없었다. 뿌리치기엔 자신은 이미 너무 빠져 버렸으니까.

수가 가는 손을 내밀자 마주 잡은 그는 코트 주머니 속으로 잡은 손 그대로를 넣었다.

사람 드문 거리를 걷는 중 하늘에서 눈이 하나둘씩 나풀거리며 떨어졌다. 이내 시야 가득 흰 눈꽃이 흐드러지게 바닥에 소복이 쌓였다.

수는 이 풍경을 잘 알았다. 눈 내리는 날이 싫었던 이유가 그것이었다. 그날, 그 아픈 날, 기억 속의 그날의 풍경은 지나치게 아름다워 싫었다.

수가 상념에 젖은 그때 도은이 주머니 안에서 손을 꼼지락거렸다. 뭘 하기에 저러나 싶어 그를 바라보자 문득 손가락에 뭔가가 느껴져 수는 움찔했다. 차갑고 매끈하고 거칠기도 한 그 촉감은 어느새 그녀의 약지를 완전히 감싸고 있었다.

　수는 그의 주머니에서 손을 뺐다. 순간 그녀의 눈이 더할 나위 없이 커졌다.

　"프러포즈는 그때 가서. 지금은 일단 이 정도로만."

　"……이게……."

　금으로 된 반지였다. 심플한 디자인이 이미 그녀의 목에 걸린 약혼반지와 다를 것이 없었지만 딱 하나 다른 점이 있다면, 그때의 것보다 훨씬 큼지막한 다이아가 박혔다는 점이었다.

　도은은 담담하게 말했다.

　"과하지 않아. 결혼반지야."

　"……결혼반지?"

　"누가 당장은 싫다 해서 말이야. 아쉬운 대로 발에 족쇄라도 채워둬야지."

　수는 멍하니 제 손의 반지를 바라보다 그의 손으로 시선이 향했다. 그의 상처투성이, 흉터 그득한 손엔 어느새 같은 반지가 같은 자리에 끼워져 있었다. 똑같은 반지. 금방이라도 홍수를 터뜨릴 듯 일렁이는 그녀의 눈이 불안하게 깜빡였다.

　"도망 못 간다더니?"

　"오늘 보니 좀 불안해서 말이야. 가만 놔두면 어디로 튈지 알 수가 없으니."

　"그럼 꽉 잡아."

"하하. 여기서 더 잡으면 으스러질걸."

도은은 너털웃음과 함께 수의 뺨을 손으로 쓸어내렸다. 이내 떨어져 버린 그녀의 눈물을 손으로 훔쳤다. 그의 손에 끼워진 반지의 촉감이 서늘했다. 동시에 따뜻했다.

"예쁘다."

도은의 나직한 말이 눈꽃을 타고 피부에 스며들었다. 수는 허공에 흩날리는 눈을 바라봤다.

"응. 예쁘다."

"아니, 너 말이야."

도은의 말에 수는 웃었다.

눈앞에 그가 있었다. 한참을 돌아 마주한 그가 있었다. 지독하게 빠져 버린 사람. 날 지독하게 만드는 사람.

"아니, 당신 말이지."

결국 그들은 웃었다. 다시 손을 마주잡고 텅 빈 거리를 걸어나갔다.

"프러포즈 제대로 해. 이 년 후에."

"그런 거 싫어하잖아? 손발 오그라드는 거."

"오그라들어도 남들 하는 건 다 해보고 죽을 거야."

"하하, 너 하는 거 봐서."

"뭐야!"

"사랑한다고 해봐. 그럼 거하게 해줄게."

"……못 들은 걸로 해."

그리도 싫었던 흰 눈이 눈부시게 아름다운 날이었다.

❖

"아니, 이쪽. 이쪽으로 조금만 더. 아니, 형, 이쪽이라고."

폭풍과 같았던 전년을 뒤로 하고 새해가 된 지도 한 달이 지났
다. 누구의 침입도 허락지 않았던 그만의 바운더리. 도은의 집엔
때아닌 지인들의 풍년이었다. 화랑도 이번 일에 도움을 준지라
부르고 싶었지만 그만의 선약이 있는지 아쉽다며 고사하여 다시
묻지는 않았다.

상혁과 선우를 비롯해 병원에서 퇴원한 지 얼마 안 된 하진과
아상까지. 하진을 제외한 모든 이들이 수의 이삿짐을 나르는 와
중이었다. 짐이라고 해봤자 이젠 수명이 다한 낡은 것들이어서
대부분 버리고 온 덕에 화장대와 조금은 많은 의료서적, 책장,
책상 정도가 전부인 단출한 살림이었다.

이삿짐센터를 부르라는 도은의 말에 수는 정색을 하며 용달차
하나에도 다 안 찰 짐을 옮기는 데 왜 돈을 쓰냐며 단호하게 거절
했다. 사실 돈도 돈이지만 크리스마스도, 송년회도 신년회도 하
지 못한 데다가, 그에게 사람과 부대끼며 북적거리는 게 꼭 골치
아픈 것이 아닌, 즐겁기도 한 일이라는 걸 알려주고 싶었다. 비
록 그는 절대 원하지 않을 선물이지만.

삼십 분도 안 돼 짐을 다 옮기고 마지막으로 수와 도은이 찍은

커다란 사진 액자의 위치를 정하던 중이었다.

제 몸만 한 액자를 들고 2층 계단에 서서 도은이 지시하는 대로 벽에 걸 액자 위치를 조정하던 아상은 낮게 으르렁거리며 도은을 향해 웃었다. 분명 웃고 있었지만, 예전의 그 미소를 꼭 닮은 듯 서릿발이 어려 있었다.

"빨리 정해주지 않으련? 당장 1층으로 이 빌어먹을 액자 집어 던져 버리기 전에."

"그러기만 해봐. 형수에게 일러 버릴 테니."

"네 욕심으로 몇 년을 부려먹어 놓고 이제 와 형수?"

"지금은 형이 부려먹고 있는 걸로 아는데? 주아제약은 사실 형이 아닌 형수가 굴리고 있는 건가 봐? 형 대신 총 맞은 사람인데, 적어도 몸 회복될 때까진 괴롭히지 말라고."

"너 이 새끼, 이수 때문에 요즘 뵈는 게 없지?"

코웃음을 치며 대꾸하는 도은에 아상이 웃음기를 싹 지운 채 무섭게 이를 갈았다. 죽으나 사나 예나 지금이나 많은 것이 달라 졌지만 저리 투닥투닥 싸우는 모습이 훨씬 보기 좋은 것은 아이 러니였다.

때마침 도은의 옆으로 아직은 편치 않은 몸으로 다가오는 하진 의 모습에 아상은 얼른 그녀를 부축하러 내려갔다. 그 와중에도 도은을 한 번 더 노려보는 것은 잊지 않았고, 도은은 꽤나 즐거 운 듯 소리 죽여 웃었다.

그때, 2층 수의 방 안에서 화장대의 위치를 놓고 실랑이를 하는 상혁과 선우의 소리에 도은이 득달같이 뛰어 올라갔다. 그 모든 모습을 다 지켜보고 있던 수가 웃으며 모두가 들으라는 듯 박수를 쳤다.

"모두들 고생하셨습니다! 자! 파티합시다!"

1층 거실에 연달아 붙여 펴놓은 좌식 상 위에는 호화스러운 파티에 어울릴 만한 음식이 아닌 지극히 한국적이고 다분히 야식적인 배달 음식들이 가득했다. 중국부터 시작해 미국을 건너 개연성 없고 제멋대로인 음식과 그를 더 넘나드는 주종을 보며 다들 좋아라 했지만 유독 한 사람만은 머리가 아픈지 관자놀이를 손으로 짚었다. 아상이었다.

"네가 말한 뒤늦은 신년 파티라는 게…… 이런 거냐, 이수?"

"아, 형님은 워낙 고급지게 사셔가지고 이런 거 입맛에 안 맞으시려나? 깡소주 까시려면 속 아프실 텐데 어떻게, 위보호제라도 드릴까요?"

수가 흥 코웃음을 치자 아상은 자리에 털썩 앉아 보란 듯이 족발의 다리를 뜯었다. 그 와중에도 그의 긴 눈매에는 온화함이 가시질 않았다. 하긴, 평생을 쓰고 있던 가면이니 벗는 데에도 시간이 좀 걸릴 터였다.

"어쩌나. 나 이런 거 좋아하는데."

"쳇. 안타깝네."

수는 혀를 차면서도 기어이 웃어버렸고 하진과 도은은 익숙한지 관심조차 없었지만 아상의 모습이 의외인 이들도 분명 존재하는 듯했다.

"아상 형님도 반전이 있네. 사진이나 영상 보면 항상 웃는 낯이라도 찌르면 피 한 방울 안 나올 거 같아 보였는데."

"그러게. 주 씨 집안은 다 그래요, 형님? 네?"

"내가 언제부터 너네 형님이냐."

"아이, 그러지 말고 말해봐요. 뭐, 도은 형 형이면 다 우리 형님이고 그런 거지. 근데 저번 총상은 왜 그런 거예요 진짜? 소문엔 야쿠자가 신약 안 줬다고 깽판 부린 거라던데 정말이에요?"

연거푸 질문을 쏟아내는 선우는 여전히 강아지 같았고 상혁 또한 만만치 않았으며 그런 그들을 상대하는 게 꽤나 버거운지 아상은 잔뜩 지친 표정으로 맞은편에 앉은 도은을 응시했다.

"네가 변한 이유를 알겠다."

도은은 말없이 짧게 헛웃음을 지었다.

파티는 무르익어 갔다. 맥주에서 소주, 와인에 온갖 술이란 술을 섞어 마시고 얼큰하게 취한 상혁과 선우와는 달리 아상과 도은은 좀처럼 취기란 찾아볼 수 없는 얼굴이었다. 수는 저 집의 유전자란 어떤 구조인가에 대해 심히 고심했다.

수가 부엌에서 물을 마시던 때였다. 도은이 과자를 집어 들자 맞은편의 아상이 낚아채 날름 입에 넣었다. 몇 번 씹더니 그는 세상 싫다는 기색이 역력하게 얼굴을 찌푸렸다.

"달아."

"그러게 왜 뺏어 먹어. 애야?"

"너야말로 이런 걸 왜 먹냐. 애냐?"

어이없어 하는 도은과 달리 아상은 시니컬하게 과자 박스를 가리켰고 도은은 그제야 아− 하며, 옆의 다른 과자를 집어 먹었다. 철없는 막냇동생을 보는 맏형의 느낌이랄까. 옆에 적힌, 딸기 비스킷이라는 글귀가 부엌에서도 보일 만큼 컸다.

문득 그런 생각이 들었다. 상처 입을 대로 입은 어린 도은을 아상은 저렇게 돌봐주었을 것이다. 그렇기에 도은도 아상 앞에서는 모든 긴장을 놓은 채 이리 어리광을 부리게 됐던 것 아니었을까.

수가 거실로 돌아가자 아상은 거실 소파에서 자고 있는 하진의 곁으로 갔다. 덮어줬던 담요는 조금도 흐트러지지 않은 상태로, 곤히도 잠들어 있는 하진의 머리칼을 쓸어 넘겨주던 아상의 표정은 더할 나위 없이 온화했다. 하진을 바라보는 그의 눈은 아직도 더 무언가를 갈구하고 있었다. 짙으면서 묵직해 숨이 막힐 듯한 시선이었다. 그 모습이 누군가와 꼭 닮아 있었다.

아상은 하진을 조심스레 안아 들었다. 좀 더 있다 가라는 도은의 말에 아상은 이 사람 쉬어야 해− 라며 그대로 집을 나섰다. 소중한 것을 들고 가듯 조심스러운 걸음이었다. 그 와중 상혁과 선우는 기어이 취기를 이기지 못한 채 거실이 제집 안방이라도 되는 양 껴안고 드러누워 자고 있었다.

티브이에선 심야 뉴스가 한창이었다. 잠실에서 열리는 대규모의 폭죽 행사를 기다리며 현장에 있는 사람들이 카운트다운을 외칠 때쯤 수와 도은은 테라스에 서 있었다. 난간에 기대 창밖의 야경을 바라보고 있는데도 겨울의 차가운 바람이 춥지는 않았다. 등 뒤에 그가 있어서였다.

"다사다난했다. 그치?"

"누구나 그랬지."

"그래도 오늘 재밌었지? 형 바운더리 안을 저리 헤집어놔도."

"휴……."

도은의 짙은 한숨 소리와 동시에 수의 정수리가 뜨끈해졌다. 보지 않아도 그의 표정을 알 것 같아 그녀는 그저 웃어버렸다.

멀리서 요란한 폭죽 소리가 들렸다. 몇 초 후 수십만 개의 불꽃이 터지며 심야의 야경을 화려하게 물들였다. 사람들의 환호성이 어렴풋이 들리는 듯했다.

뒤에서 수를 끌어안고 있던 도은이 그녀의 귓가에 입을 맞추며 속삭였다.

"사랑해, 수야."

"나도."

"제대로 말해줘야지."

"봐서."

"네 입에서 언제쯤 먼저 애정표현을 들을 수 있을까. 나 죽기 전엔 가능할까?"

"원해?"

"간절히."

진지하기 짝이 없는 목소리에 수는 뒤를 돌아 그를 마주 봤다.

바로 앞에 있는 그의 반듯한 얼굴선을 손으로 쓰다듬던 그녀는 꼼지락 발을 들어 그의 목에 팔을 감싸 당겼다. 수의 키에 맞춰 살짝 고개를 숙여주던 도은은 의아하게 그녀를 마주한 채였다.

"이게 뭐 하는 거야?"

수는 씩 웃었다.

"말이 뭐 필요해. 몸으로 보여줄 건데."

수가 펄쩍 뛰어 도은의 목에 매달리듯 안기며 입술을 맞댔다. 목울대를 울리며 웃던 도은이 키스에 응하며 그녀의 허공에 뜬 다리를 제 허리에 감곤 성큼 거실로 걸음을 옮겼다. 한창 키스하던 중 수가 놀라 숨 죽여 소리쳤다.

"쟤네 깨면 어쩌려고!"

"왜. 몸으로 보여준다길래 보러 가는 건데."

"그런 뜻이 아니잖아!"

"그럼 말해주든지."

기어이 잠들어 있는 그들을 지나 안방으로 들어온 도은은 침대에 수를 눕히곤 그대로 위에 올라탔다. 시원스레 입매를 휘며 즐거워하는 그의 긴 눈매가 그득 그녀를 담았다.

"날 애태운 벌이야."

"내가 언제?"

"결혼 이 년 뒤에 하는 것도 합의해 줬잖아. 그러니 넌 애정표현을 자주 해주는 걸로 합의 보자."

수는 곤란하다는 듯 입을 다물었다. 이럴 땐 꼭 짓궂은 면이 있는 그였다. 도은은 미소를 띠고 있었지만 실상 검은 눈동자는 진지하기 그지없었다. 수는 결국 한숨을 쉬었다. 이내 포기하곤 그에게 고갯짓으로 가까이 오라고 하자 도은은 결국 이럴 거면서- 라며 씩 웃으며 고개를 숙일 때였다.

"윽."

수는 그대로 그의 명치를 머리로 치고는 그가 놀라 힘이 빠진 틈을 타 몸을 뒤집었다. 완전히 역전된 상황에, 그의 위에 올라탄 수는 의기양양해선 그를 내려다보았다.

"꿈 깨. 내 성격상 낯간지러운 말은 못하겠으니까."

수의 음성은 단호했다. 그녀의 아래에 깔렸지만 어쩐지 자유를 잃었다기엔 도은의 표정이 너무나 싱글거렸다. 그는 씩 웃으며 시선으로 그녀를 남김없이 훑었다.

"이 자세도 좋은데?"

"내 말 듣고 있는 거야? 어?"

찰나였다. 수가 포박하고 있던 도은의 손이 역으로 그녀를 잡아당겼고, 수는 단숨에 그의 품에 고꾸라졌다. 그의 가슴팍에 고개를 묻은 그녀의 귓가로 낮은 음성이 더욱 낮게 고막을 파고들었다.

"수야."

수는 저릿한 등줄기와 함께 이를 악물었다. 그녀가 고개를 들어 노려보자 도은은 고른 치아를 드러내며 미소 지었다. 사람을 홀리는 저 미소, 선이 굵은 얼굴, 맹수와 같은 기백 담긴 긴 눈매, 낮은 목소리까지. 가진 것 없고, 그렇기에 가지고 싶은 것의 기준조차 없었던 자신이 어느 순간부터 세상에서 가장 좋아하게 된 것들.

"수야, 응?"

흰 뺨에 입을 맞추며 다시금 채근하는 그의 음성이 달콤했다. 너무 낮아 그대로 푹 잠겨들 것만 같은 목소리였다. 이럴 때 보면 그는 정말 지독한 사람이다. 이런 지독함에 빠진 자신은, 어쩌면 더 지독한 사람일지도.

수는 다짐을 하며 어렵사리 그의 귓가로 고개를 숙였다. 열린 방문 밖으로 행여 소리가 새어 나갈까 그녀는 속삭이듯 그에게 말했다.

그의 웃음소리엔 짙은 행복이 배어 있었다.

사랑해.

지독하게.

〈完〉

외전

수와 도은이 머물고 있는 이곳은 제주도에 있는 주 가문의 별장이었다. 수가 전에 와본 적 있던 곳으로, 가을의 그때와 달라진 것 없이 여전히 잘 관리되어 있었다. 도은은 도수제약 일로, 수는 병원 일로 여전히 바쁜 일상을 보내면서도 예나 지금이나 얼굴을 보려면 시간을 쪼개 살아야 하는 사실에 지치고 말았다. 결국 그들이 작심하고 수의 생일에 맞춰 잡은 2박3일의 휴가로 택한 곳이 제주의 별장이었다. 하지만 그들의 상상과는 달리 공항에 도착해 별장에 들어설 때까진 멀쩡했던 하늘이 금세 뿌예지더니 겨울 한복판의 제주 전역에는 세찬 동장군의 마지막 칼부림 같은 눈보라가 매섭게 몰아치고 있었다.

수와 도은이 지금 싱글벙글 휴가 온 당일임에도 침실에 틀어박혀 있는 이유는, 무릎까지 쌓인 눈으로 인한 교통 통제 때문에 꼼짝없이 발이 묶였기 때문이었다. 앞으로 이틀간은 이럴 거라는 재난문자와 기상청의 말도 있었다. 고로, 2박3일의 휴가기간 동안, 내리 방콕이었다.

　"가만히 좀 있어."

　"아! 아프다고! 으…… . 거기 만지지 마."

　"어떻게 안 만지냐. 이러고 있는 이유가 이건데."

　"진짜 아프다고…… 앗!"

　사건의 발단은 바였다. 밖에 나가지도 못하는데 이곳에서 2박 3일 동안 뭐 하랴, 이 좋은 술 전부 배속에 넣어가겠다며 수가 바에 즐비하게 놓인 와인 중 제일 꼭대기에 있는 가장 비싼 와인을 탐내 꺼내려 할 때였다. 제 키는 생각도 하지 않고 무리하게 꽁지발을 들어 용을 쓰다 결국 깨진 병의 잔해에 손이 베인 것이다. 그리고 지금, 깊게 베여 선혈이 뚝뚝 흐르는 제 손에 소독약을 바르는 도은의 행동에 아프다며 갖은 신음은 다 내뱉는 수였다. 그녀가 다쳐 속상한지 오만상을 찌푸리던 그가 잠자코 듣고 있다 결국 헛웃음을 내뱉었다.

　"누가 보면 야한 짓이라도 하는 줄 알겠네. 나 자극하지 마. 다친다."

　"하라지. 새삼스레 무슨. 생일날 방콕하게 생겼는데."

　"그래? 2박3일인데 괜찮겠어? 그럼 나야 좋지."

진심으로 묻는 도은에 수는 아차 싶어 입을 꾹 다물었다. 그 분야에 관해서 그는 성적 호기심을 주체 못하는 십대 소년처럼 그녀에게 짓궂고 끈질긴 면이 있었다. 체력적 한계에 부닥친 수가 버티지 못해 대부분 적당한 선에서 마무리되었지만, 그는 거의 아쉬워하곤 했었기에 수는 오싹한 등골에 설레설레 고개를 저었다.

몇 분이 지나, 의사만큼이나 완벽한 처치로 마무리된 제 손을 이리저리 보던 수는 고개를 끄덕이며 도은의 칠흑 같은 머리칼을 쓰다듬었다.

"아유, 의사 하셔도 되겠어요. 완벽합니다."

"과찬이십니다. 지금은 대표 직함이 더 좋아요. 제 아내 될 사람이 예전과 달리 흑에 물들어 버려서 꽤나 제 위치를 좋아하기에."

"쳇, 신약 우선권 줬다고 아직도 뻐기는구만. 나 승진 못 했거든?"

"그 대신 네 환자가 덜 힘들어한다고 좋아했잖아. 언젠 일에 관해 터치하지 말라며?"

수는 일어나 침대맡에 걸터앉은 도은의 위에 올라탔다. 익숙하게 제 허리를 감싸는 도은에게 수는 한껏 가까이 다가갔다.

"그래서 예쁘다 해줬잖아."

"글쎄, 모르겠는데."

"오늘은 내 생일이잖아. 왜 본인이 선물을 받으려 하지?"

"어제 미리 줬잖아. 부피는 작지만 반짝거리는 걸로. 네가 그

걸로 또 차 산다고 조르는 통에 내 머리가."

"헤헤, 원하는 걸 줘야 선물이지. 그 목걸인 뭐야. 먹을 수도 없는 거."

도은은 짙은 한숨을 내쉬며 킥킥 웃는 수의 도톰한 엉덩이를 움켜쥐었다.

"네 체력이 조금만 더 강해지면, 내가 오늘 선물이랍시고 엄청 퍼부어줄 텐데."

도은은 짓궂게 웃으며 수의 입술에 가볍게 입을 맞췄다. 목을 그르릉거리는 게 여간 아쉬운 게 아닌 듯해 수는 화답하듯 도은의 뺨에 얼굴을 문댔다.

"선물은 평소에도 많이 받고 있고. 게다가 내가 약한 게 아니라 형이 지나친 거지."

"그것도 글쎄."

"나 배고파. 목도 마르고. 이 별장에는 있는 가장 맛있는 와인 찾아주면 저녁에 선물 잘 받을지도?"

어리광 같은 수의 행동에 도은이 참지 못하고 너털웃음을 터뜨렸다. 목울대를 울리는 낮은 웃음과 함께 수의 몸을 안아 들고 자리에서 일어서 사뿐히 내려주었다.

"그 말 지켜야 해. 깜짝 놀랄 만한 걸로 목 축이게 해줄 테니."

그를 따라간 곳은 침실과 같은 층에 있는 바였다. 일전보다 늘어난 술의 양을 본 수가 의아한 표정을 짓자 도은은 진열장을 결재서류 보듯 진중하게 노려보더니 한쪽 구석에 붙은 쪽지를 떼어냈다. 그러면서도 말은 멈추지 않았다.

"얼마 전 형과 형수님이 왔었나 보더라고."

"에? 신혼여행 갔다 온 지 얼마나 됐다고 또? 아주 깨를 볶는구나. 근데 그게 술하고 무슨 상관이야, 형."

"아, 아직 모르는구나. 형이 머물다 간 곳은 언제나 이리 사치스러워. 잘 찾으면 수천만 원대 술도 있을걸."

"어우, 역시. 덕분에 나만 즐겁네."

손에 든 쪽지를 찬찬히 읽다 피식 웃던 그는 진열장을 더듬어 하나를 꺼내 수의 앞에 짠 하며 내보였다.

"형수님 덕분에 형이 사람 됐네. 봐. 네 생일 선물이래."

"그게 뭔데. 그냥 화이트와인이잖아."

"에곤 뮐러 샤르츠호프. 1976 빈티지."

"1976?! 대박!"

와인, 양주, 고급술에 대해서 알 리 없는 그녀였다. 그저 년도수가 오래되면 오래될수록 비싸고 맛있다는 정보를 들었기에, 수가 반색을 하며 어서 달라는 듯 스탠드 바 의자에 앉아 발을 동동거렸다. 별명처럼 강아지같이 꼬리를 흔드는 모습에 도은은 피식 웃으며 그녀의 잔에 와인을 반쯤 채웠다. 하지만 제 잔에는 따르지 않고 양주를 꺼내 스트레이트로 들이켜는 도은에 수가 의아하게 고개를 갸웃했다.

"에? 이거 왜 안 마셔. 무려 1976년산이라고."

"거기에 건딸기 들어 있어. 말 그대로 네 선물인 거지."

"아, 이걸 어쩌나. 미안해서."

말만 그렇지, 벌컥 한 모금을 들이켠 수의 입가에는 참을 수 없는 즐거움이 어려 있었다. 비싼 와인을 저 혼자 독식하는 게 마음에 드는 눈치였다. 하지만 그녀는 이내 거센 기침과 함께 오만상을 찌푸렸다.

"콜록! 큭. 아우 떫어! 맛없어."

"그렇게 맛없어? 난 마셔본 적이 없어서."

"마셔…… 아니, 못 마시지 참. 아냐. 거기 그대로 놔둬. 이때 아님 내 돈 주곤 절대 못 마실 거, 다 마셔 버릴 거야. 게다가 아상 형님에게 내가 언제 이런 걸 받아보겠어. 반드시 즐겨 보이겠어."

결의를 다지며 한 잔을 다 비운 수가 오기로 한 잔을 더 들이켜고는 온몸을 배배 꼬며 와인 병을 제게서 멀리 밀어냈다.

"아냐. 취소. 윽, 안 마셔. 선물 환불. 반품."

"하하! 오늘 귀여워 미치겠네."

도은이 죽자고 웃어대자 수가 떫은 혀에 몸을 바르르 떨며 그가 건넨 딸기를 우물거렸다. 질색을 하는 수에게 다른 와인을 꺼내준 도은은 어젯밤 관리인이 미리 사다 쟁여둔, 냉장고 그득한 해산물로 뚝딱뚝딱 요리를 해서는 빈속에 마시면 안 된다며 그녀의 입에 어미 새처럼 날라주었다. 학생식당에서 반찬을 얹어주던 행동과 같이, 도은은 예나 지금이나 변한 것이 없었다.

새하얀 눈보라의 역광에 해가 쨍쨍한 날보다 더 눈부셨던 창밖은 어느덧 어두워졌다. 스탠드 바 의자에 앉아 다른 이들의 시선 걱정 없이 애정행각을 벌이며 도란도란 얘기하는 그들은 마치 밖에 나가지 못하는 게 조금도 아쉽지 않다는 듯했다.

"아참, 아버님 다음 주에 진료 받으러 오셔야 해. 형이 모시고 와."

"나 그날 미팅 있어서 형이 모시러 갈 거야. 요즘 거의 매일 낮에는 꼭 아버지 댁에 들르잖아."

"에? 왜?"

"아버지한테 바둑 배운다나 봐. 난 바둑은 성미에 안 맞고, 게다가 두 사람 사이에 끼면 나만 머리 아파. 저번에 들렀더니 둘이 바둑 두며 얼마나 티격태격하는지 몰라. 한 수 물러 달라느니 돌 건드렸다느니."

수가 깔깔거리며 웃었다. 일 년 전엔 상상도 못 했을, 백호와 코끼리가 마주 앉아 넘치는 기백을 애꿎은 바둑판에 쏟아붓는 모습이 머릿속에 그려진 탓이었다.

"게다가, 요즘 난 아버지만 보면 한 소리 얻어먹어서. 결혼을 하거나 애를 데려오거나 둘 중 하나는 빨리 하라고."

"아버님이 진료 때마다 나한테 은근 압박하신다고. 누군 편한 줄 알아?"

"그럼 뭐가 문제지? 아- 맞다. 거한 프러포즈 받았음에도 일 년 남았다며 꿋꿋하게 버티는 누구 때문이구나."

연기까지 하며 긴 눈매를 좁히는 도은의 이글거리는 눈빛에 수가 어색하게 웃었다.

그랬다. 작년 가을. 도은의 생일에 맞춰 놀러가려 했지만 회사 일정으로 고사된 후 그가 제안한 1박2일 바닷가 여행 때의 일이었다. 해운대가 목전에 보이는 호텔에서, 바다가 한눈에 들여다보이는 스위트룸 창가에서 그는 제가 돈을 퍼부은 요란한 폭죽의 글귀와 함께 무릎을 꿇었다. 손엔 이미 결혼반지가 끼워져 있기에 손등에 입을 맞추는 그에, 남들이 울 땐 도대체 왜 우는지 의아해했던 수는 꽤나 울었다. 예정됐고 당연히 언젠간 받을 거란 걸 알았으면서도 뭔가 뜨겁게 치미는 감정에 만감이 교차했던 탓이었다.

그리고 지금, 몇 개월이 지났음에도 도은이 그 일을 들먹이자 수는 그의 수려한 얼굴을 양손으로 사랑스럽게 매만졌다.

"바닷가에 돈으로 뿌린 불꽃놀이. 그래, 인정. 이제 일 년밖에 안 남았어. 시간 후딱 간다, 형?"

"끝까지 좀 더 일찍 하겠다는 말은 안 하는군."

"예전과 달리, 이젠 한 번 내뱉은 말은 지키는 사람이라."

도은은 웃는 수를 제게 끌어당겨 목덜미에 얼굴을 묻었다. 두터운 입술이 닿으며 뜨거운 숨이 머물자 수가 흠칫 몸을 움츠렸다. 이로 아프게 깨물다 어루만지듯 혀를 굴리고는 허벅지 안쪽을 매만지는 그에 그녀가 그를 밀어내며 잠시 고개를 흔들었다. 나른한 정신 때문이었다. 술 때문인가. 고작 이거 가지고, 란 생각을 할 즈음이었다. 얼굴에서 시작된 열이 몸 전체로 번지더니 이내 심장 뛰는 소리가 제 귀에 들릴 만큼 커졌기에, 수는 치미는 열기에 애꿎은 티셔츠를 자락을 손으로 펄럭였다.

"난방 너무 세게 튼 거 아냐? 덥지 않아?"

"난 괜찮은데. 수영장 갈래?"

"아니. 그러기엔 내가 오늘 술이 빨리 취했나 보다. 컨디션이 안 좋았나? 아니었는데. 나 얼굴 빨갛지 않아, 형?"

화장기 없는 수의 흰 뺨을 부드럽게 매만진 도은이 고개를 끄덕였다.

"확실히 열은 나네. 머리 아프거나 하진 않고?"

"전혀. 후, 그냥 덥네. 약간 몸이 나른한 것도 같고. 저 와인이 엄청 독한 건가 봐."

"그래봤자 와인이지. 가자. 너 쉬어야겠다."

도은을 따라 그녀가 다시 침실로 가던 길이었다. 아무리 별장이 넓다 해도 스무 걸음도 안 되는 그 찰나에 수가 의아하게 눈살을 찌푸렸다.

처음엔 감기려나 싶었다. 날이 춥고 궂으니 이상할 것 없다고 그녀는 생각했다. 하지만 이 감각은 달랐다. 몸이 무겁고 아픈 것이 아닌, 갈수록 열에 들떠 뜬구름 위를 걷는 듯 느슨해졌다. 술에 취했다 하기엔 원래 주량에 반도 못 미치는 양이었고, 정신이 어질하지도 않았다. 되레 갈수록 뚜렷해지는 정신은 온몸에 치받는 열을 고스란히 직시하고 있었다. 그래. 뭔가, 이상했다.

그들이 침실로 들어설 무렵이었다. 잠옷으로 갈아입으려 웃통을 벗는 그에 수가 저도 모르게 입을 악다물었다. 불길처럼 치솟은 열기에, 그제야 제 이상한 감각의 정체를 알아버렸기 때문이었다.

"수야, 왜 서 있어. 잠옷으로 갈아입어야지."

도은의 말에 대답할 겨를도 없는 듯했다. 제 손을 바라보다 도은을 향한 수의 시선은 분명 곤혹스러움이었다.

"형."

"응?"

수는 말을 잇지 못하곤 곤란하다는 듯 눈살을 찌푸렸다. 도은은 옷을 입으려다 말고 그런 수에게 다가가 눈을 맞췄다.

"왜, 수야."

"나, 오늘 좀 이상한데."

"응? 뭐가."

수는 마른침을 삼키며 풀린 다리로 인해 근처 의자를 잡고 애써 멀쩡히 앉았다. 차마 내뱉지 못한 말보다 자꾸만 눈에 들어오는 그의 몸 때문이었다. 제 눈에 그가 아무리 탐난다 할지라도 수가 먼저 분위기를 만든 적은 없었다. 평소 열여섯 시간 가까운 업무에 지쳐 그런 생각 자체가 들지 않았다는 게 정답이었다. 그래서 도은이 덤벼올 때면 못 이기는 척 넘어갈 뿐이었다. 수는 용기 있는 스타일도 아니었고, 그게 그녀의 본모습이었으며, 그의 말마따나 여전히 애정 표현이 극히 드문 무뚝뚝함이 그녀의 성격이었다. 한데 지금은 참을 수가 없다, 수는 생각했다.

참기 힘든 간절함에 손발 끝을 오그라뜨리며 수의 시선은 이미 촘촘한 근육으로 뒤덮인 도은의 맨 상체에 향했다. 당장에라도 손가락으로 더듬어 만지고 싶은 충동이 수의 머릿속을 지배했다. 그리고 이런 일련의 감각들을 보아 그녀는 확신했다.

이건 감정 기복에 의한 화학작용이 아니다. 오늘 먹은 해산물 같은 음식물, 술 또한 그 정도 양을 먹는다 해서 이토록 호르몬을 자극할 순 없었다. 이렇게 강렬하고 급격한 신체 변화를 줄 수 있는 것은 단 하나뿐이었다. 약물이었다.

분명 제가 약을 먹은 건 확실한데, 그럼 그 약은 어디서 먹었을까. 낮에 공항에 도착해서 내린 별장에만 있었는데 오늘 그들이 먹은 거라곤 조금 전 안주와 술이 전부였다. 오늘 있었던 일을 다급하게 되짚어보던 수는 기억의 한 장면에 멈춰 몇 번을 되감다가 이내 으득 이를 갈았다.

"형수님 덕분에 형이 사람 됐네. 봐. 네 선물이래."

와인. 그래. 정확히는 아상이었다.

"거기에 건딸기 들어가 있어. 말 그대로 네 선물인 거지."

수는 며칠 전 도은에게서 아상이 공을 들이고 있는 주아제약 연구팀의 프로젝트에 대해 들은 바 있었다. 비아그라, 시알리스,

남성 발기부전 치료제만이 즐비한 사회에 한 획을 그을, 불감증 여성을 위한 성기능장애 치료제를 개발 중이라고 들었다. 임상 4차를 통과해 몇 년 후면 오르메딕이란 이름으로 세상에 나올, 이미 안정성이 검증된 약이라며 그로 인해 주아제약의 주가가 오를 것을 염려하여 탐탁지 않게 혀를 차던 그였다.

개발 중인 약이 단순 불감증뿐만이 아닌 성기능 향상에 관한 여성의 지속 시간 즉 지구력이 높아지는 데 효능이 강해 지속 복용시 자연 치유 가능성이 배는 높아진다는, 그래서 성인 여성 중 45%는 불감증이라는 이 시대에 이미 산부인과 병원마다 물량 확보를 위해 애쓰고 있으며 이곳도 그렇다는 얘길 산부인과 동기 의사에게 수가 들은 적도 있었다.

후에 그날 강운의 사택에서, 이젠 지팡이를 짚고 스스로 걸을 정도로 많이 쾌차한 강운과 함께 온 식구가 모여 식사를 마친 후 수가 조용히 아상에게 가 물은 말이 있었다. 그게 한동안 잠잠했던 아상의 장난기를 자극한 듯싶었다.

"진짜 그래요? 증명된 거예요?"

"근데 왜? 도은이 기량이 딸릴 리가 없는데. 너 불감증이야? 그리고 우리가 아무리 막역한 사이라지만 이런 거 아주버님 될 나한테 얘기해도 되나?"

"그게 아니라! 정말 그렇게 효과가 좋으면 산부인과에 추천 좀 하려고 그럽니다!"

"이미 회사 전화통에 불나고 있으니 필요 없어. 게다가 그런 거라기엔 네 구미가 많이 당겨 보이는데. 왜, 네가 먼저 나가떨어져 버티기가 여간 힘들었나 보지? 도은이가 불쌍하군."

"이씨…… 아니, 뭐, 평소에 잠도 못 자고 피곤하고……."

"그건 발기부전을 겪는 남자들이 하는 변명인데. 어떻게, 하나 줘?"

"됐어요!"

"흠, 그래? 도은이 위해서 주려고 했더니. 아쉽군."

"뭔 소리예요, 그게?"

"여자가 좋으면 좋을수록 남자는 더 좋은 법이니까. 네가 더 좋아하면, 그 녀석 죽어 나자빠질지도."

"……그래요?"

"사랑을 나눈다, 라고들 하잖아? 섹스한다고 직접 말하기 뻘쭘해서 만든 말이지만 왜 그렇게 표현하겠어. 말 그대로, 사랑을 나누는 거지. 근데 지나친 너의 사랑보다 훨씬 더 지나친 녀석의 사랑을 네가 감당할 수가 없다는 말인 거잖아, 지금."

"……쳇. 그놈의 촉은 무뎌지질 않아 왜."

"필요하면 말해. 너에겐 특별히, 내가 더 신경 써서 줄 테니까."

수는 정신이 번쩍 들었다. 씩 웃던 그때의 아상은 예전의 속 모를 미소를 띠고 있었다. 그걸 그저 그의 버릇으로 생각했었는데. 특별히 신경 써서, 이딴 장난을 했단 말이지.

하진 때문에 마음잡았을 뿐, 아상은 예나 지금이나 영악했다.

"……젠장."

"왜 그래, 수야."

참지 못한 욕지거리를 내뱉던 수는 심호흡을 하듯 숨을 크게 내쉬었다. '평소에도 제 정신 줄을 놓게 만들 만큼 집요한데, 이 사실을 알면 죽자고 짓궂게 굴겠지'란 상황 판단이 서자 되레 그녀의 열기는 진정됐다. 와인을 마신 때로부터 채 두 시간이 지나지 않았고, 아무리 오르메딕의 효능이 강하다 한들 여섯 시간은 지나야 제대로 흡수되므로 아직 약효가 제대로 돌진 않았을 터였다. 그러니 지금 제 몸 상태는 바에서 도은이 지분거린 손길과, 눈앞에 반쯤 헐벗고 있는 그 때문이라고 그녀는 스스로를 다독였다. 그리곤 걱정스레 다가와 뺨을 쓸어내리는 도은의 손길을 잽싸게 피했다. 애써 딴 곳에 정신을 두려 노력하는데 더욱 몰입하게 만들 게 자명한 손길을 차단하려던 목적이었다. 한데 그런 수의 속도 모르고 도은은 의아하게 긴 눈매를 좁혔다.

"뭐지? 이 대놓고 피하는 행동은."

"나 건드리지 마라. 다친다."

수가 평소 도은이 하던 말투 그대로 따라하며 짐짓 단호하게 큰 눈을 찌푸리자 그는 코웃음을 쳤다.

"하, 그럼 얼마나 다치는지 좀 볼까."

도은이 목울대를 울리며 의자에서 도망가려는 수를 붙들어 입을 맞췄다. 장난기가 동했는지 한 손으로는 몸을 어루만지며, 입술로는 귓불을 지분거리며 타고 내려와 목선을 혀로 핥는 그에게 수가 눈에 띄게 몸을 움츠렸다. 결국 그녀가 민망하다는 듯 끙 소리를 내자 그는 너털웃음을 터뜨렸다.

"하하, 오늘 평소보다 더 예민한데? 물론 평소에도 예민하긴 했지만."

"안 예민해! 안 예민했고 오늘도 그래. 분명 기분 탓이야. 그러니까 하지 마!"

"싫은데?"

가슴팍을 밀어내려 애쓰는 수의 손을 잡아 쥔 도은은 놀리듯 더욱 느릿한 손길로 그녀의 허벅지 안쪽을 어루만졌다. 분명 옷이 직접적인 감각을 가로막고 있음에도 손발이 오그라들 것처럼 다시 고개를 들이미는 열기에 수는 결국 난감한 한숨을 내쉬었다. 젠장, 참기는 글러먹었네, 라며 속으로 곱씹다가 입을 연 그녀의 말투가 마치 석고대죄하는 사람처럼 무거웠다.

"하…… 아상 형님이 개발하고 있다는 그 약, 오르메딕인가 뭔가 그거."

"그건 갑자기 왜."

"추측이지만 그거 내가 먹은 거 같은데. 그 와인."

"뭐?"

당황하여 반문하던 도은의 굳은 얼굴은 금세 풀렸다. 그가 이내 풋 웃어버리자 수는 으득 이를 갈았다.

"웃어? 마음 다잡고 있는데 기어이 장난쳐서 불 질러놓고는!

나는 지금 온몸이 이글거려 무서운데. 웃냐!"

"하하! 형 선물이라는 게 이거였구나. 실상 내 선물이니 한 잔이라도 억지로 먹이라 하더니만. 거기서 약간 눈치채긴 했는데."

순간 수의 열에 붉어진 얼굴이 일그러졌다.

"그게 뭔 소리야."

"진열장에 붙은 쪽지에 그렇게 써 있더라고. 남성에게도 일정 부분 효과가 있으니 응급실 가지 않으려면 난 먹지 말라고."

"건딸기 들어 있어서 못 먹는다며!"

여전히 인상을 구기고 말하는 그녀에 도은은 너무도 태평했다.

"아, 거짓말이야. 건살구가 들었어. 먹지 말라고 해서 핑곗거리 만든 거야."

"나쁜 자식! 그걸 왜 이제……!"

수는 말을 멈출 수밖에 없었다. 형제가 짜고 저를 놀렸다는 사실에 뭐라 화를 퍼붓고 싶었지만 그러기엔 제 눈에 오늘따라 유독 탐이 나 미치겠는 그에 정신이 팔린 지 오래였다. 뜨거운 몸에 약효가 빨리 돈 건지, 아니면 효과가 강하다는 오르메딕을 정상인인 제가 먹었기에 이런 건지, 그도 아니면 그의 장난에 애써 억눌렀던 열기가 더욱 크게 되살아나 버린 건지, 참을 만한 정도였던 아까와는 또 다른 감각이었다. 그의 손이 스칠 때마다 살갗 곳곳이 아우성을 치며 괜한 걸 건드렸다는 듯 저릿했다. 편한 옷차림이었음에도 그마저 답답한 듯 티셔츠 목을 끄집어 내리는 행동을 하던 수는 결국 참지 못하고 도은의 목을 다급하게 제 쪽으로 끌어당겼다. 코앞에 있는 도은의 미소 띤 낯은 이 상황을 꽤나 즐기고 있었기에 수는 눈살을 찌푸렸다.

"이거 정상적인 여성이 먹으면 큰일 나겠는데. 설마 마약은 아니겠지?"

"비아그라도 정상인들에겐 그렇잖아. 게다가 위험한 장난이라 생각했으면 내가 이렇게 가만 안 있지."

그런 생각이 들 만큼 효과가 좋아? 라며 짓궂게도 속삭이는 도은에 수가 으득 이를 갈았다.

"그렇다면 도와. 이건 형한테도 책임이 있어."

"글쎄."

"글쎄? 뭐가 글쎄지, 지금! 이 상황에서!"

"피곤하네. 어제도 잠을 못자서."

수가 움찔 도은을 잡은 손에 힘을 줬다. 평소 그녀가 슬쩍 밀어내며 하던 말을 어투마저 똑같이 도은이 따라하고 있었다. 골리려고 이러는 게 뻔한, 웃음기 어린 시선으로 도은이 저를 바라보는 통에 수는 난감하게 그를 노려봤다.

"그래서, 삐졌다 이거야?"

"아니. 지금 네 심경이 그때의 내 심경이었다는 걸 어필하고 있는 거지. 난 가서 자야겠……."

"잠깐! 잠깐만!"

"왜."

주저 없이 일어서 가버리는 도은을 붙잡는 수의 목소리가 다급했다. 평온하게 돌아서 의아한 척 연기까지 하기에 수가 으득 이를 갈았다.

"당장 튀어! 아니, 와주세요. 당장."

지금 심히 아쉬운 건 저였기에 수가 기어들어가듯 누그러진 음성으로 말하자 도은은 긴 입매를 휘곤 다가왔다. 다시금 가버릴까 수는 잽싸게 자리에서 일어서 제가 있던 자리에 그를 앉혔다. 티셔츠와 바지를 홀렁 벗어버리곤, 도은의 어깨를 움켜쥐며 한껏 고개를 가까이 숙인 수가 입을 맞추기 전 다시금 그의 눈을 마주 봤다. 속옷만 입고 있는 그녀를 그림 보듯 찬찬히 훑는 강렬한 시선과 더 실랑이할 여유가 없다는 듯 초조함을 자아내는 열기에, 수의 눈빛은 이미 느슨하게 풀린 상태였다.

"그쪽 심경이 어땠는지는 잘 알겠으니까. 피곤한 거보다 더 마음 동하게 만들어주면 될 거 아냐. 응?"

수가 조르듯 그에게 입을 맞췄다. 아예 작심을 했는지 잡은 허리를 쓸어내릴 뿐 적극적으로 키스하지도 않는 도은에 그녀가 탄식을 삼키며 무릎을 꿇곤 단단한 가슴팍에 고개를 묻었다.

도은이 숨 쉴 때마다 단단하게 죄었다 풀어지는 근육을 입술로 지분거리다 혀를 굴렸다. 수없이 받았건만, 제가 할 땐 매번 생각처럼 되지 않아 애를 먹던 그녀의 입술이 그의 촘촘한 복근을 지나 면바지 위에서 멈췄다. 정확힌 그녀의 턱을 잡아 올린 그 때문이었다.

"안 해도 돼. 장난 좀 친 거야."

"난 장난 아닌데."

열기에 혼탁해진 수의 눈빛에 도은이 조금은 놀라 긴 눈매를 굳혔다. 시퍼런 어둠과 아직도 휘몰아치는 눈보라가 창으로 보이지 않는 건 아마도 은은하게 켜진 방 안 조명 때문일 것이다. 하지만 다 상관없다 생각할 만큼 수의 신경을 사로잡는 건 오로지 도은뿐이었다. 다급한 시선에 슬쩍 입꼬리를 휘던 도은은, 이미 제 바지를 낑낑대며 풀어내리는 수의 머리칼을 쓰다듬었다. 눈앞에 드러나는 우람한 분신을 제 것인 양 덥석 잡곤 주저 없이 다가가는 그녀에 그가 얼핏 웃었다.

"그럼 뭐, 기꺼이."

낮게 울리는 목소리와 함께 수가 그의 것을 혀로 핥으며 손을 위아래로 움직였다. 수가 애를 먹을 필요도 없이 몇 번의 왕복에 금세 터질 듯 부풀어 오른 그였다. 그녀는 행여 이가 닿을까 작은 입을 한껏 벌려 조심스레 입안에 넣었다. 큰 부피에 턱이 빠질 것처럼 아려 도저히 넣지 못한 부분을 그녀가 버거운 듯 손으로 움켜쥐기도 했다.

"흡……."

채 삼키지 못한 침이 그의 분신을 적셨다. 그것이 윤활유가 되어 조금 수월해진 틈을 타 수는 제가 삼킬 수 있는 한계치까지 천천히 그를 머금었다. 목젖에 닿을 만큼 넣었지만 턱도 없이 꽉 차버린 입안에서 재량껏 혀를 굴리니, 그녀를 평온하게 쓰다듬던 그가 작게 신음을 흘리며 수의 머리칼을 슬쩍 움켜쥐었다. 여유

롭던 복부가 단단하게 굳어지기도 했다. 됐다— 하는 안도감과
함께 등골을 오싹하게 저리는 나직한 숨에 찌푸려진 눈매가 슬쩍
휘었다. 제가 저럴 때마다 그가 움찔하던 게 어떠한 이유에서였
는지 이제야 알 것 같았다.

수가 입에 머금었다 뺐다를 반복하며 그의 것을 움켜쥔 손을
움직일 때였다.

"하아…… 수야. 이제 됐어."

"합…… 후."

수가 힘들까 그러는 게 자명한, 다정한 말투였다. 그는 나른한
숨과 함께 수의 턱을 감싸 제 것을 뺐다. 그리곤 침 범벅이 되어
붉게 부은 수의 입가를 닦아주더니 단숨에 그녀를 들어 제 위에
마주 보게 태웠다. 폭이 넓은 의자 덕분에 안정적으로 무릎을 디
딘 그녀의 허리를 감싸 제 쪽으로 끌어당긴 그의 칠흑 같은 눈동
자엔 장난을 치던 아까의 여유는 없었다. 제대로 통했는지, 다소
거칠게 입을 맞춰 혀를 옭아매는 도은이 수의 입천장을 쓸며 깊
이 헤집었다. 강한 입맞춤, 수가 참았던 숨을 내뱉으며 움찔 몸
을 떨자 도은이 입술을 떼곤 웃었다.

"더 해줄까?"

"윽……."

희고 가는 목덜미에 이를 세워 아프게 꽉 물더니 혀를 굴리는
그에 수는 바르르 몸을 떨었다. 대답을 듣기 전엔 뭐든 해줄 생
각이 없다는 듯, 응? 하고 재촉하는 그의 속삭임엔 금세 장난기

가 어려 있었다. 천국으로 가다 단숨에 지옥으로 떨어진 기분에 수가 맹렬하게 노려봤지만 도은은 되레 가는 허리춤을 뜨거운 손으로 쓰다듬다 속옷 위 엉덩이를 움켜쥐었다. 거기서 그나마 지키고 있던 그녀의 의지는 무너졌다. 수가 참지 못하고 브라를 벗어 던져 버리며 도은의 손을 제 가슴에 가져다대 움켜쥐었다. 속으로는, 이렇게 달아오른 건 분명 약 때문이다, 아니, 약 때문이어야 해, 그러면 이제와 창피할 것도 없지, 라며 스스로를 합리화시키기에 바빴다.

"뭐든 해줘. 응? 빨리."

애타 재촉하는 음성에 도은은 결국 웃어버렸다. 그리곤 그녀의 아담한 가슴을 어루만지다 입에 머금었다. 살갗을 스치는 두터운 입술과 뜨거운 혀가 부드럽게 가슴을 애무하다 이를 세워 살짝 깨물자 수의 몸이 움찔 튀어 올랐다. 그러다 달래듯 혀를 굴리며 강하게 빨아들이기에 그녀가 신음을 흘리며 도은의 얼굴을 끌어안았다.

"찢어버려야겠어."

꽤나 거슬린 모양이었다. 도은은 결국 양손으로 수의 팬티를 힘을 주어 뜯어버린 뒤 조명에 드러난 그녀의 전라를 집요한 시선으로 훑어 내렸다. 흰 피부에 불그스름하게 남은 제 잇자국들이 마음에 든다는 듯 봉긋 선 가슴과 가는 허리를 어루만지던 그의 손은 수의 아랫배를 쓸며 은밀한 곳으로 향했다.

뜨거운 손이 그녀의 아래를 슬슬 문질렀다. 그것만으론 양에 차지 않아 수가 저도 모르게 안절부절못하며 허리를 움직이자 도은은 키스를 하며 그녀의 안으로 제 손가락 하나를 부드럽게 집어넣었다.

"앗! 아윽."

은밀한 곳을 비집고 들어오는 뜨거운 촉감에 수의 몸이 부르르 떨렸다. 애타던 실랑이에 이미 젖을 대로 젖은 내부를 부드럽게 왕복하는 손가락과 떨리는 제 몸 닿는 곳마다 입술을 지분거리거나 살짝 이를 세우는 도은에 수의 정신은 어질했다. 하지만 아직 한참은 모자란 감각에 수가 애타 찌푸린 인상으로 그의 귀에 속삭였다.

"더 해줘. 더."

"내가 뭘 해줬으면 하는데."

"웃……. 당신 거."

수가 이성을 잃고 스스럼없이 음란한 말을 내뱉으며 뺨에 키스를 퍼부어대자 도은은 젖은 입구를 매만지다 손가락 하나를 더 집어넣었다. 전보다 늘어난 부피에 놀란 수의 내부가 바짝 조였다. 튀어 오른 그녀의 허리를 다독이듯 어루만지는 도은은 이 상황을 충분히 즐기고 있는 듯 짙은 미소를 띠었다.

"벌써 엄청 젖었어. 내 건 필요 없겠는데?"

"아아……. 윽. 아냐. 빨리."

초조하게 재촉하자 그의 짓궂은 음성이 수의 귓가에 내려앉았다.

"안 돼. 내가 조금만 더 즐기고."

"윽……."

젖은 내부를 왕복하던 손가락이 둥글게 원을 그리며 휘저었다. 주름 하나하나 매만지며 무언가를 찾는 중인 뜨거운 손가락에 그녀가 신음을 내뱉었다. 그러다 한 부분에서 일순 몸을 움찔하는 수에 도은이 잠시 멈췄다. 그가 그 주변을 매만지다 다시 건드리니 단숨에 수가 치고 올라오는 감각에 허리를 활처럼 휘었다.

"아윽……!"

휘청이는 수의 몸을 강하게 제게 끌어당기던 도은은 거친 신음을 내뱉는 그녀의 입을 제 입으로 틀어막았다. 그 부근을 집요하게 매만지며 더욱 깊이 들어오는 손가락에 강렬한 쾌감이 치밀어 올라 정신을 차릴 수 없었고, 결국 입이 틀어 막혀 내뱉지 못한 애탄 신음이 그녀의 내부를 울렸다. 도은이 열기에 물들어 붉어진 수의 눈을 응시했다.

"수야, 좋아?"

"으응……."

도은이 계속 참을 수 없는 부분을 건드리자 그만하라는 듯 수의 허리가 더욱 비틀렸다. 그에 빠르지도 느리지도 않은 손길로 도은은 더욱 내부를 헤집었고 수는 이내 거센 신음을 내뱉곤 바르르 떨리는 몸을 그에게 무너뜨렸다. 거칠게 숨을 몰아쉬는 그녀의 어깨에 입을 맞추며, 도은은 잔재한 감각에 아직도 거세게 움찔거리는 내부를 손가락으로 부드럽게 돌리다 서서히 꺼냈다.

주륵, 손바닥에 흐르는 물을 흡족하게 만지던 그는 하도 소리쳐 갈라진 목소릴 내뱉는 수의 아랫입술을 아프게 빨아들였다.

"봐. 한 번으론 어림도 없겠는데."

평소 그녀가 했던 말을 고스란히 내뱉는 도은이었다. 짓궂은 미소에 수는 얼굴을 일그러뜨렸다. 하지만 창피함 때문이 아니었다. 그런 걸 생각할 여유는 없었다. 아직 제대로 해갈되지 못한 본능은 이성을 억누를 만큼 컸다.

수가 억울해 거의 울먹이다시피 도은의 어깨에 얼굴을 묻었다. 정확한 평소보다 극악무도해진 본능과 그런 그녀를 매번 괴롭히기에 맛 들린 그에 대한 억울함이었다.

"흑……."

"아, 수야. 울어?"

"하고 싶어 죽겠는데 흑…… 놀리기나 하고 자빠졌고……."

"미안, 미안. 내가 잘못했어. 수야."

눈가를 닦아주던 도은이 당황하며 그녀의 등을 토닥토닥 쓸어내렸다. 그리곤 결국 참지 못하곤 목울대를 울리며 낮은 웃음을 흘렸다. 큰일이라도 난 것처럼 굵은 눈물을 쏟아내던 수는 제 몸의 열기에 제정신이 아닌 상태라는 걸 대변하며 금세 울음을 멈추곤 도은의 목을 있는 힘껏 끌어안았다. 수는 그의 귓가에 뜨거운 숨을 내뱉음과 동시에 갈라진 목소리로 애처럼 조르듯 속삭였다.

"안아줘. 해줘……. 빨리."

그제야 장난은 그만하겠다는 듯 도은은 그녀의 몸을 안아들고 가 침대에 눕혔다. 시야에 오롯이 잡힌 그의 전라에 수가 붉어진 얼굴로 마른침을 삼켰다.

사방이 거울이었다. 방 안의 조명 또한 여전히 밝았다. 이 방에 놓인 자쿠지와 거울에 대한 의문은 풀었다고 생각했는데 지금 보니 아니었다. 생경했고, 자극적이었다. 그라는 존재 하나만으로 제 온 신경을 곤두서게 하기 충분한데 눈을 돌리는 곳곳 거울에 비친 그의 몸이 시야에 여과 없이 들어왔다. 건강한 피부에 새겨진 그림과도 같은 흉터, 움직일 때마다 요동치는 맹수 같은 근육과 시선을 사로잡는 조각 같은 얼굴을 수가 열기 어린 시선으로 맹렬하게 바라보는 터에 도은은 웃었다. 이내 그녀를 지긋이 내려다보는 도은의 시선에 열기가 번지며 그가 나른한 숨을 내뱉었다. 목전에 먹잇감을 두고 때를 기다리는 맹수의 날카로운 시선이었다.

"드디어 내 차례네."

수의 위에 올라타 몸을 겹치는 그는 그제야 평소의 도은 같았다. 예민해서 스치기만 해도 허리를 비트는 곳을 도은은 그녀보다 더 잘 알고 있었다. 목선에 아프게 이를 세워 물거나, 가슴 돌기 주변을 강하게 빠는 것, 갈비뼈 사이사이를 혀로 둥글리는 것과 허벅지 안쪽을 부드럽게 어루만지다 꽉 쥐어 잡는 행동 모두 그녀가 참기 힘들어하는 행위라는 걸 너무도 잘 안다는 듯, 도은은 숨 돌릴 틈 없는 열기가 다시금 맹렬하게 치밀어 오르도록 만들었다.

　도은은 수의 희고 매끈한 살결을 음미하다 아랫배에 얼굴을 대고 뜨거운 입김을 불었다. 그녀가 좋아하는 행동이란 걸 잘 알기에 금세 바르르 떨리는 허벅지를 쓸어내리던 그는 허벅지 안쪽을 이를 세워 아프게 깨물곤 혀로 둥글렸다. 혀가 스칠 때마다 따끔거리는 부위에 붉은 울혈이 질 것은 분명했다.

　수가 갑작스러운 촉감에 놀라 고개를 들었다. 허벅지를 지나 은밀한 곳에 고개를 묻자 그녀가 다급하게 손을 들어 그를 밀어냈다.

　"아…… 하지 마."

　수의 손을 쉽게도 제지한 도은이 날름 혀를 쓸었다. 젖은 입구가 움찔 죄자 그가 낮게 그르릉 목울대를 울렸다.

　"싫은데."

　도은은 수의 은밀한 곳을 머금었다. 부드럽게 혀로 원을 그리듯 애무하더니 다소 강하게 빨아들이는 탓에 수가 참을 수 없다는 듯 경직된 몸을 바르르 떨었다. 흥건히 젖은 입구 근처를 매만지던 손가락이 물기에 쉽게도 안으로 침범하자 수는 도은의 머리칼을 움켜쥐었다. 하지만 그는 행동을 멈추지 않았다.

　"아아!"

　민감한 곳을 매만지는 손가락과 뜨거운 혀가 수의 젖은 내부를 끈적하게 파고들었다. 부드럽게 핥기도 하고 매섭게 찌르기도 하기에 이미 녹을 대로 녹은 그녀의 몸이 견디지 못하겠다는 듯 비틀렸다. 경련하는 허벅지가 머리를 조이자 도은이 흠뻑 젖은 입술을 떼며 나른한 숨을 내뱉었다.

거슬러 올라오는 도은의 짙은 우디 향과 맹수와 같은 긴 눈매가 열기를 띠며 번뜩였다. 손은 여전히 구부려 세워진 수의 떨리는 다리 안쪽을 부드럽게 쓰다듬는 채였다.

"지금, 넣어줄까?"

짐승의 거친 하악질과 같다고, 수는 생각했다. 배에 닿는 잔뜩 성난 분신, 귓가에 내려앉은 뜨거운 숨소리까지. 수가 도은의 둔부를 제게로 끌어당기며 저도 모르게 허리를 튕겼다.

"응…… 제발. 으윽!"

도은은 수의 입을 제 입술로 틀어막으며 단숨에 밀고 들어왔다. 매번 적응하기 버겁던 그의 성난 분신은 잔뜩 젖은 내부를 비집고 쉽게 들어왔다. 부족해 애가 탔던 내부를 찢어버릴 듯 아프게 채우는 존재감에 수의 허리가 활처럼 휘며 바들 몸을 떨었다.

수가 꼭 숨을 몰아쉬자 도은은 수려한 얼굴을 나른하게 젖히며 탄식과도 같은 숨을 내뱉었다.

"하아…… 네 몸, 데일 거 같아."

"으윽……."

누가 할 소릴, 이란 말을 할 여유는 없었다. 바들거리던 수의 몸에 입을 맞추던 도은이 상체를 세워 그녀의 한쪽 다리를 제 어깨에 걸쳤다. 서서히 뒤로 빠졌다 다시 강하게 밀고 들어오는 그는 자세 탓에 아까보다 더 깊이 그녀의 내부를 장악했다.

"수야. 좋아?"

"좋아…… 웃, 죽을 거 같아."

뿌리까지 박힌다. 그렇게 생각했다. 통증과 함께 허리를 치고 올라오는 묵직한 쾌감에 수는 견디지 못하고 허리를 비틀었다. 열기를 그대로 머금고 붉게 달아오른 그녀의 은밀한 곳이 본능으로 꽉 움츠러들자 그가 큭- 낮은 신음을 여과 없이 내뱉었다.

"뜨거워. 엄청 조여."

기분 좋아 죽겠다는 듯, 나른해진 도은의 목소리가 배는 낮게 울리며 탁하게 흐트러졌다. 수의 잔뜩 경직된 아랫배를 어루만지는 손길과 함께 느슨하게 들어왔다 나갔다를 반복하는 그의 허리가 단단했다. 색이 번진 뜨거운 숨, 그보다 뇌쇄적인 시선, 오롯이 제 안에서 느끼는 그의 모습이기에 수에겐 지나치게 자극적이었다. 그녀는 이미 하늘까지 치솟는 것만 같은 감각에, 더한 것을 감당할 여력이 없어 입술을 악물며 눈을 질끈 감았다.

문득 입술을 어루만지며 비집고 들어오는 손가락에 그녀가 탄식을 내뱉었다. 이것도 못하게 하면 어쩌라는 거야, 라며 항의하고 싶었지만 기어이 아프게 문 이를 벌려 혀에 닿는 뜨거운 손가락이었다.

"수야."

"으읍……."

보이지 않는 시야 탓에 되레 등골이 오싹해졌다. 그녀는 입안의 손가락에 차마 내뱉지 못한 신음을 한숨처럼 흘렸다. 그는 느리게 왕복하다 입안에 넣은 손을 빼 그녀의 뺨을 쥐어 잡았다.

"수야, 나 봐."

수가 싫다는 듯 고개를 돌렸다. 이미 머리에 과부하가 걸려 그녀가 할 수 있는 행동은 이것이 한계였다. 집요하리만치 느린 왕복으로 애를 태우던 그가 살짝 허리를 틀더니 깊은 곳을 단번에 찔렀다.

"하윽!"

"수야."

도은이 경련을 하는 수의 도톰한 엉덩이를 꽉 움켜쥐자 이윽고 그녀의 눈이 떠졌다. 붉게 충혈된 눈을 일렁이며 어렵사리 도은을 바라보자 그가 옅게 입매를 휘었다. 보기 좋은 미소가 아닌, 목전에 먹잇감을 둔 호랑이의 위험한 미소였다.

"지금부터 눈 감으면 아무것도 안 해줄 거야. 퍼부어주는 선물 받고 싶으면."

"윽……."

"눈, 감지 마."

평소의 그가 아니다. 그녀에게 뭐든 다 맞춰주던 도은은 사라진 지 오래였고 매번 이 순간이 올 때면 그 누구보다 지독하게 구는 그였다. 짓궂으며, 강하고, 거칠다. 뼛속까지 파고들어 죄다 집어삼켜 버려야 직성이 풀리겠다는 듯 열기에 휩싸인 그는 이미 그녀만큼이나 제정신이 아니었다. 마치 제가 약을 먹은 것처럼 목줄 풀린 맹수 같았다. 이런 사람을 피곤하단 이유로 그리 밀어

냈으니, 란 생각과 함께 수는 단말마를 집어삼켰다.

도은이 수의 허리를 들어 다리를 접어올리곤 다시 움직이자 상념은 단숨에 날아갔다. 아까보다 더 깊게, 그녀가 참을 수 없는 부위를 긁어내리며 그의 터질 것 같은 분신이 거칠게 왕복하자 수가 비명처럼 신음을 내질렀다. 그럼에도 아직 부족하다는 듯 도은은 그녀의 다리를 원래대로 구부려 세우며 단숨에 제 쪽으로 끌어당겼다. 내부에 원을 그리듯 허리 각도를 미세하게 바꾸더니, 새로운 길을 틀 요량인 사람처럼 이번엔 서서히 비집고 들어왔다.

한계치인 줄 알았던 내부로 더욱 깊숙이 들어오는 그에 숨이 턱 막혔다. 그게 끝이 아닌 듯, 떨리는 허리를 잡아 서서히 제 원하는 곳까지 더 깊숙이 집어넣는 그에 수가 허리를 튕기며 울먹이듯 도은의 가슴팍을 디뎠다.

"아…… 윽!"

도은은 수의 방황하는 손을 잡아 몸이 연결된 곳에 가져다 댔다. 조금의 틈을 제외하고 말 그대로 자신이 고스란히 그를 품었다는 생각에 그녀가 오싹한 자극을 느끼며 바르르 몸을 떨었다.

"하아…… 네가 다 집어삼켰어. 오롯이."

"하…… 윽!"

도은이 서서히 허리를 빼다 다시 단박에 비집고 들어오자 수가 허리를 비틀었다. 여러 각도로 탐색하듯 천천히 움직이던 그가 일순 몸을 활처럼 휘는 수에 그곳을 깊이 찔러 들어왔다. 척추를 강타하는, 숨이 넘어갈 것만 같은 쾌감에 저도 모르게 꽉 내부를 조이자 그가 탄식을 내뱉으며 그녀의 아랫배를 눌렀다. 다시 강하게 비집고 들어오는 충격과 아랫배의 터질 것 같은 압박감에 참을 수 없이 몸을 꼬며 바들바들 떨었다. 그제야 마음에 드는 곳을 찾았다는 듯, 도은은 천천히 왕복을 하며 수의 열기에 흐트러진 얼굴을 사랑스럽게 어루만졌다.

"어떻게 해줄까, 수야. 아까가 좋아?"

"하아…… 읏."

"아님, 지금이 좋아?"

"아윽! 다 좋아. 전부."

도은이 허리를 한 번 놀릴 때마다 척추를 부셔 버릴 듯 치고 올라오는 감각에 수의 정신은 이미 혼미했다. 제가 무슨 말을 내뱉는지도 모른 채 수는 그저 도은의 단단한 엉덩이를 움켜쥐며 쾌락에 떨리는 허리를 흔들었다. 음란한 짓, 음란한 말, 그런 것 따위 저 남자를 모조리 품을 수만 있다면, 그래서 이 해갈되지 않는 화마에서 벗어날 수 있다면 뭐든 다 하겠어, 라며 본능에 모조리 몸을 맡겨 버린 수였다.

"수야. 눈 떠."

"하…… 떴어."

"나 봐. 나만 봐, 수야."

작열하는 열기에 저도 모르게 감았던 눈을 떠 도은의 수려한 얼굴을 보았다. 그도 수만큼 열기에 휩싸여 단정했던 머리칼이 땀에 젖어 흐트러져 있었고, 그보다 더 혼탁하게 흐트러진 검은 눈동자가 그녀만을 집어삼킬 듯 응시하고 있었다. 저 사람에게 단숨에 빨려 들어간다, 그렇게 여기기 충분한 시선이라 수는 생각했다.

그걸 직시하자 안 그래도 꼴딱 숨이 넘어가려던 쾌감이 극도로 치밀었고, 이미 자지러지는 부위만을 공략하던 도은이 수의 불안한 시선에 비릿하게 입꼬리를 휘곤 다시 거칠게 왕복을 계속했다.

"아아…… 윽!"

수는 극악무도한 쾌락에 절로 감기는 눈을 어렵사리 떴다. 그에 도은이 만족스럽다는 듯 낮게 그르릉 목울대를 울렸다. 그녀의 모습을 제 눈에 낱낱이 새기던 그는 문득 탄식을 내뱉으며 수의 고개를 벽면으로 돌렸다.

"수야."

"흐윽…… 응?"

수가 감당 안 되는 열기에 눈물로 얼룩진 눈을 들어 벽을 바라보다 숨을 멈췄다. 거울 속 여과 없이 비춰진 것은 그들이었다. 저게 누구지, 할 만큼 생경하고 그렇기에 압도적이었다. 도은의 강인한 체구에 갇혀 온몸이 붉어진 채 마구 신음을 내뱉고 있는 수였다. 입에는 반도 들어가지 않던 그의 터질듯 부푼 분신을 그녀는 뿌리까지 집어삼키며 주체 못할 감각에 음란하게 허리를 흔들고 있었다.

"오늘 너, 엄청 야해."

"으……."

"예뻐. 정신이 나가 버릴 만큼."

정신이 나간다. 그래. 그러기에 충분하다. 심장을 강타하는 강렬한 충격과 함께 그가 깊숙이 파고들 때마다 척추까지 저릿하며 온몸이 떨렸다. 질퍽한 내부에 그가 왕복할 때면 음란한 마찰음이 침실을 가득 메웠다. 거친 숨을 내쉴 때마다 움직이는 단단한 복근, 점점 더 뜨겁고 얼얼하게 커지는 그의 분신에, 더욱 깊숙이, 더 거칠게, 내부를 남김없이 헤집는 격한 몸짓에 하늘까지 솟구쳤던 감각이 한계치를 넘어 튀어 올랐다. 곤두박질칠까 두렵다는 듯 도은의 단단한 가슴팍을 움켜쥔 수의 허리가 비틀어지며 잔뜩 휘었다.

"아앗! 훗!"

수의 몸이 경련을 하며 바르르 떨렸다. 지독하게 괴롭혔던 열기가 마침내 해갈돼 서서히 꺼지면서, 채 흐르지 못한 액액과 함께 질퍽한 내부가 수차례 거세게 조였다. 얼굴을 일그러뜨리며 여과 없는 신음을 내뱉던 도은이, 거친 숨을 몰아쉬며 늘어져 버린 수의 잔뜩 경직돼 아직도 움찔거리는 아랫배를 느슨하게 매만졌다.

"좋았어?"

"하아…… 으."

도은은 아직 수의 안에 있었다. 혼자 가버려 축 늘어진 그녀의 안을 느리게 왕복하는 그에 수가 움찔 허리를 빼며 도은의 가슴팍을 디뎠다. 잔류한 감각에 살짝만 움직여도 척추가 울렸다. 왜 그런지 빤히 안다는 듯 씩 웃는 도은에 수는 그제야 정신을 차리곤 치미는 창피함에 얼굴을 붉혔다. 제가 내뱉던 음란한 말과 행동이 떠올라 금방이라도 울 것 같은 얼굴을 하기도 했다.

도은이 낮게 웃고는 단숨에 그녀의 몸을 뒤집었다. 푹신한 침대에 얼굴을 묻게 된 수가 의아하게 고개를 돌릴 무렵 도은이 그녀의 하반신을 무릎 디뎌 세우곤, 엎드린 허리를 지그시 눌렀다. 침대에 고개를 파묻고 나서야 이해가 된 수가 일어서려 힘줬던 상체에 힘을 뺐다. 아직 내부에 있는 도은이 슬쩍 움직였다.

"아웃……."

"내가 아직 퍼부어줄 게 남아서."

도은의 목소리는 가시지 못한 열기에 탁했다. 서서히 들어왔다 나갔다를 반복하는 그에 이미 잔뜩 목이 갈라진 수가 다시금 교성을 내뱉었다. 이젠 더 타들어 갈 심지도 없다 생각했던 열기가 서서히 고개를 디밀자 그녀는 난감하게 입술을 깨물었다.

수의 등줄기를 쓸어내리던 그가 상체를 숙여 흉터에 입술을 댔다. 일 년 넘게 레이저 치료를 받고 예전보다 훨씬 줄어들어 잘 보이지 않는 흉터임에도 귀신같이 있던 자리를 찾아 입술을 댔다. 살결을 음미하다 옆구리를 이를 세워 무는 도은에 수가 파르르 세운 다리를 떨었다. 어르듯 그녀의 허벅지 안쪽을 쓰다듬는 그의 뜨거운 숨이 등에 머물 무렵, 아랫배를 그득 채우며 부드럽게 왕복하던 그의 분신이 그녀의 내부를 더욱 깊숙이 파고들었다.

"아윽…… 아파."

아까와는 다른 자세에 더욱 깊숙이 들어온 듯싶었다. 생경한 부위에 자극이 오자 움찔 수가 다급하게 몸을 죄었다. 허리를 빼려는 수를 되레 도망 못 가게 감싸 제게 끌어당기는 터에 도은은 아까보다 더 깊숙이 들어왔다. 통증 같은 감각에 놀라 으득 이까지 가는 수의 떨리는 어깨를 도은은 충족감 넘치는 신음을 내뱉으며 이를 세워 물었다.

"하아…… 가만히 좀 있어. 안 아파."

"아파. 진짜 아프다니까! 윽, 거기 건드리지 마."

"어떻게 안 건드려. 이러고 있는 이유가 이건데."

"웃…… 잠깐. 이거 왠지 익숙한 말인데."

실랑이를 하던 수는 문득 낮에 손가락을 치료하며 했던 대화와 놀랍도록 똑같은 대화에 탄식을 내뱉었다. 도은도 그렇게 여겼는지 낮게 웃고는 열띤 숨을 내뱉으며 허리를 빼 다시 그 위치를 강하게 비집고 들어왔다.

"아윽! 아파!"

"아니, 하아…… 안 아파."

혼탁하지만 단호한 음성이었다. 그에 당황한 수는 사색이 되었다. 본능에 충실한 맹수가 기어이 정신을 놓고 눈앞에 있는 먹잇감을 뼈까지 발라먹을 것 같자 그녀의 등골이 오싹하게 떨렸다.

다시 느슨하게 텀을 두며 맹렬히 파고드는 도은의 몸짓에 수는 기어이 비명을 질렀다. 신음이 아닌 비명에 수는 팔을 있는 힘껏 등 뒤로 뻗어 그의 복근을 밀치려 애썼다. 하지만 꿈쩍도 않는 도은에 수가 붉어진 눈가를 원망스럽게 찌푸렸다.

"하읍…… 주도은…… 아프다고."

수가 울먹이며 그의 이름을 부르자 도은이 짙은 숨을 내뱉곤 느슨하게 고개를 젖혔다. 엄청 만족하고 있다, 란 확신을 줄 만큼 느슨하게 풀린 그에 웬만하면 맞춰주고 싶은 마음이 동했지만 그래도 이건 아니라며 그녀는 단호하게 그 생각을 지워냈다. 하지만 그는 여전히 같은 생각인 듯했다.

"집중해 봐. 깊어서 그래."

"그러니까 깊어서 아프다고!"

"장담컨대, 아픈 게 아니라 느낌이 강한 거야."

"아윽!"

염병하네! 란 말이 절로 치밀었지만 도은이 내부를 헤집으며 다시 그곳을 자극하자 수는 비명을 지르기 바빴다. 아랫배를 강타하는 통증에 정신이 나간 수가 몸을 부들부들 떨며 허리를 감싼 그의 손을 풀어내려 버둥거렸다. 하지만 그럴 생각 자체가 없는지 평소 같으면 쉽게도 풀렸을 손이 되레 그녀의 몸을 더욱 끌어당기며 제 쪽으로 붙였다. 그리곤 아직도 당황에 떠는 수의 가슴과 아랫배를 천천히 어루만져 긴장을 풀어주던 도은이 귓불을 지분거렸다. 제멋대로일 때는 언제고, 녹아내릴 듯 다정한 손길이었다.

"쉬이-. 잘 느껴봐. 아픈 거 아냐."

"아니, 나 이거 못 하겠…… 아윽!"

그 부분을 맴돌던 도은이 다시 강하게 비집고 들어오자 수가 침대에 얼굴을 파묻곤 바르르 허리를 떨었다. 몸을 쪼개 버릴 것 같던 감각이 무서워 잔뜩 움츠렸던 그녀는 이제 어깨를 사정없이 움찔거렸다.

"아직도 아픈 거 같아?"

도은이 수의 옆얼굴을 살피며 땀에 젖은 머리칼을 쓸어 넘겨주었다. 슬쩍 허리를 움직이며 그녀가 진정되길 기다리자 수가 붉어진 눈가를 거세게 찌푸렸다. 묘한 감각이 이상한 탓이었다. 통증과 쾌락의 미묘한 경계선. 그것을 넘나들어 도저히 뭐가 뭔지 모르겠는 감각.

"흐윽…… 아픈 것 같…… 아윽!"

다시 강하게 비집고 들어오는 도은에 기어이 비명 같은 교성이 침실을 울렸다. 분명 통증이라 여겼는데, 척추를 타고 머릿속까지 저릿한 감각에 수의 눈앞이 핑 돌며 아찔했다. 한계까지 조인 내부에 맹수의 하악질처럼 거칠도록 탁한 신음을 내뱉던 그가 서서히 그 위치를 건드리며 왕복했다. 아까까지만 해도 쾌락의 정점을 맛보았다 확신했던 그녀는 주체하지 못하고 떨리는 허벅지에 안간힘을 다해 버티다 결국 허리를 무너뜨렸다.

"하윽……."

주저앉는 허리를 힘으로 들어 올려 단단히 끌어안은 도은이 수의 목덜미에 몇 번이고 입을 맞췄다.

"봐, 수야. 안 아프잖아."

"읏……. 잠깐……."

"쉬이-."

어르고 달랜다. 딱 그 말이었다. 감당 못할 감각에 잔뜩 긴장
돼 날이 선 수의 몸을 아까처럼 누그러뜨리려 봉긋 선 가슴과 복
부를 몇 번이고 어루만지는 그였지만 허리의 움직임은 멈추지 않
았다. 되레 집요하게 그 부근만 쳐 올리는 탓에 수의 화끈거리는
눈가가 뿌옇게 일렁였다.

"하아……. 수야."

"흐윽…… 아!"

통증과도 같이 온몸을 헤집는 감각에 수는 결국 울음을 터뜨
렸다. 침대에 얼굴을 파묻고 열에 들뜬 교성을 마구잡이로 내뱉
는 수에 도은의 짙어진 얼굴이 더욱 혼탁하게 흐트러졌다. 탐스
러운 엉덩이를 쥐어 잡으며 거칠게 파고드는 그에 수의 정신은 나
갈 지경이었다.

참을 만큼 참았다는 듯 도은의 허리가 거세게 움직였다. 그의
터질 것 같은 뜨거운 분신이 축축한 내부를 지지듯 거칠게 왕복
했다. 묵직해, 몸이 반으로 쪼개질 거 같아, 라고 생각할 겨를도
그녀에겐 없었다. 몸속 가장 깊은 곳을 자극하며 주름을 샅샅이
비집는 지나친 감각에 되레 마비된 것처럼 허리를 떨던 수의 다
리로 음란한 마찰음을 내던 액체가 흘러 내렸다. 천국이 아닌 지
옥인가 싶을 만큼 하늘까지 붕 떠올라 위태롭게 부유하는 쾌락
에 오롯이 몸을 맡긴 수는 한계치까지 밀고 들어오는 도은의 거

친 몸짓에 기어이 허리를 활처럼 휘었다.

"웃…… 하윽!"

"하아…… 수야."

낮게 울리는 제 이름에 미치도록 휘몰아치는 감각이 단숨에
터져 버리며 그녀가 비명처럼 교성을 내질렀다. 덜덜 떨리는 몸과
함께 경련이 일듯 움찔거리던 수가 제 허리를 안은 그의 손을 움
켜쥐었다. 결국 해갈을 바라던 도은의 거친 숨이 그보다 더 거친
신음으로 터져 나왔다.

"크윽……."

질퍽이던 내부를 적시는 도은의 일갈에 수가 몸을 부르르 떨
며 기어이 침대에 무너졌다. 거친 숨을 몰아쉬며 따라 몸을 포갠
도은의 터질 듯 거센 심장 박동이 그녀의 몸을 울렸다. 어깨와 옆
얼굴로 비처럼 쏟아지는 도은의 입술 세례에 화답하려 수는 고
개를 돌리려 했지만 손가락 하나 까딱할 기운이 없어 땀에 젖은
얼굴을 침대에 더욱 파묻었다. 나른함. 아니. 그간의 나른함과는
비교도 할 수 없을 만큼, 깊은 심연에 그대로 가라앉는 것만 같
은 무서운 기분.

"수야."

귓가에 울리는 낮은 음성에 수가 저릿한 어깨를 움츠렸다. 폭
풍 후의 아직 잔재한 감각이 생각보다 커 놀랐다. 하지만 수는
생각을 할 새도 없이 눈꺼풀이 무거워짐을 느꼈다. 몸을 어루만
지며 뭐라 속삭이는 그였지만 수의 귀에 그게 들릴 리 만무했다.

얼핏 생일 축하해, 라는 말을 들은 것도 같았다.

결국, 그대로 눈을 감았다.

창밖의 햇살이 눈부시도록 강했다. 지난밤 격정적인 정사 때에는 실내조명에 가려 보이지 않던 창밖으로 어제와 똑같은 눈보라가 휘몰아치고 있었다. 바닥 그득 쌓여 깊이를 알 수 없는 눈임에도 출렁이는 파도 한 자락 보이지 않는 얼음처럼 잔잔한 바다가 날씨완 어울리지 않다 생각하던 수는 문득 저를 꼭 안고 자고 있는 이를 바라봤다. 어제 그대로 곯아떨어져 씻지 못했음에도 몸은 보송보송했다. 평소와 다름없이, 먼저 기절해 버린 그녀의 몸을 닦아준 도은 덕분이었다.

수는 나른한 한숨을 내쉬며 도은의 잠든 모습을 더욱 빤히 들여다보았다. 밤의 거사 후엔 언제나 자신이 먼저 곯아떨어지고, 느지막이 빌빌대며 일어났지만 오늘은 달랐다. 어제의 치열한 몸싸움을 대변하듯 새벽같이 일어나 헬스를 한 사람처럼 상쾌한 모습이어야 할 도은은 아직 한밤중이었고, 녹신하게 쑤시는 허리와 마비된 듯 아리는 아랫배가 아니라면 수 또한 저녁 무렵에야 좀비처럼 일어났을 것이었다. 지금의 은근한 화는, 바로 그것 때문이었다.

'너무 사랑스러워서 패 죽여 버리고 싶다, 정말. 어쩌지.'

수는 한숨을 내쉬며 으득 이를 갈았다. 어제의 음란한 장면들을 찬찬히 곱씹자니 장난을 친 아상이, 그 장난에 좋다고 짓궂게 굴던 도은이 밉다가도 이내 저도 모르게 헛웃음을 지었다. 덕분에 도은이 잠시나마 억눌렀던 걸 풀었으면 잘된 거다, 저도 온몸이 아플 만큼 좋았으니, 싶은 수였다.

저를 끌어안은 채 곤히도 자고 있는 그는 맹수라기보단 대형견 같았다. 수는 수려하기 짝이 없는 단정한 얼굴에 흐트러진 칠흑 같은 머리칼을 조심스레 쓸어 넘겼다. 보고 있어도 보고 싶은, 딱 그 표현이 적당한 그의 얼굴을 더 자세히 보기 위함이었다.

긴 눈매는 감고 있으니 순하기 그지없었고 낙타처럼 긴 속눈썹이 질 좋은 흑단처럼 짙었다. 수가 못 참고 도은의 속눈썹을 손가락으로 슬쩍 매만질 때였다.

"아침부터 예뻐해 주는군. 감동이야."

언제부터 깨어 있었던 건지, 긴 눈매를 느슨하게 접었다 펴는 도은에 수가 헛숨을 들이켰다. 슬며시 거두는 그녀의 손을 낚아챈 도은이 다친 손가락을 이리저리 살펴보고는 딱히 붓지도, 붉지도 않은 모습에 안도하며 그 부위에 가볍게 입을 맞췄다. 그리곤 팔을 지나 어깨, 턱, 뺨에 입을 맞대는 달달한 행동에 그녀는 잠시 누그러지다 퍼뜩 눈살을 찌푸렸다.

"아닌데. 깨면 늘씬 패려고 기다리고 있었던 건데."

"팰 기운도 없잖아. 몸은 어때."

"아, 예. 덕분에 온몸이 후들거리고 아랫배가 아파서 못 일어나겠어요."

"많이 아파? 내가 찜질팩 가져다줄게."

도은은, 조심했는데 미안하네, 라며 이불을 들춰 끌어안은 수의 맨몸을 더듬다 아랫배를 찾아 부드럽게 매만졌다.

"부어서 그래. 우리가 어제 좀, 달리긴 했잖아."

살갗에 닿는 여전히 뜨겁고 부드러운 손길에 그들이 아직 맨몸이란 걸 인식한 수가 화르르 얼굴을 붉혔다. 어젯밤 조명 아래 모습이 다가 아니라는 듯, 눈부신 아침 햇살과 새하얀 눈이 뒤덮인 창밖의 역광에 잔뜩 팽팽한 도은의 다부진 몸은 한층 더 자극적이었다. 어제의 기억을 떠올려 더 그랬을 수도 있었다.

"아, 이제 됐어. 안 아파."

수가 손을 잡고 제지하자 그는 잠시 행동을 멈추더니 귀까지 붉어진 수의 얼굴에 씩 입꼬리를 휘었다. 어제의 장난기처럼 제대로 발동한, 딱 그 표정이었다.

도은은 수의 가는 허리를 잡아 몸을 돌리게 하더니 다부진 팔로 등 뒤에서 획 끌어안았다. 행동의 저의를 몰라 의아하게 반쯤 눈을 좁히던 그녀가 이내 등과 어깨에 닿는 도은의 입술에 버둥거렸다.

"으아! 하지 마. 진짜."

"왜. 네 표정이 딱 이런 표정이었는데. 동해줄게. 이번에도."

"어제는 그렇게 해달라 해도 애먹이더니 뭐야! 이 쿨한 대답은!"

"너무 예뻐서. 사랑스러워 죽겠어서, 착하게 있을 수가 있어야지."

수야, 라고 귓가에 덧붙이는 낮은 속삭임에 수는 움찔 몸을 굳혔다. 아담한 가슴을 움켜쥐어 부드럽게 매만지거나 허벅지 안쪽을 쓰다듬는 그에 신음을 삭인 그녀는 이렇게 난감한 일이 있나, 도저히 받아줄 상태가 아닌데, 라고 생각하며 흔들리는 표정으로 고개를 저었다. 그런 수의 옆얼굴을 슬쩍 보던 도은이 기어이 너털웃음을 터뜨리며 그녀의 아랫배를 매만졌다.

"하하, 농담이야. 너 무리하면 안 돼. 오늘은 조신하게 쉴 거야."

"날뛰던 호랑이 때문에 이미 무리했거든?"

"그래."

그럼 내일은? 그의 덧붙인 말에 수는 욕을 조용히 입안으로 삼켜냈다.

그때 도은의 핸드폰이 요란하게 울렸다. 그는 혀를 차며 침대를 벗어났다. 전라인 몸을 신경도 쓰지 않고 역광을 받으며 선도은에 괜히 화끈거리는 얼굴을 이불로 가리던 그녀는 문득 그가 내뱉는 이름에 벌떡 일어났다.

"뭐?! 아상 형님?"

"그래서 계…… 뭐라고? 수야?"

"나! 나, 바꿔 당장. 나!"

다급하게 소리치며 손을 허공에서 팔딱거리자 도은이 그제야 짧은 탄성을 내뱉으며 핸드폰을 그녀에게 내밀었다. 낚아채듯 핸드폰을 받은 수가 대뜸 고성을 질렀다.

"이시키야—!"

[윽, 시끄러워. 그럴 기운은 아직 남아 있나 보지? 실망인데.]

다급했던 수가 저도 모르게 스피커폰 버튼을 누른 모양이었다. 중저음이 매력적이며, 예전과 달리 차가운 기를 가리지 않고 내뱉는, 태평하기만 한 아상에 수가 으득 이를 갈았다.

"내가 형님 때문에 얼마나 난감했었는지 알기나 합니까? 신성한 와인에 그런 장난을 해? 그것도 1976년산 와인님한테?!"

[그러게. 아무리 돈이 썩어나갈 정도로 많은 사람이라도 천만 원대 와인에 그런 미친 짓 하는 사람은 없으니 이성적으로 잘 생각해 봤어야지, 이수.]

"뭐?"

[안 넣었는데.]

"······에?"

[사실, 난 진심으로 고농축한 특별 제품을 넣으려 했는데 하진이가 말려 어쩔 수 없었지만. 어쨌든 네가 속아 바르르 떠는 모습 오랜만에 보고 싶어 쪽지로 소소한 장난 좀 해봤어. 네 우렁찬 포효를 보니 도은이는 단박에 속았나 보군. 큭.]

재밌어 죽겠다는 명백한 아상의 웃음에 채 말을 잇지 못하던 수가 어버버거리자 도은이 실소를 지으며 핸드폰을 뺏어 들었다.

"누가 속았다 그래. 쪽지 보자마자 날 속이려는 건 줄 단번에 알았지. 내가 형을 몰라? 수가 그렇게 생각하니 장단 맞춰준 것뿐, 덕분에 생일 선물은 내가 받은 꼴이 됐네."

[쳇. 너희 둘, 마음에 안 들어.]

멍하니 있다 두 사람의 대화에 상황 파악을 마친 수의 얼굴이 시퍼렇게 굳었다. 그래. 비싼 와인까지 선물로 해주고, 나름 그녀가 고민이었던 것도 상담을 해준 아상은 이제 무죄였다. 하지만 정작 예상도 못한 새로운 용의자의 자수 발언에 수는 기어이 참지 못하고 옆에 있던 베개들을 마구잡이로 집어 도은에게 던졌다.

"누가 할 소린데! 이것들이!"

날아오는 베개를 잘도 잡아채는 도은의 여유롭게 웃는 표정에 수는 더 열불이 나 몸에 이불을 둘둘 감아 자리를 박차고 나갔다. 그러다 제 이불보에 발이 걸려 휘청 넘어가는 그녀를 잽싸게 안아든 그는 이미 전쟁 같던 통화를 끝내곤 싱글벙글한 채였다.

"결말이 좋으면 다 좋은 거 아냐? 넌 좋은 와인 마셔서 좋았고, 난 속아선 귀여워진 널 보며 좋았고."

"어디서 두루뭉술하게! 근데, 나 그럼 왜 그런 거지? 분명······ 진짜 이상했는데."

수가 그제야 가장 중요한 사실을 상기시키곤 의아하게 눈살을 찌푸렸다. 약을 먹지 않았음에도 평소와 다르게 제 이성을 찢어발긴 그 무언가가 뭐였지, 하곤 지나치게 골똘하게 생각에 잠겼다. 문득 바에 있을 때 은근히 계속 제 몸을 만지던 도은이 떠올랐다. 그가 목선을 잘근 깨물었을 때, 그때 기어이 참지 못하겠다는 듯 얼굴에 열이 화끈하게 오른 저를 떠올리곤 그녀는 탄식을 내뱉었다. 결국, 제 스스로 흥분한 거다. 뭐 이런 난감한 일이.

수가 난감함에 손으로 가린 얼굴을 일그러뜨렸다. 도은이 제 품에 끌어안은 수의 몸을 더욱 으스러지게 껴안으며 목선에 입을 맞췄다.

"당연한 거 아냐? 네 스스로 지나치다 생각했던 네 사랑이 이 제야 비로소, 나와 엇비슷할 만큼 지독해져 버린 거겠지. 너무 행복한데."

진심 어린 그의 낮은 목소리에 수가 결국 느슨하게 시선을 풀 었다. 문득 아상이 지나치듯 얘기했던 말을 떠올리곤 쓰게 웃기 도 했다.

"사랑을 나눈다, 라고들 하잖아? 섹스한다 직접 말하기 뻘쭘해 서 만든 말이지만 왜 그렇게 표현하겠어. 말 그대로, 사랑을 나 누는 거지. 근데 지나친 너의 사랑보다 훨씬 더 지나친 녀석의 사랑을 네가 감당할 수가 없다는 말인 거잖아, 지금."

'역시나. 아상 형님은 어쩔 수 없는, 우리 징검다리라니까. 방 식이 최악이라 그렇지.'

수는 몸을 돌려 마주 선 도은의 목을 끌어안아 제게로 당겼다.

"수야."

귓가를 저릿하게 만드는 낮은 음성에 머리가 쭈뼛 섰다. 도은 은 먼저 키스해 달라는 듯 검은 눈동자를 내리깔며 시원스러운 입매를 닿을락 말락하게 휘었다. 제가 이름을 부르면 언제나 그랬다는 걸 잘 안다는 듯이.

"그럼, 앞으로 나한테 더욱 미치는 거야? 어제처럼?"

"윽. 내가 언제."

"난 봤지. 그런 미치게 사랑스러운 여인을."

"……."

"수야."

'저놈의 이름을 바꿔 버리든가 해야지. 매번 이렇게…….'

한 뼘은 족히 낮아진 시선, 그녀가 가장 좋아하게 되어버린 모든 것들은 다 그에게서 나왔고, 그렇기에 그녀가 사랑할 수밖에 없는 지독한 남자. 그러니 그의 말마따나 조금은 미친 척, 정신을 놔도 되겠지.

수는 결국 도은에게 입술을 맞댔다. 으스러지게 껴안은 다부진 팔도, 그에게서 풍기는 체취도 모두 저를 달달하게 녹아내리게 만들고 있었다.

평소와 조금의 다름없이, 눈보라에 재난 경보가 내렸어도 그렇기에 되레 행복한.

수와 도은의 겨울 여행이었다.

◆ 작가 후기 ◆

안녕하세요, 이령입니다. 먼저, 두 권이나 되는 장편의 글을 지나, 지금 후기까지 보고 계시는 독자님들께 진심으로 감사드립니다. 와, 글로 표현이 안 될 만큼 너무 기뻐요!

사실 후기라고 말할 것까진 없지만, 〈지독하게, 절실하게〉란 글의 큰 뼈대를 구상할 때 기본 스토리도 없이 무작정 주도은과 이수, 주강운과 주아상이란 네 명의 캐릭터의 외향과 특유의 습관, 성격을 만들었습니다. 같은 하늘 아래 이렇듯 가진 것 없지만 누구보다 빛나고, 불완전하지만 그래서 매력적이며, 남부러울 것 없는 삶이지만 그렇기에 결여되어 있는 사람들이 어딘가에서 나처럼 실제로 고군분투하며 살고 있다, 난 이제부터 그들의 비밀스러운 삶을 몰래 엿보고 있는 거야, 란 생각을 하면서요. 독자님들도 소설을 다 읽고 그렇게 생각해 주셨다면 열심히 쓴 보람이 있네요. 유후!

음, 주인공만큼이나 특별한 주변 인물들을 잠시 얘기하자면, 수에게 불행한 가정환경 따위 안드로메다로 날려 버릴 만큼 그녀를 사랑해 주는 소꿉친구들이 있었으면 좋겠다 싶어서, 제가 애정하는 선우와 상혁이 탄생했어요. 외로웠던 도은에게도 좋은 친구가 되어줄 거 같아 두 사람의 성격도 완전 극과 극으로 만들어 통통 튀는 모습이 매력적인 캐릭터이길 바랐는데, 독자님들은 어떻게 생각하셨는지 모르겠네요. 잠시 본론에서 벗어나는 얘기지만, 쓰다 보니 두 캐릭터의 궁합이 도은과 수만큼 딱 제 취향이라 글 쓰는 사람 마음대로라는 특권을 이용해 애초 잡아놓은 구상을 엎고 둘을 연결시켜 버렸어요. 하하! 죄송해요. 저 혼자 너무 들떴죠.

다시 본론으로 돌아와서, 사실 소설에서 제가 가장 애착이 갔던 캐릭터는 아상이었는데요. 외로움에 단단히 망가져 버려 어디서부터 손을 대야 할지 모를 만큼 아픈 녀석인지라 그를 진창에서 구해줄 인물을 꼭 만들어주고 싶었어요. 게다가 아상에게 도은만으로는 회개의 계기를 주기 힘들다고 생각했고요. 어찌 됐든 행복한 결말이 최고다! 란 주의인지라 요 아픈 손가락 같은 녀석에게 꼭 죄를 뉘우치게 만들어야 했는데, 썼다 지우고 썼다 지우고를 반복하다가 녀석을 콱 쥐어박고 싶을 만큼 여간 힘든 게 아니었답니다. 그러다 보니 외모도, 마음도 아름다운 하진이 등장하게 됐어요. 또한 아상이 고용한 킬러도 이왕이면 스킬 살벌한 삼합회 조직이고, 그 조직의 높은 사람이 도은과의 예상치 못한 친분이 있어 훗날 도은을 도와주면 통쾌하겠단 생각에 도은과 비슷한, 정체는 수상하지만 그래서 더 멋있는 피화랑이란 인물을 만든 것이고요.

여담인데, 피화랑이란 인물을 굳이 디테일하게 등장시켰던 이유는, 이야기의 부드러운 전개를 위해 뒤늦게 생각한 캐릭터지만 만들다 보니 살을 붙여주면 누구보다 매력적인 인물들이 될 수 있겠다 싶어서였어요. 사심이 그득 묻어나는데, 혹여 기회가 주어진다면 이 인물이 주인공인 이야기를 쓰고 싶었거든요. 선우와 상혁 커플이 자주 등장하는 것도 이와 같은 이유에서였고요. 실제로 지금 열심히 준비하고 있으니, 부디 잘 돼서 이들의 이야기 또한 독자님들께 순차적으로 보여드릴 수 있었으면 좋겠습니다.

그리고, 후기를 통해 감사인사 드리고 싶은 원더우먼 두 분. 〈지독하게, 절실하게〉란 글이 활자로 인쇄되어 독자님들을 뵐 수 있도록 귀한 기회를 주신 조윤희 팀장님, 감사합니다. 너무 기뻤어요! 또한 제 부족한 필력으로 좌충우돌 난리법석인 글들을 이리저리 다독여 아주 멋지고 어여쁘게 다듬어주신 이예진 편집자님, 세심한 것까지 신경 써주시고 저보다 더 고생 많으셨는데, 정말 감사합니다! 원더우먼 두 분 덕분에 행복하고 즐겁게, 무사히 작업을 마칠 수 있었습니다.

그리고, 독자님들. 소설 재미있으셨나요? 부디 재미있게 읽어주셨다면 저는 더는 바랄게 없습니다. 읽어주셔서 진심으로 감사했습니다. 이렇게 독자님들을 만날 수 있어서 행운이었고, 앞으로도 좋은 글로 자주 찾아뵐 수 있었으면 좋겠습니다. 정말, 진심이에요.

그리고 언제나 무엇을 하든 마지막은 우리 가족. 언제나 어여쁘고 반짝반짝 빛나는 우리 엄마, 예전이 그랬듯 지금도 여전히 멋진 우리 아빠, 그렇게 제겐 어벤져스 같은 우리 부모님, 제가 무척이나 사랑하는 거 아시죠? 에이, 아실 거예요. 잘 생각해 보세요. 아니, 잘 생각해 보시라니까요. 거 봐요. 제 말이 맞잖아요.

휴, 이제 진짜 끝이네요. 전 역시, 글하고 씨름할 때가 가장 행복한 사람이란 걸 다시금 되새기게 된 시간들이었어요.

독자님들, 다시 만날 때까지 행복 충만하시길 바라며 빠른 시일 내에 재미난 글로 또 만나요! 빈말 아니고 정말로요! 약속이에요!